Margherita Oggero

Mord zum Aperitivo

Margherita Oggero
Mord zum Aperitivo

Kriminalroman

Aus dem Italienischen von
Christiane von Bechtolsheim

Piper München Zürich

Mehr über unsere Autoren und Bücher:
www.piper.de

Von Margherita Oggero liegt im Piper Verlag außerdem vor:
Espresso mit Todesfolge

Die Ereignisse und die Figuren des Romans sind frei erfunden. Die Orte sind, abgesehen von einer gewissen dichterischen Freiheit, real. Das Brieftestament von Michele Schirru stammt aus *Michele Schirru e l'attentato anarchico,* Edizioni Anarchismo, Catania 1990, von Michele Corsentino.

Deutsche Erstausgabe
August 2009

Titel der italienischen Originalausgabe:
»Qualcosa da tenere per sé«

Satz: Filmsatz Schröter, München
Druck und Bindung: CPI – Clausen & Bosse, Leck
Printed in Germany ISBN 978-3-492-27161-5

Nicht nur geheime Verschwörungen
sind von Stille begleitet.

Wisława Szymborska

Die Ereignisse und die Figuren des Romans sind frei erfunden. Die Orte sind, abgesehen von einer gewissen dichterischen Freiheit, real.

Das Brieftestament von Michele Schirru stammt aus *Michele Schirru e l'attentato anarchico*, Edizioni Anarchismo, Catania 1990, von Michele Corsentino.

1

Weißdu war zwanzig, und immer hing ein Tropfen an seiner Nase. Ein Tropfen wie an einem undichten Wasserhahn, der allmählich anschwillt, lang und schmal wird und sich dann löst und herunterfällt. Platsch … platsch … man wartet auf das nächste Platsch und kann an nichts anderes mehr denken. Weißdus Tropfen machte kein Geräusch, er landete auf dem ausgeblichenen fleckigen Sweatshirt oder auf seiner Hand, die ihn rasch wegwischte, aber wer neben ihm stand, starrte gebannt hin. Jetzt war er schon seit ein paar Tagen verschwunden, und Liuba machte sich Sorgen.

»Seit wann hast du ihn denn nicht gesehen?«, fragte sie den Avvocato, der kein Advokat war, aber die Gesetzbücher gründlicher studiert hatte als ein Staranwalt.

»Keine Ahnung. Ich bin doch nicht sein Kindermädchen. Seit vier oder fünf Tagen vielleicht.«

»Fünf eher nicht. Ich glaube, am Donnerstag habe ich noch mit ihm gesprochen«, entgegnete sie.

»Was fragst du dann?«

»Könnte doch sein, dass ihn danach noch jemand gesehen hat. Er war noch nie länger als zwei Tage fort.«

»Jetzt sind es eben fünf oder sechs Tage. So ein Heckmeck, ich möchte echt wissen, warum du dir solche Sorgen machst.«

Liuba war dennoch besorgt. Nicht sehr, aber ein bisschen schon, weil sie sich verantwortlich fühlte, seit sie ihn adoptiert hatte, wie die anderen sagten. Er hatte bei einer Demo gegen Zwangsräumungen neben ihr gestanden, sie hatte seine Hand genommen und gesagt: »Los, spring herum oder schrei«, und das hatte er getan, als mache es ihm Spaß zu gehorchen. Später, als der Zug sich aufgelöst hatte, war er ihr gefolgt wie ein herrenloser Hund oder ein Kater auf der Suche nach jemandem, der ihn von der Straße holt, drei Schritte hinter ihr, und er hatte nichts gesagt und nichts gefragt. Er stieg hinter ihr erst in die 18, dann in die 57, ohne Fahrkarte, wie sie und viele andere, und er stieg mit ihr an einer Haltestelle zwischen den Vorstadtvierteln Barca und Bertolla aus. Als sie schließlich vor dem Schirrù an der kaputten Haustür standen, fragte sie: »Und jetzt?«

»Weißt du …«, sagte er.

»Was?«

»Nichts.«

Aber er rührte sich nicht, verlagerte nur das Körpergewicht wie ein Tanzbär mal auf das eine, mal auf das andere Bein.

»Wo bist du her?«

»Vom Land. Ich bin heute Morgen weg.«

»Und wo willst du hin?«

»Weiß nicht.«

»Warum bist du gefahren?«

»Ich wollte weg. Weißt du …«

»Was denn?«

»Nichts.«

»Verstehe. Ich wette, du hast keinen Platz zum Schlafen.«

»Nein.«

»Was nun, hast du einen oder hast du keinen?«

»Ja.«

Liuba musste lachen. Ein großer, kräftiger junger Mann,

aber mit dem Hirn eines Kindes. Und wie einem Kind tropfte ihm die Nase.

»Könntest du dir nicht mal die Nase putzen?«

»Ja, aber sie tropft gleich wieder. Das ist eine Krankheit.«

»Lass dich behandeln.«

»Ich müsste mich operieren lassen.«

»Dann tu das.«

»Ich habe Angst.«

»Warum wolltest du weg?«

»So halt. Sie sind froh, wenn ich weg bin. Weißt du …«

»Deine Eltern, meinst du?«

»Ja.«

»Du kannst heute Nacht hier schlafen.«

»Wo, hier?«

»Im Schirrù.«

»Wieso heißt das so?«

»Ach, vergiss es. Willst du, ja oder nein?«

»Ja.«

So hatte es angefangen, so war Weißdu im Schirrù eingezogen. Der Schirrù war ein großer Raum, ein ehemaliger Schuppen für landwirtschaftliches Gerät auf einem Bauernhof, der bessere Zeiten gesehen hatte. Die anderen ständigen Bewohner, der Avvocato, Nabil, Vanessa und Gordo, der Vielfraß, hatten Weißdu ohne Begeisterung und ohne Unmut akzeptiert; zeitweilige Bewohner hatten keinerlei Interesse oder Neugier geäußert, er war für sie wie ein unbedeutender Bestandteil ihrer Umgebung, wie ein Stück abgebröckelte Mauer, ein einzelner Stuhl, ein Strohsack. Doch Liuba hatte ihn ins Herz geschlossen, sie sprach mit ihm, und jetzt machte sie sich Sorgen, weil er sich vielleicht wieder auf den Weg gemacht hatte, und es war noch Winter.

Der Winter ist, sofern man ein Dach über dem Kopf hat, die schönste Jahreszeit in Turin. Die Farben sind von nordischer Klarheit, die weiten Plätze lassen sich in ihrer ganzen Größe wahrnehmen; der kalte Schatten unter den Arkaden bricht das Pflaster in lose Einzelteile, die zu unterschiedlichen Entwürfen einer monumentalen und fantastischen Kulisse gehören. Der Sommer ist eine fremde Jahreszeit, die Stadt versinkt in orientalischer Weichheit, in hammamartiger Mattigkeit, die Straßen sind fast menschenleer und die Rollläden der Geschäfte heruntergelassen wie Lider schläfriger Augen, die alten Alleebäume – Linden Judasbäume Rosskastanien Ahorn Platanen – erschöpft vom Gewicht der in der Hitze reglosen Blätter. Unter der stechenden Sonne ziehen die Menschen den Kopf ein, und niemand hebt den Blick, um Gedenktafeln und Schilder von vergessenen Heldentaten zu lesen.

Jetzt war noch Winter, und Liuba sorgte sich um Weißdu. Der sonst wo steckte. Der nicht auf sich aufpassen konnte. Der sich so leicht über den Tisch ziehen ließ, so verletzlich war. Ich bin ja schön blöd, dachte sie und zupfte ihre Haarspitzen zurecht, ich mutiere hier zur Wohltätigkeitstante, zu so einer blöden Schnüfflerin, die unter dem Vorwand, für ihre Mitmenschen nur das Beste zu wollen, ihre Nase in alles steckt. Sie stand achselzuckend vor dem Spiegel, knetete ein bisschen Gel in die Haarspitzen und machte sich dann auf den Weg. Draußen war es hundekalt.

Weißdu war zufällig in Turin gelandet, ohne auch nur im Entferntesten ein Ziel geplant zu haben. »Planen« war sowieso ein Wort, das ihm, wie viele andere, noch nie in den Sinn gekommen war. Eines Morgens hatte er gesagt, es gehe ihm nicht gut, er habe das Gefühl, eine Hand drücke ihm den Magen zu, er war nicht aufgestanden, und die anderen waren ohne ihn los. Vater, Mutter und die beiden Brüder, Nando und Piero, alle in die Fabrik. Die Mutter blieb immer nur bis Mittag und fuhr dann nach Hause, die anderen aßen ein paar belegte Brötchen oder eine warme Mahlzeit in der Bar gegenüber und gingen anschließend wieder arbeiten. Die Fabrik war klein, insgesamt waren sie zu siebt, sie vier plus drei Arbeiter und die Mutter, die jedoch nicht mitgerechnet wurde, weil sie nur sauber machte und das Telefon bediente. Weißdu rechneten sie schon mit, aber meistens war es, als wäre er gar nicht da, wie an besagtem Morgen, an dem er allerdings tatsächlich nicht da war. Kaum waren seine Leute aus dem Haus, sprang er aus dem Bett, packte ein paar Sachen in seinen Rucksack, setzte sich auf Pieros neues Fahrrad – wenn der wüsste – und radelte die zehn Kilometer bis Vicenza. Den Beschluss hatte er in der Nacht gefasst, nachdem direkt unter seinem Fenster ein Lastwagen gebremst hatte und er aufgewacht war und nicht mehr einschlafen konnte. Wegzugehen wäre ihm vielleicht nie in den Sinn gekommen, wenn nicht sein Bruder Nando, der immer wegen irgendwas sauer war, mehr als ein Jahr zuvor gesagt hätte, man könnte auf ihn, Weißdu, echt verzichten, und er sollte doch hingehen, wo der Pfeffer wächst, und Piero und seine Mutter hatten ihn nicht in Schutz genommen, sondern genickt und »aber echt« gebrummt, nur sein Vater hatte nichts gesagt. Seitdem dachte er manchmal – wenn auch zuerst nur selten –, dass es schön sein müsste, dort hinzugehen, wo der Pfeffer wächst, einfach allein sein, wie damals als Kind, da war er mal mit dem Vater und den Brüdern Pilze suchen und hatte sich, ohne es zu merken, von ihnen entfernt und nicht mehr zu ihnen zurück und auch nicht nach Hause gefunden. Aber er hatte keine Angst gehabt, nur Hunger, als es dunkel und er müde wurde, und er war unter einer Kastanie eingeschlafen, wo ihn am nächsten Morgen Don Giacomo fand, der ebenfalls in die Pilze gegangen war. Der Gedanke kehrte öfter wieder, aber er streifte ihn nur, als beträfe er jemand anderen, den er gar nicht kannte, jemand aus einem Kino- oder Fernsehfilm, der sich verirrt hatte, der von zu Hause weggegangen war und verschwunden blieb. Doch in der Nacht, als ihn der Lastwagen weckte, breitete sich der Gedanke aus und setzte sich in seinem Kopf fest. In Vicenza hob er auf der Post sein gesamtes Geld vom Sparbuch ab; er hatte über eine halbe Stunde in der Schlange gewartet, weil die Angestellten dauernd aufstanden und im Hinterzimmer verschwanden, und als er das Postamt verließ, war Pieros Fahrrad weg. Erst wurde ihm ganz kalt, doch dann fiel ihm ein, dass er ja verschwinden und Piero nie wieder treffen würde. Am Bahnhof stieg er in den erstbesten Zug, ohne eine Fahrkarte zu lösen, weil er nicht hätte sagen können, wohin, und es ging gut, denn die Waggons waren brechend voll mit Schülern, die einen Ausflug machten, und der Schaffner kam nicht. Am Hauptbahnhof Mailand stieg er zusammen mit der Schulklasse aus, aber von dem Lärm und dem Menschengewusel bekam er sofort Kopfschmerzen, er verließ den Bahnhof und lief eine Weile herum, dann stieg er in einen Bus, auf dem TURIN stand, und löste beim Fahrer, der gleich darauf losfuhr, eine Fahrkarte.

In Turin wurde gerade gegen irgendwas demonstriert, schlampig gekleidete Jugendliche, manche mit großen

Hunden ohne Leine, die aber keine Angst einflößten, schwangen Fahnen, rote und andersfarbige, sprangen herum, schrien in Megafone, hielten sich an den Händen und wirkten nicht wütend, sondern fröhlich. Weißdu reihte sich in den Zug ein, und als ein Mädchen seine Hand nahm, freute er sich und fand Turin schön.

»Seit wann ist sie tot?«, hatte Commissario Gaetano Berardi den Rechtsmediziner gefragt.

»Schwer zu sagen bei der Kälte. Und bei dem Zustand. Jedenfalls schon eine ganze Weile. Drei oder vier Tage. Wundert mich, dass sie erst jetzt gefunden wurde.«

Der übliche Trupp von Beamten der Mordkommission und Fachleuten der Spurensicherung war zugange, die Staatsanwältin war da, ein paar Klatschreporter und Fotografen warfen professionell distanzierte Blicke auf die Leiche und stampften mit den Füßen, um sich ein bisschen zu wärmen.

»Zur Abwechslung mal eine Prostituierte«, hatte einer von der *Repubblica* gesagt.

»Tja, die bringen sie überall um wie die Fliegen.«

»Risiko der Globalisierung. Es gibt zu viele, die Konkurrenz ist groß, und sie sind unvorsichtig.«

»Ist nicht gesagt, dass es ein Freier war.«

»Ihr Zuhälter, meinst du? Kann schon sein. Die Zuhälter sind auch nicht mehr das, was sie mal waren.«

»Und die Zeiten haben sich geändert.«

»Die Atombombe ist schuld an allem.«

»Oder das Ozonloch. Aber bei der Kälte hat es sich dieses Jahr bestimmt geschlossen.«

»Nein, Scherz beiseite, besonders jung scheint sie nicht gewesen zu sein.«

»Woher willst du das wissen? Die Ärmste ist so zugerichtet, da erkennt man nicht mehr viel.«

»Die Knöchel. Schau dir die Knöchel an.«

»Kräftig, ja. Sind schließlich nicht alle Gazellen.«

»Und der eine ist dicker als der andere. Sie muss sich das Wadenbein gebrochen haben oder Waden- und Schienbein, und sie haben es schlecht gerichtet.«

»Ja und?«

»Das muss länger her sein. Heutzutage kriegen sie die Knochen besser hin. Sofern man nicht an einen bescheuerten Orthopäden gerät.«

»Vielleicht ist sie nicht von hier. Vielleicht kommt sie aus Moldawien, aus der Ukraine oder sonst wo aus dem Osten, wo man im Krankenhaus nicht zimperlich ist …«

»Eher nicht. Von dort kommt junge Ware, wenn es um Prostitution geht. Ältere Frauen arbeiten in der Altenpflege oder im Haushalt. Der Kleidung nach ist sie keine Altenpflegerin, das ist eine Hure von hier.«

Es war zehn Uhr morgens und immer noch grimmig kalt, sechs oder sieben Grad unter Null an dem Acker unweit der Strada di Druento, zwischen einer Platanenreihe und einem Wall dürren Gestrüpps. Der Himmel war bleigrau, der Boden unter der dünnen Schicht Raureif von dumpfem Schwarz. Der einzige Farbfleck war an der Toten verklumpt: ihre geöffnete Windjacke, ziegelrot. Nein, blutrot. Was von einer nicht mehr jungen Frau, wahrscheinlich einer Hure, übrig war, wartete, von einem Dutzend Personen beäugt und untersucht und fotografiert, auf die Fortsetzung des Gemetzels auf dem Obduktionstisch, denn der gewaltsame Tod ist immer nur der Anfang.

Der Arzt trat ein paar Schritte beiseite und steckte sich eine Zigarette an.

»Gib mir auch eine«, sagte der Commissario, der ihm gefolgt war.

»Hast du nicht aufgehört?«

»Doch.«

»Man gewöhnt sich nie dran, was?«

»An solche Szenen? Nein.«

»Ein Schwein, der Kerl, der sie getötet hat. Und das Töten war noch das wenigste. Ich hoffe, ihr kriegt ihn.«

»Das hoffe ich auch. Aber es wird schwierig. Unter anderem hatte sie keine Papiere bei sich, sie wurde nicht hier getötet, und es ist zu viel Zeit vergangen.«

»Immerhin tröstlich, dass dir niemand im Nacken sitzt. Die Toten sind nicht alle gleich.«

»Und immerhin hatten die Olympischen Spiele noch nicht angefangen. Keine Leiche darf die Party versauen.«

»Anordnung von oben?«

»Wir wollen es mal einen guten Rat nennen. Aber was kümmert das einen Mörder. Was kümmert den ein guter Rat oder ein guter Eindruck in der Öffentlichkeit oder im Fernsehen. Das Leben einer bedauernswerten Frau, die besser nicht geboren worden wäre.«

»Was ist denn los mit dir?«

»Nichts. Nichts ist los.«

»Na ja. Du regst dich zu sehr auf. Entspann dich und hör auf zu rauchen.«

»Das sagst ausgerechnet du! Wann hörst du auf?«

»Nie. Glaubst du, es macht Spaß, in Eingeweiden zu wühlen, Menschen aufzuschneiden und wieder zuzunähen?«

»Nein.«

»Na siehst du ...«

Stockdunkel und hundekalt. Trotz Treibhauseffekt und sonstiger apokalyptischer Prognosen. Das ist sogar für Turin grenzwertig, dachte Camilla. Das war sogar für sie grenzwertig, obwohl sie den langen Winter in der Stadt liebte. Vielleicht hatte Renzo recht, und ich könnte mir den Besuch sparen – grübelte sie weiter und zog den Reißverschluss des Anoraks noch weiter hoch –, vor allem hätte ich eine Hose anziehen sollen und nicht diesen damenhaften Rock, den ich irgendwie passender fand. Ein Anruf hätte genügt oder ein kleiner Brief. Aber Mama hat mich so gedrängt. Drei Wochen in Sorrent zu einem lumpigen Nebensaisonpreis, Vollpension, Busausflüge nach Positano, Pompeji, Caserta und so weiter und so fort, und abends Tanzveranstaltungen oder Binokel-Turniere. Mit ihrer Cousine Rita, die keine tolle Begleitung ist, aber so hat sie sich den Aufpreis für ein Einzelzimmer gespart. Drei Tage nach der Abreise entdeckt die Mutter in der *Stampa* die Todesanzeige von Carmen Spairano verwitwete Benedicenti, Banknachbarin die gesamte Grundschulzeit hindurch und sporadische Kinobegleitung in ihrem Witwendasein, und bittet mich inständig, vielmehr befiehlt mir, den Kondolenzbesuch bei Tochter, Schwiegersohn und Enkeln zu übernehmen, die ich noch nie gesehen habe. Eigentlich hat sie mir befohlen, zum Rosenkranz zu gehen – ich kann nämlich morgen nicht zur Beerdigung, die fällt in die Unterrichtszeit –, aber den Rosenkranz beten sie heute Abend um neun, und auch Kindesgehorsam hat seine Grenzen. Außerdem ist mein Auto in der Werkstatt und Renzo kommt spät und hat bestimmt keine Lust, mich zu begleiten und das Abendessen zu verschieben. Keine Beerdigung, kein Rosenkranz, dafür habe ich den Besuch abgestattet, mit einem schönen Blumenstrauß, Worten des Bedauerns, Händeschütteln und einem Blick auf die Tote, die wirklich den starren und endgültigen und fernen Ausdruck des Todes hatte, aber ich musste sagen, sie sähe aus, als würde sie schlafen. Ihre Tochter nickte. Vielleicht sind manche Lügen, wenn man trauert, Balsam und Honig, und die Wahrheit hört man lieber nicht.

Sie ging schneller, um die Kälte nicht so zu spüren, und bog um die Ecke. Die Bushaltestelle war etwa hundert Meter weiter. Die Straße schlecht beleuchtet. Kein Auto weit und breit. Kein Fußgänger auf den beiden Trottoirs. Ein vages Gefühl der Unsicherheit.

Eine gute halbe Stunde später war sie zu Hause, im Warmen, in Sicherheit. Aber als sie sich ein Glas Wasser eingoss, zitterte ihre Hand heftig.

Im Schirrù schlief Nabil unter mehreren Deckenschichten, und als Liuba – noch mit den Nachwehen von Adrenalinstößen im Körper – hereinkam, schimpfte sie laut über ihn und über alle anderen. Faule Säcke und Lumpen, die Männer. Oder gleich Verbrecher. Quatschen einem die Backe voll, kotzen Slogans von Gleichberechtigung, faseln was von einer neuen Welt ohne Ausbeuter und Ausgebeutete, aber wenn doch jemand den Rücken krumm machen muss, dann bitte schön die Frauen. Und der Typ hier ... der hat die Vorstellung, dass sein Anhängsel ganz was Feines ist und die Frauen ihn lieben müssten, bloß weil er da was hat, schon mit der Muttermilch eingesogen ...

Sie trat ihn mit ihren Springerstiefeln, zwei Volltreffer gegen das Schienbein, die von den Decken nur halbwegs abgemildert wurden.

»Spinnst du?«

»Du spinnst. Du bist ein Arsch, das hab ich dir schon zigmal gesagt.«

»Warum denn?«

»Weil dir die Regeln nicht ins Hirn gehen, und wenn doch, dann scherst du dich einen Dreck drum.«

»Welche Regeln denn? Was redest du da für einen Scheiß?«

»Die Regel, dass der die Öfen anmacht, der abends als Erster nach Hause kommt. Jetzt heb deinen Schlapparsch und tu was.«

»Deiner ist vielleicht schlapp, meiner ist wie gemeißelt. Kannst nicht du die Öfen anmachen?«

»Nein. Regeln müssen befolgt werden.«

»Auch in einem Anarchistenklub?«

»Von wegen Anarchistenklub! Der einzige Anarchist hier ist Vindice. Wird's bald, oder soll ich noch mal treten?«

Nabil schob die Decken beiseite und stand auf, dabei dachte er zum tausendsten Mal, wie grässlich es ist, wenn du weißt, dass der andere (die andere) recht hat, und du den Zeiten nachtrauerst, als selbstredend du recht hattest, auch wenn du nicht recht hattest.

Wenigstens gingen die beiden Öfen an, ohne dass es allzu sehr nach Öl stank, und Liuba zog einen Stuhl neben den größeren Ofen und setzte sich, um sich zu wärmen.

»Ist dir eine Laus über die Leber gelaufen?«, fragte er.

»Mein Bier. Geht dich nichts an.«

»Und wieso bist du überhaupt schon da?«

»Es ist Montag.«

»Und?«

»Ich arbeite montags nicht. Das geht dir anscheinend auch nicht ins Hirn. Sag mal, hast du Weißdu gesehen?«

»Nein. Fehlt dir etwa die Unterhaltung mit ihm?«

»Du bist echt saublöd.«

»Wahrscheinlich hat er ein Mädchen kennengelernt. Oder er ist in sein Dorf zurück.«

»Wohl kaum. Seine Sachen sind noch da.«

»Das Geld auch?«

»Das Geld? Daran hab ich gar nicht gedacht.«

»Bin ich immer noch saublöd?«

»Nein, nur blöd. Ich frage Vindice.«

Laut Pass hieß Vindice eigentlich Ercole, denn im Standesamt Carrara hatte, als der Faschismus in den letzten Zügen lag, ein besonders dienstbeflissener Beamter den von den Eltern gewählten Namen abgelehnt. Doch er war für alle immer nur Vindice, der Rächer, gewesen, und der Vater hatte keine Hemmungen gehabt, ihn, und zwar laut und deutlich, in Gegenwart des Blockwarts und sonstiger – wie er gern sagte – Sklaven des Regimes so zu nennen. Der Vater, Spartaco, war übrigens eins sechsundneunzig groß und wog hundertzwölf Kilo, arbeitete im Steinbruch und schlug mit einem gezielten Hieb eine Marmorplatte entzwei. Ein Anarchist, wie viele seiner Kollegen, selbst Sohn und Vater von Anarchisten, eben des erwähnten Vindice und dessen Schwester Laica, deren Name gottlob (oder leider) nicht auf bürokratische Hürden gestoßen war. Vindice war schon als Kind in die Fußstapfen des Vaters getreten, erst als einfacher *bagasc* – Bursche – und später, nachdem er an Körpergröße und Muskeln zugelegt hatte, als vollwertiger Arbeiter, der einen besonderen Blick für die Lager hatte und schnell erkannte, wo der Schnitt anzusetzen war. Mit ihm legte man sich wegen seiner vom Vater geerbten Statur besser nicht an, schon gar nicht, wenn er ein paar Gläser zu viel intus hatte, und erst recht nicht, wenn es um Politik ging. Doch dort, wo er normalerweise trank, wenig oder viel, nämlich im Pietro-Gori-Verein, dachten sowieso alle wie er, Faschisten und Christdemokraten machten einen weiten Bogen darum, und Schlägereien waren selten. Das Leben war hart, aber nicht trist. Dann ereilte ihn das Unglück, das er sich nach Meinung der Genossen selbst zuzuschreiben hatte. Aus Liebe hatte er die ideologische Strenge aufgegeben und Mirella geheiratet, eine aalglatte blonde Frömmlerin, bis ins Mark Vaterunser und Rosenkranz, die trotz häufiger Aufenthalte in Kirchen und Sakristeien nach einer Weile ihr Schatzkästlein entdeckte und flugs den Deckel öffnete. Jahre voller Streit und Szenen, Reue, Verzeihen und nicht gehaltener Versprechen, dann zog sie aus und verschwand auf Nimmerwiedersehen mit ein paar Koffern und fast den gesamten Ersparnissen und ohne eine Zeile des Abschieds oder einer Entschuldigung. Vindice soff eine Woche durch, ein Besäufnis, das für ein Koma oder eine auf immer und ewig kaputte Leber gereicht hätte, doch sein Körper überstand das alles ohne Schaden. Aber etwas anderes überstand es nicht. Zum Glück waren da zwar die Freunde und die Kollegen, die Kartenturniere, die Fußballspiele gegen die Mannschaft des Concordia-Vereins oder der Steinbrecher aus Gragnana (aus Achtung vor der Idee, vielmehr dem Ideal, stets ohne Schiedsrichter ausgetragen) und auch die Feste der *Umanità Nuova* und die politischen Kämpfe, an denen er teilnahm. Doch die Wunde, verlassen worden zu sein, vernarbte nicht. Ihm fehlte die Familie, aber ihm fehlte auch der Mut, es noch einmal zu versuchen, und die Utopie allein taugte nicht als Ersatz. Und dann war das Alter zu schnell gekommen, fast ohne Vorankündigung: Er hatte geglaubt, er wäre immer derselbe, wie mit dreißig, vierzig, aber Beine, Rücken und Arme, vor allem die Arme, erinnerten ihn daran, dass dem nicht so war. Laica, kinderlos und verwitwet, war gestorben, drei oder vier der Menschen, die ihn durchs Leben begleitet hatten, waren gestorben. Dazu die Müdigkeit, die Langeweile der Tage, die einander zu sehr ähnelten. Bis ihm eines Morgens, an dem er sich nur aus Gewohnheit aus dem Bett gewälzt hatte und wie ein Tier ohne Träume und ohne Lust durch die Wohnung schlich, der Postbote das Schreiben eines Notars brachte, der ihn in seine Kanzlei bestellte. Dort erfuhr er, dass auch Mirella gestorben war, vorher aber noch an ihn gedacht und ihm ihre Ersparnisse, einen kleinen Bauernhof am Stadtrand von Turin und einen Brief hinterlassen hatte.

Die Wunde hörte endlich auf zu eitern und schloss sich, der Kummer über viel Unverstandenes verblasste. Wenig hätte genügt, um ein anderes Leben zu haben, doch damals war dieses wenige zu viel und es anzunehmen zu schwierig.

Der Hof war heruntergekommen, aber bewohnbar. Es gab einen Garten und einen Wagen- und Geräteschuppen. Er verließ Carrara und zog hin. Mit dem Garten bekam er wieder Lust, etwas zu tun, und der Schuppen bescherte ihm einen Lebensinhalt. In diesem Schuppen, den er Schirrù-Verein nannte (frei nach Michele Schirru, dem vielleicht blauäugigsten Anarchisten aller Zeiten), ließ er im Namen der alten Idee, vielmehr des Ideals, eine Art späte Familie sich einnisten, Mädchen und Jungen, die er zufällig bei irgendwelchen Demos kennengelernt hatte und die aus den verschiedensten Gründen, die er nicht hinterfragte, von zu Hause ausgezogen waren. Vanessa, den Avvocato, Nabil, Liuba, Gordo und später Weißdu, außerdem vorübergehend den einen oder anderen Vagabunden. Wie Cosimo, der so arm und verlassen wirkte und dabei ein Schuft war, er hatte eines Nachts eine Pistole auf ihn gerichtet und ihm alles Geld abgenommen, das im Haus war, Vindices Geld und das von den anderen, die es ihm zur Aufbewahrung gegeben hatten.

»Vindice, weißt du was von Weißdu?«, fragte Liuba also an dem Abend.

»Nein.«

»Hat er sich sein Geld geholt?«

»Nein, nichts.«

»Dann ist er nicht nach Hause zurück. Aber er ist verschwunden.«

»Hm. Machst du dir Sorgen?«

»Ein bisschen.«

»Er ist groß und kräftig.«

»Aber er ist wie ein Kind.«

»Wahrscheinlich wollte er eine Frau. Alt genug wäre er.«

»Ohne Geld findet einer wie er keine Frau.«

»Das ist nicht gesagt. Er wird schon wiederkommen.«

»Hoffentlich.«

Beim Abendessen hatten Renzo und Camilla über dies und das geredet, wie zwei alte Bekannte, die sich in der Bar treffen. Ohne Spannung, aber mit dem Wissen um ein mittlerweile chronisches Unbehagen, das aufzulösen sie keine Lust mehr hatten. Die Tochter, Livietta, war auch da, aber in ihre eigenen Gedanken vertieft, die hauptsächlich von gleichaltrigen oder etwas älteren Jungs bevölkert waren, insbesondere von zwei Klassenkameraden der 5c, zwischen denen sie sich nicht entscheiden konnte: Schon streckte die Teeniezeit in puncto Sexualität und Rebellion ihre Tentakel aus, errichtete Stein für Stein die Mauer der familiären Entfremdung. Renzo hatte seine Frau beim Essen beobachtet und ihre zitternden Hände bemerkt.

»Ist alles in Ordnung? Wirst du vielleicht krank?«

»Nein, nein. Ich bin nur ein bisschen erkältet.«

»Ein Anruf hätte völlig gereicht. Aber den Anordnungen deiner Mutter widersetzt du dich ja nicht.«

»Eigentlich widersetze ich mich immer.«

»Mit Worten. Und dann folgst du brav.«

»Bitte lass uns von was anderem reden.«

»Wie du meinst. Willst du wirklich nicht mit in die Berge?«

»Nein. Und ich glaube nicht, dass deine Schwester allzu traurig darüber ist.«

»Das sagst du. Sie wird denken, es ist aus zwischen uns.«

»Sie soll denken, was sie will. Wenigstens braucht sie ihr Wohnzimmer nicht auf den Kopf zu stellen, dir und Livietta reicht ja das kleine Zimmer. Außerdem hätten wir das Problem mit dem Hund.«

»Hm, stimmt.«

Stimmt nicht, dachte sie. Der Hund stört niemanden, das hat er auch letztes Jahr an Karneval nicht getan. Aber das scheinheilige Getue dient uns als Notbehelf, damit wir überleben und uns nicht gegenseitig zerfleischen: Du möchtest gern ohne mich Ferien in den Bergen machen, und ich möchte gern ohne dich in der Stadt bleiben. Und wenn ich ganz ehrlich bin, auch ohne Kind. Allein, die

Mutter weit weg und ohne den Druck der Schule, die olympiabedingt geschlossen ist. Eine seltene Kombination von Ereignissen, die sich innerhalb eines einzigen Lebens kaum wiederholt. Wie das Auftauchen des Halleyschen Kometen. Die Götter mögen die Olympischen Spiele und die für die Ortswahl verantwortlichen Leute segnen. Ihr genießt die Wettkämpfe in den Bergen, und ich genieße eine andere Stadt. Vor allem werde ich genießen, dass ich allein bin und keine Pflichten habe. Nichts erklären muss. Nichts erklären muss, was ich lieber für mich behalte.

Die Handtasche wurde mir schon mal weggerissen, aber dass einer mit der Spritze auf mich losgeht und »her mit allem« zischt, nein. Ein fertiger Junkie. Ohne Geld für den nächsten Schuss. Verzweifelt. Na ja, seine Verzweiflung ist mir egal. Seine Sache. Soll er damit leben oder sich umbringen. Wie intolerant und egoistisch. Schon möglich, aber wenn man Angst hat und einem Gewalt angetan wird, bringt man kein Verständnis auf. Und ich hatte große Angst.

Er war plötzlich aus einem Hauseingang getreten und hatte mich gegen die Mauer gedrückt. Er presste sich an mich. Eine Hand hielt mich fest, die andere umklammerte die Spritze. Hepatitis, Aids. Oder auch nicht, aber wer weiß. Geld Handy Uhr, sagte er. Ich war wie verblödet. Jung sah er aus. Eine dunkle Straße, ideal für einen Überfall. Wie merkwürdig das Gehirn funktioniert. In wenigen Sekunden eine Flut von Bildern, Gedanken. Blutproben, das albtraumhafte Warten auf das Ergebnis. Die Angst bei jedem verdächtigen Symptom, bei plötzlicher Müdigkeit, bei ungewöhnlicher Blässe. Im Spiegel die Augenringe kontrollieren, kontrollieren, ob der Blick der anderen mehr sieht als der eigene. Trink nicht aus meinem Glas, Livietta. Du auch nicht, Renzo. Tausend Hygienemaßnahmen. Die Uhr ist nichts wert, das Handy ist alt. Höchstens hundert Euro im Portemonnaie. Zwei, drei Schüsse, und morgen fängt er von vorn an. Angst und Wut. Eine Riesenwut, als ich ihm das Geld gebe. Nicht wegen des Geldes, sondern weil er so brutal ist.

Ich hörte sie nicht kommen. Er auch nicht, dabei musste er doch alle Antennen ausgefahren haben. Leise wie eine Katze. Ich sah sie erst, als sie hinter ihm stand. Loslassen, sagte sie, sonst ramme ich es dir in den Hals. Hinterher habe ich gesehen, was sie in der Hand hielt. Sie musste einen gewissen Druck ausgeübt haben, denn er zuckte zusammen. Ein Augenblick der Reglosigkeit. Der Ungläubigkeit. Ein sehr langer Augenblick. Wieder eine Flut von Bildern und Gedanken. Dann senkte er die Hand mit der Spritze, zog den Arm zurück, der mich an die Mauer presste. Er wollte die Hand wieder heben, um sich den Hals zu betasten, glaube ich, aber sie sagte Nein. Er entfernte sich mit zwei langsamen Schritten, dann rannte er los.

»Okay, es ist vorbei«, sagte das Mädchen.

»Danke«, sagte ich.

Sie hielt ein Stilett mit zweischneidiger Klinge in der Hand, ein kleines Schwert, über zwanzig Zentimeter lang. So was kenne ich von Bildern oder alten Stichen, dachte ich. Sie hatte es mit einem Papiertaschentuch abgewischt und steckte es gerade in die Scheide, die oberhalb der rechten Wade unter ihrem langen dunklen Rock angeschnallt war. Sie trug Springerstiefel, wie hatte sie sich auf so leisen Sohlen nähern können?

»Ich habe ihn geritzt«, sagte sie beiläufig.

»Am Hals?«

»Wo denn sonst? Völlig harmlos, er sollte ja nur die Spitze der Klinge spüren. Wo willst du denn hin?«

»Zum Bus.«

»Ich begleite dich. Dann sagen wir Ciao, und du hast mich nie gesehen. Einverstanden?«

»Wie du willst. Danke noch mal.«

»Schon gut. War mir ein Vergnügen.«

Ich habe den Überfall nicht angezeigt. Ich konnte nicht. Ich hätte das Mädchen mit seinem Stilett ins Spiel bringen müssen. Ich wollte nicht mit Renzo darüber sprechen. Er hätte gesagt, ich hätte auf ihn hören und nicht hingehen sollen. Ich hätte zugeben müssen, dass er recht hatte. Zufällig und unverdientermaßen, schließlich ist er kein Hellseher. Er hatte recht und nicht recht. Wir wären uns vermutlich wegen einer Sache in die Haare geraten, die schon geschehen und nicht mehr rückgängig zu machen war. Er hat gemerkt, dass meine Hände zittern, und ich musste lügen. Vielleicht war es gar nicht richtig gelogen, ich habe einfach etwas für mich behalten. Wer weiß, was er alles für sich behält.

2

Wer einen Mörder finden will, muss zuerst das Opfer identifizieren.

Die Identifizierung der Prostituierten mit der blutroten Jacke hatte besonders viel Zeit und Mühe gekostet.

Sie hatte keine Papiere dabeigehabt, sie hatte keine Fingerkuppen mehr, von denen man Abdrücke hätte nehmen können, und das Gesicht war unkenntlich. Sie war nicht an dem Ort umgebracht worden, an dem man ihre Leiche gefunden hatte, und zu viel Zeit war verstrichen, als dass irgendwelche brauchbaren Spuren vorhanden gewesen wären. Der Mörder – zweifellos ein Mann, wie man aus den Merkmalen des Falles schließen konnte – hatte erst gewütet und war anschließend sorgfältig zu Werke gegangen, und er hatte das Glück auf seiner Seite gehabt. Die Beamten, die Dutzende von Kolleginnen des Opfers befragt hatten, waren auf eine Mauer aus wohl ehrlichem »Keine Ahnung« gestoßen, und im Polizeipräsidium studierte man per Ausschlussverfahren die Akten der registrierten Prostituierten. Routine, wie oft in solchen Fällen. Aber auch zähes Dranbleiben. Und Ispettore Capo Amleto Vitello war zäh und geduldig, Eigenschaften, die er von Kindesbeinen an trainiert hatte, um gegen die Grimassen und die blöden Scherze gefeit zu sein, die sein Nachname und bisweilen die Kombination von Vor- und Nachname – Hamlet Kalb – ihm vonseiten der vielen Witzbolde, an die er immer wieder geriet, eintrugen.

»Könnte sein, dass wir sie haben«, verkündete er, als er eines Nachmittags das Büro von Commissario Berardi betrat.

»Ist sie identifiziert?«

»Könnte sein, habe ich gesagt. Kurz vor der Einmündung der Strada del Pino steht ein alter lädierter Panda. Die Prostituierten dort sagen, schon seit ein paar Tagen, seit wann genau, wissen sie nicht. Halterin ist eine gewisse Flora Torrielli, sechsundvierzig, ebenfalls Hure, mit Bockschein. Ich habe die Fotos ihren Kolleginnen gezeigt, und alle versichern, sie hätten sie dort nie arbeiten sehen. Ich habe sie unter der Adresse gesucht, die uns und dem Einwohnermeldeamt vorliegt, aber sie ist vor über einem Jahr umgezogen. Die Nachbarn, mit denen ich gesprochen habe, wissen weiter nichts. Aber mit dreien muss ich erst noch reden, und das Alter passt.«

»Gut gemacht, Ispettore.«

Der Ispettore grinste. Commissario Berardi rief alle Mitarbeiter mit dem Nachnamen, nur ihn nannte er beim Dienstgrad.

»Freuen Sie sich, Ispettore?«

»Worüber sollte ich mich freuen? Die nächste Bausparrate ist fällig, und meine Tochter liegt mir in den Ohren, dass sie ein Auto haben will.«

»Aber Sie grinsen.«

»Und Sie wollen wissen, warum.«

»Ich bitte Sie. Das geht mich doch nichts an.«

»Ich finde schon.«

»Ach ja?«

»Sie bringen meinen Namen nicht über die Lippen.«

Jetzt musste der Commissario grinsen.

»Versetzen Sie sich mal in meine Lage. Soll ich etwa ›Gut gemacht, Vitello‹ sagen?«

»Schon klar, ich weiß.«

»Ich kann Sie mit Ihrem Vornamen anreden, wenn Ihnen das lieber ist.«

»Nur mich?«

»Nein, besser nicht – wenn, dann alle. Das klingt auch nicht so nach Kaserne.«

»Klar, die Polizei mit dem menschlichen Antlitz. Heute Abend gehe ich noch mal zu den drei Nachbarn, die noch ausstehen. Wiedersehen, Commissario. Ach ja, Ispettore ist schon in Ordnung.«

Amleto Vitello ging. Gaetano Berardi dachte an eine Bemerkung, die Camilla einmal zum Kasernenton bei der Polizei gemacht hatte. Dann dachte er an Camilla.

In jedem Mietshaus – grübelte Ispettore Amleto Vitello – wohnt jemand, der seine Nase in fremde Angelegenheiten steckt. Zu unserem Glück, sonst könnten wir den Laden dichtmachen. Jemand, der nicht genug eigene Sorgen oder Probleme hat oder sich, auch wenn er welche hat, lieber um die seiner Nachbarn kümmert. Jemand ab zwanzig, fünfundzwanzig, bis zum vollen Jahrhundert, falls die oder der Hundertjährige nicht komplett dement ist. Geschlechtlich betrachtet, stecken eher Frauen ihre Nase in fremde Angelegenheiten, dafür ist das Begleichen von Rechnungen, Kämpfe wie am O.K. Corral, bei denen am Ende einer tot am Boden liegt, eher Männersache. Doch an Flora Torriellis letztem bekannten Wohnsitz, ob sie nun lebt oder tot ist, nur beharrliches Schweigen. Sie hat etwa fünfzehn Jahre hier gelebt, aber kein Mensch weiß etwas. Das heißt, die Leute behaupten, sie wüssten nichts, als wäre die Torrielli ein Gespenst gewesen. Äußerste Diskretion? Das Gesetz des Schweigens zum Schutz der Abwesenden? Nein, denn wenn auch keiner den Mund aufmachte, so sprachen doch die Augen, die spontanen Bewegungen der Gesichtsmuskeln, die Körperhaltung. Und das Nichtgesagte lautete: »Die Torrielli ist eine Nutte, mit so einer haben wir nichts zu tun.« Zum Kotzen, diese Spießer. Und dann gehen die braven Ehemänner und Väter zu den Huren – heimlich natürlich –, und die Frauen treiben es mit dem Schwager oder dem

Cousin, vor allem wenn seine Muskeln fitnessgestählt sind und die Brust enthaart ist, aber es macht auch nichts, wenn er fettleibig ist und ihm Haare aus Nasenlöchern und Ohren wachsen.

Als Amleto Vitello die aluminiumgerahmte Glastür öffnete, um zu seinem Wagen zurückzukehren, stieß er mit einem etwa siebzigjährigen Mann zusammen, der einen Schlüsselbund in der Hand hielt und gerade aufschließen wollte. Signor Lentini, dachte der Ispettore, Hochparterre rechts, der Einzige, der mir noch gefehlt hat. Dann wollen wir mal. Er zog seinen Dienstausweis hervor, nagelte den Mann fest und stellte seine Fragen.

»Was? Hier sollen wir reden? Wir sind doch keine Zigeuner«, antwortete er. »Darf ich Sie in meine Wohnung bitten?«

Der Ispettore ließ sich gerne bitten und nahm, zur Einstimmung, auch ein Glas von dem trüben schweren Rotwein an, der ihm aus einer halb vollen bauchigen Flasche eingeschenkt wurde.

»Das ist ein Nero d'Avola, mein Neffe macht ihn, der Sohn meiner Schwester, in Noto. Nur Trauben, nichts mit Pülverchen, Gepansche, Weinexperten. Alte Fässer. Unverfälscht.«

Vitello trank ein paar Schlucke und tat, als stimme er zu, er begriff, dass er einer Prüfung unterzogen wurde. Lentini wollte wohl sprechen, aber er fürchtete, der ehemaligen Nachbarin zu schaden. Vorsichtig redete er um den heißen Brei herum. Anscheinend war er nicht so etepetete, was die Torrielli anging.

»Wehe, wenn mir einer den Wein verbietet. Das darfst du nicht und jenes sollst du nicht, was bleibt dir dann, wenn du auf die achtzig zugehst, seit sechsundzwanzig Jahren verwitwet bist und die Kinder weit weg sind?«

»Wo sind sie denn?«, fragte Vitello höflich.

»Der Sohn in Deutschland, ebenfalls ausgewandert. Die Tochter hat sich in einen Landsmann von mir verliebt und lebt in Barcellona Pozzo di Gotto. Ich könnte auch zurück, aber wer weiß, ob ich mich nach über fünfzig Jahren wieder eingewöhne. Außerdem gibt es hier einen Haufen Sachen, Aktivitäten, Kurse für Leute in meinem Alter.«

»Kurse?«

»Ja, an der Volkshochschule für Senioren zum Beispiel. Unterricht am späten Nachmittag, dreimal die Woche. Das raten Sie nie.«

»Was?«

»Was ich für einen Kurs belegt habe.«

»Nein, wie auch.«

»Ich sage es Ihnen: Serviettentechnik.«

»Serviettentechnik?«

»Weiberkram, denken Sie, und Sie haben recht. Genau deswegen gehe ich hin, weil da Frauen sind, Papier schnipseln und kleben interessiert mich einen Dreck. Aber Frauen anschauen, in meinem Alter leider nur anschauen, das tue ich sehr gern, ich unterhalte mich auch gern mit ihnen. Und manche sind so nett und bringen mir ein Stück Kuchen oder ein paar gefüllte Paprika oder auch vakuumverpacktes Auberginengemüse mit. Im Installateur- oder Elektrikerkurs hätte ich keine Frauen kennengelernt, bloß Männer.«

»Apropos Frauen …«

»Was hat sie denn getan? Warum suchen Sie sie?«

Amleto Vitello seufzte. Wenn ich sage, die Fragen stelle

ich – dachte er –, bremst er seinen Redefluss und spielt die drei Affen. Er mag Frauen, bestimmt mochte er die Torrielli. Wenn ich ihm die Wahrheit sage, erzählt er mir vielleicht was.

»Sie hat nichts getan. Aber es wurde eine Prostituierte getötet. Sie hatte keine Papiere bei sich, wir können sie bislang nicht identifizieren. Es könnte die Torrielli sein.«

»O nein, die Arme!«

»Sie ist nirgends zu finden. Wir wissen, dass sie seit über einem Jahr nicht mehr hier wohnt, haben aber keine neue Adresse.«

»Haben Sie ein Foto?«

»Von der Torrielli ja, von der Toten nicht. Es würde nichts helfen.«

»Warum nicht?«

»Der Mörder hat sie völlig entstellt.«

Vito Lentini schenkte sich Wein nach. Seine Hand war ruhig, aber er führte das Glas nicht gleich an den Mund.

»Was wollen Sie wissen?«

»Die neue Adresse, falls sie Ihnen bekannt ist. Und falls die Tote wirklich die Torrielli ist – alles, was Ihnen zu ihr einfällt.«

»Die genaue Adresse kenne ich nicht. Irgendwo beim Corso Lecce, aber nicht direkt am Corso, in einer Seitenstraße. Ein großes renoviertes Mietshaus mit vielen Leuten, nicht so verlaust und grauslig und verstunken wie das hier. Sie wollte noch ein Jahr arbeiten, vielleicht zwei, und dann aufhören.«

»Haben Sie sie nach dem Umzug noch mal gesehen?«

»Nein. Sie sagte, sie würde irgendwann weggehen, und eines Tages hat sie es getan. Ohne sich zu verabschieden, nicht mal von mir.«

»Kannten Sie sie näher?«

»Vom Sehen.«

»Nur vom Sehen?«

»Na ja … wir haben uns dreimal getroffen. Meine Frau ist vor sechsundzwanzig Jahren gestorben, das habe ich doch schon gesagt.«

»Entschuldigen Sie die Frage: Nur dreimal?«

»Dreimal, vor fünfzehn Jahren, als sie herzog. Dann wollte sie nicht mehr.«

»Wie das?«

»Weil sie nicht in ihrer Wohnung arbeitete. Nur im Hotel oder im Auto des Freiers. Bei mir hat sie eine Ausnahme gemacht. Die Nachbarn sollten nichts wissen.«

»Aber die Nachbarn wussten es.«

»Ha! Ist doch klar. Sie hat nie von sich erzählt, und die Leute sind fast geplatzt vor Neugier. Und als dann die Cozzolinos sie eines Abends an der Strada del Drosso stehen sahen, haben sie es sofort an die große Glocke gehängt.«

»Ist sie deshalb weggezogen?«

»Ich glaube nicht. Sie wollte den Hausfrieden nicht stören, aber sie scherte sich nicht um das Gerede anderer Leute. Eine großartige Frau.«

»Wann hat sie Ihnen erzählt, dass sie umziehen will?«

»Ein paar Monate vorher. Wir hatten, wie gesagt, nicht viel miteinander zu tun. Aber an dem Nachmittag war wegen irgendwelchen Bauarbeiten im Viertel der Strom abgeschaltet, was sie nicht wusste. Sie kam zu mir und fragte, ob überall der Strom ausgefallen ist, und erzählte, dass sie umziehen wollte. Sie erzählte, was ich Ihnen vorhin gesagt habe, von ihrer neuen Wohnung und dass sie aufhören wollte. Wenn sie die Tote ist, verhaften Sie dann das Schwein, das sie umgebracht hat?«

»Wir tun unser Möglichstes.«

»Tun Sie Ihr Unmöglichstes. Bitte.«

»Wir werden es versuchen, Signor Lentini. Und danke für alles.«

Weiter langweilige Routine. Aber das gehört eben zu meiner Arbeit, dachte Ispettore Capo Vitello, und so ungern tue ich sie gar nicht. Die Strada del Drosso ablatschen und Fragen stellen, aber die Nigerianerinnen konnten nur den Kopf schütteln, um Nein zu sagen, nein, sie kannten sie nicht, die aus dem Osten rissen die hellen, kühlen Augen auf und zuckten gleichgültig die Schultern. Die Strom- und die Gasfirma anrufen und fragen, ob es eine Rechnung auf den Namen Flora Torrielli gab, aber es gab keine. Kein Festanschluss, kein Mobiltelefon mit einer SIM-Karte von wem auch immer. Wenn man will, kann man sehr gut verschwinden, auch im Zeitalter des Großen Bruders. Man braucht sich gar nicht an diese Schwindler im Internet zu wenden und sich für einen Haufen Geld Ratschläge geben zu lassen, die vielleicht für zurückgebliebene Kinder taugen. Man zieht einfach um und teilt niemandem die neue Adresse mit. Man mietet schwarz eine Wohnung und meldet Telefon und Strom nicht um. Eine Weile funktioniert es. Die Torrielli wollte anscheinend verschwinden. Eine Weile hat es funktioniert. Doch dann hat jemand sie gefunden – falls sie es ist.

Wieder Straßen ablatschen. Die Seitenstraßen vom Corso Lecce, der ziemlich lang ist, und hoffen, auch wenn es absurd ist, dass ihr Name auf irgendeiner Klingelanlage steht. Die Hoffnung auf Hausmeisterinnen ist vergeblich: Sie sind im Aussterben begriffen und in den Mietskasernen am Stadtrand längst ausgestorben, ersetzt durch billigere Reinigungsfirmen, die alle sechs Monate wechseln. Eine großartige Frau, hat Lentini gesagt. Noch nie habe ich jemanden so von einer Straßenhure sprechen hören.

Gaetano Berardi bremste scharf, riss das Lenkrad nach rechts und hielt in der zweiten Reihe. Der korpulente Fahrer des Toyota Yaris hinter ihm wäre um ein Haar aufgefahren und schickte ihn, hinter geschlossenen Fensterscheiben brüllend, zum Teufel. Berardi wäre gern ausgestiegen, um die Angelegenheit unter Männern zu regeln, konnte aber die Tür nicht öffnen, ohne wegen der vorbeifahrenden Autos selbige (und womöglich seinen Arm) zu opfern, und in dem Stau hinter ihm brach ein wütendes Hupkonzert los. Man kann ja verstehen, dass er sich ärgert, dachte der Commissario, er wird sich zu Hause schadlos halten und einen Grund finden, um sich mit seiner Frau zu zoffen oder seine Tochter anzuschreien, die bauchfrei herumläuft und ihm keinen Respekt entgegenbringt. Was mit dem Sohn ist, weiß ich nicht, vielleicht reden sie schon seit Jahren nicht mehr miteinander.

Er ging ein paar Schritte und öffnete die Tür eines Geschäfts. Ein Erotikshop, dessen Ladenschild er im Vorbeifahren zufällig gesehen hatte. Es waren keine Kunden da. Ein Dobermann erhob sich von seiner Decke, spitzte die Ohren und entblößte die Zähne, lautlos. Gaetano blieb mit dem Rücken zur Tür stehen.

»*Platz*, Adolf!«, befahl eine Frauenstimme, und der Hund legte sich der Länge nach hin, Schnauze zwischen die Beine. Gaetano wandte sich in Richtung der Stimme: Sie gehörte zu einer jungen Frau Anfang zwanzig, die hinter einem Perlenvorhang auftauchte. Gegelt, gepierct, gestiefelt. Zwölf-Zentimeter-Stilettos. Mieder aus Sadomasolatex. Hotpants und Netzstrümpfe. Metallringe an sämtlichen Fingern beider Hände. Hübsch.

»Und die Peitsche?«, fragte er mit einem leichten Grinsen.

»Jede Menge, in allen Ausführungen. Von Peitschen, die nur ein bisschen kitzeln, bis hin zu solchen, die die Haut aufreißen. Du bist aber eher nicht der Typ dafür.«

»Was bin ich denn für ein Typ?«

»Einer, der aus Versehen hier reingeraten ist. Oder aus Neugier.«

»Vielleicht.«

»Was willst du denn?«

»Einen Gummiball. Für den Mund.«

»Die haben einen bestimmten Namen, weißt du das nicht?«

»Nein, und er interessiert mich auch nicht.«

»Das ist schlecht. Wer die Wörter beherrscht, beherrscht die Dinge.«

»Unterrichtest du Philosophie, wenn du nicht gerade Schweinkram verkaufst?«

»Schweinkram? Wörter sind wohl nicht deine Stärke. Das heißt Zubehör. Zubehör und erotisches Spielzeug für den prickelnden Spaß für dich allein, für Paare und Gruppen. Die neueste Vibrator-Generation, mit Lavendel- oder Rosenduft. Dildos aus antiallergischem, schadstofffreiem Duftgummi mit Vanille-, Erdbeer- oder Himbeergeschmack. Perücken und Schuhe aus aller Herren Länder. Sadomaso- und Fetischdessous für Sie und Ihn. Videos, DVDs und Magazine. Entwicklung und Abzüge von Fotos bei äußerster Diskretion. Bestellung auch per Katalog. Und das alles tust du mit dem Wort Schweinkram ab?«

Gaetano lächelte amüsiert. Die junge Frau gefiel ihm. In anderen Klamotten hätte sie ihm noch besser gefallen. Er holte ein Foto aus der Tasche und reichte es ihr. Sie drehte es hin und her, betrachtete es anscheinend interessiert und gab es ihm dann spöttisch grinsend zurück.

»Da bist du bei mir an der falschen Adresse, Bulle. Musst bei deinen Kollegen von der Sitte Nachhilfe nehmen.«

Er war einen Moment verunsichert und steckte das Foto wieder ein.

»Erklär's mir.«

»Was?«

»Was ich nicht weiß.«

»Oje. Man merkt, dass du es wie Mama und Papa machst. Missionarsstellung. Im Schlafanzug. Wahrscheinlich bei Licht aus.«

»Willst du es ausprobieren?«

»Nein danke. Ich hab's lieber fantasievoll.«

»Wie du willst. Aber jetzt sag, was du gemeint hast.«

»Das auf dem Foto ist ein Spielball für Hunde. So was bekommst du in der Tierhandlung. Wenn man keinen Hund zum Spielen hat, kann man ihr den Ball in den Mund stecken, damit sie nicht schreit. Oder ihm, kommt drauf an, was man bevorzugt und wer dominant ist. Ich wette, so ein Ball kostet auch weniger als die Bälle bei uns. Dumpingpreise.«

Gaetano dachte nach. Die Hand an dem nutzlosen Foto in der Tasche.

»Was ist los, Bulle? Hab ich dir den Abend vermiest? Was hast du dir denn erhofft?«

»Nicht viel. Aber jetzt ist es noch schwieriger, das Schwein zu kriegen, das den Ball benutzt hat.«

»Wenn sie oder er einverstanden war, ist er kein Schwein.«

»Sie war nicht einverstanden. Niemand lässt sich freiwillig umbringen.«

»Dann suchst du also einen Mörder.«

»So ist es. Einen sadistischen Mörder.«

»Der auch noch klug ist. Er benutzt kein Spezialwerkzeug für seine dreckige Arbeit. Wer ist die Tote?«

»Eine Prostituierte. Sie dürfte am Ende gehofft haben, dass der Tod schnell kommt.«

»Tja, ich mag euch Bullen zwar nicht besonders, aber diesmal bin ich auf eurer Seite. Ich hasse solche gestörten Typen!«

»Und arbeitest in so einem Laden.«

»Ja und? Ich hatte dich eigentlich für intelligent gehalten.«

Bei der letzten Bemerkung hatte sie lauter gesprochen. Der Dobermann war aufgesprungen und bleckte sein Haifischgebiss.

»*Sitz*, Adolf!«, beruhigte sie ihn.

»Hat der früher in Auschwitz gearbeitet?«, fragte er herausfordernd.

»Klar, er heißt ja nicht umsonst Adolf.«

»Gehört er dir?«

»Nein. Den möchte ich nicht mal geschenkt haben. Aber hier kann ich ihn gut brauchen. Vor allem weil er Theater macht, außerdem – wenn Mirko nicht da ist, weiß man nie.«

»Der Ladeninhaber?«

»Ja. Aber abends kommt er selten. Auf mich stehen die Leute mehr.«

»Das glaube ich sofort.«

»Machst du dich über mich lustig?«

»Nein, im Ernst. Aber pass auf mit den Kunden, es laufen genug Gestörte herum.«

»Vor solchen Typen beschützt mich Adolf. Außerdem kann ich mich verteidigen.«

»Verlass dich nicht zu sehr darauf. Mach's gut.«

»Du auch.«

Sie sah ihm nach, als er hinausging. Sieht gut aus. Blöd, der Beruf. Ich könnte darüber hinwegsehen. Aber er hat nicht gebaggert, dachte sie. Oder vielleicht doch, aber nur ein bisschen.

Hübsch. Frech. Und witzig. Der Commissario zog das Foto aus der Anoraktasche, warf einen letzten Blick darauf und zerriss es. Er war plötzlich müde. Und spürte tief innen bleierne Traurigkeit. Enttäuschung. Ein grässliches Gefühl der Einsamkeit. Den Wunsch nach einem Menschen, ganz nah. Seine Gedanken wanderten wieder zu Camilla. Vielleicht rufe ich sie an, dachte er. Und dann: Was soll ich sie anrufen.

Die Bars in der Peripherie sind ein Glück. Sie öffnen früh und schließen zeitig. Sie machen nicht viel her und sind nicht in. Die meisten Gäste sind Stammgäste und haben es nicht dauernd eilig. Sie bestellen ihren Espresso oder einen Cappuccino mit einem Croissant, blättern in der Zeitung, die auf einem Tisch liegt, wechseln ein paar Worte mit dem Barmann. Oder sie unterhalten sich mit einem Bekannten über Fußball, über die Preise, wo kommen wir da hin, wenn das so weitergeht, über die Wettervorhersage, die nie stimmt. Flora Torrielli hatte oft in der Bar gefrühstückt, wenn sie von der Arbeit nach Hause ging. Normal gekleidet, denn ihre Arbeitsklamotten, die

Szeneuniform, zog sie im Auto aus, nachdem der letzte Freier bedient war, sie zog die Sachen auch im Auto an, bevor ihre Schicht begann. Nicht weil sie sich für ihren Beruf geschämt hätte, sondern eben weil sie ihn als Beruf betrachtete, der wie jeder Beruf eine passende Ausstattung erforderte. In ihrem Fall handelte es sich, abgesehen von Kondomen, Gleitcreme und Reinigungstüchern, um eindeutige, auffallende, ziemlich ordinäre Klamotten, die keinen Zweifel zuließen und reichlich Fleisch zeigten und dem Wunsch geiler Männer auf der Suche nach schnellem Sex entsprachen. Früher erforderte die Wahl des richtigen Mix Zeit und Geduld, man suchte nach dem geeigneten Teil, das sich gut kombinieren ließ, doch dann hatte jemand das Geschäft gewittert, und an der Porta Palazzo und in San Salvario waren Läden entstanden, die sich auf diesen Look spezialisierten und komplette Kollektionen für Frühjahr-Sommer und Herbst-Winter anboten. Samt und sonders made in China, samt und sonders zu äußerst günstigen Preisen. Übrigens waren, wegen des Überangebots auf der Straße, auch die Tarife der Kundinnen absolut günstig.

Amleto Vitello landete auf seinem Erkundungsgang in der richtigen Bar. Er zeigte dem Barmann das Foto von Flora Torrielli, und der sagte ja, die Frau habe oft bei ihm gefrühstückt. Er gab zu verstehen, dass er sich habe vorstellen können, welchem Beruf sie nachging, und fügte hinzu, er habe sie eine ganze Weile nicht gesehen. Seit wann genau? Genau wisse er es nicht, er führe schließlich keine Anwesenheitsliste. Seine Frau unterbrach ihre Produktion von Panini und Focacce aus Cholesterin und Triglyceriden, sah sich neugierig das Foto an und bestätigte, dass es sich um die Signora aus der Nummer dreiundfünfzig handelte. Sie sagte ganz sachlich »Signora«, ohne jeden Unterton, und aus Sympathie bestellte der Ispettore ein Brötchen, das harmloseste, Mozzarella und Tomate, das trotzdem von Fertigmayonnaise troff. Und ihm noch den halben Nachmittag im Magen lag.

Jetzt hatte er die Adresse, aber an der Nummer dreiundfünfzig stand – wie er befürchtet hatte – nirgends Torrielli auf der Klingelanlage. An dem in Miniapartments aufgeteilten Gebäude standen sowieso kaum Namen, stattdessen kryptische A3, B5 und so weiter, und Vitello erlaubte sich ein »Scheiße«. Dann dachte er an den Postboten, der noch mehr zu leiden hatte, und das täglich, und klingelte bei C6. Eine schrille Frauenstimme fragte »Ja, bitte?«, er sagte »E-Werk«, und die Tür ging auf. Erst der ganze Schutz der Privatsphäre und die Angst vor Gaunern, und dann lassen sie sich so leicht reinlegen. Die Welt ist absurd. In dem schmalen Eingang befanden sich die Briefkästen und ein Schaukasten mit den Namen des zuständigen Installateurs, der Aufzugfirma und des Verwalters. Er notierte sich letzteren und wandte sich den Briefkästen zu. Auch hier gab es diese kryptischen Schildchen, und natürlich rächte sich der Postbote, indem er sämtliche Briefe und Rechnungen oben auf die Briefkastenanlage legte: Sollen sie das Zeug doch selber verteilen, wer bin ich denn. Amleto Vitello sah die Post durch und fand eine Ansichtskarte aus Rimini, adressiert an Flora Torrielli. Reihenweise Sonnenschirme und Liegestühle, in der Ferne ein schmaler blauer Streifen, der das Meer sein musste. »Liebe Grüße von Deiner Freundin Ines Dorigo«, stand da zu lesen. Abgestempelt vor zwölf Tagen, allerdings nicht als Eilzustellung frankiert, also normal, das heißt phlegmatisch. Wer weiß, wann die angekommen ist, überlegte Vitello, wer weiß, wer Ines ist. Wahrscheinlich eine Kollegin, die in der Romagna am Meer überwintert. Und keine SMS schreibt, sondern sich des altmodischen Mittels einer Ansichtskarte bedient, um ihre Grüße zu schicken. Was auch noch teurer ist. Außer eine Postkarte mit Sonnenschirmen und Liegestühlen in Rimini ist eine verschlüsselte Botschaft. An eine Straßennutte? Na ja, wir werden sehen. Er steckte die Karte ein, was nicht korrekt war, aber das war ihm egal.

Er fuhr mit dem Lift in den sechsten Stock und läutete an einer Tür, an der statt eines Kürzels drei Nachnamen standen: Bonaffini – Marchese – Perotti. Das übliche »Ja, bitte?« (die schrille Stimme war die von C6), auf das er diesmal mit »Polizei« antwortete. Zögernd öffnete sich, von der Kette gehalten, die Tür, in dem schmalen Streifen erschien eine junge Frau. Sie schaute misstrauisch drein.

»Zeigen Sie mir Ihren Ausweis«, forderte sie ihn auf.

»Bitte«, sagte er und schob ihn durch den Spalt. Dann fügte er hinzu: »Nur eine Information.«

»Ja, bitte?«, gestand sie ihm zu und blieb hinter der Tür verbarrikadiert.

»Wissen Sie, welche die Wohnung von Flora Torrielli ist?«

»Nein.«

»Wer könnte das denn wissen?«

»Keine Ahnung.« Und dann, als bedauere sie ihre Einsilbigkeit: »Hier wohnen viele Mieter nur vorübergehend. Studenten, Stipendiaten, Leute mit befristeten Arbeitsverträgen.«

»Verstehe. Aber … Darf ich Sie was fragen?«

»Ja, klar.«

»Warum haben Sie mir vorhin die Haustür geöffnet?«

»Sie waren das? Da hieß es E-Werk, nicht Polizei.«
»Eben. Dem E-Werk machen Sie sofort auf.«
»Polizei, Carabinieri: Das behaupten sie, und dann sind es Betrüger, die die Wohnungen ausräumen.«
»Und wer behauptet, er käme vom E-Werk, tut das nicht?«
»Ich weiß nicht. In der Zeitung steht immer, man soll aufpassen.«
»Ganz richtig. Passen Sie nur weiterhin auf.«
Mit dem Lift fuhr er drei Stockwerke tiefer. Jetzt versuchen wir es noch mal, dachte er, vielleicht habe ich ja Glück. So war es. Signora Cardellino-Marietti war besser informiert: Flora Torrielli wohne in der Wohnung nebenan, aber seit ein paar Tagen habe sie sie weder weggehen noch kommen hören. Das sei schon öfter vorgekommen, fügte sie hinzu. Der Vollständigkeit halber klingelte Vitello bei A3, aber wie erwartet meldete sich niemand.

3

Letzte Tage des Wartens. Die Stadt stand kurz vor dem Großereignis. Zinnoberrote Banner verkündeten allerorten PASSION LIVES HERE (wer des Englischen mächtig war, grinste ob der unfreiwilligen Zweideutigkeit); Arbeitertrupps pinselten die olympischen Ringe auf Busspuren; andere Trupps versiegelten Kanalschächte und Mülltonnen; Sportlersilhouetten aus Sperrholz bevölkerten sämtliche Leitplanken; die Totem-Uhr an der Piazza Castello fraß die fehlenden Minuten; wichtige Vertreter sämtlicher Institutionen (einschließlich der kirchlichen) verausgabten sich bei der Organisation letzter Details; Hubschrauber schwirrten vorbeugend, beruhigend, überwachend am Himmel; Ordnungskräfte aller Art sicherten mehr oder weniger sensible Ziele; ein Heer von Freiwilligen jeden Alters brannte darauf, in Aktion zu treten. Die Reaktionen der Turiner, ob Einheimische oder Zugezogene, waren ein einziges Auf und Ab gewesen, ein Knäuel von Gemütszuständen, das der Wind der Zeit wegfegte oder erst recht verwirbelt an den Horizont trug: Für unbändige Wut und ohnmächtigen Frust sorgten der baustellenbedingte Schweizerkäse und die Straßen, die morgens befahrbar und abends gesperrt waren, die ewigen Umleitungen von Tram und Bus, die ganz normalen Staus, denen die Verkehrspolizisten ohnehin nicht abhelfen konnten, und die unerwarteten Staus, zu deren Entstehung die Verkehrspolizisten das Ihrige beisteuerten, eine Reihe von Zwangsmaßnahmen rund ums Fahrverbot, Totalstopp, Teilstopp, gar kein Stopp des Verkehrs, erlassen und sogleich wieder geändert, aufgehoben oder widerrufen. Als Wut und Frust unter lautem Geheul allmählich verebbten, fügte man sich, man biss die Zähne zusammen, verwünschte, knurrte, verfluchte alle möglichen Adressaten, und dann verrauchte das taube und scheele Sichfügen in Resignation, zu der jede Plage führt, egal, ob natürlicher oder künstlicher Art. Doch am Vorabend des Großereignisses hatte sich die Atmosphäre wieder gewandelt: Aufregung und Neugier griffen um sich, die Freude über das Dabeisein und die Sorge, dem Ganzen nicht gewachsen zu sein, sich vor den Augen der Welt, sprich vor tausend

Fernsehkameras, zu blamieren. Und die Flucht der Bürger, von der Stadtverwaltung befürchtet und von der Opposition erhofft, hatte nicht stattgefunden: Wer eine Ferienwohnung an einem der Spielorte in den Bergen besaß, nutzte sie natürlich, um die schönsten Wettkämpfe live zu erleben, und trug damit zu den Menschenaufläufen bei, während die übrigen Bewohner in der Stadt geblieben waren, sei es, weil sie keine andere Möglichkeit hatten, sei es, weil sie schließlich doch dabei sein wollten. Nur ein besonders empfindlicher und elitärer Zeitgenosse hatte sich nach einer ungehaltenen Äußerung, die in den Lokalbeilagen der Presse zu lesen war, an andere Gestade verzogen und sich hinterher beschwert, dass man ihn zu den verschiedenen Zeremonien nicht auf die Tribüne der Notabeln geladen hatte. Und außer diesem Intellektuellen auch Camillas Mutter samt Cousine Rita, nicht aus ideologischen Gründen, sondern schlicht wegen eines Buchungsfehlers, dem ein Schwall nutzloser Klagen folgte.

Liuba versuchte es noch mal beim Avvocato.

Der Avvocato – zweiunddreißig Jahre alt, groß und hager, mit dem Profil eines Raubvogels, eines zum Rebellen konvertierten Adligen aus dem achtzehnten Jahrhundert – war ein absonderlicher Typ und oft unberechenbar. Er war ein mustergültiges Kind gewesen, später ein ruhiger, respektvoller und freundlicher Junge, der ganze Stolz seiner Eltern (sie Dozentin an der Uni, er erfolgreicher Geschäftsführer einer Firma) und neidvoll beäugt von den Bekannten, die sich mit schwierigen pubertierenden, die Schule vernachlässigenden, gleichgültigen, anspruchsvollen Sprösslingen herumschlugen. Dann, etwa mit zwanzig, plötzlich die Wende. Er ließ das Medizinstudium sausen und die Familie sitzen, doch ohne lauthals zu protestieren und auf seine Unabhängigkeit zu pochen, sondern fast liebenswürdig und behutsam, und ging als freiwilliger Helfer nach Afrika, für eine der vielen idealistischen Organisationen, die das schlechte Gewissen des Westens besänftigen. Er wechselte von einer Organisation zur nächsten und wieder zur nächsten (während seine Familie immer noch an eine Art vorübergehendes Ritual glaubte, an ein Eintrittsgeld in die Welt der Erwachsenen), und als er zurückkehrte, nahm er nicht seinen vorgesehenen Platz ein, sondern tanzte endgültig aus der Reihe. Ein paar polizeiliche Festnahmen wegen der Teilnahme an nicht genehmigten Demonstrationen, ein bisschen Vandalismus, hin und wieder eine Prügelei mit politischen Gegnern, eine Schlägerei, bei der ihm eine kaputte Flasche eine hässliche lange Narbe am rechten Arm einbrachte. Er nahm sein Studium nicht wieder auf, hatte keine Pläne, war streitsüchtig und launisch geworden.

Nach monatelanger, mehr oder weniger geduldiger Hinnahme beschloss der Vater, Tacheles mit ihm zu reden: Was hast du vor, wann hörst du endlich auf, deine Zeit zu verschwenden und in den Tag hineinzuleben, in deinem Alter wäre es an der Zeit …, doch er bekam weder eine Antwort noch auch nur andeutungsweise eine Erklärung. Der mittlerweile vierundzwanzigjährige Sohn stand ihm schweigend und abweisend gegenüber, als ginge ihn das alles nichts an. Da platzte dem Vater der Kragen (vor Enttäuschung, Unverständnis, Frustration, Verlorenheit), er verschanzte sich hinter dem Schild einer in der Familie bis dahin nicht ausgeübten Autorität und stellte ein letztes Ultimatum, das in etwa »beweg deinen Hintern oder geh« lautete. Tommaso nickte endlich, und am nächsten Tag ging er. Auch diesmal eigentlich freundlich, auch packte er nur das Allernötigste in einen Rucksack, wie für ein Wochenende bei Freunden. Er lebte als Vagabund in verschiedenen besetzten Häusern oder selbst verwalteten Zentren, hielt sich mit kleinen Jobs über Wasser, aß zum Frühstück oft zwischen Supermarktregalen Schokoriegel oder Snacks, mittags und abends gab es die Mensa im Cottolengo oder die Lebensmittelpakete der Vinzentiner, als wäre er ein soeben gestrandeter Flüchtling, der von nichts eine Ahnung hat und mutterseelenallein ist. Als dann ein Freund erwischt und wegen gemeinschädlicher Sachbeschädigung und eines halben Dutzends damit zusammenhängender Delikte angeklagt wurde, fing er an, die Gesetzbücher zu studieren, weil er ihm – vielmehr dem Pflichtverteidiger, der nicht die geringste Lust hatte, Zeit und Engagement an den Fall zu verschwenden – helfen wollte. Der Freund war dank seiner Ratschläge recht gut weggekommen, und Tommaso hatte sich in gewissen Kreisen (nicht in allen, *of course*) zum Advokaten gemausert und eine Art Karriere gestartet. Er entwarf unter der Hand die Verteidigung so manches Beschuldigten, dessen Vergehen ihm nicht missfielen oder der sich, was eher selten vorkam, gar nichts hatte zuschulden kommen lassen. Die Vergütung war bescheiden und richtete sich nach den finanziellen Möglichkeiten des Klienten, umsonst war der Rechtsbeistand, aus Prinzip, jedoch nie.

»Avvocato, hilf mir, Weißdu zu finden. Er ist schon zu lange weg«, sagte Liuba.

»Wie soll ich dir da helfen? Es ist nicht so einfach, jemanden zu finden, der sich versteckt hat.«

»Ich glaube nicht, dass er sich versteckt. Es muss ihm

was passiert sein, vielleicht ist er überfahren worden oder er ist krank und liegt in irgendeiner Klinik.«

»Weißt du denn seinen richtigen Namen?«

»Den hat er mir nie gesagt.«

»Du hast ihn bemuttert und nie gefragt, wie er heißt?«

»Quatsch, bemuttert! Was hätte ich denn alles verlangen sollen? Ausweis und Führerschein, Ihre Papiere bitte, die Personalien ...«

»Aber wie ich heiße, weißt du.«

»Hör auf mit dem Quatsch. Klar weiß ich, wie du heißt, erstens weil ich dich schon länger kenne, und zweitens weil man mit dir besser reden kann. Wenn du Lust hast, nicht wie jetzt.«

»Ich kann einen Freund fragen.«

»Ist er Journalist?«

»Nein, Polizist.«

»Du hast einen Polizisten zum Freund?«

»Bei der Drogenfahndung. Er kann sich erkundigen, ob es einen Unfall oder so was gegeben hat. Wenn wir wüssten, wie er heißt, wäre es einfacher.«

»Du wiederholst dich, mach's doch nicht so schwierig. Wann fragst du ihn?«

»Morgen. Ich besuche ihn und frage dann.«

»Warum rufst du nicht an?«

»So halt.«

»Ist das eine Antwort?«

»Was soll man auf eine dumme Frage schon antworten.«

»Könnten wir nicht jetzt kurz zu ihm?«

»Zusammen?«

»Ja, komm. Tu mir den Gefallen!«

»Und was kriege ich dafür?«

»Ich wasche dir einen Pulli. Oder zwei, ich werde mich richtig verausgaben.«

»Abgemacht. Zieh dich warm an, wir fahren mit der Vespa.«

Der Rechtsmediziner, der die Prostituierte mit der blutroten Jacke obduzierte, hatte schon viele Leichen gesehen, aber so zugerichtet war kaum eine gewesen. Nicht nur von Ratten oder anderem Getier, sondern von Menschenhänden, die erst einen lebenden Körper gequält und sich dann grausam an dem ausgetobt hatten, was von ihm übrig war. Ein Psychopath, dachte er. Ein krankes Hirn. Wir entledigen uns des Grauens, indem wir es der Krankheit zuschreiben, es wäre sonst unerträglich. Sie waren alle verrückt, die großen Schlächter der Geschichte und ihre gehorsamen Befehlsempfänger, die ohne mit der Wimper zu zucken folterten, ohne Narkose gesunde Glieder amputierten, sich in monströsen Praktiken übten, auch sie waren allesamt verrückt. Verrückt die Kinder, die Mutter und Vater töten, die Mütter, die ihre Kinder töten, die Väter, die ihre ganze Familie töten. Die Vorstellung von Verrücktheit rettet uns, wenn uns der Mut fehlt, auf den Grund des Brunnens zu schauen. Medea war verrückt, Punktum, und viele andere auch. Doch der Mythos legt andere, weniger beruhigende Vermutungen nahe.

Der Rechtsmediziner tippte am Computer den Obduktionsbericht fertig. Er hatte hämmernde Kopfschmerzen. Er beschloss, kein Aulin zu nehmen, sondern sich zu betrinken.

Als die richterliche Genehmigung vorlag, inspizierten der Commissario und seine Leute die Wohnung von Flora Torrielli, eine stickig riechende, aber tipptopp aufgeräumte Zweizimmerwohnung. Nur im Kühlschrank verschimmelten Essensreste. Im Schrank im Schlafzimmer keine Lücke zwischen den Kleiderbügeln, die Frau war nicht in die Ferien gefahren oder aus sonst einem Grund verreist. Sie sicherten Fingerspuren, packten persönliche Gegenstände ein, Fotos, Ansichtskarten und was sie sonst für die Ermittlungen eventuell brauchen konnten, denn obwohl der Beweis noch ausstand, waren sie inzwischen überzeugt, dass es sich bei der Prostituierten mit der blutroten Jacke um Flora Torrielli handelte.

Dann, endlich, Gewissheit.

Der Welt in einer achtzeiligen Meldung in den Klatschspalten mitgeteilt. Kein Foto. Die Olympischen Winterspiele fingen bald an.

Sie durchstöberten ihr Leben.

Sie hatte früh angefangen, mit knapp zwanzig war sie bereits registriert. Einzelkind, normale Familie. Der Vater Arbeiter, die Mutter Schneiderin zu Hause: Sie schwammen nicht im Geld, waren aber auch nicht so elend arm, dass das Mädchen anschaffen gehen musste. Vielleicht hatte sie keine Lust, sich wie die Mutter den Rücken an einer Nähmaschine zu ruinieren, vielleicht hatte sie die falschen Leute kennengelernt. Die Eltern waren vor drei Jahren gestorben, sie an Leukämie, er stürzte sich zwei Monate später aus dem vierten Stock. Sie hatten ihr ein wenig Geld und die kleine Eigentumswohnung hinterlassen, zwei Zimmer mit Küche, die sie sofort verkaufte. Verständlich, dass sie nicht dort wohnen wollte und es vorzog, an einem Ort zur Miete zu wohnen, wo niemand sie von Kind an kannte. Eine Zeit lang legte sie das Geld in Schatzanweisungen und Obligationen sicher an, dann leistete sie, anderthalb Jahre nachdem sie geerbt hatte, eine Anzahlung für eine kleine Wohnung an dem neuen Komplex Spina 3, die jetzt bald fertiggestellt war. Verständlich, dass sie sich kurz vor einem weiteren Umzug noch nicht umgemeldet hatte, falls sie überhaupt beabsichtigt hatte, dorthin zu ziehen. Rätselhaft bliebe in diesem Fall allerdings das Intermezzo in der Seitenstraße des Corso Lecce, außer sie hatte sich verstecken oder jemanden oder etwas loswerden wollen.

Kapitel Zuhälter: Sie hatte dreimal gewechselt. Nummer eins und Nummer zwei konnte man wohl außer Acht lassen, die spielten schon lange keine Rolle mehr, blieb der dritte, ein gewisser Fausto Gusella. Seit knapp anderthalb Jahren hinter Gittern.

Commissario Berardi hatte ihn im Gefängnis von Le Vallette vernommen. Der klassische Drückeberger, mit einer Reihe Vorstrafen von Einbruchsdiebstahl bis hin zu Autoschieberei, doch wegen ausbeuterischer Zuhälterei hatte er nie gesessen. Ein Ganove mittleren Kalibers.

Er blickte den Commissario offen an: Anscheinend hatte er den Besuch erwartet.

»Wenn ich draußen wäre, würde sie noch leben«, sagte er ohne Vorrede.

Der Commissario ließ sich seine Verwunderung über die abrupte Eröffnung nicht anmerken und nickte.

»Ich habe sie nie ausgebeutet, ich habe sie nur beschützt.«

»Ach ja?«

»Vergessen Sie's.«

»O nein. Ihr Tod war schrecklich.«

»Manchmal ein Geschenk, nie Geld. Ich habe sie nicht auf den Strich geschickt, da war sie schon längst, bevor ich sie kennengelernt habe.«

»Das wissen wir. Wie haben Sie sie kennengelernt?«

»Was für eine Frage. Wir waren ein paar Mal zusammen. Sie gefiel mir.«

»Und dann?«

»Sie hat mich um Hilfe gebeten. Ihr Zuhälter verprügelte sie.«

»Und Sie haben sie übernommen.«

»Commissario, ich hab sie nur da rausgeholt. Der Typ war eine feige Sau, außer dass er seine Mädchen verprügelte, hatte der nichts drauf. Bei mir hat er gleich den Schwanz eingezogen. Die beiden anderen Mädchen, die er laufen ließ, haben ihm die Albaner später abgenommen.«

»Wie?«

»Sie haben ihn mit dem Messer bedroht.«

»Und Sie?«

»Was ich?«

»Wie haben Sie das gemacht?«

»Ich hab ihm was erzählt. Er wusste, dass ich keinen Spaß mache …«

»Alles gratis.«

»Gratis macht niemand was. Ich mochte Flora, das hab ich doch schon gesagt. Ich habe sie nicht mehr bezahlt. Sie kam hin und wieder zu mir und blieb dann.«

»Und Sie haben sie zur Arbeit begleitet und kontrolliert.«

»Nein, verdammt! Wie soll ich es Ihnen denn noch sagen! Ich hab sie nie auf den Strich geschickt. Aber im Milieu wusste man, dass sie mir wichtig war.«

»Warum ist Flora vor einem Jahr umgezogen?«

»Wegen der Cozzolino.«

»Das heißt?«

»Die hatte rausgekriegt, dass Flora anschaffen ging, und machte ihr das Leben zur Hölle. Sie war boshaft und gemein.«

»Zum Beispiel?«

»Weiberkram. Sie hat die aufgehängte Wäsche schmutzig gemacht, Müll auf ihren Balkon gekippt. Stumme Anrufe, wenn sie wusste, dass Flora schlief. Dann hat sie ihren Kater beseitigt. Momo hieß er. Flora ist zu mir gekommen und hat es mir erzählt.«

»Sie hat es Ihnen also erzählt. Und was haben Sie dann gemacht?«

»Was hätte ich schon machen können? Ich saß ja hier. Aber jemand hat das Auto der Cozzolinos abgefackelt.«

»Jemand.«

»Tja. Vandalen laufen überall herum. Da wollte Flora dann umziehen. Sie wollte keinen Ärger mehr.«

»Und die Cozzolinos?«

»Still und brav. Mit dem Mord haben sie jedenfalls nichts zu tun. Das ist nichts für solche Weicheier.«

»Irgendeinen Verdacht?«

»Nein.«

Er log, das war klar. Ebenfalls klar war, dass er seinen Verdacht nicht geäußert hätte, und der Commissario wollte keine Zeit mehr verlieren. Immerhin hatte das Gespräch ein paar brauchbare Informationen ergeben, vor allem die Handynummer der Torrielli. Es wird wohl eine Fortsetzung geben, hatte er gedacht, als er ging.

»*Sitz,* Adolf! Ciao, Bulle. Brauchst du wieder eine Beratung?«

»Diesmal nicht.«

»Hast du deinen Mörder gefunden?«

»Auch nicht.«

»Toll gelaunt bist du ja nicht.«

»Stimmt.«

»Brauchst du ein Mittelchen, um deinen Abend in Schwung zu bringen?«

»Quatsch.«

»Was willst du dann?«

»Ein bisschen plaudern.«

»Ich weiß leider gar nichts über meine Kunden. Ich verkaufe ihnen Schweinkram, wie du das nennst, kostümiere mich und mache mich zum Affen, mehr ist nicht.«

»Wann hast du Feierabend?«

»Um halb elf mache ich den Laden zu.«

»Hast du Lust, mit mir was trinken zu gehen?«

»Es ist erst acht. Da musst du ganz schön warten.«

»Ich hole dich um halb elf ab.«

»Und nimmst mich ins Kreuzverhör?«

»Nein, ich lade dich auf ein Bier ein, oder was du magst.«

»Einverstanden. Wie heißt du?«

»Gaetano. Und du?«

»Liuba.«

»Schöner Name. Poetisch.«

»Nein, hündisch. Ich hatte als Kind einen Hund, der hieß so.«

Als ein etwa vierzigjähriges Pärchen (Mann und Frau) eintrat und Adolf wie immer einen Vorgeschmack auf seine Effizienz lieferte, deutete er einen Gruß an und ging. Sie haben sie nach dem Hund benannt, dachte er, oder sie wollte, dass der Hund ihren Namen trug. Merkwürdig, und auch ein bisschen bedenklich. Soll sie mir nachher erzählen, wie es dazu gekommen ist.

Sie sind weg. Endlich. Drei Stunden war ich mit den beiden zugange und habe die Sachen zusammengetragen, die sie einpacken müssen: den Pullover nicht, du siehst doch, dass er einen Fleck hat, und wo sind meine Fleecehandschuhe, der Kulturbeutel, der Fotoapparat, der digitale, nicht die Minox, die benutzen wir doch seit mindestens fünf Jahren nicht mehr, und Liviettas Schulzeug, sie muss Hausaufgaben machen, und Winnie Pu, den braucht sie immer noch zum Schlafen, und der Aufsatz von Sartori, den ich gerade lese, wo hast du den hingetan, warum hast du ihn nicht liegen lassen, du legst immer alle Sachen woanders hin, und ich finde nichts mehr … Ich war ganz still und in allem behilflich, damit sie nur ja schnell fertig werden, die Tür hinter sich zuziehen und mich in Ruhe lassen. Alle beide, ja, auch das Kind, das zu früh in das undankbare Alter kommt und mich manchmal so abweisend anschaut. Ich brauche hin und wieder eine Pause, um das durchzuhalten, um das Zusammenleben, das dauernde Zuständigsein, die Rolle des gerupften Schutzengels ohne Heiligenschein zu überleben. Das mit dem Kind mag ja noch durchgehen, seine Schweigsamkeit und Feindseligkeit waren zu erwarten gewesen, wenn auch nicht so bald, aber wie nervig ist ein erwachsener Mann, der, wenn er Fieber hat, nach so vielen Jahren immer noch fragt, wo das Thermometer ist, und, wenn es dann siebenunddreißig zwei, siebenunddreißig drei anzeigt, kurz vor der Agonie steht und meint, er braucht sofort einen Arzt. Ein erwachsener Mann, der sich partout nicht um die Steuererklärung kümmern will, und sei es nur, dass er sie zum Steuerberater bringt. Der alles vergisst, worum er sich kümmern müsste, zum Beispiel den Ölstand im Auto kontrollieren oder den verlängerten Pass abholen … Früher fand ich diese kindlichen Ausrutscher rührend, nahm ich sein zerstreutes Wesen geduldig und fröhlich hin. Früher. Tatsache ist, dass man die Menschen, die man liebt, nicht immer liebt.

Er ist immer noch, wie er war, wer sich verändert hat, bin ich. Aber es ist das Leben, es sind die Jahre, die zu der Veränderung führen, neue Wünsche, neue Bedürfnisse wecken. Das Bedürfnis, beschützt zu werden statt zu beschützen, sich anzulehnen statt Krücke zu spielen. Die Jahre verleiten zu tückischer Verklärung, zur Aufgabe stolz demonstrierter Gewissheiten, zur Sehnsucht nach jahrtausendealten Rollen. Ich Arme … besser nicht dran denken.

Sie sind weg, und ich mache mich auf den Weg. Allein. Endlich. Ich drehe eine Runde in der Stadt. In sicheren Gegenden, wo ein Junkie samt Spritze eher selten ist.

Die Stadt ist nicht wiederzuerkennen, ganz anders als sonst. Natürlich sind die Monumente und Plätze noch an Ort und Stelle, aber sie haben Gesellschaft bekommen: Kopien von Statuen Ramses' II., Thutmosis' III., Nofretetes und großer Sphinxe *ad usum turistorum* (wir Turiner wissen, dass unser ägyptisches Museum das zweitgrößte der Welt ist, das erklären uns die Hebammen, noch bevor sie die Nabelschnur kappen), gigantische leuchtende Mikadosträuße, orientalische Gartenpavillons, Schweizer Almhütten und kanadische Blockhäuser, Riesenbildschirme, Bühnen, Türme mit leuchtenden und wohlklingenden Apparaturen. Einzäunungen und Stoffbahnen (ebenfalls in Zinnoberrot) verbergen die Gruben für die nicht fertiggestellten unterirdischen Parkplätze und die Häuserfassaden im Zustand ewiger Renovierung, Straßen und Trottoirs werden auch nachts von einem Heer von Müllmännern gereinigt … Aber nicht deshalb wirkt Turin wie eine andere Stadt. Sondern vor allem wegen der Menschenmassen, die die Arkaden und die Plätze verstopfen, nie da gewesene Massen, ganz Turin einschließlich Säuglingen und Siechen unterwegs, die Fernseher ausgeschaltet und die Einschaltquoten katastrophal, Pantoffeln und Sofas verwaist, und alle Leute freuen sich und lärmen und lachen. Oder sie essen, um die Kälte nicht zu spüren. Pizza, Crêpes, belegte Focaccia, Schokolade, sogar Eis. Jeder dritte isst immer irgendetwas und verrenkt sich, um nicht den Nachbarn anzurempeln und sich nicht vollzukleckern. Eine Riesenschar Hungriger. Lebenshungriger vielleicht. Lärm, Festtagslaune, die Lust, draußen zu sein und Leute zu treffen. Bilder aus anderen Städten zu anderen Zeiten: Barcelona Berlin Paris …

Sie war allein und empfand plötzlich tiefe Traurigkeit. Leere. Etwas, das dem Unglücklichsein sehr nahe kam.

Sie holte ihr Handy aus der Tasche, starrte es ein paar Sekunden unschlüssig an und wählte dann Gaetanos Nummer. Die Mailbox informierte sie (gratis), der Teilnehmer sei vorübergehend nicht zu erreichen.

Um Viertel nach zehn kam der Chef und holte die Tageseinnahmen und den Hund ab. Kaum war er mit quietschenden Reifen davongefahren, zog Liuba sich rasch um, frischte Make-up und Frisur auf, löschte alle Lichter und machte schnell den Laden zu, damit auch ja kein Kunde im letzten Moment angerannt kam und den ganzen Katalog für DVDs oder die vorsintflutlichen Videos durchblätterte. Sie zog gerade den Rollladen herunter, als das Telefon klingelte, aber sie beschloss, es zu ignorieren.

Um zehn vor elf stand sie immer noch vor dem Erotikshop, blau vor Kälte und Wut. Jetzt hat mich dieser Scheißbulle glatt versetzt. Wie kommt der dazu. Ich hab ihn nicht provoziert, ich hab ihn um nichts gebeten. Ich habe Denis angerufen, dass ich nicht mit ihm und den anderen ins *Piramide* gehe, da hängen immer die coolen Jungs von der Halfpipe rum, diese krass langen durchgeknallten Typen, jetzt holt Denis mich nicht ab, und ich kann mit den Hühnern ins Bett gehen. Zwanzig Minuten Verspätung habe ich ihm zugestanden, mehr nicht, wofür hält der sich. Selber schuld, was sage ich auch Ja. Die Bullen sind alle gleich, man darf ihnen einfach nicht trauen. Wie dieser Blödmann von der Drogenfahndung, der Freund vom Avvocato, der sich aufbläst wie ein Monsun und dann nichts auf die Reihe kriegt. Ich frage nach, ich erkundige mich, ich sag's weiter, dann kommt euer Freund bestimmt wieder zum Vorschein, hat er behauptet. Pustekuchen. Er sagt, er wäre nirgends eingeliefert worden, er hätte keinen Unfall gehabt, aber Weißdu ist verschwunden. Vindice meint immer noch, dass er vielleicht ein Mädchen kennengelernt hat oder dass er einfach wieder wegwollte, wie schon mal, als er aus seinem Dorf weg ist, aber das glaube ich eher nicht, denn damals hatte er eine ganze Menge Geld dabei. Man kann sich echt nicht so einfach vorstellen, was im Kopf von einem Menschen wie Weißdu vorgeht. Wenn dieser Gaetano mich nicht versetzt hätte, hätte ich ihn fragen können, er schaut nicht so trantütig aus wie der andere und scheint nicht ganz so blöd zu sein. Meint man. Denn seine Mörder kriegt er anscheinend auch nicht.

Sie wollte sich auf den Weg machen und war schon ein paar Schritte von der Ladentür entfernt, als ein dunkler Wagen neben dem Gehsteig knapp einscherte und eine Stimme durch ein heruntergelassenes Seitenfenster fragte: »Liuba?«

»Was ist?«

»Bist du nun Liuba oder nicht?«

»Ja.«

»Commissario Berardi lässt sich entschuldigen. Ein dringender Fall. Er hat deine Handynummer nicht. Sollen wir dich irgendwo absetzen?«

»Ich will erst den Ausweis sehen.«

»Himmel, bist du misstrauisch! Bitte. Woher sollten wir denn wissen, dass du Liuba heißt und mit dem Commissario verabredet bist? Was ist, steigst du jetzt ein?«

»Na gut.«

»Wo willst du hin?«

»Ins *Piramide*. Nein, zum Schirrù.«

»Was ist das?«

»Mein Haus. Ich meine, da wohne ich.«

Sie nannte die Adresse, und sie fuhren los.

Amleto Vitello war übelster Laune. Seit einiger Zeit schlief er wenig und schlecht, zu Hause nichts als Gejammer, weil er unmögliche Arbeitszeiten hatte, weil seine Beförderung zum Ispettore Superiore auf sich warten ließ, weil das Geld nie reichte. Seine Frau ergraut und missmutig, seine Tochter ungenießbar, weil alle in ihrem Alter einen fahrbaren Untersatz hatten, nur sie nicht. Als der Commissario ihm die Geschichte mit dem verschwundenen Kater und dem verbrannten Auto erzählte, beschloss er, sich die Cozzolinos, über die er sich von den Nachbarn der Torrielli am meisten geärgert hatte, noch mal vorzuknöpfen. Er wollte auch mit dem sympathischen Serviettentechniker noch mal reden. Er teilte seiner Frau telefonisch mit, er werde, da er nicht wisse, wann er nach Hause komme, unterwegs ein belegtes Brötchen essen, ließ ihr keine Zeit zu protestieren und legte auf. Er würde es gemächlich angehen und bei der Arbeit ein bisschen Spaß haben, nachdem ihm das in der Familie schon nicht vergönnt war.

Die Stadt, durch die er fuhr, war nicht wiederzuerkennen, sie hatte ihre sprichwörtliche Nüchternheit und zurückhaltende Strenge abgestreift und driftete in eine ansteckende Sorglosigkeit ab, die Menschen schienen die Entlassungen, die Kurzarbeit, die Krise bei FIAT, die befristeten Arbeitsverhältnisse, das fortschreitende Abbröckeln des Wohlstandssockels nur allzu gerne zu vergessen. Aha, dachte Vitello, offenbar rappeln wir uns doch noch mal auf, wir wechseln die Platte, wir waren auf den Nullpunkt gesunken und reißen uns zusammen, tauchen wieder auf und schwimmen in eine andere Richtung weiter. Wer hätte gedacht, dass es dazu die Olympischen Spiele braucht und nicht die Erfindung eines Motors, der ohne Benzin und Diesel läuft.

Er klingelte wiederholt bei den Cozzolinos, doch niemand öffnete. Er gestattete sich, was regelmäßig vorkam, ein »Scheiße« und ging ins Hochparterre zu Lentini, der zu Hause war und sich offensichtlich freute, ihn wiederzusehen. Lentini wollte sich gerade an den Tisch setzen: Eine der netten Bastelkolleginnen hatte ihm eine Spinat-Mozzarella-Quiche spendiert, die man nur im Ofen aufwärmen musste. Ob der Ispettore mitessen wolle? Die Frau heiße Michelina, sei siebzig Jahre alt und verwitwet und koche himmlisch. Der Ispettore sagte, warum nicht.

Bei Tisch lässt es sich besser reden, der Wein, auch wenn er schwer und trüb ist, löst die Zunge und hilft, sich zu entspannen. Vito Lentini erzählte alles, was er beim ersten Mal verschwiegen hatte, nämlich was es mit der Boshaftigkeit und dem brennenden Auto praktisch vor der Haustür auf sich hatte. Vor allem erzählte er, dass die Cozzolinos, er und sie und ihr Bruder, am Morgen nach dem ersten Besuch des Ispettore zwei Koffer und eine große Reisetasche ins Auto geladen hätten und verreist seien. Ihr Bruder? Der wohne aber nicht im Haus, bemerkte Vitello. Nein, er wohne nicht hier, erklärte Lentini, aber er besuche seine Schwester manchmal, und da er anscheinend keine feste Arbeit habe, bleibe er auch einen Monat oder länger. Wie eben das letzte Mal, da sei er fünf Wochen geblieben.

4

Sie fluchten alle, als sie das Präsidium verließen: weil es so spät war, weil es schon wieder Probleme gab, weil seit dem frühen Morgen ein schneidender heftiger Wind wehte, als wäre die Kälte nicht schon genug.

Abends um Viertel nach zehn hatte ein Mann bei der Polizei angerufen: Oben in den Hügeln liege eine Leiche an einer steilen Böschung unterhalb einer unbefestigten Querstraße zur Strada del Macallè. Die diensthabende Beamtin hatte sich Vor- und Nachnamen geben lassen (des Anrufers, nicht der Leiche) und dann gefragt, wie er im Dunkeln die Leiche an einer Böschung habe sehen können. Signor Domenico Gillardo erklärte, eigentlich habe sein Vater Vicenzo, siebenundachtzig Jahre alt, sie um elf Uhr vormittags gesehen. Warum der Vater sich nicht gleich gemeldet, sondern bis spätabends gewartet habe? Eben weil er siebenundachtzig sei, hatte der Sohn geduldig erwidert, und erst mit ihm habe sprechen wollen, aber anstatt ihn auf dem Handy anzurufen, was seiner (des Vaters) Meinung nach horrend viel koste, habe er gewartet, bis er (der Sohn) nach Hause gekommen sei. Und er, Domenico, sei an dem Abend drei Stunden später gekommen als sonst, weil er Überstunden gemacht habe. Dann habe der Vater, anstatt zu erzählen, ihn sofort zu sich aufs Land bestellt, er müsse ihm persönlich etwas sehr Wichtiges sagen, was man nicht hinausschieben könne. Aber haben Sie, fragte die Polizistin Domenico Gillardo, die Leiche selbst gesehen? Wie denn, es war doch dunkel – hatte die Antwort gelautet –, aber mein Vater lässt sich gar nichts sagen, Sie wissen doch, wie alte Leute sind … Die Beamtin wusste es, weil ihre Großmutter Alzheimer hatte, und hatte das Gespräch zur Mordkommission durchgestellt, sollten die sich kümmern.

Der Wagen der Mordkommission, der gegen halb elf losfuhr, bahnte sich trotz heulender Sirene nur mit Mühe einen Weg durch das dichte Gewühl auf den Straßen; Menschenmassen, mehr als die Bürgersteige aufnehmen konnten, verstopften die Straßen. Commissario Berardi und seine Leute wollten zuerst zu Vincenzo Gillardo fahren, um die Geschichte aus erster Hand zu hören. Ebenfalls mit von der Partie war Ispettore Vitello, der ins Präsidium gekommen war, um zu berichten, was er in Erfahrung gebracht hatte. Gegessen hatte er – und zwar gut –, und bald nach Hause wollte er auch nicht. Im Gegenteil, lieber möglichst spät, dann schlief seine Frau schon oder fast, jedenfalls würde sie nicht mehr meckern. Und die Tochter war entweder noch mit ihren motorisierten Freunden unterwegs oder hatte sich in ihrem Zimmer eingeschlossen. Ich hätte das Polizeirevier heiraten sollen, dachte er, das wäre erträglicher.

Vincenzo Gillardo wohnte in einem kleinen Haus mit Garten und Hühnerstall, einem der wenigen Häuser, die nicht einer Luxusvilla hatten weichen müssen. Er war ein magerer, knochiger alter Mann mit vorstehendem Kinn und der sturen, herrischen Art des Despoten, der keine Widerrede duldet. Sein Sohn, der neben ihm saß, wirkte erschöpft, wie am Ende seiner Kräfte, und blickte alle zwei Minuten auf die Uhr. Bei diesem Vater hatte er wohl kein leichtes Leben gehabt. Unter verrotzten Hustenattacken antwortete der Alte verärgert auf die Fragen. Er berichtete scheibchenweise, dass er morgens ein Reisigbündel hatte machen wollen, um den Holzofen anzuschüren. Dieser Trottel von Sohn behaupte immer, er habe Kreuzschmerzen, er könne sich nicht bücken und Reisig könne man kaufen … (der Trottel wandte nur stumm den Blick zum Himmel). Es sei ein Mordswind gegangen, da habe er sich erkältet, wie man hören könne, aber eben weil es windig war, sei ihm aufgefallen, dass unten an der Böschung jemand schlief.

»Weil es windig war?«, fragte Ispettore Vitello, woraufhin ihn ein Blick durchbohrte, der ihn augenblicklich in die Kategorie der Trottel verwies. Jawohl, der Wind habe nämlich das Herbstlaub vom Boden aufgewirbelt. Aber das sei ihm erst später klar geworden. Zuerst habe er gedacht, da hat sich einer einen Rausch angetrunken wie ein Gebirgsjäger, wenn er Ausgang hatte, mit Grappa, wie man sie früher gebrannt hat, siebzigprozentig, nicht mit so einer Plörre wie heute, die man einem Neugeborenen einflößen könnte. Und dann habe er gedacht: Der hat Glück, dass er besoffen ist, sonst wäre er bei der Kälte längst tot.

Der Alte machte eine Pause. Schweigend hob er das Kinn zu seinem Sohn hin. Der sprang auf wie eine Feder und holte ein Glas Wasser. Was ihm nicht gedankt wurde.

»Und dann?«, fragte der Commissario.

»Dann habe ich nachgesehen, ob irgendwo ein Fahrrad ist oder an der Abzweigung ein Auto steht, hätte ja sein können, dass der nur pinkeln wollte und dann im Suff abgerutscht ist, aber da war nichts, und das hat mich dann doch gewundert.«

»Wieso gewundert?«

»Weil kein Mensch mehr zu Fuß geht. Sind doch alle Sesselfurzer. Dann tun sie im Fitness-Center, als würden sie laufen, auf diesen Dingern, die sich bewegen.«

Wieder eine Pause. Der Alte schien seine Show allmählich zu genießen. Der Sohn schaute ins Leere.

»Und dann?«, drängte ein Vice-Ispettore.

»Dann bin ich nach Hause gegangen, weil die Böschung zu steil ist. Wenn ich auch so ausgerutscht und gestürzt wäre, wer hätte mich dann gesehen? Vielleicht hätte es jemand gut in den Kram gepasst, wenn ich gestürzt wäre.«

Der Sohn reagierte nicht auf die Provokation. Er sah nur auf die Uhr, wohl zum dreißigsten Mal.

»Aber dann hat mir der arme Kerl leid getan. Ich

dachte, wenn ihm doch was fehlt, braucht er schnell einen Krankenwagen. Ich bin noch mal hin, um nachzusehen, ob er noch da war, und habe das Fernglas mitgenommen. Da war mir klar, dass sich das mit dem Krankenwagen erledigt hatte.«

»Warum haben Sie nicht gleich die Polizei oder die Carabinieri angerufen?«, fragte Berardi.

»Weil … weil …« Der alte Mann war verwirrt.

Weil er durcheinander und unsicher gewesen war. Weil er, vielleicht zum ersten Mal, die Meinung seines Sohnes hören wollte. Die Zerbrechlichkeit des Alters, auch wenn es sich herrisch gab, dachte der Commissario.

Sie ließen sich von Gillardo an die Wegstelle bringen, von der aus er den Toten gesehen hatte. Mit einem Strahler leuchteten sie nach unten. Sie sahen genauer hin. Der alte Mann hatte recht: Das mit dem Krankenwagen hatte sich erledigt.

Er hat nicht zurückgerufen, dachte Camilla. Weder gestern Abend noch heute Morgen. Ich habe doch fest damit gerechnet. Was bin ich dumm. Aber vielleicht ist es auch zu früh.

Sie blickte auf die Uhr. Halb neun. Der Hund erinnerte sie bellend daran, dass die Erledigung seiner Bedürfnisse keinen Aufschub duldete. Sie brachte ihn hinunter, ging wieder nach oben und setzte Kaffee auf.

Er hat nicht zurückgerufen.

Sie rief in den Bergen an. Herrliches Wetter, Mann, Kind, Schwägerin, Neffen und Nichten konnten es gar nicht erwarten, das Haus zu verlassen. Zerstreut hörte sie sich an, was sie alles zu erzählen hatten. Sie wünschte allen einen schönen Tag und viel Vergnügen und legte auf.

Er hat nicht zurückgerufen.

Sie beschloss hinauszugehen. Ein strammer Spaziergang hält die Unruhe in Schach. Vertreibt traurige Gedanken. Vielleicht sogar richtigen Kummer. Und die Enttäuschung und den Ärger wegen eines Anrufs, der nicht kommt.

Die Lust am ziellosen Wandern, getrübt von einem leisen Groll gegen Gott und die Welt. Unvermögen, sich an dem strahlenden Morgen zu entspannen, in der Luft, die klar war nach dem stürmischen Tag, die weißen Berge so nah, dass sie die Stadt fast umarmten.

Ich wollte mich von der familiären Enge und dem anstrengenden Berufsalltag erholen, und jetzt bin ich einfach nur traurig, genervt und unzufrieden.

Und nur, weil er nicht anruft? Was nutzen all die Bücher, die man gelesen hat. Vielleicht sind die Bücher überhaupt schuld: die Poesie als schlechte Lehrmeisterin. Jemand wie ich, der – beruflich bedingt jedes Jahr von Neuem – die Troubadoure, die Autoren der sizilianischen Dichterschule und des *dolce stil nuovo*, Petrarca und so weiter und – zum Privatvergnügen – alte, moderne und zeitgenössische Dichter liest, der erliegt irgendwann dem Zauber der Leidenschaft, der Liebe auf die Ferne und der Liebe auf die Nähe. Und kaum wird es kritisch im Leben, flüchtet man in die Scheinwelt der Madame Bovary und verliebt sich in das Verliebtsein. Quasi eine literarische Fernliebe. Wie bei Jaufré Rudel und der schönen Melisende, nur mit vertauschten Rollen.

Carduccis Verse aus Gold doublé fielen ihr ein (Contessa, was mag das Leben sein? / Eines flüchtig Traumes Schatten. / Das kurze Märchen ist vorbei, / allein die Liebe ist unsterblich), sie dachte darüber nach, wie abwegig die

Assoziation und ihre Überlegungen waren, und musste lachen.

Ich brauche ein Gegenmittel, dachte sie. Ein natürliches Mittel und so alt wie die Welt.

Sie lief die Via Po in Richtung Piazza Vittorio hinunter, bis zur alten Konditorei *Ghigo*, die in der ganzen Stadt für ihre köstliche Sahne berühmt war. An der Theke bestellte sie einen Espresso und vier mit Schlagrahm gefüllte Teilchen. Ich lasse das Mittagessen ausfallen, schwindelte sie sich selbst vor.

Anschließend sah sie sich in der »Bude« um, dem eben errichteten Verkaufszelt an der Piazza Vittorio. Jede Menge überflüssiger und sündhaft teurer Schnickschnack, jede Menge Jugendliche, die schulfrei hatten und in der Stadt unterwegs waren. Sie rempelten, drängelten, lachten, kauften, und natürlich klaute manch einer geschickt.

Camillas Blick fiel auf einen Kopf, auf dem eine dichte knallgrüne Wiese wuchs. Sie kämpfte sich zu ihm durch, und als sie hinter ihm stand, sah sie, dass die Kunstrasenscholle eine Wollmütze krönte, die sich der Besitzer bis über die Ohren gezogen hatte. Vielmehr die Besitzerin. Vielmehr ihre Retterin, die überraschend in einer dunklen Straße am Stadtrand aufgetaucht war und jetzt ebenso überraschend hier stand. Mütze und Wiederbegegnung taten das Ihrige zur weiteren Stärkung der Gemütsverfassung.

»Ciao«, sagte sie. »Kennst du mich noch?«

»Klar. Ich spiele schließlich nicht jeden Abend Charles Bronson.«

»Darf ich dich zu einem Kaffee, einem Tee, einer Cola einladen?«

»Vielleicht zu einem Panino.«

»Gern. Ich heiße Camilla.«

Sie hatten sich mithilfe ihrer Ellenbogen ins Freie vorgearbeitet. Vor allem das Mädchen hatte für freie Bahn gesorgt.

»Ich heiße Liuba.«

»Wie poetisch.«

Das Mädchen musterte sie. Überrascht und befremdet.

»Ein Hundename.«

»Gefällt er dir nicht?«

»Klar gefällt er mir, ich habe ihn mir ja selber gegeben.«

»Ah. Und wie haben deine Eltern dich genannt?«

»Rate mal.«

»Das kann ich nicht.«

»Versuch's. Ich helfe dir: Es ist ein Name, der nichts mit mir zu tun hat.«

Camilla sah sie belustigt an.

»Santina Benedetta Consolata Annunziata Immacolata …«

»Falsch. Vergiss die Muttergottes und Co.«

»Colomba Virginia Candida Beatrice …«

»Immer noch daneben.«

»Ich geb's auf. Sag schon, wie du heißt.«

»Speranza, Hoffnung, eine der Kardinaltugenden.«

»Der göttlichen Tugenden. Glaube, Hoffnung, Liebe.«

»Ach ja, der göttlichen. Voll daneben, der Name. Ich bin alles andere als ihre Hoffnung.«

»Ich sehe schon, ein konfliktbeladenes Verhältnis.«

»Gar kein Verhältnis. Schluss, aus, ich habe mit ihnen gebrochen.«

»Wieso? Wenn ich nicht indiskret bin.«

»Du bist indiskret.«

»Entschuldige.«

Sie kamen gerade an einem Stand vorbei, an dem es Hotdogs gab. Dampfende, stinkende Hotdogs. Liuba blieb stehen.

»Willst du mich immer noch zu einem Panino einladen?«

»Natürlich. Aber bitte nicht zu so einem.«

Die Verkäuferin hatte sie gehört und zischte ihnen ein »Leckt mich am Arsch« hinterher.

»Da hast du dich beliebt gemacht«, spottete Liuba.

»Wir setzen uns in eine anständige Bar.«

»Ich verkehre nicht in anständigen Bars.«

»Ich schon. Du spielst wohl gerne *bad girl*?«

»Und du feine Dame?«

»Ich glaube nicht, dass ich eine feine Dame bin.«

»Keine ganz feine. Sonst hätte ich dich nicht zu Fuß, ohne Begleitung und ohne Chauffeur in der Gosse aufgegabelt. Außer du kamst gerade aus dem Bett deines Borderline-Liebhabers.«

»Ich kam von einem Beileidsbesuch.«

»Uff! Wie meine Mutter. Beileidsbesuche, Hochzeiten, Taufen. Look, Gesicht und die Art zu reden jedes Mal den Umständen angepasst.«

»Du bist wirklich sauer auf sie.«

»Und du schon wieder indiskret.«

»Du hast angefangen. Hast du Lust, zu *Fiorio* zu gehen?«

»Plüsch und Spitzen. Hundertjährige Damen und Herren.«

»Du irrst dich. Jede Menge junge Leute. Die keinen Müll essen wollen.«

»Und die Kohle von Mama und Papa raushauen. Hör auf zu predigen, sonst gehe ich nicht rein.«

»Das war keine Predigt. Aber mit dem Geld hast du schon recht.«

Sie traten ein und setzten sich an einen Tisch im zweiten Raum. Diskrete Beleuchtung, gedämpftes Geplauder, wohlig warm. Angenehm gesittete Atmosphäre. Das liebt man eher, wenn man Geld hat, dachte Camilla zerstreut. Oder man negiert es komplett. Aber Geld braucht man im einen wie im anderen Fall.

»Ich bin vor zwei Jahren von zu Hause ausgezogen«, warf Liuba plötzlich hin.

»Hmmm ...«

»Hast du deine Zunge verschluckt oder was?«

»Ich bin diskret. Wie du mir nahegelegt, vielmehr befohlen hast.«

Liuba lächelte kurz und nahm ihren Kunstrasen ab.

»Ich hab's nicht mehr ausgehalten. Vornerum lächeln und hintenrum auf den Mitmenschen herumhacken. Immer nur Kohle und Karriere. Bei ihm und bei ihr. Alles andere kümmert sie einen Dreck. Als ich gesagt habe ... na ja, eher gebrüllt als gesagt, dass ich ausziehe, hieß es, ich würde eh bald wieder zurückkommen, wegen dem Geld. Aber ich bin nicht zurückgegangen, und ihr Geld ist mir scheißegal.«

»Wovon lebst du?«

»Du kannst ja wieder sprechen. Ich arbeite. Halbtags, abends von sechs bis halb elf. Ich erkläre, präsentiere und verkaufe Schweinkram, wie einer sagt, den ich gerade kennengelernt habe, das heißt Zeug, das Leute brauchen, die ohne Hilfsmittelchen nicht vögeln können.«

»Machst du das gern?«

»Was für eine Frage! Es ist ein Job wie jeder andere. Du bist schließlich nicht überall total begeistert dabei. Wenn du Straßen kehrst oder Bahnhofsklos putzt, amüsierst du dich auch nicht unbedingt. Aber nach Feierabend kannst du machen, was du willst.«

»Und du, was willst du machen?«

»Einen Haufen Sachen. Jetzt gerade würde ich am allerliebsten jemanden finden, der verschwunden ist.«

»Deinen Freund?«

»Nein. Eine Art Freund. Er wohnt mit uns im Schirrù.«

»Was ist der Schirrù?«

»Eine Wohngemeinschaft. In der Gegend, wo ich dich an dem Abend getroffen habe.«

»Ein besetztes Haus.«

»Nein, wir haben es nicht besetzt, so dreist sind wir nicht. Wir sind Rebellen, aber nur halbe, weder Fisch noch Fleisch. Das Haus hat uns Vindice, der Besitzer, gratis überlassen. Wir schenken ihm manchmal was, irgendwas, worüber er sich freut.«

»Warum ist dein Freund verschwunden?«

»Keine Ahnung. Er ist ein komischer Kauz.«

»Inwiefern?«

»Er ist ein bisschen zurückgeblieben. Vindice meint, dass er vielleicht eine Freundin hat, alt genug wäre er.«

Camillas Handy klingelte. Sie kramte hastig in der Tasche. Liuba beobachtete sie aufmerksam.

»Du hast angerufen.«

»Ja, gestern.«

»Mein Akku war leer. Ich habe es jetzt erst gemerkt. Die Nacht war schlimm, und jetzt geht's mir auch nicht viel besser.«

»Wegen der Arbeit?«

»Ja. Sehen wir uns?«

»Wann du magst. Meine Familie ist in den Bergen.«

»Dann heute Abend. Ich rufe dich später an.«

»Alles klar. Bis dann.«

Liuba sah belustigt drein.

»Sieh an, die fast feine Dame arrangiert ein Rendezvous mit ihrem Liebhaber.«

»Er ist nicht mein Liebhaber.«

»Ach nein? Nimmt denn hier niemand die Bestellung auf?«

Der Leichnam von der Böschung stört die aufgeregte Olympiastimmung nicht weiter. Die Journalisten haben zu viele Neuigkeiten zu berichten und Geschichten zu erzählen, für die sich die Leute weitaus mehr interessieren: Wettkämpfe im Palaisozaki, Wettkämpfe in den Bergen, Konzerte auf der in »Medals Plaza« umgetauften Piazza Castello, Prominente, alle möglichen Festivitäten und Partys. Das Opfer ist schon eine ganze Weile tot, schwer zu sagen, wie lange. Eine harte Nuss für den Rechtsmediziner, eine harte Nuss für die Polizei, da keine Papiere gefunden wurden. Und die billige Armbanduhr aus schwarzem Plastik, die stehen geblieben und kaputt ist und weiter unten an der Böschung gelegen hat, ist stark verschimmelt und verkrustet und hat vielleicht schon viel länger dort gelegen. Wenn sie doch dem Opfer gehört hat, könnte sie allerdings zur Identifizierung beitragen.

Das Bergen der Leiche hatte ohne Presse stattgefunden. Vincenzo Gillardo – er steckte in einer Art wollenem Sarkophag, der bestimmt fünf Kilo wog und ihn nicht wärmte – hatte sämtliche Phasen der Tatortarbeit sowie den Abtransport der Leiche aufmerksam beobachtet. Alles war erst in den frühen Morgenstunden geschehen, weil es nachts unmöglich gewesen wäre. Die Polizei hatte ihm weitere Fragen gestellt, und so unangenehm, wie anfänglich befürchtet, fand er die Sache gar nicht. Nein, ihm sei in den vergangenen Tagen oder auch davor nichts Besonderes aufgefallen. Kein verdächtiges Kommen und Gehen, keine unbekannten Spaziergänger. Zumindest nicht vor seinem Haus, zu dem Feldweg gehe er nur, um Pinienzapfen zu sammeln oder Reisig zu binden, seit er nicht mehr mit Rebholz anschüre. Ja, vergangene Woche sei er auch dort gewesen, zweimal, aber die Leiche habe er nicht gesehen, oder sie sei noch nicht da gewesen.

Während der Alte auf weitere Fragen wartete, die nicht kamen, kletterte der Rechtsmediziner mühsam wieder die Böschung hinauf, wobei er sich an ein paar vertrockneten Grasbüscheln festhalten musste, um nicht abzurutschen.

»Ich bin zu alt für eine solche Schinderei«, stöhnte er. »Aber auch zu alt, um den Beruf zu wechseln. Gib mir mal eine Zigarette, Berardi, du rauchst doch wieder.«

Amleto Vitello war mit schlimmen Halsschmerzen aufgewacht. Selbst schuld – hatte seine Frau gesagt –, wenn du nicht zu einer christlichen Uhrzeit nach Hause kommst, sondern bei der Kälte draußen herumläufst. Bis zwei Uhr morgens oder noch länger. Klar, wer uneinsichtig ist, zahlt am Ende dafür, und in deinem Alter müsstest du es eigentlich besser wissen ... Aber nein, du vernachlässigst deine Gesundheit, weil du dich für ewig zwanzig hältst und nicht merkst, dass die Zeit vergeht, du bemerkst auch mich und Miranda nicht, wir sind dir völlig egal, wir wissen schon gar nicht mehr, wie du aussiehst, und alles wegen der Arbeit ... Als wärst du Maigret oder Montalbano, als käme die Mordkommission nicht auch ohne dich zurecht …

Der Ispettore, der ausnahmsweise mal hatte blaumachen wollen, kippte ein halbes Fläschchen Hustensaft und verließ türenknallend und grußlos die Wohnung. Früher hätte er zugegeben, dass seine Frau recht hatte, aber jetzt nicht mehr, nein, jetzt hatte sie immer unrecht. Vor allem, wenn sie sich in seine Arbeit einmischte.

Im Büro nahm er die Ansichtskarte zur Hand, die die Torrielli aus Rimini bekommen hatte, und überlegte, ob es sich lohnte, sich damit zu befassen. Er entschied sich dafür, er wollte sich nicht erneut der Kälte aussetzen, sonst wurde aus den Halsschmerzen womöglich eine Bronchitis, und dann musste er gezwungenermaßen zu Hause bleiben.

Eine schnelle Recherche bestätigte seine erste Vermutung: Ines Dorigo war Prostituierte. Als solche registriert. Bei allem Weiteren hatte er schlicht Glück: Die Frau war Turinerin, sie lebte in Turin, und er erreichte sie beim ersten Anruf. Sie wusste nichts von Floras Tod, der Ispettore musste es ihr sagen.

Ein paar Stunden später saß Ines Dorigo in seinem Büro. Sie war um die fünfzig und sah auch so aus, aber im Sommer und im Winter nachts an der Straße stehen ist für ein jugendliches Aussehen nicht gerade förderlich. Amleto Vitello wedelte mit der an Flora adressierten Postkarte.

»Was haben Sie dazu zu sagen?«

»Was soll ich dazu sagen? Eine Postkarte. Ich habe sie Flora geschickt, sie wollte eigentlich mitkommen nach Rimini, aber es war nichts frei.«

»In Rimini war nichts frei?«

Ines zog angesichts der offenkundigen Beschränktheit des Ispettore eine kleine Grimasse.

»Auf der Liste war nichts frei.«

Vitello wurde ärgerlich. Sein Hals fühlte sich eng an und kratzte, und die Frau ließ sich alles aus der Nase ziehen. Er ging zum Du über, eine alte Taktik, um die Positionen zu klären, was allerdings bei den Huren nicht immer funktionierte.

»Red schon, sonst sitzen wir heute Abend noch hier.«

Bei der Dorigo funktionierte die Taktik nicht. Die Kontrollen, die Razzien, die ewige Warterei auf den Bänken im Polizeipräsidium hatten ihr jede Scheu vor den Ordnungshütern genommen. Die gingen ihrer Arbeit nach, sie einer anderen, das war alles.

»Der Stadtteil organisiert Winterferien am Meer. Sie kosten wenig, aber wenn man sich nicht gleich am ersten Tag anmeldet, kriegt man keinen Platz mehr.«

»Wer kann diese Ferien machen?«

»Jeder. Wer Lust hat. Ich arbeite im Winter wenig, weil ich Rheuma habe. Und während der Olympiade bin ich sowieso lieber nicht auf der Straße.«

»Und Flora?«

»Flora war zu spät dran gewesen mit der Anmeldung, das habe ich doch schon gesagt. Wäre sie früher hingegangen, würde sie vielleicht noch leben.«

»Hat Flora im Winter auch wenig gearbeitet?«

»Nein, sie war jünger.«

»Was wollte sie dann in Rimini?«

Ines senkte den Blick und sah auf ihre Hände. Vitello wusste, dass sie zum entscheidenden Punkt kamen.

»Möchtest du einen Kaffee?«

Ines blickte auf und seufzte.

»Ja, bitte. Mit wenig Zucker.«

Vitello bestellte den Kaffee und einen eisgekühlten frischen Zitronensaft.

»Haben Sie Halsschmerzen?«

»Ja, scheußliche.«

Ines kramte in ihrer Handtasche und reichte ihm ein paar Bonbons.

»Mit Honig und Propolis. Aus der Drogerie. Die helfen sofort, versuchen Sie's mal.«

Amleto Vitello wickelte ein Bonbon aus und steckte es in den Mund. Er hatte nicht allzu viel Vertrauen in Produkte aus der Drogerie, aber er dachte, schlimmer konnte der Hals nicht werden.

»Warum wollte Flora nach Rimini?«

»Weil sie Angst hatte.«

»Vor wem?«

»Weiß ich nicht.«

Vitello schonte seinen Hals, warf ihr aber einen finsteren Blick zu.

»Ich weiß es wirklich nicht. Flora hat nur mal von einem jungen Mann erzählt, einem großen, kräftigen Mann Anfang zwanzig, der ab und zu nachts bei ihr auftauchte.«

»Was heißt das, er tauchte bei ihr auf?«

»Er hat sie nie mitgenommen, ist nur immer die Straße auf- und abgefahren.«

»Im Auto?«

»Ja, aber er saß nicht selbst am Steuer. Und es waren verschiedene Autos. Aber dreimal war es dasselbe, ein dunkler Renault. Wissen Sie, in unserem Beruf achtet man auf so was …«

»Ich weiß. Hat sie ihrem Freund davon erzählt?«

»Meinen Sie Fausto?«

»Warum, hatte sie denn noch einen anderen?«

»Nein. Und ich glaube nicht, dass sie Fausto davon erzählt hat. Sie wollte nicht schon wieder Schwierigkeiten haben. Sobald sie ihre neue Wohnung hatte, wollte sie sofort umziehen und ihren Beruf aufgeben.«

»Hatte sie die Autokennzeichen notiert?«

»Ich weiß nicht, mir hat sie nichts gesagt. Falls sie sie notiert hat, müssten sie irgendwo zu finden sein. Dafür ist die Polizei zuständig.«

»Jetzt erzähl von Flora. Charakter, Gewohnheiten, alles, was du weißt. Der Mörder ist ein Schwein, er gehört aus dem Verkehr gezogen.«

5

Als Elide Vazzoler verheiratete Biason mehr als ein Jahr zuvor ihren Sohn nicht zu Hause angetroffen hatte, war sie weder besorgt noch erstaunt gewesen. Sie hatte sich nur kurz geärgert, wie über eine regelmäßig wiederkehrende Störung, wie über das Kreuz, das man zu tragen hat und das zu verfluchen nutzlos ist. Von wegen krank, dachte sie, im Bett wollte er bleiben, statt wie seine Brüder in die Fabrik zu gehen. Faule Ausreden hat er immer schnell parat, nur in allem anderen ist er zurück. Und ich dumme Kuh bin fast drauf reingefallen, ich dachte schon, die Paprikaschoten liegen ihm im Magen, nachdem sie ein bisschen angebrannt waren und er so viel gegessen hat.

Mit diesem Kind war es von Anfang an ungut gewesen. Allein schon weil sie sich ein Mädchen gewünscht hatte, denn sie hatte bereits zwei Jungen, und Mädchen haben mehr Familiensinn, sie helfen im Haushalt, und im Alter kann man auf sie zählen. Als sie schwanger war, schlossen alle aus der Form des Bauches, dass sie ein Mädchen erwartete, auch im Krankenhaus hatten sie das gesagt, wo sie zu einer speziellen Untersuchung gewesen war, bei der eine Art Foto gemacht wurde, aber da hatte er sich gedreht gehabt, dieser Dummkopf, der schon dumm war, bevor er geboren wurde, und man hatte seinen Pimmel nicht gesehen. Sie hatte ein paar neue Babysachen für ein Mädchen gekauft, mit rosa Bändchen und Borten, und sich einen Mädchennamen überlegt, den sie toll fand und den sie selbst gern gehabt hätte, Soraya, wie diese wunderschöne Prinzessin, die von ihrem Mann wegen einer anderen verlassen wurde, weil sie kein Kind und damit keinen Thronfolger bekam. Doch dann sagte die Hebamme, noch während sie ihn holte, es sei ein kleiner Prachtkerl, und zeigte ihn ihr gleich, es war also gar nicht daran zu denken, dass man ihn im Bettchen verwechselt hatte. Da sie sich keinen Jungennamen überlegt hatte und die Hitze einem den Atem und die Lust zu denken nahm, hatte sie ihren Mann gebeten, in den Kalender zu sehen und dem Kind den Namen des Heiligen des Tages zu geben. In ihrer Enttäuschung und ihrem Ärger über dieses Kind, das kein Mädchen war, dachte sie, dass sie Geburtstag und Namenstag in einem Aufwasch feiern und auf diese Weise sparen konnten. Es war der zwölfte August, San Geraldo.

Das Kind benahm sich, als wollte es sich rächen, es raubte ihr alle Kraft. Die Milch reichte nie aus, und wehe, sie tat, als hörte sie sein Geschrei nicht, und stillte ihn nicht auf der Stelle. Dann lief er puterrot an, ballte die Fäuste und stieß mit den Beinchen, und sie musste ihn anlegen, auch wenn sie bei der Hausarbeit war und nicht mittendrin unterbrechen wollte oder den nur zwei Jahre älteren Piero anzog oder wusch oder Nando fertig machte, damit er in den Kindergarten der Schwestern der Unbefleckten Empfängnis gehen konnte. Wenn er dann an der Brust lag, trieb es ihr vor Schmerzen die Tränen in die Augen, so stark saugte er, wie verzweifelt, und nach drei Monaten hatte sie Schrunden, die sie ihrem schlimmsten Feind nicht wünschte. Auf dieses Kind hätte sie verzichten können, dachte sie zu ihrem eigenen Bedauern manchmal, dieses Kind hatte sie in wenigen Monaten um zehn Jahre altern lassen, obwohl es sich kräftig entwickelte und selten krank war.

Aber der Junge tat sich schwer, laufen und sprechen zu lernen, zu verstehen und sich verständlich zu machen. Die Grundschullehrerin sagte, er würde das später aufholen, aber dann fiel er in der Mittelschule in der ersten und der zweiten Klasse durch, anschließend ließen sie ihn nur fertig machen, weil sie ihn loswerden wollten und weil sie diese ewig tropfende Nase nicht mehr sehen konnten. Am besten sollte er gleich mit seinen Brüdern in der kleinen Fabrik arbeiten, die seine Eltern ein paar Jahre zuvor aufgebaut hatten, denn die Lernerei war nichts für ihn. Aber das Arbeiten war auch nichts für ihn, er zeigte wenig Ehrgeiz und gar keinen Verstand, am allerliebsten lief er durch die Gegend, guckte in die Luft, legte sich auf die Erde und lernte den Gesang der Vögel. Das gelang ihm richtig gut, er konnte nicht nur Amseln nachahmen, sondern auch Nachtigallen, Lerchen, Stare, Eichelhäher und viele andere.

Als Geraldo auch am Abend nicht nach Hause kam, machte sich keiner in der Familie ernsthaft Sorgen. Er verschwand manchmal für einen oder zwei Tage, und wenn er dann, ausgehungert und wie ein Tier mit Erde und allem Möglichen verdreckt, wiederkam, musste man ihn eine Stunde einweichen, um die schwarze Kruste von seiner Haut zu lösen. Und die Klamotten wurden nicht mal bei achtzig Grad in der Waschmaschine anständig sauber, aber ihm waren Kleider egal. Einmal war er sogar einem Wanderzirkus nachgelaufen, der im Dorf Station gemacht hatte und der so miserabel war, dass höchstens ein Dutzend kleine Kinder, vielleicht ein paar mehr, in die Vorstellung gegangen waren, begleitet von Verwandten, die sich schon langweilten, bevor sie hineingingen. Tags darauf hatte der Zirkus sein Zelt abgebrochen, seine Habseligkeiten in einem Lkw und drei Lieferwagen verstaut, die auch zum Wohnen dienten, und Geraldo hatten sie mit verstaut. Zigeuner machten so was, aber doch keine Christen. Und er war nach Hause zurückgekehrt.

Aber diesmal stellte Piero am nächsten Morgen fest, dass sein Fahrrad weg war, und er war stinksauer auf seinen blöden Bruder, der es genommen hatte, ohne zu fragen, und es sicher ramponiert zurückbringen würde. Dem hau ich die Fresse ein, wenn er kommt, dachte er, aber nur um sich abzureagieren, denn er hätte das zwar liebend gern getan, aber Geraldo war zwanzig Zentimeter größer als er und doppelt so breit und stark.

Nach drei Tagen machten sie sich dann doch Sorgen, als nämlich Elide merkte, dass auch Geraldos Rucksack und mehrere Unterhosen und Socken, zwei Paar Jeans und zwei Sweatshirts fehlten.

»Himmel, jetzt hat er Ernst gemacht!«, lautete Nandos

Kommentar, und es klang fast erleichtert, aber Piero entgegnete, ohne Kohle käme er nicht weit, was Elide auf eine Idee brachte. Sie ging am nächsten Morgen nicht in die Fabrik, sondern in Vicenza aufs Postamt, wo sie ein auch auf seinen Namen laufendes Sparkonto eingerichtet hatte, und die Angestellte, mit der sie befreundet war und an die sie sich wandte, stellte fest, dass das ganze Geld abgehoben war, bis auf fünfzig Euro, damit das Konto nicht gelöscht wurde. Wie bitte?, beschwerte sich Elide, warum hast du denn nichts gesagt, du kennst Geraldo doch, er denkt wie ein Kind, wer weiß, was er mit dem Geld, das ja auch meines ist, gemacht hat! Aber die Freundin erklärte, sie sei an dem Tag krank gewesen und habe nichts gewusst. Auf dem Konto waren achttausendzweihundert Euro gewesen, Geraldos Lohn aus vier Jahren Arbeit in der Fabrik, und er hatte fast alles auf die hohe Kante gelegt, weil er nicht wusste, wofür er das Geld ausgeben sollte.

»Von wegen schwachsinnig!«, rief Piero am Abend, als die Mutter berichtete. »Er hat das Geld genommen, er hat mein Fahrrad genommen! Wie viel war denn auf dem Konto?«

»Über achttausend Euro«, antwortete sie.

»Dann kommt er nicht zurück«, sagte Nando.

»Oder er kommt wieder, wenn er alles verbraten hat«, meinte Piero.

»Dann verpassen wir ihm einen Arschtritt und schicken ihn dahin zurück, wo er herkommt«, beendete der Bruder das Thema.

Nur Giacinto hatte nichts gesagt, der Vater, dem dieser nicht recht geglückte Sohn leid tat, aber die Arbeit in der Fabrik und das Problem der Konkurrenz belasteten ihn zu sehr, als dass er sich noch um anderes hätte kümmern können.

In der folgenden Woche wandten sie sich an die Carabinieri, um die Sache in Ordnung zu bringen und weil sie sich nichts nachsagen lassen wollten. Sie erklärten, Geraldo sei fort und habe das Fahrrad seines Bruders, einen Rucksack mit Kleidung und sein Geld mitgenommen, ohne vorher Bescheid zu sagen oder eine Adresse zu hinterlassen.

»Da kann man wohl nichts machen«, sagte der Carabiniere. »Er spinnt ein bisschen, aber er ist volljährig, und wir können ihn nicht zur Rückkehr zwingen, falls wir ihn überhaupt finden. Aber es ist schon besser, eine Vermisstenanzeige aufzugeben, man kann ja nie wissen ...«

»Suchen Sie jetzt oder suchen Sie nicht?«, hatte Giacinto gefragt.

»Wir tun unser Möglichstes«, hatte der Carabiniere geantwortet, dabei wusste er ganz genau, dass bei den Einbrüchen in die Villen, dem Drogenhandel und den Bandenkriegen die Suche nach Geraldo Biason keine Priorität genoss.

Nach der Rast in der Bar gingen Camilla und Liuba in Richtung Piazza Castello. Das Mädchen schien über etwas zu grübeln, und schließlich gab sie sich einen Ruck: »Hast du eigentlich ein Auto?«

»Ja, aber an dem Abend war es in der Werkstatt.«

»Tust du mir einen Gefallen?«

»Gern.«

»Ich will an ein paar abgelegenen Plätzen nach meinem Freund suchen. Der Avvocato könnte mich begleiten, aber auf der Vespa ist es zu kalt. Würdest du mit mir fahren?«

»Wann du willst.«

»Jetzt gleich. Oder hast du zu tun?«

»Ich habe frei, vielmehr Ferien. Von allem.«

»Von allem, das nehme ich dir nicht ab, aber es geht mich nichts an.«

Camilla musste lachen. Es war ein fröhliches Lachen. Ein kluges Mädchen, dachte sie.

Eine halbe Stunde später saßen sie im Auto. Der Dackel, den sie zu Hause geholt hatten, hatte Liuba argwöhnisch beschnüffelt und die Haare gesträubt.

»Er riecht den Hund, den wir im Laden haben. Wie heißt er?«

»Potti. Wo fahren wir hin?«

»In die Hügel. Richtung Pecetto. Weißdu ist gern auf dem Land.«

»Ist Weißdu der Spitzname des Freundes, den du suchst?«

»Ja. Und frag mich nicht, wie er richtig heißt, ich weiß es nämlich nicht.«

»Was weißt du denn von ihm? Was uns bei der Suche helfen könnte, meine ich.«

»Nicht viel. Er hat ein Rennrad, das er sich second hand gekauft hat, auf dem Balon-Markt, glaube ich. Mit dem fährt er in die Hügel. Morgens, er radelt gern.«

»Auch bei der Kälte?«

»Auf dem Rad wird ihm warm. Und er hat Kraft. Ach ja, noch was: Seine Nase tropft immer, auch im Sommer.«

»Ein bisschen dünn als Anhaltspunkte für die Suche.«

»Das weiß ich selbst. Aber ich suche ihn, bis ich ihn finde.«

Auf der Strada comunale di Pecetto war kein Radfahrer unterwegs, auch nicht auf der Strada di Revigliasco, auch auf sonst keiner Straße in der ganzen Gegend. Gegen zwei Uhr gab Liuba auf.

»Es reicht, lass uns zurückfahren«, sagte sie.

»Wo soll ich dich absetzen?«

»Wo du willst, ich nehme dann den Bus.«

»Ich kann dich fahren, wohin du willst, ich habe Zeit.«

»Dann nach Hause. Zum Schirrù.«

Als sie angekommen waren und Liuba aussteigen wollte, fragte Camilla: »Hast du dir seine Sachen mal angesehen?«

»Was meinst du?«

»Vielleicht findet sich in Weißdus Sachen irgendein brauchbarer Hinweis.«

»Ich bin wirklich blöd, daran habe ich nicht gedacht. Komm, steig aus, wir suchen zusammen.«

Sie betraten das Haus.

Liuba hat recht, dachte Camilla, als sie sich umsah: Die Leute vom Schirrù sind weder Fisch noch Fleisch. Rebellisch genug, um die Familie zu verlassen und von zu Hause auszuziehen, reine Überlebensjobs anzunehmen oder von der Hand in den Mund zu leben, aber mit der Gewissheit, ein richtiges Dach über dem Kopf zu haben, keinen Unterschlupf wie die Obdachlosen oder die völlig sich selbst überlassenen illegalen Einwanderer. Der große ehemalige Schuppen war weder ein Dreckloch noch eine Höhle, der Raum wies einen gewissen Anstand auf, fast eine kaschierte Erinnerung an bürgerliche Behaglichkeit, die mit recht fantasievoll kombiniertem Sperrmüll erzeugt wurde. Im Wohnbereich stand ein hübscher Tisch aus den Fünfzigerjahren mit hellgrüner Resopalplatte und Alubeinen, den ein ahnungsloser Mensch neben einem Müllcontainer abgestellt haben musste. Außerdem gab es ein halbes Dutzend unterschiedliche Stühle, einen verbeulten und verrosteten Kühlschrank, eine angeschlagene Spüle aus Terrazzo, einen Gasherd inklusive Backofen ohne Tür und eine Reihe erfinderisch zu einem Regal zusammengebauter Transportpaletten.

Camilla fühlte sich an bestimmte Fotoreportagen von Innenräumen erinnert, aufgenommen an fernen Orten, wo die Zeit stehen geblieben war und die Armut der Einrichtung das heitere Ganze nicht störte. Im Schlafbereich waren die Trennelemente ein Sammelsurium an Gegenständen: in Paravents verwandelte Schachteln aus Karton oder Styropor, zusammengeschusterte Schrankskelette, mit Stoff überzogene, aufrecht stehende Paletten. In jeder Schlafnische oder Zelle ein Bett oder ein Strohsack und ein paar persönliche Sachen vom Sperrmüll. An den freien Stellen Wandgemälde von traumtänzerischer Fantasie zwischen tropisch und kindlich.

»Wer ist der Künstler?«, fragte Camilla.

»Nabil.«

»Auch ein Spitzname?«

»Nein, er ist Marokkaner. Das heißt, seine Eltern, er selbst ist hier geboren. Er malt gut, aber sie lassen ihn nur blödes Zeug malen.«

»Wer denn?«

»Die Ladeninhaber. Du weißt schon, diese scheußliche Schaufensterdeko. Glocken an Ostern, Stechpalmen und Schneeflocken an Weihnachten, Masken zu Karneval, weiteres Schauerzeug zum Mutter-, Vater-, Opa-, Oma- und sonst wie Tag. Jetzt malt er überall olympische Ringe, es läuft gut. Das hier ist Weißdus Zimmer.«

Sie hat Zimmer gesagt, denkt Camilla. Nicht Platz. Auf seine Art ist es fast ein Zimmer, nur ein wenig schmuckloser als andere. Aber ordentlich, viel ordentlicher als beispielsweise die Zimmer der Söhne und Töchter meiner Freundinnen. Viel ordentlicher als Liviettas Zimmer es wäre, wenn nicht ich oder die Haushaltshilfe täglich aufräumen würden. Vielleicht übernehmen sie Verantwortung, wenn sie allein leben. Oder vielleicht sind die Bewohner des Schirrù eine Extraspezies, eine wenig bekannte Minderheit. Die letzte Übergangsetappe einer derzeit stattfindenden Evolution. Weder Fisch noch Fleisch, das könnte eine Lösung für den Planeten sein.

»Sein Rucksack ist nicht da, aber das ist normal. Er nimmt ihn immer mit, wenn er aus dem Haus geht«, erklärte Liuba.

»Fehlt sonst nichts?«, fragte Camilla.

»Keine Ahnung. Ich habe nie in seinen Sachen geschnüffelt.«

»Das sollten wir jetzt aber besser tun.«

Sie kramten in einer Art Truhe, die aus aneinandergenagelten Palettenbrettern gezimmert war. Ein Sweatshirt, zwei warme Pullover, ein paar T-Shirts, zwei Paar Socken, Unterhosen, eine Wollmütze mit Bommel und Zöpfchen, zwei Jeans.

»Nichts Interessantes«, stellte Liuba fest.

Camilla sah sich die Truhe genauer an. Der Deckel war innen mit zurechtgeschnittenem Geschenkpapier beklebt, und ein Abschnitt, ein kleiner Schnipsel, war mit vier Reißnägeln auf die anderen geheftet.

»Die Truhe gehörte Vanessa, sie hat sie ihm geschenkt, weil er sie so toll fand. Sie hat sich dann eine neue gemacht«, erklärte Liuba.

Camilla bückte sich, löste die beiden unteren Reißnägel und hob das Stück Papier an. Darunter klebte ein

Foto am Deckel. Eine kleine geheime Ikone, durch das Papier geschützt und gegen fremde Blicke abgeschirmt. Etwas, das er für sich behalten wollte. Liuba bückte sich auch. Das Bild, aufgenommen an einem Fotoautomaten, zeigte den lachenden Weißdu neben dem Gesicht einer Frau.

»Wer ist die Frau? Kennst du sie?«, fragte Camilla.

»Nie gesehen.«

»Könnte sie seine Mutter sein?«

»Das glaube ich nicht. Er ist weg von zu Hause, weil seine Leute sagten, sie könnten auf ihn verzichten.«

»Du willst ihn aber zurückhaben.«

»Ich bin ja nicht seine Familie«, stellte Liuba klar.

Dann holte sie ihr Stilett unter dem Rock hervor und löste das Foto behutsam ab.

»Flora und ich wohnten im selben Haus, in Barriera di Milano«, berichtete Ines. »Sie war vier Jahre jünger als ich, aber als Kinder spielten wir zusammen. Ich habe jung geheiratet, er hat mich ziemlich bald verlassen, und ich wollte nicht zu meinen Eltern zurück, sie hatten mich so gedrängt, den Mann nicht zu heiraten. Ein paar Monate arbeitete ich in einer Fabrik, aber das Geld reichte nicht für die Miete und alles andere.«

»Da bist du dann anschaffen gegangen.«

»Ja. Eines Tages begegnete ich zufällig Flora. Sie war Lehrling in einem Friseurladen. Sie hatte rissige Hände von den Chemikalien für die Dauerwellen und einen Ausschlag an den Armen. Die Arbeit gefiel ihr nicht. Sie wollte mehr über mich wissen, und ich habe ihr alles erzählt. So fing sie an, abends auszugehen, ihren Eltern sagte sie, sie geht mit ihren Freundinnen ins Kino oder zum Tanzen, dabei hatte sie ein bis zwei Freier. Das lief eine Weile so, dann warf einer ein Auge auf sie, schickte sie anschaffen und überredete sie, von zu Hause auszuziehen. Die übliche Geschichte, die haben Sie bestimmt schon oft gehört. Es ging ihr nicht schlecht bei dem Mann, er war noch einer von den besseren Typen oder von den nicht ganz so üblen, wenn Sie wollen, aber eines Abends wurde er von einem Auto überfahren, und nach drei oder vier Tagen im Krankenhaus starb er.

Flora war hübsch, sie hatte einen ganz guten Kundenstamm, und sofort war wieder einer zur Stelle, aber der war ein Widerling, wenn der sauer war, und das kam oft vor, verprügelte er sie, außerdem nahm er ihr fast das ganze Geld ab. Sie hielt es eine Zeit lang aus, dann traf sie Fausto, er hat sie weggeholt, aber nicht ausgebeutet. Ein seltenes Glück für unsereins. Ich glaube, er hat sie geliebt, und sie ihn auch, wenn auch nicht so, dass sie ein richtiges Paar geworden wären. Aber sie machten jedes Jahr zusammen Urlaub, dann fuhren sie nach Venedig oder an den Gardasee, einmal waren sie sogar in Paris. Ich beneidete sie, weil sie für niemanden sorgen musste, und wenn sie keine Lust hatte zu arbeiten, konnte sie nachts freihaben. Dann kamen allmählich die Schwarzen, die Albanerinnen und all die anderen Frauen von überall aus der Welt, und die Männer stürzten sich auf das Neue, um zu probieren, ob die Suppe genauso oder vielleicht anders schmeckt. Anders war nur der Preis, das Dauerangebot, drei zum Preis von zwei. Flora machte das nicht viel aus, sie hatte so viel Geld auf der hohen Kante, dass es für immer gereicht hätte ... Und wissen Sie, jemand, der sie nicht von der Straße kannte, der sie im Supermarkt sah oder beim Friseur, hätte nie gedacht, dass sie anschaffen ging, sie kleidete und verhielt sich wie eine richtige Dame, nie ein ordinäres Wort, nie eine Provokation, nichts.«

Eine großartige Frau, Lentini zufolge, eine richtige Dame, der Freundin zufolge, dachte Vitello.

»Aber der Inhaber der Bar, wo sie gefrühstückt hat, hat kapiert, welchem Beruf Flora nachging«, sagte er.

»Vielleicht wegen der Uhrzeiten, oder weil manche Idioten denken, eine ältere Frau, die immer in der Bar frühstückt, kann ja nicht viel taugen.«

»Wo kaufst du die Bonbons?«

»In der Drogerie in der Via Monte di Pietà. Haben sie Ihnen gutgetan?«

»Ja, mein Hals kratzt viel weniger. Jetzt zeige ich dir die Fotos, die wir in Floras Wohnung gefunden haben, und du sagst mir, ob du jemanden kennst.«

Alte Schwarz-Weiß-Fotos mit Wellenrand: Mutter, Vater, Flora als Kind, Erstkommunion und Firmung. Polaroidfotos: Flora mit Freundinnen, mit ihrem ersten Zuhälter. Farbfotos: mit Kater Momo, bei einer Tafelrunde in einem Luxusrestaurant neben einem Unbekannten, in Venedig mit Fausto in der Gondel, wieder mit Fausto am Ufer eines Sees, vielleicht am Gardasee. Nichts Brauchbares für die Ermittlungen.

»Du kannst gehen«, verabschiedete Vitello Ines. »Und danke. Auch für die Bonbons.«

»Ich lasse sie Ihnen da«, sagte Ines und öffnete ihre Handtasche. »Und die lasse ich Ihnen auch da«, fügte sie hinzu und legte einen Schlüsselbund auf den Schreibtisch.

»Sind die von Flora?«

»Ja, sie wollte immer, dass ich Ersatzschlüssel habe, für den Fall, dass sie ihre mal verliert oder sich aussperrt, aber sie hat sie nie gebraucht. Für meine Wohnung hat die

Nachbarin Ersatzschüssel, sie ist fast achtzig und immer zu Hause.«

Ines ging. Hm, dachte Vitello, eigentlich doch keine Zeitverschwendung. Wir haben die Bestätigung, dass Fausto Gusella nicht Floras Zuhälter im eigentlichen Sinne war. Und wir haben einen Bund mit sechs Schlüsseln, einschließlich des Briefkastenschlüssels. Er stand auf und ging in Berardis Büro.

»Commissario, wie nennt man einen, der eine Prostituierte beschützt, aber nicht ihr Zuhälter ist?«

»Gusella, meinen Sie? Ich glaube, dafür gibt es kein Wort, man würde es zu selten verwenden. Haben Sie was Neues?«

»Nein, aber einen Schlüsselbund, und ich glaube, da sind zwei zu viel dran. Weiß man was über den Toten aus den Hügeln?«

»Er wurde erst erschossen und dann mit dem Messer traktiert. Da war er schon tot.«

»Diese Verschwendung! Manche Leute haben einfach zu viel Zeit. Ich überprüfe mal die Sache mit den Schlüsseln. Ah, noch was: Die Cozzolinos würde ich mir gern selbst vornehmen, wenn sie zurück sind.«

Während Camilla sich weiter umsah und Liuba die Ölöfen anmachte, kam ein Mädchen herein, das vielleicht Anfang zwanzig war. Adrett frisiert und gekleidet, ungeschminkt, fast ein halbes Jahrhundert hinter der aktuellen Mode zurück.

»Ciao, Van. Machst ja früh Feierabend heute.«

»Es ist saukalt, und der Friedhof ist wie ausgestorben.«

»Das haben Friedhöfe so an sich. Übrigens, das ist Vanessa, und die Signora hier heißt Camilla.«

Vanessa nickte und trat an einen Ofen, der noch keine Wärme verströmte.

»Hier ist es aber auch ganz schön kalt. Auf dem Friedhof war es wie in Sibirien. Ich bin ein Eiszapfen.«

»Van arbeitet auf dem Friedhof«, fühlte Liuba sich verpflichtet zu erklären.

Camilla machte ein Gesicht, als wüsste sie gern mehr und traute sich nicht zu fragen.

»Ich arbeite dort, aber nicht als Totengräberin«, erklärte Van.

»Jetzt sagt die Signora hier gleich: Wenn ich nicht indiskret bin … Dann fragt sie dich, was das für eine Arbeit ist«, spöttelte Liuba.

»Ich kümmere mich um alte Leute, die niemanden haben. Mit alten Männern habe ich allerdings selten zu tun, sie sterben früher.«

»Ich verstehe immer noch nicht viel«, sagte Camilla. »Und wenn ich nicht indiskret bin …«

Sie lachten alle drei.

»Abgesehen von Beerdigungen gehen zu Lebzeiten fast nur alte Leute auf den Friedhof. Aber sie schaffen es nicht, die Leiter vor den Kammern und Grabnischen zu verschieben, die zur Platzgewinnung immer weiter oben sind, außerdem trauen sie sich nicht, die ewig wackligen Leitern raufzuklettern. Sie denken, wenn sie doch mal stürzen, brechen sie sich mindestens den Oberschenkel, und dann gute Nacht. Ich mache das alles, und sie bezahlen mich. Für zwei Euro hole ich die Leiter, reinige Fotos, Inschrift und Marmortafel und richte die Plastikblumen. Bescheidener Tarif. Manchmal gibt's auch Trinkgeld. Ich habe durch Mundpropaganda einen ganz guten Kundenstamm und bisher keine Konkurrenz. Außerdem halte ich fünf Familiengräber in Ordnung, einmal die Woche säubern und frische Blumen. Die Blumen kaufe ich auf dem Großmarkt, und ich bin billiger als eine richtige Floristin. Ich denke, ich kriege noch mehr Kunden, die Besitzer der Gräber sind zufrieden. Das einzig Blöde ist, dass ich mich wie eine Betschwester anziehen muss, sonst haben sie kein Vertrauen zu mir. Zufrieden?«

Vanessa sah das Foto auf dem Küchentisch.

»Ist er wieder da?«

»Nein, das Foto haben wir in seiner Truhe gefunden. Hast du eine Ahnung, wer die Frau ist?«

»Nein. Seine Freundin ist es bestimmt nicht, die ist ja mindestens doppelt so alt wie er.«

Was soll ich heute Abend anziehen?

Das fragte sich Camilla später, als sie den Schrank im Schlafzimmer inspizierte und zerstreut die Bügel mit Kleidern, Blusen und Hosen hin und her schob. Was soll ich heute Abend anziehen, aber der Gedanke schweifte ab und wanderte hin und her zwischen Überlegungen zum vergangenen Nachmittag im Schirrù und Fantasien zum bevorstehenden Abend mit Gaetano.

Abtauchen in fremde Jugend: die Ablehnung der Familie, der Bruch mit dem bürgerlichen Hintergrund, das Leben in der Wohngemeinschaft. Aber war es wirklich eine Entscheidung? Für Liuba-Speranza schon, bei den anderen weiß ich es nicht. Und wie lange geht das gut? Fünf oder zehn Jahre gemeinsames Leben, dann mündet die Gewöhnung in Langeweile, die sich wegen tausend nerviger Kleinigkeiten zu Ärger auswächst, wie es zusammenlebenden Paaren nun mal ergeht, wie es auch mir ergangen ist. Nur dass man ohne gesetzliche oder sozial anerkannte Verbindung einfach gehen kann, man sammelt seine Siebensachen ein und sagt Ciao, war schön, aber es ist vorbei.

Ein Abendessen, hat er am Telefon gesagt, als er zurückrief, vielmehr ein Fest zu Ehren eines illustren russischen Gastes, der sich wegen der Olympischen Spiele hier aufhält. Wenn er illuster ist, dann ist er mit Sicherheit kein Mafioso aus zwielichtigen Regierungskreisen und auch keiner dieser Tycoons, die auf millionenfachem Elend Wirtschaftsimperien und politische Allianzen errichten. Aber was bedeutet illuster eigentlich? Etymologisch ist das Adjektiv mit *lux*, Licht, verwandt, und wenn eine illustre Person jemand ist, der gern im Rampenlicht steht, sprich Geltungsbedürfnis hat, dann trifft das auch auf einen gewalttätigen und blutrünstigen Diktator oder einen fanatischen Terroristen zu. Pol-Pot war illuster. Pinochet und Videla ebenfalls. Aber ich glaube nicht, dass Gaetano den Abend mit einem Mörder verbringen will, der aus der Kälte kommt. Doch der Vorschlag ist schon seltsam: Nach monatelangem Schweigen meldet er sich, aber erst auf meinen Anruf hin, und lädt mich auf ein Fest zu Leuten ein, die ich nicht kenne. Als was wird er mich vorstellen? Eine liebe Freundin – Freundin ist zweideutig, stimmt aber. Lieb ist ebenfalls zweideutig, es lässt Raum für Fantasie und kann zu maliziösen Interpretationen verleiten, aber es werden sich höchstens die Gastgeber in lexikalische Fragen vertiefen, falls sie überhaupt Lust dazu haben, schließlich müssen sie sich um einen illustren Gast kümmern. Der hoffentlich nicht nur Russisch spricht.

Ich habe im Schirrù kein Klo gesehen. Ein Klo ist wichtig, wir sind schließlich keine reine Idee, wie es Platon, den Kirchenvätern und den Askesefreaks aller Völker und Religionen gefallen hätte. Das Klo wird ein Hockklo und wahrscheinlich im Hof zu finden sein, ein wucherndes Kabuff an einer Mauer, eine behaarte Warze im Gesicht. Möglich, dass dort die Unzufriedenheit ihren Anfang nimmt und nach der Unzufriedenheit die Veränderung beginnt. Weil wir es nicht mehr gewohnt sind, unsere Notdurft in der Kälte zu verrichten und uns dabei wie Hunde hinzuhocken, obwohl die Fachwelt versichert, diese Stellung sei besonders förderlich für das Gelingen des Vorhabens. Luther, heißt es, hat seine Rebellion auf dem Klo ersonnen, er muss also lange Sitzungen abgehalten haben, doch damals gehörte es einfach zum Leben dazu, dass man fror; vielleicht behaupten das auch nur die Lästermäuler, aha, er neigte also zu Verstopfung, was nicht für eine glückliche Einheit von Leib und Seele oder meinetwegen psychophysische Verfassung spricht. Wo auch immer das Klo sich befinden mag, ich glaube jedenfalls nicht, dass es dort auch eine Badewanne oder eine Dusche gibt, wo also waschen sich die Nicht-Fisch-nicht-Fleischlinge vom Schirrù? Vielleicht bei Vindice, der tatsächlich überhaupt nicht ins Schema passt. Wie auch immer, Liuba und Vanessa sind sauber und riechen nicht ranzig oder nach altem Schweiß, natürlich waschen sie sich, ich weiß nur noch nicht, wo.

Was ziehe ich an und wie rede ich mit ihm. Mein Englisch ist nicht *fluent* genug für ein langes Gespräch, aber der illustre Gast wird schon nicht drauf brennen, mit mir zu plaudern, ein paar Sätze wie am Hotelempfang und ein artiges Partylächeln werden reichen. Was soll ich anziehen? Eine schwarze Samthose, die mich ein bisschen schlanker macht, dazu eine Bluse, aber welche? Rekapitulieren wir: Er holt mich um halb zehn ab, und dann gehen wir zu diesem Essen, weil er unbedingt hinmuss. Ein Abendessen als Amtspflicht? Wie ein Ausläufer, eine Verlängerung der Arbeit? Verbirgt sich vielleicht ein Mörder unter den Gästen, der identifiziert und gestellt werden muss, während er, Champagnerflöte in der einen, Kaviarschnittchen in der anderen Hand, durch die Säle schlendert? In dem Fall bin ich nur Dantes Schirm der Wahrheit, die Phantomgeliebte, ein Paravent, eine zufällige und austauschbare Begleiterin. Wenn das so ist, mein lieber Gaetano, rufe ich dich an, dass ich schreckliche Kopfschmerzen habe, und dann gehst du allein auf das Fest mit dem illustren Gast oder suchst dir eine andere.

6

Zwei Leichen, die im Freien gelegen hatten, aber umgebracht worden waren die beiden woanders, in einem geschlossenen Raum, das eine Opfer in einem Haus, das andere ebenfalls in einem Haus oder an einem abgeschiedenen, einsamen Ort. Die Frau sechsundvierzig Jahre alt, der junge Mann Anfang zwanzig. Beide mit Schnittverletzungen, jedoch nicht mit derselben Klinge zugefügt. Bei der Frau hat der Mörder mehrere Messer verwendet, bei dem Jungen ein einziges mit einer langen, rasiermesserscharfen Klinge. Keiner der beiden hatte Papiere oder sonst etwas dabei, was bei den Ermittlungen hätte nützlich sein können. Ihren Namen wissen wir, seinen werden wir auch noch rauskriegen, aber die Zeit vergeht und spielt gegen uns. Zwischen den beiden Fällen scheint es einen Zusammenhang zu geben, auch wenn es momentan keinen konkreten Anhaltspunkt dafür gibt.

Leichen, immer nur Leichen: Mein Vater hat mich gefragt, ob ich die ewigen Leichen nicht satt habe, und da begriff ich zum ersten Mal, dass es mir reicht, aber ich verneinte. Hier wartet eine gut gehende Anwaltskanzlei auf dich, sagte er am Telefon, ich denke ja allmählich ans Aufhören, und du weißt, wie sehr ich mich freuen würde, wenn du sie weiterführen würdest, dann könnten wir uns auch endlich ein bisschen öfter sehen, nicht nur zu den hohen Feiertagen oder wenn du hin und wieder auf eine Stippvisite vorbeikommst …

Zum ersten Mal war ich in Versuchung, ihm recht zu geben. Über all den Leichen habe ich mich gefragt, warum ich eigentlich unbedingt hierbleiben will, warum ich keinen Schlussstrich unter alles ziehe, insbesondere unter eine Geschichte, die gar keine ist und nirgendwohin führt. Monatelang hören und sehen wir nichts voneinander, der Schlussstrich scheint gezogen, die Gedanken schwirren nicht dauernd um einen Fixpunkt, es hat die eine oder andere ganz nette Ablenkung gegeben, die Folgen hätte haben können, aber da ruft sie an, ich rufe zurück, frage: Sehen wir uns?, eigentlich ohne nachzudenken, und sie sagt sofort Ja, jederzeit, und fügt hinzu, ihre Familie sei in den Bergen. Dann hat sie mich also nur angerufen, weil sie nichts Besseres zu tun hatte, weil sie plötzlich traurig oder einsam oder sonst was war, und da bin ich ihr eingefallen, wahrscheinlich hat sie vorher eine Freundin oder einen Freund angerufen, der aber keine Zeit hatte zuzuhören, und ich war der Letzte auf der Liste, die letzte Chance, einen Abend zu füllen …

Zwei Leichen, mit denen sich die Polizei herumärgern muss, allerdings längst nicht so wie mit einer nicht genehmigten Demo oder einer nächtens vor einem Hauseingang deponierten Paketbombe. Sie erzeugen kein Gefühl der Unsicherheit und schüren keine Panik. Sie war Prostituierte, und der gewaltsame Tod ist ein berufsbedingtes Missgeschick; er ist ein Namenloser, den niemand sucht, den niemand vermisst, der zu Lebzeiten vielleicht so viel wie die Schleimspur einer Schnecke hinterlassen hat. Das muss der Mörder einkalkuliert haben. Doch durch irgendwas verrät sich auch der vorsichtigste und gewissenhafteste Mörder, bloß kriegen wir es manchmal nicht mit.

Mein Vater hat den Finger auf die Wunde gelegt. Leichen stören manchmal die Nachtruhe, vor allem wenn sie, wie die der Torrielli, entstellt und misshandelt wurden, und sie kosten einen die Kraft, die man bräuchte, um am Morgen die Augen zu öffnen und sich einem neuen Tag zu stellen. Aber meinem Vater ging es nicht nur um mich und meinen Beruf, er wollte mich in erster Linie bitten, unbedingt zu der Party bei den Ravasis zu gehen, die geschäftlich für ihn wichtig sind. Einverstanden, ich gehe hin, habe ich gesagt, und ich grüße sie von dir und halte die Verbindung aufrecht, ich weiß, dass es nicht nur ein geschäftlicher Kontakt, sondern Freundschaft ist. Ich werde auch versuchen, mit diesem Mister Starkov zu reden, an dem deine Klienten so großes Interesse haben.

Zu den Ravasis gehe ich mit Camilla. Auf diese Weise kann ich ihr zu verstehen geben, dass ich mich gern mit ihr treffe, sie aber nicht dauernd vermisse und auf einen

Wink von ihr warte. Leider wird auf diese Weise auch alles wieder infrage gestellt, wir werden um Monate zurückgeworfen, die Gedanken drehen sich wieder im Kreis. Vielleicht rufe ich sie doch besser an, dass mir was dazwischengekommen ist, dass ich nicht freinehmen kann, und sage die Verabredung ab.

Ganz weg waren die Halsschmerzen nicht, aber sie waren durchaus erträglich. Amleto Vitello drehte den Schlüsselbund in den Händen und tätigte ein paar Anrufe. Der erste galt dem Hausverwalter in der Via Rosolino Pilo, einer Seitenstraße des Corso Lecce, und der bestätigte, was er bereits ausgesagt hatte, nämlich dass zur Wohnung der Torrielli kein Keller gehörte. Als Zweites rief Vitello beim Eigentümer der Wohnung an, der nicht zu Hause war, aber bald zurück sein würde. Drittens Lentini, der sicher war, dass die Torrielli einen Keller hatte, als sie noch bei ihm im Haus wohnte. Er hatte sie ein paar Mal hinein- und wieder hinausgehen sehen, wenn er seine Holzarbeiten für die Volkshochschule machte. Er mache doch Serviettentechnik mit den netten Frauen? Klar, aber das Jahr zuvor habe er Schreinerei gemacht, es sei noch kein Allwissender vom Himmel gefallen, und erst mit der Erfahrung tue man das Richtige.

Der Ispettore grübelte weiter vor sich hin. Im alten Haus hatte die Torrielli eine Wohnung mit zwei schönen großen Zimmern und Küche, die genauso geschnitten war wie Lentinis Wohnung, und zusätzlich den Luxus eines Kellerabteils gehabt. Sie war in eine auf ein Mindestmaß reduzierte Zweizimmerwohnung gezogen. Wo zum Teufel hatte sie die ganzen Sachen verstaut, die dort nicht hineinpassten, Möbel, Dinge, die sich mit den Jahren ansammeln und die man nicht einfach mir nichts dir nichts en bloc wegwirft? Vielleicht in einem Keller oder einer Garage, aber Ines Dorigo wusste nichts davon: Sie habe den Schlüsselbund in eine Schublade gelegt, ohne ihn sich genauer anzusehen.

Er versuchte es noch mal bei Ingegner Orlando Orlandini, dem Eigentümer der Wohnung, der erklärte, der Verwalter habe unrecht, aber auch recht. Es verhalte sich folgendermaßen: Er, Orlandini, besitze drei Wohnungen in der Via Rosolino Pilo, zwei davon mit Keller und eine ohne, nämlich die der Torrielli. Bei Vertragsunterzeichnung habe sie gesagt, sie benötige einen Keller, woraufhin er ihr einen der beiden Kellerräume gratis zur Benutzung überlassen habe, die Studenten hätten ihn nicht gebraucht, er könne sich allerdings im Moment nicht erinnern, welcher Raum das gewesen sei. Er habe ihn ihr gratis überlassen unter der Bedingung, dass sie ihn bei Bedarf jederzeit räume. Bezüglich der Gratisüberlassung hatte Vitello seine Zweifel, doch die behielt er lieber für sich. Zu der Frage, wann die Versiegelung der Wohnung aufgehoben würde, äußerte er sich absichtlich vage: natürlich so bald wie möglich, aber das hänge nicht von ihm ab, sondern von der Staatsanwaltschaft, das heißt von Dottoressa Eva Rinaudo, die er nicht drängen könne. In Wahrheit hätte die Rinaudo die Siegel sofort entfernt, wenn Commissario Berardi oder er selbst sie darum gebeten hätten, aber das wiederholt vorgebrachte Gratis hatte ihn hellhörig gemacht, weshalb er in der Sache eine vorübergehende Erinnerungslücke vortäuschte. Auch weil die Miete höchstwahrscheinlich zur Hälfte schwarz gezahlt wurde. Und wie hatte seine Mutter immer gesagt? Amleto, sagte sie, *it ses dispetos come na sumia*, sei gemein wie ein Affe. Hier und da eine kleine Gemeinheit gegen die echten Schlauen oder die falschen Heiligen. Hier und da eine kleine berufliche Genugtuung.

Vom fünften Anruf erwartete er sich das übliche Gemeckere, doch er hatte Glück, seine Frau war nicht zu Hause. Er hinterließ – wie so oft in letzter Zeit – eine Nachricht, sie solle nicht mit dem Abendessen warten und ihn nicht auf dem Handy anrufen, weil er in eine Sitzung müsse. Wahrscheinlich glaubt sie schon, ich hätte eine Geliebte, dachte er, und es wäre der Gipfel, wenn sie mich von einem Privatdetektiv beschatten ließe. Dann dachte er noch, wie schade es war, dass der fragliche Keller nicht in dem Haus war, in dem Lentini wohnte, der hätte ihn, obwohl kein Basteltag war, vielleicht wieder zum Essen eingeladen; so musste er sich eben mit ein paar Panini oder einem Stück Pizza begnügen. Zu Olympiazeiten machte man besser einen Bogen um die Restaurants: Sie waren entweder gerammelt voll oder hatten die Preise erhöht oder beides.

Bevor er sich auf den Weg machte, ging er noch zum Chef. Der hatte den Telefonhörer in der Hand und starrte den Apparat an, als käme von da ein guter Rat.

»Störe ich?«, fragte er.

»Nein, setzen Sie sich einen Augenblick.«

»Wenn Sie telefonieren müssen, warte ich draußen.«

»Ich weiß nicht, ob ich telefonieren soll.«

»Dann ist es nicht dienstlich.«

»So ist es.«

»Ich gehe in das Haus, in dem die Torrielli gewohnt hat.«

»Noch mal?«

»Sie hatte einen Kellerraum.«

»Es hieß doch, sie hätte keinen gehabt! Mit wem gehen Sie denn?«

»Bis jetzt allein. Ist ja nicht gesagt, dass es dort was Interessantes gibt. Auf Wiedersehen, Commissario, jetzt können Sie in aller Ruhe telefonieren oder auch nicht.«

Hübsche Gegend, hübsche Leute. Leute, die seit jeher wohlhabend sind und nicht das Bedürfnis verspüren, es an die große Glocke zu hängen. In der schönsten und reichsten Gegend der Stadt, die in mancher Hinsicht nicht wie eine italienische Stadt wirkt. Weite Plätze, hohe Bäume, Gärten. Ruhe. Von Architekten entworfene Architektur. Strikt eingehaltene Fußgängerzone. Wenn ein ortsfremdes Auto auch nur die Schnauze hineinsteckt, klemmt zehn Minuten später ein Strafzettel unter dem Scheibenwischer. Kein zusammengeknülltes Papier auf dem Boden, keine achtlos weggeworfene Bierflasche. Überhaupt keine Bierflaschen oder Dosen. Schweiz? Monte Carlo? Nein, Turin. Der Reichtum hat überall seine Privilegien. Und sollte er die aus einem unvorhersehbaren Zufall verlieren, holt er sie sich unverzüglich zurück, und zwar mit Zins und Zinseszins.

Keiner hat den anderen angerufen, um die Verabredung abzusagen. Die mimosenhaften Anwandlungen waren bald vorbei gewesen: ziemlich durchsichtige Versuche des Selbstschutzes, um einer möglichen Enttäuschung zuvorzukommen oder sie abzuwenden. Beide in ungeduldiger Erwartung eines Wiedersehens. Beide ein bisschen verlegen.

Er ist ein paar Minuten vor halb zehn gekommen. Er will sie nicht warten lassen, aber auch nicht zu früh da sein. Er steigt aus dem Auto und geht zur Haustür. Die sie

Punkt neun Uhr vierunddreißig öffnet: pünktlich, aber mit einer winzigen Beschwörungsspanne. Als sie über die Schwelle tritt, steht der Nachbar aus dem fünften Stock vor ihr, er nickt ihr lächelnd zu und beäugt neugierig den Mann, der sie erwartet. Und dem sie mit ernster, schulmeisterlicher Miene die Hand gibt. Gaetano begrüßt sie ebenso und murmelt ein Das-fängt-ja-gut-an in sich hinein.

Der Nachbar geht ins Haus, die Tür schließt sich hinter ihm, und sie brechen in Lachen aus. Sie freuen sich, dass sie sich nach Monaten wiedersehen, sie sind erleichtert, dass die beiderseitige Verlegenheit verschwunden ist. Er öffnet ihr die Wagentür und steigt ebenfalls ein. Während er sich anschnallt, beugt er sich zu ihr und schnuppert: »Du duftest betörend.«

»Betörend! Was für ein schönes Wort, das habe ich schon lange nicht mehr gehört. Und das trifft es genau. Eine Freundin hat mir den Duft geschenkt.«

»Namens?«

»Laura.«

»Nicht die Freundin, der Duft.«

»*Caravaggio*. Sie liebt ihn.«

»Caravaggio?«

»Du scheinst dich gut zu amüsieren.«

»Ja, mit dir immer.«

»Danke, das ist ein wunderschönes Kompliment. Darf ich es erwidern?«

»Ich bitte darum.«

»Ich find's auch unterhaltsam mit dir.«

»Der Abend lässt sich nicht schlecht an. Erzählst du mir was über Caravaggio?«

»Den Maler oder das Parfüm?«

»Egal.«

»Das Parfüm ist betörend und auch ein bisschen dramatisch. Er erinnert an alte Blumensorten, an Blumen, die nicht durch künstliche Perfektion entstellt sind und sich sinnlich weich im Stängel biegen. Er erinnert auch an Samt und Brokat in der Renaissance, an Giftringe, an schimmernde Dolchklingen. Ein bisschen sündig ist es natürlich auch.«

»Der Abend ist wirklich vielversprechend.«

»Ich rede vom Parfüm meiner Freundin Laura.«

»Aber aufgetragen hast du es.«

»Worauf willst du hinaus?«

»Auf alles. Heute Abend wirklich auf alles.«

»Apropos heute Abend …«

»Ich hatte meinem Vater versprochen, an seiner Stelle hinzugehen, zu diesem Abendessen mit Party oder umgekehrt. Und den Gastgebern hatte ich schon zugesagt. Ich wollte nicht unhöflich sein, aber noch weniger wollte ich das Wiedersehen mit dir verschieben. Wir könnten ein halbes Stündchen bleiben, einfach um dagewesen zu sein, und dann gehen wir irgendwohin, wohin du Lust hast.«

»Vielleicht ein bisschen länger als eine halbe Stunde.«

»Wieso?«

»Weil ich nicht zu Abend gegessen habe und gern etwas essen würde. Ich bin ja nicht die engelgleiche Beatrice.«

»Ich weiß. Was willst du denn essen?«

»Was Gutes, was ganz besonders Gutes und außerdem Teures. Was man doppelt genießt, wenn man nicht zahlen muss. Das Gleiche gilt für den Wein. Wein von Kennern, exzellenten Wein, kein Supermarktwein.«

»Und danach?«

»Nach was?«

»Was willst du nach dem exzellenten teuren Essen und dem Wein machen?«

»Kommt drauf an.«

»Worauf?«

»Auf die Wirkung, die beides auf mich und dich hat.«

Sie haben den exklusiven Stadtteil erreicht.

Ein erster Halt, das Seitenfenster gleitet hinunter, die Hand streckt einen Ausweis hindurch, eine andere Hand deutet einen militärischen Gruß an und winkt gleich darauf zur Weiterfahrt. Camilla amüsiert sich und schlägt vor, die Runde noch mal zu drehen.

»Wie noch mal?«

»Wir verlassen die königlichen Gefilde und fahren dann durch eine andere Einfahrt noch mal rein.«

Er schüttelt den Kopf, kann ihr aber noch einiges bieten. Der zweite Halt geht weniger schnell vonstatten. Das Lichtbündel einer Taschenlampe zielt ins Wageninnere. Der dritte Halt erfolgt am Eingang zur Villa: Kontrolle von Ausweis und Gästeliste. Dann freie Bahn.

»Du hast mich eingeschleust. Ich könnte eine Terroristin sein. Wieso haben die mich durchgelassen?«, flüstert sie.

»Ich garantiere für dich. Obwohl ich vorsichtiger hätte sein müssen.«

»Wie denn?«

»Ich hätte kontrollieren müssen, ob du Sprengstoff am Gürtel trägst. Indem ich dich akribisch durchsuche.«

Innen herrscht schon Gedränge. Elegante Leute. Von einer so verhaltenen und diskreten Eleganz, denkt sie, dass sie auf eine beinahe ironische Weise provokant wirkt. Kein Mann trägt knirschende neue oder gar spitze Schuhe. Keine Frau trägt Silikonbrüste spazieren. Falls es hier und da Silikon gibt, verbirgt es sich unter einem nicht allzu großzügigen Ausschnitt. Kein männliches und kein weibliches Gesicht ist gnadenlos geliftet und mumifiziert. Wer einen Schönheitschirurgen beschäftigt, sinniert sie weiter, legt nicht nur Wert auf handwerkliches Geschick, sondern auch auf Intelligenz. Reichtum ist nicht immer ordinär. Womit auch immer diese Leute hier ihr Geld verdienen, man ertappt sie bestimmt nicht bei irgendwelchen derben Ausdrücken am Handy. Was nicht heißt, dass sie bessere Menschen sind, sie haben nur eine sorgfältigere Kinderstube genossen. Obwohl es hier in der Stadt eine veritable Ausnahme gegeben hat.

Die Hausherrin – die ihre etwa sechzig Jahre fröhlich-souverän nicht versteckt – empfängt Gaetano mit sichtbarer Sympathie, begrüßt Camilla mit kaum verhohlener Neugier, stellt sie ein paar Gästen vor und widmet sich dann weiteren Neuankömmlingen. Gaetano sucht Rechtsanwalt Ravasi, sichtet ihn, wartet, bis er fertig Hände geschüttelt und gelächelt hat, und geht dann zu ihm. Umarmung, Grüße, Vorstellung und ein paar diskret gewechselte Worte, während Camilla sich ein paar Schritte entfernt.

»Mission erfüllt«, sagt er gleich darauf zu ihr.

»Und der illustre russische Gast?«

»Ist noch nicht da. Illustre Leute lassen gern auf sich warten.«

»Ich werde nie illuster.«

»Aber du hast vier Minuten auf dich warten lassen.«

»Hast du auf die Uhr gesehen?«

»Ja.«

»Ich bin zu Fuß die Treppe runter.«

»Das dauert keine vier Minuten.«

»Nur zwei. Die anderen habe ich damit verbracht, noch mal reinzugehen und die Einbruchsicherung zu kontrollieren.«

»Bleiben wir oder gehen wir?«

»Wir bleiben. Ich lasse mir doch ein Abendessen bei reichen Leuten nicht entgehen.«

Gegen Viertel nach zehn wenden sich einige Köpfe in die gleiche Richtung, das Stimmengewirr schwillt ab. Ein hochgewachsener imposanter Mann mit weißem Haar und hellblauen Augen ist an der Seite der Hausherren erschienen, die ihn jetzt zu einer *tour d'honneur* in die Gästeschar führen. Man schüttelt Hände, lächelt, plaudert, atmet durch, geht weiter. Das Trio kommt bei Gaetano und Camilla an, Ravasi macht bekannt.

»Ich hatte gehofft, Ihren Vater zu treffen«, sagte der illustre Gast in perfektem Italienisch, »aber wie ich höre, geht es ihm nicht gut.«

»Eine schlimme Bronchitis und Fieber, der Arzt hat Bettruhe verordnet. Ich soll Ihnen Grüße ausrichten.«

»Danke, bitte grüßen Sie ihn auch. Es gibt bestimmt bald wieder eine Gelegenheit zu einem Treffen.«

Als sich der Russe verabschiedet, rempelt ihn jemand leicht an der Schulter, und er stolpert auf Camilla zu. Er macht ein überraschtes Gesicht und sieht sie aufmerksam an.

»Dieses Parfüm habe ich schon mal gerochen, ich weiß aber nicht mehr, wo.«

»In der Eremitage vielleicht«, sagt sie.

»Stimmt! Caravaggios *Lautenspieler*. Ich freue mich, dass wir uns begegnet sind, Signora.«

Das Trio wandert weiter. Gaetano sieht sie verblüfft an.

»Was schaust du denn so? Bedank dich lieber, dass ich dir zu einem guten Eindruck verholfen habe.«

»Kennst du ihn? Wann warst du denn in Sankt Petersburg?«

»Nie. Meine Freundin Laura war dort.«

»Sieht sie dir ähnlich?«

»Überhaupt nicht.«

»Was hat *Der Lautenspieler* damit zu tun?«

»Das ist ein Bild von Caravaggio.«

»Weiß ich.«

»Das Bild hat zu dem Parfüm inspiriert. Und das wiederum wurde in der Eremitage präsentiert. Wenn ich recht verstanden habe, ist unser illustrer Gast im Wirtschafts- und Kulturaustausch mit Italien tätig. Er ist zum Vergnügen oder beruflich hier. Bei einem solchen Abendessen werden Kontakte geknüpft und Geschäfte eingefädelt.«

»Ja, und?«

»Was macht dein Vater beruflich?«

»Er ist Anwalt. Spezialist für internationales Handelsrecht.«

»Siehst du? Das passt.«

»Was soll da passen? Könntest du dich etwas klarer ausdrücken?«

»Später. Jetzt wird das Buffet eröffnet.«

In der überdachten Loggia, die in den Garten übergeht, ist ein langer Tisch mit Stiefmütterchen in Blau und Gelb geschmückt, den Farben der Stadt. Die Kellner haben gerade die Tabletts mit den ersten Antipasti daraufgestellt.

»Was soll ich dir holen?«, fragt Gaetano. »Was am teuersten ist oder was dir am besten schmeckt?«

»Beides. Ich habe kaum etwas zu Mittag gegessen.«

»Und Wein?«

»Muss ich noch sehen. Kommt drauf an, was du mir bringst.«

Er bringt ihr ein heißes Schälchen und erklärt, unter der dicken Lage weißer Trüffelspäne stecke, in Sauce aus Castelmagno-Käse versenkt, ein Ei im Teigmantel.

»Ich hole etwas zu trinken«, sagt sie.

Weißweine. Rotweine. Stille Weine und moussierende Weine. Sie studiert die Etiketten und entscheidet sich für einen Barolo. Nicht für irgendeinen, sondern für einen Cannubi, gekeltert aus den Trauben von der legendären Hanglage, wo ein Quadratmeter mehr kostet als im Zentrum von Manhattan oder Tokio. Ein Cannubi Damilano von 2001, ein Wein für besondere Gelegenheiten, und sie lässt sich zwei Gläser einschenken.

»Genau richtig zu weißen Trüffeln«, sagt sie und reicht Gaetano ein Glas. »Sie wachsen nicht umsonst in derselben Erde. Aroma und Geschmack fürstlich, vielmehr königlich. Ich freue mich, dass wir hier sind.«

»Weil es gut riecht und gut schmeckt?«

»Findest du das wenig? Natürlich auch wegen der Begleitung. Und mach dir nichts draus, wenn du nicht nach Veilchen und Gewürzen duftest.«

Sie lachen und trinken.

7

Der Gordo war ein Fan von Osvaldo Soriano. Er hatte nie Fußball gespielt und auch keine Bücher geschrieben, aber er war dick und hatte sich nach seinem Idol genannt und über Sorianos literarische Produktion eine glänzende und kluge Abschlussarbeit geschrieben, was ihm Lob und Achtung der akademischen Kreise, aber keinen passenden Job einbrachte. Auf der faulen Haut zu liegen war nicht drin. Seine Eltern hatten sich, damit er das Gymnasium und die Uni besuchen konnte, jeden Bissen vom Munde abgespart, denn mit der Krise bei Olivetti war der Vater vorübergehend freigestellt worden, und es war schwer gewesen, mit dem Lohnausgleich zu dritt über die Runden zu kommen. Nach ein paar Dreimonats-Verträgen in einem Callcenter, die ihn um den Schlaf und fast um den Verstand brachten, bot sich dem Gordo eine gute Gelegenheit, die er beim Schopf ergriff: Nachtwächter in *Fidos Resort*, einem Vier-Sterne-Hotel für Hunde und Katzen vor den Toren Turins, das schon wiederholt verwüstet worden war, vielleicht von den üblichen Halbwüchsigen aus guter Familie, denen an ihren ausgedehnten Abenden nichts Besseres einfällt, um die Langeweile totzuschlagen. Die Reparatur der eingerissenen Umzäunung und das Herrichten der *Zimmer* (Käfige) kostete mehr, als einen Wächter schwarz zu beschäftigen. Ganz abgesehen davon, dass das Schild SORGFÄLTIGE AUFSICHT TAG UND NACHT die Besitzer der Tiere beruhigte und das Geschäft förderte. In der kleinen Rezeption des Resorts, die auch als Büro diente, verbrachte der

Gordo angenehme Nächte, er döste oder schlief auch tief in einem Liegestuhl, las seine geliebten lateinamerikanischen Schriftsteller, machte, vor neugierigen Blicken geschützt, seine Turnübungen. Ab und zu ein Rundgang über die Wege, ein paar freundliche Worte zu den Gästen, die den Klang der spanischen Sprache anscheinend mochten, eine Inspektion entlang dem Rand der Anlage. Mehr bedurfte es nicht, um die Vandalen fernzuhalten und ihm einen bescheidenen Lohn zu sichern. Und wenn ein Hund oder eine Katze unruhig war oder unter Verlustängsten litt, nahm er das Tier mit ins Büro und verbrachte die Nacht in Gesellschaft. Überraschungsbesuche vom Gewerbeaufsichtsamt waren höchst unwahrscheinlich, weil der Inhaber des Resorts unter den Fittichen eines Amtsdieners stand, dessen Hunde selbstredend seit jeher und immerdar kostenlos Vier-Sterne-Urlaube verbrachten.

Gordos zweiter Glückstreffer war die Begegnung mit Vindice bei einer Solidaritätsdemo für eine Gruppe von Anarchisten gewesen, die im Gefängnis saßen. Unschuldig, sagten sie und sagten die Genossen; dringend verdächtig, ein paar Bomben unter den Strommasten im Val di Susa deponiert zu haben, sagte die Staatsanwaltschaft. Das war gerade ein Jahr her, es war eisig kalt gewesen, und nach der Auflösung der Demonstration hatten sie sich bei einem Gläschen Grappa in der Bar aufgewärmt und waren ins Gespräch gekommen. Der Gordo beklagte sich nicht über die Nachtarbeit in *Fidos Resort,* nur über die lange Anfahrt, bei der ein ganzer Tag draufging, er wohnte in einem Dorf in der Valchiusella, das nicht mit dem Zug erreichbar war, nur mit dem Auto oder zwei verschiedenen Buslinien mit Umsteigen und einem für ihn völlig unbrauchbaren Fahrplan. Ein Auto hatte er nicht, und eine Wohnung in Turin kam nicht infrage, denn auch die schäbigste Einzimmerwohnung hätte fast seinen ganzen Lohn aufgefressen. Beim zweiten Grappa bot Vindice ihm einen Platz im Schirrù an.

An diesem Nachmittag wollte der Gordo gerade aus dem Haus gehen, um vor der Arbeit noch eine Runde zu drehen, als ihm etwas einfiel.

»Hast du was von Weißdu gehört?«, fragte er Liuba.

»Nein. Warum?«

»Heute Morgen habe ich jemand mit seinem Rucksack gesehen.«

»Wie, jemand?«

»Irgendjemand, ein Penner, glaube ich.«

»Bist du sicher, dass es Weißdus Rucksack war?«

»Komplett voller Aufkleber, grün mit roten Trägern und mit dem kleinen Bären an der Schnalle, den du ihm geschenkt hast.«

»Warum hast du ihn nicht gefragt, was ...«

»Weil ich im Bus saß und er zu Fuß ging.«

»Und wo war das?«

»In der Strada di Settimo, beim Abteifriedhof. Dahinter sind Obdachlosenbaracken und kaputte Wohnwagen.«

»Meinst du, Weißdu steckt dort?«

»Keine Ahnung. Vielleicht hat er den Rucksack auch verloren. Oder er ist ihm geklaut worden.«

»Eher hat er ihn verloren oder irgendwo liegen lassen. Weißdu ist groß und kräftig, so einem klaut man keinen Rucksack. Morgen gehe ich hin und frage.«

»Die Penner in den Baracken?«

»Wen denn sonst?«

»Geh nicht allein.«

»Keine Sorge. Ich kann mich wehren.«

Sechs Schlüssel, zählte der Ispettore abermals. Einer für den Eingang, einer für den Briefkasten, zwei für die beiden Schlösser an der Wohnungstür. Bleiben noch zwei: einer für den Keller, einer für die Tür des Kellerraums, den die Torrielli benutzt hat. Und zwar Nummer fünf oder Nummer zwölf, Orlandini zufolge. Vergesslicher Heuchler. Ob man bei dem auch mal auf den Busch klopfen sollte? Im Moment nicht, erst nehme ich mir die Cozzolinos zur Brust, die haben sicher was zu verbergen, wenn sie gleich nach meinem Besuch verschwunden sind. Vielleicht nicht gerade den Mord, der Commissario glaubt Gusella, und der hat gesagt, die Cozzolinos sind Weicheier. Ich sage das auch, nachdem ich die Leiche der Torrielli und die Weicheier gesehen habe, zumindest zwei von denen. Obwohl, man kann nie wissen.

Vitello probierte es mit dem Schloss der Nummer fünf: nichts zu wollen. War ja klar, wie sollte es auch auf Anhieb klappen. In jedem Ding steckt eine Gemeinheit, nie geht was glatt. Zumindest bei mir. Wenn es zwanzig Schlösser zum Probieren gäbe, wäre das zwanzigste oder zumindest das neunzehnte oder achtzehnte das richtige. Gegenstände behindern einen immer bei der Arbeit. Sie müssen hoch sensible Empfänger haben, Nanochips, die wir nicht erkennen und die die Gegenstände warnen, wenn wir unbedingt auf ihre Mithilfe angewiesen sind, denn genau dann treten sie in Streik und weigern sich zu funktionieren. Natürlich gibt der elektrische Rasierapparat seinen Geist auf, wenn du halb fertig bist, du hast nicht mal eine Rasierklinge im Haus und in einer halben Stunde musst du in der Sitzung mit dem Leitenden Polizeidirektor sein. Und das Auto, das du gerade aus der Werkstatt geholt hast, wo bleibt das Auto wie festgenagelt stehen?

Zwischen zwei Dörfern, sechs Kilometer hinter dem, das du eben passiert hast, und sieben vor dem nächsten. Natürlich regnet es, und du hast keinen Schirm im Auto. Handy, meinst du? Kein Empfang, oder der Akku ist leer. Also ziehst du die Warnweste an, damit du am Straßenrand nicht geplättet wirst, und latschst los. Und wenn du einen richtig grottenschlechten Tag hast, trägst du natürlich deine Wildlederslipper.

Der Schlüssel öffnete die Tür zum Kellerraum Nummer zwölf, der erwartungsgemäß voller Zeug war. Vitello blieb auf der Schwelle stehen, um keine eigenen Spuren zu setzen. Ein mit Plastikfolie abgedecktes Sofa, aufeinandergestapelte Kartons (mit seitlichen Angaben zum Inhalt), ein Transportkorb für Katzen, vier Stühle – hübsche Stühle aus Nussbaum, warum hat sie die in den Keller geräumt? –, ein Küchenmöbel aus den Vierziger- oder Fünfzigerjahren – zu sperrig, hätte eher in die neue Wohnung an der Spina 3 gepasst –, tönerne Blumentöpfe für den Balkon, ein Kronleuchter, zwei Bilder in durchsichtigen Plastiksäcken ... Das Küchenmöbel und die Kartons müssen durchsucht werden, dachte Vitello, aber ich bezweifle, dass sich was Brauchbares findet, reine Zeitverschwendung. Dann, als er den Blick über den Boden wandern ließ, bemerkte er Fußspuren auf dem staubigen Estrich. Spuren von Männerschuhen, aus der Länge zu schließen. Schon besser, murmelte er, und holte das Handy hervor, um der Spurensicherung Bescheid zu sagen.

Natürlich hatte das Handy im Keller keinen Empfang, und er musste hinaufgehen.

An manchen Abenden hatte sie überhaupt keine Lust, zur Arbeit zu gehen. Aber sie war immer gegangen, weil Mirko im Grunde kein schlechter Kerl und es absolut legal war, Sexspielzeug zu verkaufen. Wir leben schließlich nicht in einem fundamentalistischen und sexualfeindlichen Land – dachte Liuba –, in Afghanistan zum Beispiel, habe ich gelesen, gab es früher ein Ministerium zur Überwachung der Tugend und Bestrafung des Lasters, wobei das Laster, das die Bärte da bestraften, bestimmt ausschließlich das Laster der Frauen und sowieso kein Laster war, sondern nur eine Lappalie wie das Entblößen der Fußknöchel oder eines kleinen Teils des Gesichts. Zum Glück kann es bei uns in Sachen Sex jeder halten, wie er mag, und wenn einer gern Maulkörbe, Nietenhalsbänder, Halseisen, Hundeleinen, Latexmasken, Fesseln und Knoten hat, wenn jemand auf Spanking und die entsprechenden Geräte oder auf das Vibrator-Ei mit Fernbedienung versessen ist, dann ist das ganz allein seine Sache und geht keinen Menschen was an. Auch nicht, wenn jemand auf Partnertausch oder Gruppenspielchen, auf Sehen oder Gesehenwerden steht. Der Polizist hat die Sachen, die ich verkaufe, Schweinkram genannt, aber schon klar, ein Polizist kann ja nur so denken. Ich habe ihm allerdings schon ein bisschen gefallen, sonst hätte er mich nicht zu einem Bier eingeladen, auch wenn damit dann Essig war, weil er nicht gekommen ist. Ein bisschen bin ich auch selber schuld, ich hätte ihm meine Handynummer geben sollen, und wenn er mich dann angerufen hätte, um wegen seiner Arbeit abzusagen, hätte ich gleich vorschlagen können, dass wir uns ein andermal sehen, heute Abend zum Beispiel oder wann es ihm passt. Aber wenn er mich sehen will, dann kommt er früher oder später noch mal vorbei oder ruft im Laden an, lieber früher als später, deswegen mache ich auch nicht blau, obwohl mir heute bei der Vorstellung, mich als Irre zu verkleiden und mir diese Idioten anzuhören, die mich für eine Expertin halten und um Rat und Demonstration bitten, das kalte Kotzen kommt und ich am liebsten Adolf auf sie hetzen würde.

Mir ist nämlich wegen dem Foto und vor allem wegen der Geschichte mit dem Rucksack ganz anders geworden, außerdem habe ich Schuldgefühle. Ich hätte mehr mit Weißdu reden, ihn alles Mögliche fragen sollen, vor allem wie er heißt – da hat der Avvocato ganz recht, aber er hätte ja auch dran denken können – und wie sein Dorf heißt, ich hätte ihn nach seiner Familie fragen sollen, und jetzt weiß ich nur, dass er zwei Brüder hat, die ihn nicht mögen, zumindest hat er das gesagt, und einen Vater und eine Mutter, denen er egal ist. So ungefähr wie ich meinen Eltern. Na ja, nicht ganz, aber fast. Immerhin habe ich Weißdu eine Karte mit meiner Handynummer und der Ladennummer in den Geldbeutel gesteckt und ihm geraten, sich auch ein Handy zuzulegen, ich hätte ihm von meinen Freunden, die dauernd ihre Handys wechseln, weil sie das neueste Modell wollen, ein gebrauchtes besorgt, aber er wollte nicht, ich habe ihm dann nur eine Telefonkarte für zehn Euro geschenkt, damit er wenigstens eine in der Tasche hat, für alle Fälle. Aber er hat nie angerufen, und jetzt hat er nicht mal mehr seinen Rucksack, sagt zumindest der Gordo, aber auf den ist Verlass, er quatscht nicht wie Nabil, bei dem weiß man nie, ob er Spaß macht oder was ernst meint. Aber Weißdu hat den Geldbeutel nicht im Rucksack, sondern in der Hosentasche, und er passt ziemlich gut auf, in diesen ganzen

Monaten hat er ihn nie verloren und er ist ihm nie geklaut worden. Wenn der Polizist heute Abend anruft oder kommt, dann erzähle ich ihm gleich von Weißdu und frage ihn, ob er da was machen kann. Ich hätte nie gedacht, dass ich mir so sehr wünschen könnte, einen Bullen zu treffen, aber im Leben passieren einem die merkwürdigsten Sachen.

»Was meinst du, sollen wir gehen?«, hatte Gaetano kurz nach elf gefragt. Das Abendessen hatte den Erwartungen entsprochen, ein kluger Wechsel von Tradition und Innovation, von Opulenz und Leichtigkeit. Trüffel und Barolo sorgten als Glanzlichter für eine merkwürdig entspannte Euphorie.

»Gehen wir.«

Sie liefen rasch zum Auto, es war noch kälter geworden.

»Wo fahren wir hin?«

»Wohin du willst.«

»Sicher?«

»Ja.«

Auf der Windschutzscheibe hatte sich eine dicke Eisschicht gebildet, sodass sie praktisch aufs Geratewohl fuhren.

Kurz nach elf verabschiedete sich Amleto Vitello von Signora Marietti verwitwete Cardellino.

Der Abend war ergiebiger gewesen als erwartet, Vitello war guter Laune, und die Aussicht auf das unvermeidliche häusliche Gequengel ließ ihn im Moment kalt.

Während er zuvor auf die Kollegen von der Spurensicherung gewartet und noch immer auf der Schwelle zu dem Kellerabteil gestanden hatte, war ihm aufgefallen, dass die Tür nicht ganz aufging, an der Wand musste etwas Sperriges stehen, und als er durch den Spalt zwischen Türblatt und Türrahmen spähte, hatte er gesehen, dass dieses Etwas ein Fahrrad war. Ein Rennrad, wie er später feststellte. Und zwar ein Herrenrad, denn der Sattel war für die Körpergröße der Torrielli zu hoch, außerdem hatte niemand etwas davon gesagt, dass sie Fahrrad gefahren sei. Bei dem Bild, das er nach der Beschreibung Lentinis und der Dorigo von ihr hatte, konnte er sie sich auf einem solchen Rad auch gar nicht vorstellen. Zwar hatte es eine legendäre Hure gegeben – die stadtbekannte Girardenga –, die mit dem Rennrad zur Arbeit fuhr, sommers wie winters in Shorts und ärmellosem Hemd, aber sie war ein schräger Vogel gewesen, ein Original, eine Mischung aus Witz und Effekthascherei, halb verrückt und keine »richtige Dame«.

Das Fahrrad im Keller war nicht mit Staub bedeckt, also war es kürzlich benutzt worden. Von wem?

Es war noch nicht spät gewesen, und so war Vitello noch in den dritten Stock hinaufgestiegen, zu Flora Torriellis Nachbarin, die sich zwar gerade an den Tisch setzen wollte, aber nicht lange zögerte und ihn hereinbat. Er hatte vorgeschlagen, eine halbe Stunde später wiederzukommen, doch die Witwe hatte eingewandt, die Kutteln mit Bohnen blieben im Dampftopf schön warm, ohne dass es ihnen schade. Da glitzerten die Augen des Ispettore wohl begehrlich, zumindest deutete sie es so, jedenfalls folgte unverzüglich die Einladung: Wenn Sie mitessen möchten ... Er sagte Ja, obwohl er im Dienst war, vor allem, weil Kutteln mit Bohnen zu seinen Lieblingsspeisen gehörten und seine Frau sie wegen des Cholesterins nie kochte, außerdem war es ein Märchen, dass Polizisten im Dienst weder essen noch trinken dürfen, ein Märchen, an das nur Schwachköpfe glauben, die Fernsehfilme für bare Münze nehmen.

Die Kutteln schmeckten köstlich, und die Witwe Cardellino zeigte sich gesprächig. Insbesondere, was ihr Witwendasein betraf, die Krankheit, durch die sie ihren Mann verloren hatte, die Fehler der Ärzte, die sie erst diagnostiziert hatten, als keine Hoffnung mehr bestand, die Witwenrente, die sieben Monate auf sich hatte warten lassen. Die sei dann natürlich inklusive aller Rückstände gekommen, aber sagen Sie, Dottore, wie soll man das als Witwe schaffen, wenn man keine Ersparnisse auf der Bank oder der Post hat … Amleto Vitello machte sich nicht die Mühe, das mit dem Dottore zu klären, sondern beschränkte sich auf verständnisvolle Gesten hinsichtlich ihres Pechs in Sachen Ärzte und Rente und fragte sich derweil träge, ob diese nette Frau wohl auch Kurse für Serviettentechnik besuchte.

Nach einer Scheibe Toma di Lanzo und einer Kostprobe Robiola di Roccaverano, nach dem Obst und dem koffeinfreien Espresso kam das Gespräch auf Flora Torrielli. Sie, Marisa Cardellino, habe immer geglaubt, die Nachbarin arbeite nachts als Pflegerin. Nein, sie habe wirklich nicht wie eine Prostituierte ausgesehen und sich auch nicht so benommen, schon gar nicht wie eine vom Straßenstrich. Keine ständigen Männerbesuche in der Wohnung, keine Lärmbelästigung. Doch, in letzter Zeit sei sie ihr zwei- oder dreimal in Begleitung eines jungen Mannes begegnet, vielleicht ein Verwandter, und einmal habe sie den Jungen mit einer Packung Beignets in der Hand klingeln sehen. Von der Pasticceria Mulatero mit dem unverwechselbaren Papier, weiß-blau mit Girlanden und kleinen Engelchen. Auch wenn sie jetzt, bei allem, was sie wisse, noch einmal darüber nachdenke, habe der Junge wirklich nicht wie ein Freier ausgesehen und schon gar nicht wie … wie hieß das noch mal? wie ein Zuhälter. Das Fahrrad? Das wisse sie nicht, auf einem Fahrrad habe sie den Jungen nie gesehen.

Kurz nach elf traf Liuba ihre Freunde im *Brahmarama*. Übelster Laune, wie an besonders schwarzen Tagen, wenn sie beim geringsten Anlass knurrend auffuhr. Sie hatte sich nur mühsam beherrscht, einen Kunden hochkant hinauszuwerfen, der kein geeignetes Mittelchen fand, um seinen Schwanz effektiver zu gestalten, und sie dabei mit Blicken auszog. »Würstchen« nannte sie diese Sorte Kunden, die sie auf den Tod nicht ausstehen konnte und die sie als Ware betrachteten, die sie kaufen konnten. Oder gratis leihen.

Sie hatte erst eine Viertelstunde auf die Tram gewartet und dann, als sie eingestiegen war, zwei dunklen, untersetzten Jungs, die sie in ihre Mitte genommen hatten, um ein bisschen zu fummeln, jeweils einen Tritt gegen das Fußgelenk verpassen müssen, und ein solcher Tritt von Liuba landete stets gezielt auf dem Knöchel und raubte dank der Springerstiefel kurzzeitig den Atem. Die beiden Maradonas waren so baff, dass sie nicht reagieren konnten, und sie war ausgestiegen, bevor sich die beiden von der Demütigung und dem Schmerz erholen konnten. Drei Haltestellen vor der richtigen. Dafür bestand keine Gefahr, dass die Typen sie ausfindig machten und angriffen, es waren zu viele Leute unterwegs. Aber ihre Laune war noch schlechter geworden.

Im *Brahmarama* setzte sie sich zu Max, Sammy, Cetta

und Lorena und bestellte ein Bier. Keine Chance, sich zu unterhalten: Am Pult saß ein neuer DJ, der voll aufdrehte. Nein, sie war nicht nur wegen des Würstchens und der beiden Fettsäcke wütend, und sie war auch nicht nur wütend. Hinter ihrer schlechten Laune steckte noch etwas anderes: die Sorge um Weißdu. Und Enttäuschung, wie sie sich schließlich eingestand.

Die Enttäuschung darüber, dass der Bulle sie nicht abgeholt oder wenigstens im Laden angerufen hatte.

Den ganzen Tag über hatte sie immer wieder ihre Fantasie spielen lassen, kurze Trailer eines Films, in dem es zwei Hauptrollen gab.

Liuba zieht sich um, bevor sie den Laden verlässt, und denkt dabei an etwas anderes.

Liuba verlässt den Laden, zieht den Rollladen herunter, schließt das Vorhängeschloss, und als sie sich wieder aufrichtet, steht der Bulle hinter ihr.

Oder: Liuba läuft den Gehsteig entlang zur Tramhaltestelle. Ein Auto bremst abrupt auf ihrer Höhe, ein Seitenfenster öffnet sich, eine Stimme ruft ihren Namen. Nicht die Stimme vom vorigen Abend. Im Auto sitzt ein einzelner Mann, sie erkennt ihn an der Stimme.

Oder: Liuba sieht auf die Uhr, es ist Viertel nach zehn, Gott sei Dank bald Feierabend. Die Ladentür öffnet sich, Adolf entblößt sein Gebiss, sie verwünscht im Stillen den letzten Kunden. Schiebt den Perlenvorhang hinter der Ladentheke beiseite. Der letzte Kunde ist er, der Bulle. Gaetano Berardi.

Die Trailer sind ohne Ton. Das heißt, es gibt Geräusche, aber keine Dialoge. Die hat sie sich nicht ausgemalt.

Aber nichts von alledem. Klar hatte er ihre Handynummer nicht, aber er hätte ja im Laden anrufen können. Um sich dafür zu entschuldigen, dass er sie versetzt hatte, wenigstens das. Um ihr zu erklären, was an dem Fall, der ihn aufgehalten hatte, so dringend gewesen war. Um ihr ein nächstes Treffen vorzuschlagen.

Sie hatte Lust auf eine Zigarette. Soll ich den Anorak anziehen?, überlegte sie. Ach was, die paar Minuten …

Sie trat auf die Straße.

8

Versuchter Totschlag. Der höchstwahrscheinlich ein Mord hätte sein sollen. Aber es läuft eben nicht immer alles nach Plan.

Amleto Vitello sah zerknittert, aber nicht unglücklich aus, obwohl es halb fünf Uhr morgens war und von Schlafengehen keine Rede sein konnte. Aber sein Chef war nervös wie eine Klapperschlange, der jemand auf den Schwanz getreten hatte. Oder wie jemand, dem im letzten Augenblick eine Urlaubszulage gestrichen worden war.

Am Abend zuvor war gegen Viertel nach elf ein Mann mehr tot als lebendig vor der Notaufnahme der Molinette-Klinik aus einem Auto geladen worden. Das Auto, ein dunkler Renault, war ohne Licht und mit quietschenden Reifen davongefahren, und niemand hatte das Kennzeichen notieren können. Niemand, das war ein Pärchen auf dem Nachhauseweg, das sich auf der anderen Seite der Straße in diesem Randbezirk befand. Ein anständiges Paar, das die Straße überquert, sofort in der Klinik Bescheid gegeben und anschließend geduldig gewartet hatte, bis die vom diensthabenden Polizisten informierte Kriminalpolizei eintraf. Bürgersinn. Vielleicht auch Lust auf Abwechslung. Als Dreingabe zu den Olympischen Spielen.

Aber eben wegen Olympia war die Polizei im Dauereinsatz. Überwachen, vorbeugen, überall präsent sein. Wer nicht präsent war, musste wenigstens Tag und Nacht erreichbar sein.

Die Beinahe-Leiche wurde unverzüglich einem langwierigen chirurgischen Eingriff unterzogen und würde es vielleicht schaffen. Die Person, die dreimal auf den Mann geschossen hatte, war entweder ein schlechter Schütze oder hatte es eilig gehabt. Vielleicht war jemand dazugekommen und hatte verhindert, dass die Tat zu Ende gebracht wurde. Wieder jemand anderes oder auch derselbe Jemand hatte den Verletzten ins Auto verfrachtet und am einzig richtigen Ort abgeladen. Dieser Jemand war ihm wohlgesinnt und hatte einiges riskiert. Und die Geldbörse in der Hosentasche des Opfers gelassen.

»Umberto Martinelli. Dieb und Zuhälter. Schlägereien, einem, der ihn genötigt und überholt hat, hat er zwei Messerstiche verpasst. Mehr im Knast als draußen. Es wäre kein großer Verlust gewesen, wenn sie ihn richtig erwischt hätten.«

»Ich erkenne Sie nicht wieder, Commissario. Haben Sie die Arbeit satt?«, fragte Ispettore Vitello.

»Manchmal schon. Ich habe es satt, im Dreck, vielmehr in der Scheiße zu wühlen. Martinelli ist die Scheiße, und trotzdem muss man sich kümmern und herausfinden, wer auf ihn geschossen hat oder schießen hat lassen. Ich hätte zwar eine Vermutung, aber sie ist vage und schwer zu beweisen.«

»Fausto Gusella, Floras Freund?«

»Der im Knast sitzt. Und ein harter Knochen ist. Es wird nicht einfach sein, ihn mit den Schüssen in Verbindung zu bringen, falls er überhaupt dahintersteckt.«

»Es gibt etwas, was ich Ihnen gestern Abend nicht gesagt habe. Ines Dorigo zufolge war die Torrielli besorgt, weil ein Mann an ihrem Platz auf- und abfuhr, immer wieder in anderen Autos. Aber dreimal war es ein dunkler Renault.«

»Wie der, der Martinelli vor der Klinik abgeladen hat. Der aber nicht ihm gehört. Der vielleicht gestohlen ist.«

»Oder er gehört ihm, ist aber nicht auf ihn zugelassen.«

»Wir werden mit Martinelli reden, wenn er wieder ansprechbar ist. Aber ich fürchte, er wird uns den üblichen Stuss erzählen: Keine Ahnung, wer auf mich geschossen hat, ich habe keine Feinde und so weiter und so fort.«

»Er wird uns aber sagen müssen, wo sie auf ihn geschossen haben.«

»Das schon, aber er wird nie und nimmer sagen, wer sonst noch dabei war. Das müssen wir schon selber rauskriegen, und wenn wir nicht fix sind, geht noch einer hops.«

»Einer aus dem Milieu. Also Scheiße. Ihre Rede, Commissario. Mit der ich sehr einverstanden bin.«

»Haben Sie die Arbeit auch satt, Vitello?«

»Nein. So sitze ich wenigstens nicht zu Hause herum.«

»Und was weiß man von dem toten jungen Mann?«

»Der Erkennungsdienst ist dran. Bei der Torrielli war

in letzter Zeit ebenfalls öfter ein junger Mann. Jetzt erzähle ich Ihnen erst mal alles, letzte Nacht war keine Zeit.«

Liuba kam spät zum Schirrù. Alle schliefen, nur der Gordo war zur Arbeit. Die Ölöfen brannten schon eine ganze Weile nicht mehr. Es war zu kalt zum Waschen und Abschminken. Sie zog sich aus und schlüpfte schlotternd unter die dicke Daunendecke.

Auch auf dem Gehsteig vor dem *Brahmarama* hatte sie geschlottert. Sie hatte hastig eine Zigarette geraucht, als ein Junge herauskam, ebenfalls ohne Mantel oder Anorak.

»Mensch, ist das kalt!«, rief er.

Sie warf ihm einen raschen Blick zu und wandte sich wieder ab. Sie hatte keine Lust zu quatschen, es war nicht ihr Tag. Und er machte keinen Annäherungsversuch. Beide standen sie neben der Tür, beide nahmen lange Züge von ihren Zigaretten. Schweigend. Dann fiel ihr das Feuerzeug aus der Hand, er bückte sich, hob es auf und reichte es ihr. Immer noch schweigend.

»Danke«, sagte sie knapp.

Er schwieg weiter, das machte sie neugierig, und sie warf einen zweiten Blick auf ihn. Er war nicht übel, mehr aber auch nicht. Ein ziemlich gewöhnliches Gesicht. Um die fünfundzwanzig, vielleicht etwas älter.

Fast gleichzeitig traten sie die Kippen aus. Sie gingen an die Tür, er öffnete und ließ ihr den Vortritt.

»Danke«, sagte sie wieder.

»Ist das das einzige Wort, das du kennst?«, fragte er.

»Ja, ich bin ein Alien.«

»Ich sehe schon.«

»Was?«

»Dass du keine Lust zum Quatschen hast. Mach's gut.«

»Du auch.«

Damit schien es zu Ende. Aber dem war nicht so, sie war unruhig, und um sich abzureagieren, ging sie auf die Tanzfläche und fing an zu tanzen. Gedränge, Geruch von Achselschweiß und Alkoholfahnen, ohrenbetäubender Lärm. Liuba begann wild zu tanzen, ohne auf die Leute ringsum zu achten, Ellbogen und Knie folgten ruckartig der Musik, die Augen waren geschlossen, der Kopf flog hin und her. Nach zehn Minuten spürte sie, dass die Spannung von ihr wich, dass die Drähte, die sie steif machten, sich allmählich lockerten und der Körper seine gewohnte Leichtigkeit wiedergewann. Sie öffnete die Augen und lächelte in sich hinein. Auf der Tanzfläche waren jetzt weniger Leute, der Junge von vorhin tanzte nicht weit von ihr.

»Wie geht's, Alien?«, schrie er, ohne näher zu kommen.

Sie tippte sich ans Ohr, um ihm zu bedeuten, dass sie nicht verstanden hatte, und bewegte sich tanzend zu ihm hin.

»Was hast du gesagt?«

»Ich wollte wissen, wie es dir geht.«

»Wie immer. Nein, besser.«

»Trinken wir noch ein Bier?«

»Klar.«

Er lud sie ein und stellte sich vor. Alessandro, genannt Ale, siebenundzwanzig Jahre alt. Er arbeitete in einem Ingenieurbüro.

»Bist du Ingenieur?«, fragte sie.

»Noch nicht, ich muss noch mein Staatsexamen machen«, antwortete er. »Und du?«

»Ich habe mal ein bisschen Philosophie studiert, aber bald wieder aufgehört.«

»Und was machst du jetzt?«

»Nichts Besonderes, ich arbeite als Verkäuferin in einem Laden.«

Für gewöhnlich klärte Liuba sofort, um welche Art Laden es sich handelte, aber an dem Abend tat sie es nicht, und sie überlegte, warum. Was hat der Typ, was andere nicht haben? Nichts. Er macht mich nicht mal besonders an. Körperlich, meine ich. Auch vom Gespräch her nicht. Mit dem Polizisten habe ich zwar nicht viel geredet, aber es war irgendwie anders, das wusste ich sofort. Nach drei oder vier Sätzen merkt man, ob die Chemie stimmt und ein Feeling da ist. Den heutigen Abend hätte ich mit ihm verbringen können, er ist bestimmt nicht im Dauereinsatz, schließlich werden nicht an jeder Straßenecke Leichen aufgeklaubt. Aber keine Ahnung, jetzt mit den Olympischen Spielen sind die Bullen wahrscheinlich Tag und Nacht im Einsatz, sie laufen einem ja dauernd über den Weg. Polizei, Carabinieri, Steuerpolizei, Soldaten, Verkehrspolizisten. Alle hier in Turin. Ein Anruf. Warum habe ich da nicht dran gedacht. Warum rufe nicht ich ihn an, ich habe zwar keine Nummer, aber ich weiß, wie er heißt. Stimmt gar nicht, dass ich nicht dran gedacht habe, ich hätte nur gewollt, dass er mich anruft. Es wäre schöner gewesen. Egal, was soll's, dann ergreife eben ich die Initiative. Aber wo soll ich die Nummer herbekommen. Im Telefonbuch wird seine Privatnummer kaum drinstehen, ein Polizist ist da vorsichtig, ich mag auch nicht bei ihm zu Hause anrufen. Angenommen, er ist verheiratet, na ja, nicht unbedingt verheiratet, er hatte keinen Ehering am Finger, aber das heißt nichts, angenommen, er hat eine Freundin … Egal, ein Anruf zu Hause wäre aufdringlich, besser im Büro, ich schiebe die Frage vor, was der dringende Fall denn war, aber wer nicht blöd ist, merkt sofort, dass das ein Vorwand ist, und er ist nicht blöd und kommt gleich drauf, dass ich ihn gern wiedersehen würde. Ja, so ist es nämlich, ich möchte ihn gern wiedersehen, und ich habe nicht vor, die schöne Prinzessin zu spielen, die man in einem Wettstreit erobern muss, ich bin längst erobert, ich muss nur wieder an ihn drankommen. Der Avvocato. Ich weiß schon, wie ich ihn dazu kriege, seinen Polizistenfreund, diesen windigen Idioten von der Drogenfahndung, um die Nummer von Gaetano Berardi zu bitten.

»Was denkst du?«, hatte Ale sie gefragt.

»Dass ich Bock auf was Richtiges zu rauchen hätte.«

»Komm, wir werden schon was auftreiben.«

Der Polizeidirektor war wütend, als er mittags wieder im Büro erschien. Nicht auf seine Leute, die sich die Nächte um die Ohren schlugen und keine Schicht freihatten, sondern weil er vom Pech verfolgt wurde. Nun gut, es war keine Katastrophe, aber nervig. Und weit entfernt von dem am meisten gefürchteten Fall, dem Terroranschlag, für den alle nur erdenklichen Vorsichtsmaßnahmen getroffen worden waren, aber zwei Morde und ein Mordversuch innerhalb weniger Tage waren sehr lästig. Das erste Todesopfer war noch vor Beginn der Olympischen Spiele gefunden worden, und die Presse hatte ihm ein bisschen Platz eingeräumt, vom zweiten Mord hatte kaum noch jemand Notiz genommen, und der dritte Fall hatte gottlob spätabends stattgefunden, als die Redaktionen der Tageszeitungen bereits geschlossen waren. Die

Nachricht war einen Tag alt. Schnee von gestern. Für einen verletzten Kriminellen interessierte sich ohnehin niemand, und wenn er nur verletzt und nicht tot war, war er nicht mal eine Meldung wert. Er bedeutete nur zusätzliche Arbeit, eine Arbeit, die – das wusste er sehr gut – für wenig Begeisterung sorgte, weil Opfer und Täter keine moralischen Welten trennten, sondern höchstens eine leichte Diskrepanz zwischen den jeweiligen Prozentsätzen an Glück bestand. Ich sollte mit Commissario Berardi und seinen Leuten reden, dachte der Direktor, die haben schon die zweite Nacht nicht geschlafen, und das nach Tagen harter Arbeit. Vor allem der Commissario, den ich gestern Abend flüchtig bei den Ravasis gesehen habe, und als ich ihn begrüßen wollte, war er schon gegangen. Um eine weitere Nacht durchzuarbeiten.

»Gibt's was Neues?«, fragte er, als er Berardis Büro betrat. Zu fünft saßen sie da, Staatsanwältin Eva Rinaudo, der Commissario, Ispettore Capo Vitello, Vice-Ispettore Dario Fadda und Sovrintendente Daniela Gariglio, die nach fast zwei Monaten Abwesenheit wieder Dienst tat. Ein Idiot auf einem Motorrad, den sie stoppen wollte, hatte nicht angehalten, sondern versucht sie zu überfahren, und es wäre böse ausgegangen, wenn sie nicht so schnell reagiert hätte. Alle fünf rauchten, und der Direktor beschränkte sich darauf, das Fenster zu öffnen. Er hatte zehn Jahre zuvor aufgehört, führte aber keinen Kreuzzug gegen das Rauchen, vor allem nicht in solchen Augenblicken.

»Ja, ein verbranntes Auto, ein dunkler Renault. Vermutlich der, mit dem Martinelli vor der Klinik abgeladen wurde. Der Erkennungsdienst ist dran«, antwortete der Commissario. Mittlerweile hatten alle ihre Zigaretten ausgedrückt, und der Rauch verzog sich. Aber durch das weit geöffnete Fenster kam eiskalte Luft herein.

»Und weiß man was von dem toten jungen Mann?«

»Nur, dass er nicht vorbestraft war. Es liegt keine Vermisstenmeldung vor, die zu ihm passen würde, zumindest keine aktuelle. Aber in letzter Zeit wurde die Torrielli zusammen mit einem jungen Mann gesehen. Das Ergebnis aus dem Vergleich der Fingerabdrücke steht noch aus.«

»Es könnte sich also um denselben jungen Mann handeln?«

»Möglicherweise.«

Die Staatsanwältin nahm ihren Schal vom Kleiderständer und wickelte ihn sich demonstrativ um den Hals. Der Direktor schloss das Fenster, gestattete sich aber einen Kommentar: »Ein bisschen kalte Luft ist besser, als im Qualm zu ersticken. Ach, Berardi, tut mir leid, dass Sie die Party gestern nicht genießen konnten.«

»Und mir erst.«

Zwei Anrufe hatten ihre Nachtruhe gestört. Camilla war spät eingeschlafen, sie war noch durch die Wohnung gewandert, dann versuchte sie, einen Krimi zu lesen, ließ ihn neben dem Bett auf den Boden fallen, stand wieder auf, suchte ein anderes Buch, las zehn Seiten, ohne einen einzigen Satz zu behalten, schaltete den Fernseher an, zappte sich wahllos durch die Kanäle. Schließlich kapitulierte sie und beschloss, die Unruhe hinzunehmen. Unruhe, Kummer und eine leise bohrende Wut. Licht aus, Augen zu. Irgendwann würde sie schon einschlafen.

So war es auch. Ein traumloser Schlaf. Um Viertel nach acht kam der erste Anruf.

»Hast du noch geschlafen?«, fragte Renzo.

»Mhm, ja. Alles in Ordnung bei euch?«

»Alles wunderbar. Tolles Wetter. Was treibst du so?«

»Ich ruhe mich aus. Gehe spazieren. Die Stadt ist toll, richtig fröhlich.«

»Wir haben gestern Abend angerufen, aber der Anrufbeantworter lief nicht, und dein Handy war aus.«

»Ich war auf einem Fest. Mit Luisella, sie hatte niemanden, der sie begleitete.«

»War's lustig?«

»Na ja. Ich finde solche Feste nie besonders lustig. Aber gut gegessen habe ich. Gibst du mir mal Livietta?«

»Sie schläft noch.«

»Und wieso bist du schon auf?«

»Das ist wohl die Bergluft. Ciao, wir telefonieren später noch mal.«

Es ist nicht die Bergluft. Es ist Neugier, dachte sie. Früher wäre es Sorge gewesen, weil er mich nicht erreicht hat, heute ist es vor allem Neugier. Nein, ich bin unfair. Auch wenn es zwischen uns nicht mehr gut läuft, ist doch die Sorge um den anderen nicht verschwunden. Da ist Gleichgültigkeit, Langeweile, die ermüdende Last des Alltags, doch uns verbinden immer noch die vielen gemeinsamen Entscheidungen, die fröhlichen Momente und die gegenseitige Zuneigung, die trotz allem besteht. Trotz aller Träume und Ausbruchsversuche.

Der Hund kratzte an der Tür, er hatte ihre Stimme gehört und forderte Aufmerksamkeit ein. Camilla stand auf und stellte sich vor ihn hin.

»Wir machen was aus, ja? Du lässt mich noch ein bisschen schlafen, und ich lasse dich aufs Bett. Raus gehen wir später.«

Der Dackel wägte mit erhobener Schnauze das Für und Wider des Vorschlags ab, dann wedelte er mit dem Schwanz, nahm Anlauf und rollte sich auf der Decke zusammen.

Eine Stunde später der zweite Anruf. Liuba.

»Hast du noch geschlafen?«

»Jein.«

»Was heißt jein?«

»Dass ich jetzt aufstehen und den Hund runterbringen muss.«

»Ich wollte dich um einen Gefallen bitten.«

»Was denn?«

»Immer noch wegen Weißdu. Würdest du mich noch mal auf meiner Suche begleiten? Dann nerve ich dich nicht mehr, ich schwör's.«

»Wann denn?«

»Wann du kannst.«

»Heute Vormittag?«

»Wenn das geht?«

»Gut. Ich hole dich ab.«

»Ich kann auch zu dir kommen.«

»Nein, nein, ist schon gut.«

Sie suchten zu dritt, nebst Hund. Vanessa hatte sich der Expedition angeschlossen, normal gekleidet, nicht wie eine Betschwester.

»Kein Friedhof heute?«, fragte Camilla.

»Nein. Olympia bringt mich an den Rand des Ruins. Die alten Weiber sind in der Stadt unterwegs, anstatt ihre Toten zu besuchen.«

»Darf ich dich was fragen?«

»Du hast nicht ›wenn ich nicht indiskret bin‹ gesagt«, warf Liuba ein.

»Ich bin indiskret. Wie bist du auf die Idee gekommen, Friedhofspflegerin zu werden?«

»Das ist eine lange Geschichte. Willst du es wirklich wissen?«

»Sonst hätte ich nicht gefragt.«

Vater, Mutter, Tochter, eine ganz normale Familie. Mit Unstimmigkeiten, Unverständnis und egoistischem Verhalten wie in vielen Familien. Dann wird die Mutter krank, sie muss immer wieder in die Klinik, durch die Krankheit verändert sie sich nicht nur körperlich, sie quält sich und quält die anderen und konzentriert sich auf die Krankheit und die wenige Zeit, die ihr zu leben bleibt. Die heranwachsende Tochter muss sich um sie und den Haushalt kümmern, der Vater arbeitet den ganzen Tag und ist möglichst oft weg, weil er das Elend seiner Frau nicht erträgt, die fortschreitende Verwandlung in einen Menschen, den er nicht mehr kennt. Vielleicht legt er sich eine Geliebte zu.

Der Tod der Frau ist beinah eine Erleichterung. Für die Tochter, die mit ihren Kräften am Ende ist, für den Mann, der keine Schuldgefühle mehr wegen seiner emotionalen Distanz zu haben braucht.

Dann heiratet der Witwer wieder. Die frühere Geliebte, vielleicht, genau weiß Vanessa es nicht. Aber sie weiß genau, dass ihr Leben nicht besser wird. Die Stiefmutter hat zwei Söhne, neunzehn und einundzwanzig Jahre alt, die sie belästigen, sie drängen sie zu Hause in die Ecken, grapschen sie an, reiben sich an ihr. Es ist schwierig, den Nachstellungen zu entgehen, wenn man in zwei Räumen mit Esszimmer und Kochnische lebt, und sie hat den Brüdern ihr Zimmer überlassen und sich damit abfinden müssen, auf dem Ausziehsofa im Esszimmer zu schlafen; wenn der Vater von der Fröhlichkeit und der Vitalität seiner neuen Frau gefangen ist und der Tochter nur zerstreut zuhört; wenn die Stiefmutter auf ihre Klagen hin achselzuckend sagt, das seien Dummejungenstreiche, die sie nicht ernst nehmen solle.

Vanessa erträgt alles, bis eines Tages, als sie allein in der Wohnung sind, der Ältere der beiden sie in der Küche packt und ihr unter den Rock und in den Slip fasst und Vanessa mit dem erstbesten Gegenstand, den sie in die Finger kriegt, einer Schöpfkelle, ausholt und ihm mit dem Rand an die Stirn schlägt. Es ist nicht schlimm, eine Platzwunde und später eine kleine Naht im Krankenhaus, und während er flucht und sie als Nutte, Schlampe und Hurensau beschimpft und das Blut mit einem Handtuch stillt, verschwindet sie. Zwei Monate wohnt sie bei einer Tante, nach Hause will sie nicht zurück. Sie vermisst ihre Mutter und denkt an ihre eigene Ungeduld in den letzten Monaten der Krankheit und die Erleichterung, die sie danach empfunden hat. Sie besucht sie auf dem Friedhof, bringt ihr Blumen, säubert das Foto auf der Marmorplatte der Grabnische, hilft einer alten Frau, die Leiter zu verrücken, plaudert ein bisschen mit ihr, erklärt ihr, dass dort oben, in der vierten Reihe, die Mutter liegt. Die Frau fragt sie, wann sie wieder auf den Friedhof geht, sie sagt Samstag, sie verabreden sich für eine bestimmte Uhrzeit, und am Samstag kommen drei alte Frauen …

Vanessa hat ihre Geschichte vom Ende her aufgerollt und dann zurückgeschaut, in Andeutungen, ohne sich allzu lange bei ihrer schwierigen Zeit als junges Mädchen aufzuhalten.

»Wie bist du denn im Schirrù gelandet?«, fragt Camilla.

»Durch den Avvocato. Er war damals mit einer Freundin von mir befreundet, die ihm meine Geschichte erzählt hat. Sie hat ihm auch gesagt, dass ich nicht mein ganzes Leben bei der Tante bleiben kann, aber nirgends sonst hin könnte. Dem Avvocato müsste ich ein Denkmal errichten, weil es mir endlich gut geht.«

Na ja, richtig gut auch wieder nicht, denkt Camilla. Die Risse in Vanessas Stimme, die Pausen und Lücken in der Erzählung verraten eine noch immer offene Wunde, die jedes Mal blutet, wenn jemand sie berührt. Sie hat die Jugend auf ihrer Seite, aber in ihrem Lebenslauf ist sie nicht in der Poleposition gestartet.

»Wie alt bist du?«, fragt sie.

»Fast zwanzig. Morgen habe ich Geburtstag.«

»Wir machen ein Fest im Schirrù. Du bist eingeladen, wenn du Lust hast«, sagt Liuba.

9

Sie hatten sich die Arbeit geteilt. Commissario Berardi und Ispettore Vitello fuhren nach Le Vallette ins Gefängnis, um von Fausto Gusella nach Möglichkeit etwas zu dem Mordversuch vom vorigen Abend zu erfahren, über den er zweifellos zumindest informiert war. Vice-Ispettore Fadda machte Druck beim Erkennungsdienst und kümmerte sich um das verbrannte Auto, Sovrintendente Gariglio forstete sämtliche Vermisstenmeldungen der letzten zwölf Monate durch und drängte auf die Liste mit den Handyverbindungen der Torrielli.

Die Knasttrommel ist ein Stille-Post-Internet. Nichts entgeht ihr, sie ist immer auf dem neuesten Stand. Diesmal war zwar in den Zeitungen noch nichts über die Schießerei erschienen, aber die Lokalnachrichten von Radio und Fernsehen hatten bereits berichtet. Außerdem natürlich die eine oder andere Plaudertasche, deren man nie habhaft wurde.

»Was erwarten wir uns denn von Gusella?«, fragte Vitello.

»Wenig. Wenn er dahintersteckt, was möglich ist, wird er uns das bestimmt nicht verraten. Aber er könnte etwas über ein im Keller abgestelltes Rennrad wissen.«

»Und Sie meinen, er wäre bereit, sich dazu zu äußern?«

»Wenn es dazu dient, seine Freundin zu rächen, ja.«

Gusella gab zu, von der Schießerei erfahren zu haben, und bestritt, das Opfer persönlich zu kennen. Auch wenn man ihn vierundzwanzig Stunden am Stück in die Mangel genommen hätte, er hätte seine Aussage nicht widerrufen oder sich verraten, und so wechselten die Beamten das Thema: Später war immer noch Zeit, auf die Frage zurückzukommen. Also berichteten sie von dem Fahrrad im Keller, und sein Erstaunen schien echt zu sein, auch wenn es bei so einem Typen nicht einfach war, zwischen echt und gespielt zu unterscheiden.

»Die Nachbarin hat Flora in Begleitung eines Zwanzigjährigen gesehen. Haben Sie eine Idee, um wen es sich handeln könnte?«

»Keine Ahnung. Weiß ich nicht.«

»Wann haben Sie Flora zum letzten Mal gesehen?«

»Vor zwei Monaten. Sie hat mich besucht.«

»Und danach?«

»Danach was?«

»Haben Sie nichts mehr von ihr gehört?«

»Nein.«

Schwer zu glauben, aber noch schwerer ließ sich das Gegenteil beweisen. Der Commissario zeigte ihm das Foto, auf dem Flora in dem Lokal in Begleitung eines distinguierten Herrn mittleren Alters zu sehen war. Gusella betrachtete es aufmerksam.

»Das muss der reiche Freier sein. Der ›Dottore‹. Ein vornehmes Essen.«

»Erzählen Sie.«

»Ich erzähle, was ich weiß. Flora sprach nicht viel über das Geschäft, sie mochte es nicht.«

»Sie mochte ihr Geschäft nicht?«

»Sie mochte es nicht, darüber zu reden. Ein paar Mal hat sie einen reichen Freier erwähnt, ein wichtiger Mann, der gut zahlte.«

»Und sie regelmäßig zum Essen ausführte?«

»Das glaube ich nicht. Es war wohl nur einmal. Aus einer Laune heraus, oder aus Spaß. Ich glaube, deswegen hat sie es mir erzählt.«

»Was heißt das?«

»Der Mann musste zu einem vornehmen Essen, einem Hochzeitstag, glaube ich. Silberhochzeit oder so was. Vielleicht war er von dem Gastgeber angepisst, keine Ahnung, jedenfalls wollte er Flora dabeihaben. Sie hat sich in Schale geworfen und ist mitgegangen.«

»Wie heißt der Freier?«

»Keine Ahnung.«

»Wie nahm er Kontakt zu Flora auf?«

»Sie sind doch die Kriminalisten. Überprüfen Sie die Telefongespräche. Obwohl ich nicht glaube, dass er angerufen hat.«

»Sie meinen, er ist direkt zu ihr gegangen?«

»Eher. Er wusste, wo sie stand.«

»Und wohin zogen sie sich zurück?«

»Wo sie gefickt haben, meinen Sie. Weiß ich nicht. Im Auto eher nicht. Einer von der Sorte geht kein Risiko ein.«

»Dann kommt also auch ein Stundenhotel nicht infrage.«

»Keine Ahnung … Stundenhotels gibt's solche und solche, das wissen Sie doch selber.«

»Wenn der Kunde sich von Flora zu einem wichtigen Essen hat begleiten lassen, dann ist er bestimmt nicht oder nicht mehr verheiratet.«

»Wahrscheinlich. Aber ich kann mir nicht vorstellen, dass so ein reicher Freier eine Prostituierte bei sich zu Hause fickt.«

»Warum nicht? Wenn er keine Frau hat, keine Lebensgefährtin, mit der er zusammenlebt, was hat er dann zu befürchten? Außerdem – Ihre eigenen Worte – konnte Flora wie eine richtige Dame auftreten.«

»Stimmt. Warum haben Sie eigentlich diesen Freier auf dem Kieker?«

»Weil Flora das Foto aufbewahrt hat.«

»Na ja, es hat sich eben nicht jeder mit ihr fotografieren lassen.«

»Würden Sie Flora eine Erpressung zutrauen?«

»Eine Erpressung? Flora? Ihr habt echt nicht mehr alle.«

Eine Erpressung, stellten Berardi und Vitello hinterher fest, passte tatsächlich nicht zum Persönlichkeitsprofil der Torrielli. Zudem war das Foto im Lokal in keinster Weise kompromittierend. Ich wüsste aber doch zu gern, sagte der eine, wer dieser reiche Kunde ist. Und ich erst, fügte der andere hinzu.

Die Azzurri gewannen eine Medaille nach der anderen. Eisschnelllauf, Skilanglauf, Rennrodeln im Einsitzer und Doppelsitzer. Tagsüber schoben sich die Touristen scharenweise durch die Stadt und bestaunten, Straßenkarte in der Hand und Nase in der Luft, die Paläste und die Kirchen von Guarini und Juvarra, die geometrische Eleganz der Plätze und Straßen; abends leuchtete die Stadt im Feuerwerk. Auf der Medals Plaza ertönten die Nationalhymnen, die Sportler stiegen auf die Bühne und aufs Podest, um sich Gold, Silber oder Bronze abzuholen. Applaus, Gedränge, Geschrei, Musik in voller Lautstärke, Laserstrahlen, die wie Säbel die Nacht zerschnitten, eine fast fiebrige Erregung. Die Welt lernte durch das Fernsehen eine ihr fremde Stadt kennen, oder die Stadt bot sich anders dar, als die Welt sie sich vorgestellt hatte. Anders auch, als sie in Wirklichkeit war.

Nördliche Peripherie. Liuba hatte vorgeschlagen, die Strada della Cebrosa abzusuchen, auch über sie hinaus, wo sie zur Via wird, aber ihren Namen beibehält. Ihr war eingefallen, dass Weißdu dort mit dem Rad unterwegs war, wenn er keine Lust hatte, sich in den Hügeln abzustrampeln. Sie fuhren die ganze Straße entlang und noch etwa zwölf Kilometer weiter, dann kehrten sie um. In der Strada di Settimo hielt Camilla kurz vor dem alten Abteifriedhof in einer Straßenbucht an. Nicht weit von dort befand sich hinter den illegalen Gärten mit ihren Hütten eine Art Lager, von der Straße aus kaum einsehbar. Zwei Wohnwagen und weitere Hütten, in der Ferne kläffte ein Hund, und irgendetwas brannte. Ein Ort des Elends.

»Gut, dass ich auf den Gordo gehört habe«, meinte Liuba, bevor sie die Tür öffnete.

»Was hat er denn gesagt?«, fragte Vanessa.

»Dass ich nicht allein fahren soll.«

»Aber dein Stilett hast du schon dabei, oder?«

»Klar, immer.«

»Kinder, wir wollen doch nicht Krieg spielen, oder?«, mischte sich Camilla ein. »Aber wir hätten einen Mann mitnehmen sollen. Einen möglichst großen und starken.«

»Angst?«, fragte Liuba.

»Eher Sorge. Wahrscheinlich grundlos, wenn ich es mir recht überlege.«

»Wieso grundlos?«, wollte Vanessa wissen.

»Weil die richtigen Hungerleider, die wirklich Gewalttätigen nicht außerhalb der Stadt hinter den Gärten in Hütten hausen, sondern in der Stadt, in den aufgelassenen Fabriken. Obwohl es davon nicht mehr viele gibt, seit sich städtebaulich so viel tut.«

»Und woher willst du das wissen?«

»Ich lese Zeitung. Wenn jemand tot gefunden wird, erschlagen mit einer Flasche oder einem Stein oder einer Eisenstange und anschließend verbrannt, dann meistens in einer verlassenen Fabrik. Eine Fabrik ist gemauert, schützt besser vor Kälte und ist daher das Territorium der ganz Harten. Die haben keine Lust, sich Hütten aus Blech, Karton und Plastik zu basteln.«

»Ich wusste gar nicht, dass du Expertin in Sachen Verbrechen bist«, sagte Liuba. »Los, gehen wir.«

»Vanessa bleibt mit dem Hund hier. Und schalte dein Handy ein. Polizei 113, Carabinieri 112, für den Fall, dass wir Verstärkung brauchen«, sagte Camilla und stieg aus.

»Glaubst du wirklich, es kann gefährlich werden, oder machst du einen auf Kino?«, fragte Liuba, als sie ein paar Schritte gegangen waren.

»Ein bisschen Kino, damit Vanessa im Auto bleibt. Sie hat so erschrocken ausgesehen. Ich finde, sie wirkt zart.«

»Und mich findest du stark.«

»Zumindest stärker als sie.«

Sie waren fast bei dem Obdachlosenreservat angekommen. Neben einer Mülltonne, in der Pappe und Gestrüpp brannten, standen drei Männer und eine Frau. Dreckverkrustet, in Schichten ebenso schmutziger Kleidungsstücke eingemummt, die trotz der eisigen Temperaturen einen ekligen Geruch verströmten. Sie wandten kaum den Kopf und wärmten sich weiter die Hände über der Tonne. Liuba zog Weißdus Foto aus der Tasche und zeigte es dem Quartett.

»Wir suchen diesen Jungen. Er ist vor ein paar Tagen verschwunden. Habt ihr ihn vielleicht gesehen?«

Die vier musterten nacheinander das Foto, das Liuba ihnen hinhielt, und schüttelten einer nach dem anderen den Kopf.

»Er ist ein Freund von mir, ich habe ihn lieb. Seid ihr ganz sicher?«

»Und wer ist die Frau?«, fragte einer und zeigte auf das Foto.

»Keine Ahnung. Vielleicht eine Freundin oder eine Verwandte.«

»Das ist eine Nutte«, sagte die Frau.

»Eine Nutte? Woher weißt du das?«, fragte Liuba.

»Ich habe sie hier in der Gegend mal an der Straße stehen sehen. Aber nur einmal, glaube ich.«

»Anscheinend hat sie keinen festen Platz, oder sie hat gern gewechselt«, schlug der vor, der zuerst gesprochen hatte.

»Weißt du, wo ich sie treffen könnte?«

Die Frau lachte. Die oberen Schneidezähne fehlten, der Mund war eine Höhle.

»Keine Ahnung. Die kommen und gehen, inzwischen gibt es alle Rassen, weiße, schwarze, gelbe. Sie wechseln dauernd, das ist nicht mehr wie früher.«

»Hast du sie in letzter Zeit noch mal gesehen?«

»Nein, bei der Kälte bin ich abends drin.«

Aus einem Wohnwagen, der so alt und ramponiert war, dass er fast auseinanderfiel, kam ein schmächtiger Mann heraus, einen Rucksack auf den schmalen Schultern. Liuba fuhr zusammen und stieß Camilla an.

»Der Rucksack!«, sagte sie.

»Welcher Rucksack?«, fragte die Frau.

»Der da, mit Grün und Rot.«

»Ja und?«

»Der gehört meinem Freund. Ich würde ihn unter Tausenden erkennen.«

Der Mann mit dem Rucksack blieb zögernd vor dem Wohnwagen stehen. Er sah nicht zum Fürchten aus, aber er hatte etwas Verschlagenes und Zähes an sich.

»Pinin«, rief die Frau, »komm mal her!«

Der Mann trat widerwillig zu ihnen. Er hinkte leicht.

»Das Mädchen sagt, der Rucksack gehört ihrem Freund.«

»Der gehört mir«, gab der Mann unwirsch zurück.

»Mach ihn mal auf. Ich muss sehen, ob innen an der Klappe ein Klebebildchen der heiligen Rita ist.«

Liubas Stimme war mindestens eine halbe Oktave höher geworden. Camilla fühlte sich verpflichtet einzuschreiten.

»Vielleicht hat ihr Freund ihn irgendwo liegen lassen.

Wir wollen ja nur wissen, ob es wirklich seiner ist und wo er ihn vergessen hat.«

»Er hat ihn weggeworfen«, sagte der Mann schließlich. »Ich hab ihn in einer Mülltonne gefunden. Er war leer.«

»Wo stand die Mülltonne?«

Der Mann, der Pinin genannt wurde, runzelte die Stirn und sah Liuba herausfordernd an.

»Was kriege ich, wenn ich es sage?«

»Einen Scheißdreck kriegst du.«

»Zehn Euro«, hielt Camilla dagegen.

»Zwanzig, sonst gibt's nichts.«

Die vier, die um das Feuer herumstanden, verzogen keine Miene.

»Dann eben nicht. Du kannst deine Auskunft für dich behalten, wir brauchen sie nicht«, sagte Camilla und zog Liuba, die durch die veränderte Situation irritiert war, am Ärmel weg. Der Mann wartete, bis sie sich ein paar Schritte entfernt hatten.

»Fünfzehn.«

Camilla sah nach hinten, ohne stehen zu bleiben. »Ich habe zehn gesagt, und dabei bleibt es.«

»Zeigen«, sagte der Mann nach ein paar Sekunden.

Camilla nahm einen Zehn-Euro-Schein aus ihrer Geldbörse, ohne näher zu treten. Die Frau lachte mit den Augen, und als Pinin sich in Bewegung setzte, nickte sie zu Camilla hin.

»Ich hab ihn in der Via Bligny gefunden. Dort schmeißen die Leute alles weg«, sagte der Penner und griff sich die zehn Euro.

»Ich verstehe dich echt nicht!«, sagte Liuba auf dem Weg zum Auto. »Erst tust du so freundlich, und dann bist du knallhart. Wieso?«

»Weil die anderen vier nicht auf seiner Seite waren. Und wenn du mich fragst – Pinin hat gelogen.«

»Du meinst, er hat den Rucksack geklaut?«

»Nein, ich meine, dass er ihn sonst wo, aber nicht in der Via Bligny gefunden hat.«

»Wie kommst du darauf?«

»Er hat uns zwei Informationen zu viel gegeben. Nämlich dass der Rucksack leer war und dass die Via Bligny das Mekka der Obdachlosen ist. Hast du mal Latein gehabt?«

»Ja, im Gymnasium.«

»*Excusatio non petita* und so weiter. Wer sich ungefragt entschuldigt ... Jetzt tun wir so, als würden wir wegfahren, und nachher kommen wir wieder.«

»Wozu?«

»Die Frau hat uns mit dem Kopf ein Zeichen gegeben.«

»Uns?«

»Uns. Sie ist eindeutig sauer auf Pinin.«

»Stellst du dir das so vor, oder meinst du das ernst?«

»Beides.«

Sie stiegen ins Auto, erzählten Vanessa, was geschehen war, und fuhren in Richtung Stadtmitte. Nach etwa hundert Metern hielt Camilla am rechten Straßenrand an.

»Hier warten wir.«

»Worauf?«, fragte Vanessa.

»Auf Pinin. Er ist mit dem Rucksack aus dem Wohnwagen gekommen, also scheint er irgendwohin zu wollen. Wenn wir Glück haben, geht er Richtung Turin und nicht Richtung Settimo.«

Sie hatten Glück. Nach etwa zehn Minuten lief der Obdachlose am Auto vorbei, warf einen eindringlichen Blick hinein und ging dann zur Bushaltestelle.

»Fahren wir zurück?«, schlug Liuba vor.

»Nein. Wir warten auf den Bus und fahren dann ein Stück hinter ihm her. Ich will nicht, dass die Frau Schwierigkeiten kriegt. Zu ihr fahren wir nachher.«

Der Frühstückstisch war wie im Grandhotel gedeckt: drei Sorten Marmelade, Honig, Butter, Zwieback, Buttergebäck und Maiskringel. Teekanne und Milchkännchen aus feinstem weißen Porzellan, Zuckerdose und Löffelchen aus Silber. Glänzend, nicht dunkel angelaufen. Tischdecke und Servietten mit Stickereien. Zu viel des Guten, dachte Renzo, zu perfekt für Ferien in den Bergen.

Das Zusammenwohnen erwachsener Menschen verursacht, auch wenn es zeitlich begrenzt ist, immer irgendeine kleine Reiberei, irgendeinen leichten Ärger. Sandkörnchen in komplexen Mechanismen, ein leises Knirschen, kaum hörbar, aber störend wie das immer wieder einsetzende Sirren einer Stechmücke. Renzo und seine Schwester Gilberta, genannt Bibi, waren zwar einander zugetan, da war außerdem das Erbe gegenseitigen Ertragens in der gemeinsamen Kindheit und Jugendzeit, aber es gab auch eine Art Feindseligkeit gegenüber der Entwicklung, die der andere genommen hatte. Als wollten beide partout nicht eingestehen und akzeptieren, dass manche Eigenschaften sich deutlicher herauskristallisieren, Gewohnheiten sich ändern, neue Interessen oder Abneigungen entstehen. Und auch, dass beide im Leben des anderen nur noch am Rande eine Rolle spielten.

Renzo nervte das übertriebene Kümmern seiner Schwester. Die gleiche Aufmerksamkeit, die ihm zu Hause Camilla entgegenbrachte und die ihm gar nicht weiter auffiel, empfand er jetzt als unrechtmäßige Aufdringlichkeit, fast als stillen Vorwurf, weil er selbst so unachtsam war. Doch vor allem störte ihn der Perfektionismus, der Ordnungswahn, das Syndrom der untadeligen Hausfrau, die nie einen Flecken auf der Schürze hat, die morgens frisiert und geschminkt erscheint, als käme sie aus dem Schönheitssalon, die sich nie und nimmer in Hausschuhen zeigen würde. Das Gegenteil von Pi-mal-Daumen, also Camillas Lebensstil, ihren unberechenbaren Launen, Interessen, Entscheidungen und immer alles auf den letzten Drücker. Was ihn genauso störte. Es war mühsam, mit ihr zu leben, manchmal sogar nervenaufreibend. Aber mit Bibi war es auch mühsam.

Sie wiederum ertrug ihren zerstreuten Bruder ohne Murren, auch wenn er, wie sie fand, als Gast ein bisschen mehr Rücksicht nehmen könnte. Aber – dachte sie – er ist es nicht anders gewohnt, und die Schuld liegt nicht allein bei ihm, sondern zum Teil auch bei Mama, die immer ein Auge zugedrückt hat, weil er ein Junge war, und zum Teil bei seiner Frau, die offenbar nie verlangt, dass er seine Gewohnheiten auch nur im Geringsten ändert.

Dass Camilla in der Stadt geblieben war, hatte Bibi im gleichen Maß gefreut und geärgert. Froh war sie, weil so das Schlafsofa im Wohnzimmer Tag und Nacht eingeklappt blieb und man bequem fernsehen konnte, ohne den niedrigen Tisch verrücken zu müssen, der grässlich schwer war und nur dort gut aussah. Außerdem hätte Camilla zwangsläufig Potti im Schlepptau gehabt, natürlich soll man Tiere gut behandeln und man hängt an ihnen, aber alles hat seine Grenzen, dachte Bibi, und ein Hund gehört behandelt wie ein Hund und nicht fast wie ein Mensch. Aber nein: Mit dem Argument, Potti sei kein Mensch und müsse daher nicht menschlich, sprich zu Pflichtbewusstsein, erzogen werden, lässt Camilla ihn tun und lassen, was er will, so spart sie sich wenigstens bei ihm – sagt sie – das ewige Gezerre um Verbote. Als ob wir, Renzo und ich, nie Hunde gehabt hätten und nicht wüssten, wie man mit ihnen umgeht, dabei hatten wir früher immer zwei oder drei Hunde, aber sie lebten draußen, im Garten, unsere Mutter ließ sie aus Gründen der Hygiene nicht ins Haus, und wir dachten genauso. Jetzt denkt Renzo anders darüber, und im Grunde ist das schon richtig, denn Camilla ist seine Frau und ich bin nur die Schwester. Außerdem muss ich zugeben, dass sie letztes Jahr, als sie an Karneval hier waren, gut auf den Hund aufgepasst hat. Sie hat ihn nie aufs Sofa gelassen, und er hat in der Gästetoilette geschlafen, aber sie ist nachts mindestens zweimal aufgestanden, um nach ihm zu sehen, und dann hat mich das Licht im Gang geweckt, ich mit meinem leichten Schlaf wache doch bei der geringsten Störung auf. Ich muss ehrlich sagen, dass ich mich mit Camilla nicht besonders verstehe. Ich weiß auch nicht, sie ist mir fremd, irgendwie ist sie komisch, dabei kann ich gar nicht sagen, was es ist.

Der Ärger erwuchs aus gegensätzlichen und sich ergänzenden Gründen: Camilla hatte Bibis Einladung abgelehnt und zog den Turiner Smog der frischen Luft in Bardonecchia vor. Ich wollte ihr doch nur eine Freude machen, dachte Bibi immer wieder, und dann dieses Benehmen, keine Spur von Dankbarkeit, erwarte ich auch gar nicht, aber wenigstens ein Minimum an Diplomatie. Nicht einmal zu einer anständigen Ausrede hat sie sich herabgelassen. Ich will eine andere Stadt genießen, hat sie gesagt. Die Stadt oder etwas anderes? Ich will ja nichts Schlechtes denken, aber Renzo ist mein Bruder, und es würde mir leid tun, wenn die Ehe zerbricht. Dass es mit den beiden nicht allzu gut läuft, liegt auf der Hand. Er scheint froh zu sein, dass sie nicht hier ist, und wenn sie telefonieren, zählen sie die Wörter wie im Telegramm. Gott sei Dank ist es bei Giorgio und mir nicht so. Wir leiden beide, wenn wir getrennt sind, und die Zeit, die wir nicht miteinander verbringen, scheint uns beinahe vergeudet. Das ist selten nach so vielen Ehejahren. Und wir verstehen uns ohne Worte. Wir können des anderen Gedanken lesen, wir verbergen nichts voreinander. Heute Abend geht Renzo mit den Corsinis und diesem netten Fotografen zum Essen; er wollte, dass ich mitgehe, aber Giorgio kommt nach der Arbeit rauf, ich habe gesagt, dass ich lieber mit ihm zu Hause bin, ganz allein, wie ein frischgebackenes Brautpaar, denn die Kinder gehen ins Kino. Es wäre ja auch Quatsch, wenn mein Mann so viele Kilometer fährt, um ein bisschen mit mir zusammen zu sein, und ich schleppe ihn dann mit anderen Leuten in ein Lokal. Wenn er erst morgen kommen würde, wäre ich gern mit Renzo ausgegangen, aber ich habe mich nicht getraut, Giorgio das vorzuschlagen, es hätte ihn verletzt, armer Kerl, er kann es doch kaum erwarten, wieder hier zu sein.

Zurück im Präsidium, erfuhren der Commissario und der Ispettore einige Neuigkeiten. Die erste und wichtigste hatte sich aus dem Vergleich der Fingerabdrücke ergeben: Die Fingerabdrücke des toten jungen Mannes, der unweit der Strada del Macallè gelegen hatte, waren auch in der Wohnung und im Auto von Flora Torrielli gefunden worden, außerdem an dem Fahrrad im Keller. Es bestand also eindeutig ein Zusammenhang zwischen den beiden Verbrechen, auch wenn der Tathergang jeweils anders und das Motiv noch unklar war. Aller Wahrscheinlichkeit nach hingen sie auch mit dem Mordversuch vom vorigen Abend zusammen. Prostitution, Ausbeutung, offene Rechnungen, Kampf um die Vorherrschaft, Rache; zur Lösung des Knotens musste man die Identität des toten Jungen und dessen Rolle in der ganzen Geschichte klären.

Die zweite Neuigkeit betraf den verbrannten Renault, der zu einem Klumpen aus Metall und Kunststoff verschmolzen war. Der Erkennungsdienst hatte die Fahrgestellnummer, Vice-Ispettore Fadda das Originalkennzeichen identifiziert. Der Wagen war vor sechs Monaten in Alba in der Provinz Cuneo von einem Arzt, der am Krankenhaus tätig war, als gestohlen gemeldet worden. Der Dieb beziehungsweise die Person, die den Wagen benutzte, hatte sich wahrscheinlich einen falschen Fahrzeugschein und ein falsches Kennzeichen besorgt, die zumindest einer oberflächlichen Kontrolle standhielten, oder es war ihm egal gewesen und er hatte es darauf ankommen lassen. Wenn den Renault jemand benutzt hatte, der mit Prostitution oder im kleinkriminellen Milieu zugange war, lag die erste Vermutung näher als die zweite.

Die dritte und letzte Neuigkeit bestand in der Zusage der Telecom, die Verbindungsdaten von Flora Torriellis Handy noch am selben Abend zu liefern. Nur das Durchforsten der Vermisstenmeldungen war für Sovrintendente Gariglio ein Schlag ins Wasser gewesen, denn keine einzige passte zu den Merkmalen des jungen Mannes aus der Strada del Macallè.

Inzwischen war es sechs Uhr abends.

»Was meinen Sie, Commissario, wir haben doch beide eine Verschnaufpause verdient, oder?«, schlug Vitello vor.

»Gute Idee. Komme, was da kommen mag.«

Zehn Sekunden später, als Amleto Vitello bereits in der Tür stand und sich verabschiedete, klingelte das Telefon.

10

Als das Ehepaar Biason seinen Sohn als vermisst meldete, beschloss Maresciallo Punziani, nichts übers Knie zu brechen und, wie es seine Art war, erst mal Zeit ins Land gehen zu lassen. Nach dreißig Jahren bei den Carabinieri war er der Überzeugung, dass Hast eine schlechte Ratgeberin ist, wenn es nicht gerade darum geht, einen Dieb oder einen Räuber oder – Gott bewahre – einen Mörder auf frischer Tat zu ertappen. Mit einem Mörder hatte er es zum Glück nie aufnehmen müssen, mit mehr oder weniger beschränkten Gewohnheitsverbrechern schon, und in den meisten Fällen hatte er sie dingfest machen können, weil er die Zeit für sich spielen ließ oder es schlau anstellte. Wenn es allerdings um kleinkarierte Scherereien ging, um Anzeigen wegen Kleinscheiß, wie er das nannte, dann wartete er lieber ein paar Tage, um nicht unnütz zu arbeiten oder besser, um nicht ein Getriebe in Gang zu setzen, das man dann nur wieder stoppen musste. Die Anzeige der Biasons war ein solcher Kleinscheiß, denn wahrscheinlich, das heißt sicher, tauchte Geraldo nach ein paar Tagen wieder auf. Seine Fluchten waren immer von kurzer Dauer gewesen, und auch wenn seine Familie ihn wohl nie besonders gut behandelt hatte, war er doch immer in den Schoß derselben zurückgekehrt. Wo übrigens sollte ein Junge, der groß und kräftig war, aber eine ewig tropfende Nase hatte, der keinen Satz akzeptabel zu Ende formulieren konnte, der keine Freunde hatte und, soviel bekannt war, noch nie mit einer Frau zusammen gewesen war, wo sollte so einer Fuß fassen? Nun, vielleicht war die Flucht tatsächlich mit einer Frau zu erklären, aber in dem Fall konnte es sich höchstens um eine Nutte handeln, denn außer für Geld würde sich keine Frau und kein Mädchen mit ihm abgeben. In dem Fall wäre das Geld rasch zu Ende, und Geraldo, der verlorene Sohn, käme brav nach Hause zurück. Wo sie ihm verständlicherweise alles heimzahlen würden, denn beim Geld hört der Spaß bekanntlich auf.

Der Maresciallo hatte die Anzeige ein paar Minuten in den Händen hin und her gedreht, dann aus der zweiten Schublade des Schreibtisches die rote Kladde mit der Aufschrift »privat« herausgenommen und die Anzeige erst mal dort hineingelegt. Er wollte sich in der kommenden Woche darum kümmern oder sie in den Papierkorb werfen, was er für wahrscheinlicher hielt.

In der kommenden Woche lag der Maresciallo in einem Krankenhausbett. Vierundfünfzig Jahre alt, nie geraucht (abgesehen von ein paar Zigaretten, als er sechzehn war, weil er es mal probieren wollte, und da hatte er sich so am Rauch verschluckt, dass er es nie wieder versuchte), nie maßlos gegessen oder getrunken, Blutdruck immer normal, Cholesterin und Triglyceride in Ordnung. Aber keine Statistik ohne Ausnahme, und er war eine solche. Ein Schlaganfall aus heiterem Himmel, um ein Haar hätte er das Zeitliche gesegnet. In den Zeiten relativer Klarheit, die ihm die Krankheit und die Medikamente gönnten, kreisten seine Gedanken um eine einzige Frage – warum ausgerechnet ich? –, für andere Sorgen war keine Zeit und kein Platz. Seine rote Kladde lag im Schreibtisch in der zweiten Schublade, wanderte, als klar war, dass der Maresciallo auf unbestimmte Zeit nicht in den Dienst zurückkehren würde, auf das oberste Fach eines Regals und verstaubte dort zusammen mit anderen Archivmappen, die ebenfalls seit Jahren niemand aufgeschlagen hatte.

Gaetano hatte gegen zehn Uhr morgens angerufen, als sie sich gerade auf den Weg zum Schirrù machen wollte. Dann hatte er wieder angerufen, als sie mit Liuba und Vanessa auf den Bus wartete, um dem Stadtstreicher namens Pinin auf der Spur zu bleiben. Schließlich noch einmal um vier, als sie gerade nach Hause zurückgekommen war. In den Anrufen schwangen Angst und Verlegenheit mit, die Stimme klang belegt vor Müdigkeit. Kurz nach sechs rief Camilla ihn dann zurück, und seine Stimme verriet kaum verhohlene Gereiztheit.

»Wieder ein dringender Fall«, sagte er. »Vor ein paar Minuten reingekommen. Ich weiß nicht, wie viel Zeit ich habe.«

»Wie viele Stunden hast du in den letzten Tagen geschlafen?«

»Seit vorgestern gar nicht.«

»Dann leg dich gleich ins Bett, wenn du nachher fertig bist. Wir sehen uns morgen, oder wann du eben kannst.«

»Aber …«

»Kein Aber. Ich habe keine Lust, den Abend mit jemandem zu verbringen, der Streichhölzer braucht, um die Augen offen zu halten, und kurz vor dem Kollaps steht.«

Soll wohl einfach nicht sein, dachte sie kurz darauf, vielleicht ist das unser Schicksal. Sie musste ein bisschen lachen, als sie in dieser Geschichte das Schicksal ins Spiel brachte.

Sie suchte ein Stück Schokolade oder sonst was Süßes zum Trost, wurde aber vom Klingeln des Handys unterbrochen. Er noch mal? Einsatz abgeblasen?

Aber es war ihr Schwager Giorgio, Bibis Mann. Er hatte seiner Frau und den Kindern versprochen, zu ihnen nach Bardonecchia zu kommen, aber sein Auto tat keinen Mucks.

»Ich kann dir meines leihen«, schlug sie vor.

»Deinen betagten Cinquecento? Mit dem bin ich erst morgen in Bardo.«

»Wie wär's mit einem Mietwagen?«

»Ich habe herumtelefoniert, nichts zu wollen. Die Olympischen Spiele.«

Komisch, dass er mir das alles erzählt, dachte sie.

»Sag mal«, fügte er hinzu, »hast du Lust, mit mir essen zu gehen?«

Mit ihm essen gehen? Wir stehen uns eigentlich nicht besonders nahe, trotz der angeheirateten Verwandtschaft.

»Nur wir beide?«

»Na ja, klar. So schnell kriege ich keine Tischrunde auf die Beine.«

Er hat Witz. Ist mir noch gar nicht aufgefallen.

»Gut. Soll ich dich abholen?«

»Nein, nein, wir treffen uns im Zentrum. Und lass das Auto besser stehen. Halb neun vor dem Regio.«

Was für ein sonderbarer Tag. Die Suche nach Weißdu, die Begegnung mit Pinin, die Ausführungen der obdachlosen Frau.

Als sie zu dem Platz zwischen den Baracken zurückkamen, hatte sie immer noch neben der Tonne mit dem halb erloschenen Feuer gestanden, ihre drei Kumpel waren verschwunden.

»Pinin ist gemein«, sagte sie sofort, »Kannst du vergessen.«

»Wieso?«, fragte Vanessa.

»Brauchst ihm nicht glauben. Kann auch sein, dass er den Rucksack in einem Auto gefunden hat.«

»Dann hat er ihn geklaut!«, fuhr Liuba auf.

»Ja und nein. Wenn er ihn aus einem Auto hat, dann muss es offen gewesen sein, weil ein Auto knacken, das schafft er nicht.«

»Wo stand das Auto?«

»Keine Ahnung. Vielleicht war er auch gar nicht in einem Auto. Mir ist aber was eingefallen. Ich habe nämlich damals mit der Frau geredet.«

»Mit der Hure?«

»Ja, genau. Einmal war sie hier, sie hat gesagt, das ist nicht ihr Platz. Und dass an ihrem Platz kein Mensch vorbeikommt, weil die Straße wegen einer Baustelle gesperrt war.«

»Wo ist denn ihr Platz?«

»Am Friedhof von Sassi, hat sie gesagt. An Friedhöfen stehen immer Huren.«

Sie gaben ihr zehn Euro, wie Pinin. Der gemein war, denn in dem Wohnwagen, der nicht mal ihm gehörte, schlief er allein, obwohl Platz für vier war.

Anschließend machten sie einen Abstecher nach Sassi, wo keine einzige Hure am Friedhof stand. Falsche Uhrzeit. Oder die Olympischen Spiele.

Eine fixe Idee. Vielmehr zwei. Weißdu finden und den Bullen auftun. Zerstreut schweiften die Gedanken ab, doch dann hakten sie sich wieder fest.

Ich komme ins Schleudern, dachte Liuba, ich rege mich doch sonst nicht so auf wegen einem Typen, der mir eigentlich nichts bedeutet. Dann bedeutet Weißdu mir anscheinend doch etwas. Aber was ist er für mich? Freund wäre zu viel gesagt, mit einem Freund redest du schließlich, du erzählst ihm von deinen Problemen, du bist eben offen zu ihm, und er zu dir, aber mit Weißdu findet überhaupt kein Gespräch statt, denn wenn du nur den Mund aufmachst, um mit ihm zu reden, fängt er im Stehen an, von einem Fuß auf den anderen zu treten, und im Sitzen wippt er mit dem Oberkörper hin und her, und das Äußerste, was er rausbringt, ist ein Satz von sechs oder sieben Wörtern, der mit ›Weißt du‹ anfängt und den man dann entschlüsseln darf. Aber wenn er kein Freund ist, was ist er dann? Er ist … er ist wie ein Hund, aber eben ein menschlicher Hund, den man ins Herz schließt, weil er so lieb schaut, weil er sich freut, wenn er einen sieht, und er winselt zwar nicht, aber er lächelt dich an, das ist genauso viel wert und tut dir gut, und du weißt dann, dass du ihm was bedeutest, dass du sein Bezugspunkt und sein Rettungsanker bist. Ja, er ist meine Hündin Liuba von damals, als ich klein war, und ich mag ihn, weil ich weiß, dass er mich auch mag, und ich will ihn wiederfinden und wissen, wie es ihm geht und mit wem er zusammen ist, nicht wie bei der anderen Liuba, die meine Eltern heimlich weggegeben haben, und dann haben sie behauptet, sie wäre weggelaufen, und ich habe nie mehr etwas von ihr gehört, ich war ja ein Kind, und mehr als weinen und verzweifelt sein konnte ich nicht. Aber jetzt bin ich erwachsen, und ich bin stark, sagt Camilla, ich werde Weißdu finden, und wenn er mit einer Frau zusammen ist, mit einer Nutte oder sonst wem, es ihm aber gut geht und er glücklich ist, dann bin ich auch glücklich und schimpfe nur ein bisschen mit ihm, weil er kein Lebenszeichen von sich gegeben hat.

Lebenszeichen ... ich kriege eine Gänsehaut, wenn ich nur daran denke, denn jemand, der kein Lebenszeichen von sich gibt, kann tot sein, aber diese Vorstellung macht mir zu viel Angst, ich darf gar nicht daran denken. Außerdem hat Avvocatos Polizistenfreund gesagt, dass niemand in ein Krankenhaus eingeliefert wurde, der Weißdu ähnlich sieht oder etwa in seinem Alter ist, demnach hatte er keinen Unfall, kein Auto hat ihn überfahren, er ist nicht mit dem Fahrrad eine Böschung runtergestürzt, und es ist auch nichts von einem Baugerüst gefallen und hat ihn am Kopf getroffen. Ich hätte ja nie geglaubt, dass ich so traurig bin, weil jemand nicht da ist.

Ich bin auch traurig, weil ich gemerkt habe, dass es in meinem Leben eigentlich nichts Schönes gibt. Ich habe einen Scheißjob, ich kenne fast nur Scheißtypen. Abgesehen natürlich von Vindice und den anderen vom Schirrù und vielleicht der Lehrerin, die mich auf meiner Suche nach Weißdu durch die Gegend kutschiert. Aber ich habe keinen Freund, keinen richtigen Freund, mit dem ich in meiner freien Zeit zusammen sein kann, den ich anrufen kann, wenn ich mies drauf bin oder auch nur, um seine Stimme zu hören. Schade, dass ich mich nicht in Nabil oder den Avvocato oder den Gordo verliebt habe, das sind ernsthafte Menschen und keine Scheißtypen, aber man kann sich ja nicht auf Kommando verlieben. In den Polizisten, den ich zweimal gesehen habe, Gaetano

Berardi, habe ich mich praktisch auf der Stelle verliebt. Obwohl er mindestens zwölf, fünfzehn Jahre älter ist als ich und ich eigentlich nicht auf ältere Männer stehe, die haben einen so anderen Geschmack und so andere Interessen als meine Generation, sie sind eher wie Onkel, mit denen du nicht weißt, was du reden sollst, weil du mit den Schauspielern, den Sängern, der Musik und den Büchern, die sie mögen, nichts anfangen kannst und umgekehrt genauso. Aber bei ihm ist das anders. Wir haben weder über Filme noch über Musik und schon gar nicht über Bücher geredet, aber ich hätte am liebsten immer weiter mit ihm gequatscht und ihm zugehört. Und noch was kann ich mir nicht recht erklären, es kommt bestimmt nicht daher, dass er Polizist ist, aber bei ihm fühle ich mich irgendwie sicher und ruhig und stark, so ein Gefühl, wie es die Ritter den Damen in manchen Gedichten geben, die ich in der Schule gelesen habe, oder wie es Pierre Besuchow Natascha gibt, nachdem beide aufgehört haben, Scheiße zu bauen. Mit dem Unterschied, dass ich mich praktisch sofort und nicht erst nach sechs- oder siebenhundert endlosen Seiten in den Polizisten verliebt habe.

Mit den Jungs, mit denen ich bisher zusammen war, war es anders. Klar, ich mochte sie, sonst hätte ich ja nichts mit ihnen gehabt, aber ich mochte sie wie ein Glas Tonic oder einen Snack, so was stillt den Durst oder den Appetit für eine Weile, hält aber nicht einen ganzen Tag vor. Als ich mit Davide oder Livio oder sonst einem zusammen war, wusste ich genau, dass das nicht lange dauern würde, was mich überhaupt nicht störte, im Gegenteil, und immer war ich diejenige, die einen Schlussstrich unter die Geschichten gezogen hat, wenn sie anfingen zu muffeln. Mit ihm läuft zwar noch gar nichts, aber ich habe das Gefühl, als könnte da lange was gehen, sogar für immer. Aber für immer, das gibt es nur in Büchern und Filmen, vielleicht nicht mal dort, weil die meistens vorher aufhören.

Der Avvocato saß an dem Resopaltisch und schrieb eine Klageerwiderung für einen Klienten. Der wollte sie dann seinem Anwalt vorlegen, um den Arbeitsaufwand zu verringern. Liuba brühte zwei Tassen Nescafé auf und reichte ihm eine.

»Warum studierst du nicht und arbeitest dann als richtiger Anwalt?«, fragte sie.

»Und du, warum arbeitest du in einem Sexshop?«

»Ich habe nie behauptet, dass mir mein Job Spaß macht.«

»Mir meiner schon. Keine Verpflichtung und außerhalb des Systems.«

»Was sagt denn deine Freundin Ortensia dazu?«

»Sie findet es in Ordnung. Ich bin ihre kleine wilde Freiheit, statt Alkohol oder Koks. Irgendwann heiratet sie wahrscheinlich sowieso einen aus ihrem Dunstkreis.«

»Macht dir das nichts aus?«

»Nein, ich tauge nicht zum Ehemann und Vater. Du machst ein Gesicht wie drei Tage Regenwetter, was ist denn los?«

»Ich vermisse Weißdu. Außerdem würde ich gern jemanden wiedersehen.«

»Ruf ihn an.«

»Ich habe keine Nummer.«

»Such sie raus, das ist kein Problem.«

»Doch. Er steht nicht im Telefonbuch.«

»Weißt du, wie er heißt?«

»Ja, du darfst mich aber nicht auslachen, wenn ich dir jetzt was sage.«

»Schieß los.«

»Er ist Polizist.«

»Oje, dann ist es ernst.«

»Du sollst mich nicht auslachen.«

»Ich lache nicht. Ich bin besorgt.«

»Wieso?«

»Weil du anscheinend echt auf ihn stehst. Sonst würdest du doch einen Polizisten nicht wiedersehen wollen.«

»Und wenn doch?«

»Dein Bier, logisch. Aber ich soll dir helfen, ihn zu finden.«

»Bravo, Avvocato! Du hast es erfasst.«

»Weißt du, was er bei der Polizei macht?«

»Mordkommission.«

»Das haben wir gleich. Sag mir, wie er heißt, dann besorge ich dir seine dienstliche Telefonnummer.«

Der neuerliche Einsatz betraf keinen Mord. Ein Glück, hatten Commissario Berardi und Ispettore Vitello mit einem Seufzer der Erleichterung festgestellt. Allerdings, knurrte Berardi, hätte der Typ auch bis morgen warten können.

Wer hätte warten sollen, war Umberto Martinelli, der Zuhälter und Dieb, auf den jemand nicht eben zielsicher geschossen hatte. Er war aus der Narkose aufgewacht, aber anstatt in aller Ruhe seine Albträume und Halluzinationen wegzuschlafen, drängte er auf ein Gespräch mit der Person, die seinen Fall bearbeitete. Der Beamte, jung, fast noch ein Kind, der ihn auf der Intensivstation bewachte, glaubte im ersten Moment, er rede im Delirium, und holte die Schwester, rief aber später doch im Präsidium an; die Meinung des Arztes, der Patient sei nicht in der Verfassung, Besuch zu empfangen, war dem Beamten egal. Wenn uns der krepiert, haben wir einen Haufen Arbeit mehr, hatte er gedacht. Und wenn es sein Schicksal ist, dann krepiert er sowieso, ob er jetzt spricht oder nicht.

Als Berardi und Vitello eintrafen, sah es tatsächlich aus, als wäre Martinelli krepiert. Die Augen geschlossen, Sauerstoffbrille in der Nase, Speichelfluss aus dem Mundwinkel, die Arme schlaff neben dem Körper, Infusionsschlauch am Handgelenk, weitere Schläuche, die unter der Decke hervorkamen.

»Er schläft«, sagte der Beamte entschuldigend, »aber vorhin war er ziemlich wach.«

»Und was hat er gesagt?«, fragte Vitello, um zu verhindern, dass dem Commissario der Geduldsfaden riss. So ungeduldig hatte er ihn noch nie erlebt. Richtig wütend. Mit Augenringen wie Spiegeleierpfännchen.

»Ich sollte die Kripo anrufen, weil er etwas Wichtiges zu sagen hat.«

»Konnte er das nicht dir sagen?«

»Das wollte er nicht. Er war ganz aufgeregt, er hat geschwitzt und die Augen verdreht.«

Berardi starrte den Zuhälter an, als wollte er ihn mit der Kraft seiner Gedanken aufwecken. Plötzlich verspürte er einen irrationalen Drang, ihn zu schütteln, Kanülen und Schläuche herauszureißen, ihm eine Ohrfeige zu verpassen. Er hatte fürchterliche Kopfschmerzen und ein Gefühl der Dürre in der Kehle, bis über den Kehlkopf hinunter. Ganz abgesehen von der Müdigkeit, die leuchtende Pünktchen vor seinen Augen tanzen ließ. Er trat einen Schritt vom Bett zurück.

»Was machen wir jetzt mit dem Arschloch?«, fragte er unwirsch Vitello.

Der hatte ihn noch nie so reden gehört. Was ihn überraschte, war nicht die Wortwahl, sondern waren der Tonfall und der Gesichtsausdruck. Er ist zwölf Jahre jünger als ich, dachte er, und nach zwei Nächten ohne Schlaf dreht er schon durch und kehrt den brutalen Bullen raus. Vielleicht hat er ja noch andere Probleme.

»Wir können nur warten, Commissario.«

Der Commissario trat gegen den Fuß des Bettes. Es bewegte sich keinen Millimeter, nur die Schläuche und der Tropf zitterten leicht.

»Ist alles in Ordnung, Commissario?«

»Nein.«

Die Tür ging auf, und die Schwester steckte den Kopf herein.

»Hier sind zu viele Leute. Der Patient darf noch keinen Besuch empfangen.«

Amleto Vitello nahm die Sache in die Hand.

»Der Patient ist ein Dreckskerl. Ein Zuhälter und Dieb und schnell mit dem Messer bei der Hand. Tun Sie Ihre Arbeit, wir tun unsere. Apropos, haben Sie ein Thermometer?«

Jetzt kam die Schwester überflüssigerweise auch noch ins Zimmer.

»Natürlich habe ich ein Thermometer. Aber das kriegen Sie nicht.«

»Ich will ja gar keines. Messen Sie bei ihm Temperatur«, sagte er und wies auf den Commissario. Dann sagte er noch: »Bitte.«

Halb eingeschüchtert, halb skeptisch verließ die Schwester das Zimmer und kam kurz darauf mit einem digitalen Fiebermesser zurück, den sie Berardi ans Ohr hielt. Er schien erschöpft nach dem Wutanfall.

»Einundvierzig sechs«, sagte sie nach ein paar Sekunden.

»Verdammte Scheiße!«, polterte Vitello.

»Ja, aber es ist nicht richtig geeicht«, erklärte sie. »Eine verrückte Lieferung, sämtliche Thermometer unserer Abteilung zeigen zwei Grad mehr an. Aber neununddreißig sechs ist auch nicht schlecht.«

Berardi lehnte an der Wand und schwieg, als ginge ihn das alles nichts an.

»Holen Sie einen Arzt«, sagte Vitello. Sein Chef tat ihm leid, er genoss aber auch seine Rolle in dieser Situation. Und die Autorität, die sich aus der Rolle ergab.

Die Schwester ging wieder hinaus und kam ein paar Minuten später mit einem Arzt zurück. Jung, bebrillt und mit einem überraschend fröhlichen Gesicht. Entweder liebte er seine Arbeit über alles, oder jemand hatte gerade einen großartigen Witz erzählt.

»Wir messen noch mal«, sagte er und zog ein weiteres Thermometer aus der Brusttasche, das genauso aussah wie das erste. »Einundvierzig sechs«, bestätigte er kurz darauf, »also neununddreißig sechs. Kommen Sie mit, ich untersuche Sie.«

»Gehen Sie ruhig, Commissario, ich bleibe bei dem Dreckskerl«, ermunterte ihn Vitello.

Berardi und der Arzt verließen das Zimmer. Amleto Vitello ließ sich auf einen Stuhl fallen und streckte die Beine aus.

»Wie lange bleiben Sie?«, fragte die Schwester.

»Bis der Kerl redet.«

»Das wird dauern. Haben Sie schon gegessen?«

»Nein.«

»Wenn Sie möchten, bringe ich Ihnen was.«

»Danke, sehr freundlich.«

Sie brachte ihm, wie zuvor schon dem jungen Kollegen, eine komplette Mahlzeit. Auf dem Tabletten war ein Teller Nudeln ohne Sauce, eine Scheibe undefinierbarer Fisch, ein nicht taufrischer Karottensalat und ein Schälchen Kompott. Vitello fing mit der Pastasciutta an.

»Das ist ein Fraß, was?«, kommentierte der Kollege.

»Allerdings«, bestätigte Amleto Vitello nach dem ersten Bissen, und er dachte, dass die Küchenstation irgendeine nette Frau als Köchin einstellen sollte.

Aber das Kompott war nicht schlecht.

11

Es ist nicht leicht, die eigenen Gefühle unter Verschluss zu halten, aber Flora Torrielli hatte es meisterhaft hinbekommen. Ohne jeden Ratschlag. Ohne jemals in einer Zeitschrift einen dieser pseudopsychologischen Artikel gelesen zu haben.

Im Gegensatz zu fast allen ihren Kolleginnen mied sie jede Form von Sentimentalität, sie verachtete demonstrative Tränen und Schluchzer und hütete sich davor, sich zu verlieben. Sie hatte eine klare und nüchterne Vorstellung vom Leben, dank der sie nicht in die Falle der Illusionen und Enttäuschungen gestolpert war. Sie hatte diesen Beruf nicht etwa ergriffen, weil er ihr gefallen hätte, auch nicht, weil sie dazu gezwungen gewesen wäre und auch nicht aus Gedankenlosigkeit oder jugendlichem Leichtsinn, der schwer wieder auszubügeln war, sondern hatte sorgfältig Kosten und Nutzen abgewägt. Sie hasste es, früh aufzustehen. Sie hatte zu keiner Arbeit rechte Lust. Sex ließ sie praktisch gleichgültig. War das alles?, hatte sie sich gefragt, nachdem sie das erste, das zweite und das dritte Mal mit einem Jungen im Bett gewesen war. Sie wechselte den Freund, aber die Schauder, die Erregung und die Lust, alles, wovon sie so viel gehört hatte, blieben aus. Zwei weitere Versuche, zwei weitere Enttäuschungen.

Eines Abends hatte sie in noch vager Absicht das Haus verlassen und war gerade auf dem Weg zur Tramhaltestelle, als ein Luxuswagen neben ihr am Gehsteig hielt und ein etwa vierzigjähriger Mann sich zu ihr beugte, als wollte er nach dem Weg fragen. Nein, nicht damals und auch nicht Jahre später, wenn sie an dieses erste Mal zurückdachte, an die Unsicherheit ohne jedes Staunen und die rasche Entscheidung, weder damals noch irgendwann später hatte sie an Schicksal oder an einen unvorhersehbaren Zufall gedacht. Wenn es nicht an dem Abend geschehen wäre, wäre es, genau so oder anders, am Abend darauf geschehen, oder sie hätte es geschehen lassen. Nachdem der erste Freier sie bezahlt hatte, hatte er ihr den guten Rat gegeben, ein wenig mehr Teilnahme zu zeigen, und hinzugefügt: egal, ob sie echt oder gespielt ist. Und als sie die vereinbarte Summe in der Hand hielt, hatte sie ein bisschen hin und her gerechnet und ein paar Hypothesen über ihre Zukunft aufgestellt.

Sie war nicht so naiv, zu glauben, sie könne lange ohne Beschützer auskommen, und sie wusste auch, dass ein Großteil des Geldes in seiner Tasche landen würde, aber das war im Friseurladen nicht anders: Sie, Flora, färbte Haare und legte Dauerwellen und bekam dafür Nesseln, Schrunden, Allergien und einen Hungerlohn, während ihre Chefin Geld auf die Seite legte, um den Salon zu vergrößern und sich eine Wohnung zu kaufen. Die gleiche Ausbeutung, aber zu schlechteren finanziellen Bedingungen. Natürlich riskierte sie, wenn sie anschaffen ging, Geschlechtskrankheiten und die Begegnung mit gewalttätigen, gestörten Freiern: Für den ersten Fall musste man die entsprechenden Vorsichtsmaßnahmen treffen, und im zweiten kümmerte sich der Zuhälter. Von ihm wiederum würde sie sich bestimmt nicht prügeln, treten oder mit dem Gürtel schlagen lassen.

Beim ersten Zuhälter war es ihr gut gegangen. Eine anständige Zweckgemeinschaft, auch wenn das Wort »anständig« vielleicht etwas gewagt war. Der zweite war ein Widerling, eine Kanalratte, aber auch bald passé gewesen, Fausto hatte sie da rausgeholt und dem Scheißkerl ein für allemal den Marsch geblasen. Fausto war ein Glückstreffer. Dem sie nachgeholfen hatte und für den sie sich ins Zeug legte. Sie gab ihr Bestes, vom ersten Mal an, sie spielte ihm was vor, las ihm jeden Wunsch von den Lippen ab, blickte ihn an wie ein Hündchen, übertrieb aber nicht, denn er kannte die Huren gut und ließ sich nicht um den Finger wickeln. Aber sie kannte die Männer inzwischen auch und hatte gelernt, dass sie im Hinblick auf das, was ihnen zwischen den Beinen hängt, allesamt eitel und empfindlich sind. Schon als Kinder untersuchen, messen, bewundern und streicheln sie es, und man muss ihnen das Gefühl geben – ohne es jedoch ausdrücklich zu sagen –, dass ihr Ding etwas Kostbares ist, dass es den vielen, die man erlebt hat, in nichts nachsteht und was es für eine angenehme Überraschung gewesen ist, mit ihm zu tun gehabt zu haben. Man arbeitet mit vielsagenden Blicken, wie zufällig hingeworfen, mit winzigen unterdrückten Schaudern und, als Krönung, mit einem kaum hörbaren Lustseufzer, kurz bevor selbiges Ding aufhört sich zu bewegen. Den Seufzer als echt zu verkaufen war besonders schwierig, aber in jedem Beruf gibt es Gipfel der Brillanz, die nur die Besten erklimmen, und darauf hatte Flora engagiert und diszipliniert hingearbeitet.

Fausto gefiel ihr auf Anhieb. Flora hatte auf ihn gesetzt und die Wette gewonnen. Auch diesmal spielten das Schicksal oder der Zufall kaum eine Rolle: Wäre Fausto nicht in ihr Leben getreten, hätte sie sich früher oder später eben einen anderen geangelt und für sich eingespannt. Es war ein Glück, dass er so bald aufgetaucht war und sie ihn mochte. Als Mensch und auch als Freier, denn bei ihm musste sie zwar ebenfalls so tun, als ob, aber nicht nur und nicht immer. Es handelte sich gewiss nicht um Leidenschaft oder Liebe, weder bei ihr noch bei ihm, aber sie empfand beinahe Zuneigung und Dankbarkeit, und er fühlte sich bestätigt, weil sie sich von ihm beschützen ließ. Ein Zuhälter, der beschützte ohne auszubeuten, ohne Bedingungen zu stellen, ohne zu prügeln, war eine seltene Ausnahme in der Welt der Huren, und das wusste Flora. Ein Zuhälter außerdem, der ihre Freiheit nicht mit den Ansprüchen eines Verliebten oder mit Forderungen wie exklusive Sexualpraktiken beschnitt. Zudem konnte ein Mann wie Fausto sich den Luxus leisten, eine Hure gratis zu beschützen, nicht aber den, sich in sie zu verlieben, und auch das wusste Flora. Er hatte einen eigenen Ehrenkodex, eine grobe Gesetzestafel, und den Graben zwischen dem, was erlaubt war, und dem, was verboten war, wollte er gar nicht überwinden. Man prügelt eine Frau nicht, und man lebt nicht auf ihre Kosten, aber auch: Eine Hure ist eine Hure. Mag sein, dass man gern mit ihr ins Bett geht, plaudert, einen Ausflug ins Grüne macht, aber man teilt nicht dauerhaft Tisch und Bett mit ihr.

Die gemeinsamen Reisen nach Venedig, Paris, Capri waren schon eine riskanter Ausbruch aus dem abgesteckten Gelände, doch sie galten als Ferien, und Ferien führen immer dazu, dass alltägliche Gewohnheiten komplett oder teilweise über Bord geworfen werden. Flora respektierte Faustos Ansichten und verlangte nie mehr, als er zu geben bereit war, und aus Selbstachtung ließ sie sich nie über die mehr oder weniger trostlosen Details zu ihrem Beruf und ihren Kunden aus. In all den Jahren hatte sie ihm nur von dem »Dottore« erzählt, weil er zufällig das Foto gesehen hatte, das sie beide in einem Restaurant zeigte.

Wer ist das, hatte Fausto gefragt, und sie hatte geantwortet, ein Kunde, der ein Faible für sie habe, sie häufig, aber unregelmäßig aufsuche, sehr gut zahle und sie einmal zu einem wichtigen Essen mitgenommen und dabei als liebe Freundin vorgestellt habe.

»Und für sein Geld sicher spezielle Dienste erwartet«, hatte er noch wie beiläufig gesagt, ohne irgendwie eifersüchtig oder neugierig zu sein, er hatte es einfach festgestellt.

»Klar«, hatte sie bejaht, und damit war das Thema erledigt.

Ohne sein gediegenes Banker-Outfit wirkte ihr Schwager zehn Jahre jünger. Er war fast ein anderer Mensch. Ihn inmitten der Menschenmenge vor dem Teatro Regio auszumachen war Camilla unmöglich erschienen, aber er hatte die glorreiche Idee, einen Pfiff wie eine Dampflok auszustoßen, worüber sich seine Kinder immer köstlich amüsierten, und so orientierte sie sich an dem Pfiff und entdeckte ihn im Gedränge.

»Das war keine gute Idee«, entschuldigte er sich.

»Du hattest eine schlechte und eine gute, das gleicht sich aus«, erklärte sie.

»Hast du Lust, ein paar Schritte zu gehen?«

»Ja, aber nicht in dem Gedränge.«

Doch Gedränge war überall, und sie brauchten fast eine halbe Stunde bis zu dem Lokal, in dem er reserviert hatte. Mit dem Auto hätten sie noch länger gebraucht.

»Hat Bibi sehr bedauert, dass du nicht nach Bardonecchia kommst?«, fragte Camilla und nippte an ihrem Aperitif. Und fragte sich immer noch nach dem Grund dieser merkwürdigen Einladung zum Abendessen.

»Man kann nicht so leicht feststellen, was Bibi bedauert, sie spielt zu gern die Großzügige.«

»Das klingt wie ein Vorwurf.«

»Das ist es auch, sie bringt nämlich die anderen dazu, sich schuldig zu fühlen.«

»Vielleicht wechseln wir lieber das Thema.«

»Warum? Ich will über Bibi reden, darum geht es mir.«

Oje, dachte sie. »Dann ist die Geschichte mit dem stehen gebliebenen Auto geschwindelt.«

»Nein, es ist wirklich stehen geblieben, und ich war ganz erleichtert.«

»Hast du vor, mich mit einer unerwarteten Enthüllung zu schockieren?«

»Vielleicht. Soll ich ein bisschen ausholen oder gleich zur Sache kommen?«

»Was dir lieber ist. Alle Tische sind besetzt, da werden wir nicht so schnell bedient.«

»Dann also ein bisschen ausführlicher. Wie reagierst du auf Perfektion?«

»Bei Sachen oder bei Menschen?«

»Beides.«

»Keine Ahnung ... Perfektion hat immer was Unnatürliches an sich. Bei Sachen mag ich kleine krasse Unstimmigkeiten, zum Beispiel eine hässliche Antenne mitten in einem schönen Dächermeer, eine scheußliche Reklametafel an einer Landstraße, eine zerquetschte Bierdose in einer Wiese. Das unerwünschte Detail schmälert nicht die Perfektion, man nimmt sie überhaupt erst wahr.«

»Und bei Menschen?«

»Ich kenne zum Glück niemanden, der perfekt wäre.«

»Sei froh.«

»Also, wenn du damit andeuten willst, Bibi sei perfekt, dann bist du auf dem Holzweg.«

»O nein. Sie hat sich der Perfektion verschrieben. Unnachgiebig und kompromisslos.«

»Hmm ...«

»Wieso brummst du?«

»Du kommst nicht weit mit deinem Gedribbel. Ist doch klar, worauf du hinauswillst.«

»Du hast gesagt, ich könnte ein bisschen ausholen.«

»Ausholen schon, aber nicht ausufern. Du gibst vor, Bibi nicht zu ertragen, weil sie perfektionistisch ist, anstatt einfach zu sagen, dass du sie nicht mehr erträgst, Punkt.«

»Na gut. Sagen wir, ich ertrage sie fast nicht mehr, ob perfekt oder nicht.«

»Sagen wir, sie ist überhaupt nicht perfekt, sondern nur ein bisschen nervig.«

»Sagen wir, ich weiß nicht, was ich machen soll.«

»So weit ist es schon?«

»So ungefähr.«

»Und treibt sich im Verborgenen eine Unperfekte herum?«

»So ungefähr. Und du, wieso bist du eigentlich in der Stadt geblieben?«

»Um Renzos mangelndem Perfektionismus zu entkommen. Zu wenig perfekt ist genauso unerträglich wie zu perfekt.«

»Aha. Dann sitzen wir also alle vier in der Tinte.«

Maresciallo Punziani hatte getan, was er konnte. In der Reha-Klinik, in die man ihn nach dem Krankenhausaufenthalt geschickt hatte, befolgte er peinlich genau die Anweisungen der Physiotherapeutin und der Logopädin, er mühte sich mit Gymnastik und Sprechübungen ab, denn mit vierundfünfzig Jahren wirft man noch nicht das Handtuch. Dank seines eisernen Willens und seiner Disziplin gewann er langsam seine Beweglichkeit und seine Sprache wieder, er wurde entlassen, war aber ein anderer Mensch als vorher. Nur eines stand jetzt im Mittelpunkt seines Interesses: die Gesundheit und sämtliche Kniffe und Tricks, damit sie sich nicht verschlechterte und ein Rückfall vermieden werden konnte. Er musste sich gesund ernähren, also auf die Qualität und die Menge der Nahrung achten; er durfte nicht vergessen, seine Medikamente zur vorgeschriebenen Zeit und in der richtigen Menge einzunehmen; er musste die richtig Anzahl von Stunden schlafen, nicht mehr und nicht weniger; er musste sich täglich vor den Spiegel stellen und mit lauter Stimme Zungenbrecher wiederholen, ohne zu sabbern und Speichelbläschen zu produzieren. Er hatte weder Zeit noch Lust, sich um anderes zu kümmern, was seine Vorgesetzten, wenn auch mit amtsschimmeliger Langsamkeit, schließlich zur Kenntnis nahmen. Vorruhestand wegen Invalidität, lautete das Urteil. Der Maresciallo war weder gekränkt noch betrübt, er kümmerte sich einfach mit der gleichen besessenen Hartnäckigkeit wie bisher um sich selbst.

Sein Nachfolger war ein ehrgeiziger frischgebackener Maresciallo. Um die neue Ära sichtbar zu machen, ließ er das Büro tünchen und die Möbel umstellen, und dabei fiel ihm die verstaubte rote Kladde mit den Privatpapieren seines Vorgängers in die Hände. Als ihn der Zweifel streifte, ob er sie überhaupt öffnen durfte, hatte er sie bereits geöffnet, und da er schon so weit war, sah er sich den Inhalt genauer an: ein halbes Dutzend Fotos, ein paar Briefe, die er von A bis Z las (es war unsinnig, die Indiskretion mittendrin zu beenden), mehrere Prospekte für Zelte, Sonnenschirme und Gartenpavillons und zwischen Empfangsbestätigungen für verschiedene Zahlungen die Vermisstenanzeige von Geraldo Biason, die nicht privat war und dort nichts verloren hatte. Außer die Eltern hatten sie zurückgezogen, bevor sein Vorgänger sie hätte weiterleiten können. Der Maresciallo starrte ein paar Sekunden die gegenüberliegende Wand an und bestellte dann, als von dort keine hilfreiche Antwort kam, Vice-Brigadiere Lorenzo Pistore zu sich.

»Geraldo Biason«, sagte er.

»Vermisst«, antwortete Lorenzo.

»Seit wann?«

»Seit einem Jahr, vielleicht auch länger.«

»Was ist er für ein Typ?«

»Ein Dummkopf, tickt nicht ganz richtig. Aber lieb.«

»Haben ihn die Eltern als vermisst gemeldet?«

»Klar. Sie waren bei Maresciallo Punziani, haben die Sache gemeldet und das Protokoll unterschrieben. Dann kamen sie noch mal, als der Maresciallo im Krankenhaus war, und erkundigten sich, ob es etwas Neues gibt.«

»Mit wem haben sie gesprochen?«

»Mit Dani, Appuntato Daniele Podda.«

»Warum mit dem Unteroffizier und nicht mit Ihnen?«

»Ich hatte Urlaub, und die anderen waren dienstlich unterwegs, glaube ich.«

»Was hat Podda erzählt?«

»Mir?«

»Nein, den Biasons.«

»Dass sich nichts ergeben hat. Ist denn was rausgekommen?«

»Maresciallo Punziani hat die Anzeige nicht weitergeleitet.«

»Ach du Scheiße ...«

»Egal, was wir jetzt tun, es kann nur schlecht ausgehen.«

»Nein! Maresciallo Punziani kann niemand was anhaben, er ist pensioniert, und Ihnen auch nicht, weil Sie nichts dafür können. Sie leiten die Anzeige mit der üblichen Notiz weiter, damit hat es sich.«

»Welche übliche Notiz?«

»Na ja, die man eben schreibt, wenn was schiefgegangen ist.«

»Und die wäre?«

»›Aufgrund einer Fehlleitung ist die vorliegende Anzeige möglicherweise nicht den vorgeschriebenen Dienstweg gegangen. Es wird darum gebeten, die Angelegenheit diesbezüglich zu überprüfen.‹ Mit der Fehlleitung rettet man seinen Arsch, Maresciallo, bitte entschuldigen Sie den ordinären Ausdruck.«

Der Maresciallo nickte seufzend. Er dachte, dass er noch eine ganze Menge lernen musste. Er dachte auch, dass es schwierig sein würde, Geraldo Biason über ein Jahr nach seinem Verschwinden zu finden.

Der Avvocato ging zu Vindice, um die Vorbereitungen für Vanessas Geburtstag zu besprechen. Vindice lag auf dem Küchensofa, zusammen mit einem kleinen Hündchen, das neben ihm schlummerte.

»Seit wann hast du einen Hund, Vindice?«

»Seit heute, es ist eine Hündin und gehört eigentlich nicht mir.«

»Wem dann?«

»Dem Gordo. Er hat sie heute Morgen vor dem Resort gefunden. Sie war halb erfroren, und wenn er sie liegen gelassen hätte, wäre sie sicher gestorben.«

»Und was hat er jetzt mit ihr vor?«

»Er behält sie, das heißt, wir behalten sie. Sie kann im Hof wohnen.«

»Im Hof oder im Haus?«

»Draußen sind zwei Grad unter Null, und heute Nacht sollen es fünf oder sechs werden. Magst du sie da draußen lassen?«

»Nein. Was ist es denn für eine Rasse?«

»Der Gordo meint, ein Mastinoverschnitt.«

»Dann wird sie groß.«

»Gut so, ich mag keine Schoßhündchen. Die kläffen so grässlich. Hast du Vanessas Geschenk bekommen?«

»Ja, aber ich habe doch eine neue besorgt. Gebraucht kostet sie auch nicht viel weniger.«

»Gut gemacht. Sie wird sich doch freuen, oder?«

»Bestimmt. Morgen kann ich sie abholen. Wie heißt der Hund?«

»Der Gordo sagt, Soriana. Wie findest du das?«

»Soriana ist super. Den Couscous kocht Nabil, die Tajine auch. Um den Wein kümmere ich mich, die Torte hast du bestellt. Das wär's. Ich muss jetzt weg, was für Liuba erledigen.«

»Was denn?«

»Ich besorge ihr die Nummer eines Polizisten.«

»Wozu denn das?«

»Wenn ich es sage, wirst du es nicht glauben.«

»Sag's trotzdem.«

»Sie hat sich verliebt.«

»In wen denn?«

»In den Polizisten.«

»Nein! Liuba?«

»So ist es.«

»Sag ihr, der kommt mir nicht ins Haus. Wenn er morgen auftaucht, schmeiße ich ihn raus.«

»Reg dich ab, Vindice. Sie ist bis über beide Ohren verknallt, aber das gibt sich.«

»Und warum machst du dann einen auf Kuppler?«

»Weil es ihr schlecht geht, aber das wird schon wieder.«

»Wenn du meinst ...«

Der junge Arzt mit der Brille untersuchte Commissario Berardi sorgfältig, wie nach dem Lehrbuch, dann brachte er ihn zum Röntgen und überredete einen Assistenten, sofort eine Thoraxaufnahme zu machen.

Diagnose: eine üble Grippe mit Bronchitis, die sich im Nu zu einer Bronchopneumonie und, wenn sie nicht behandelt wurde, zu einer Lungenentzündung auswachsen konnte.

»Wenn Sie wollen, besorge ich Ihnen ein Bett«, schlug er fröhlich und bereitwillig vor.

»Ein Bett?«, fragte Berardi, ganz benommen vom Fieber.

»Ja, hier in der Klinik. Ein Antibiotikum und was Fiebersenkendes, vielleicht eine Infusion, Sie ruhen sich aus und sind in drei, vier Tagen wie neugeboren. Fast wie neugeboren.«

»Danke, lieber nicht. Das passt gerade gar nicht.«

»Wie Sie meinen. An einer Lungenentzündung stirbt kaum jemand mehr, aber Ausnahmen bestätigen die Regel.«

»Vorhin war es noch eine Bronchopneumonie und keine Lungenentzündung.«

»Ja, aber wenn Sie sich überanstrengen und keine Ruhe geben, müssen Sie mit allem rechnen.«

»Na ja, wir wollen nicht übertreiben.«

»Gut, dann verschreibe ich Ihnen jetzt ein Antibiotikum, halt nein, ich gebe Ihnen gleich eines im Sprechzimmer, Sie lassen sich von Ihrem Kollegen nach Hause bringen, legen sich brav ins Bett und nehmen die erste Kapsel. Nach zwölf Stunden nehmen Sie die zweite, und rufen Sie den Hausarzt an. Leichte Kost und keine Arbeit.«

»Das passt gerade gar nicht.«

»Ein Unglück passt nie, es kommt aber trotzdem. Wie der Tod.«

»Beschwören Sie es nicht herauf!«

»Ich? Wissen Sie, wie ich heiße?«

»Keine Ahnung.«

»Da, schauen Sie auf mein Namensschild. Fortuné Maquignaz. Wie mein Großvater und der Großvater meines Großvaters, denn das ist im Aostatal noch immer üblich. Und wissen Sie was?«

»Was denn?«

»Der Esel, der Typ, auf den geschossen wurde, wird nicht ins Gras beißen, und weil er sich in die Hosen macht, wird er bestimmt singen.«

»In die Hosen macht?«

»Er hat Schiss, die Hosen voll, macht sich ins Hemd. Sie werden sehen, ich irre mich nicht. Wir Maquignaz können alle ein bisschen hellsehen, das ist eine Familiengabe.«

»Und was sehen Sie bei mir?«

»Dass es besser laufen könnte.«

Gaetano Berardi griff sich verstohlen in den Schritt. Er war nicht abergläubisch und hatte das noch nie getan, aber es gibt immer ein erstes Mal.

Vice-Brigadiere Lorenzo Pistore hatte ganz recht mit Weißdu. Er war dumm, aber ein lieber Kerl. Liuba hatte auch recht, keine Frau würde sich mit ihm abgeben, außer für Geld. Sein ganzes zwanzigjähriges Leben lang hatte ihn ein vages, immer wieder auftauchendes Gefühl der Minderwertigkeit begleitet, es war kein schmerzliches Gefühl, er schämte sich auch nicht dafür, er nahm es hin, wie man hinnimmt, dass auf das Licht des Tages die dunkle Nacht folgt. Er war nicht unglücklich, nur manchmal missmutig. Missmutig, wenn er aufstehen musste und gern im Bett geblieben wäre, missmutig, wenn seine Mutter beim Essen Nando und Piero die Hasenleber gab, die er so gern aß, missmutig, weil sie ihn nicht den Führerschein machen ließen. Und wenn der Missmut zu lange anhielt, ging er nicht in die Fabrik, sondern stromerte über die Wiesen und durch die Wälder, bis ihm die Beine schwer wurden, und dann legte er sich auf die Erde und sah in die Luft, er sah die Vögel fliegen und die Wolken ziehen, und dann ging ganz allmählich auch der Missmut vorbei und mit ihm die Erinnerung an die Ursache.

Die Mädchen und die Frauen – die mit den großen Brüsten und den breiten Hüften – verwirrten ihn und machten ihn unruhig, wenn sie durchs Dorf gingen oder sonntags auf der Piazza vor einer Bar saßen oder mit dem Rad die Straße zum Rathaus hinauffuhren, und sein Herz klopfte heftig, wie wenn er selbst die Steigungen auf seinem alten Rad mit der schlechten Übersetzung hinauffuhr, und dann spürte er eine komische Angst, die aber eigentlich schön war, wie in der Achterbahn, bevor es bergab geht, wenn man ein Loch im Bauch spürt und einem fast die Luft wegbleibt. Was die Männer mit den Frauen machen, hatte er im Kino und auch im Fernsehen gesehen, er hatte gestaunt und es zugleich kaum glauben können: Vielleicht war es wahr, vielleicht auch nicht, vielleicht war es erfunden wie der Astronaut mit den spitzen Ohren vom Raumschiff Enterprise und ein paar seiner Kollegen oder wie die Sirenen mit ihren Fischschwänzen, die gibt es in echt gar nicht, hatte die Lehrerin in der Grundschule gesagt.

Aber einmal hatte er spätabends, an einem Samstag, das wusste er noch gut, seinen Bruder Piero überrascht, als der ein Video ansah und dabei seinen Pimmel rieb und dann die Augen verdrehte, heftig schnaufte und ah ah stöhnte. Er, Geraldo, war in der Tür zum Wohnzimmer stehen geblieben, und als der Bruder ihn bemerkte, hatte er ihn böse angesehen und gesagt, hol dir doch selber einen runter, Blödmann. Er traute sich nicht, es sofort zu machen, sondern dachte zwei oder drei Tage darüber nach, doch als er dann auf seinem Bett lag, im Dunkeln, in seinem Zimmer, und es machte, fand er es schön, und als er später begriff, dass dieses schöne Gefühl ähnlich wie auf der Achterbahn war und wie wenn er die Frauen ansah, da war er überzeugt, dass das, was man im Kino sah, echt war und keine Erfindung wie die Sirenen.

Aber bei den Mädchen und den Frauen traute er sich nicht. Er hatte im Kino und vom Fernsehen auch gelernt, dass man miteinander reden musste, dass man sie zufriedenstellen, ihnen zum Beispiel was kaufen musste, aber er wusste nicht, wo er anfangen sollte. Und wenn er seine Hände betrachtete, die groß wie Schaufeln waren und so kräftig, dass er manchmal Sachen kaputt machte, ohne es zu merken, dann dachte er, dass die Mädchen und die Frauen vor solchen Händen Angst haben mussten, und dann hatte er auch Angst, Angst, dass sie ihn anschreien oder abhauen würden, wenn er sie nach dem Reden berührte. Aber man musste immer erst reden, und das Reden machte ihm am allermeisten Angst.

Im Dorf gab es Gelinda und ihre Tochter Alida, die dafür bezahlt wurden, dass sie solche Sachen mit den Männern machten. Aber sie waren beide dürr und flach, im Sommer zeichneten sich ihre Knochen unter dem T-Shirt ab, außerdem hatten sie rote Haare, die Tochter halb kahl, die Mutter noch schlimmer, rote Haare spitzig Kinn wohnt der Teufel mittendrin. Wenn Weißdu die beiden ansah, kam weder die Aufregung noch das Loch im Bauch, und sein Herz schlug normal.

Dann kam der Satz, man könnte auf ihn, Weißdu, verzichten, und die Eltern sagten »aber echt«, und dann hatte ihn eines Nachts der Lastwagen geweckt, und er war abgehauen. In Turin war vieles so anders, schöner als in seinem Dorf, und er war nie missmutig. Er lernte Liuba und dann die anderen vom Schirrù kennen, und die sagten nicht dauernd, mach dies und mach jenes, sie ließen ihn schlafen, wann er Lust hatte, sie haben ihm so viel gezeigt, zum Beispiel den Platz, wo man baden oder duschen kann, oder das türkische Bad, das es im Dorf nicht gab, oder den Markt, wo die Klamotten und auch sonst alles wenig kostet, aber man muss immer den halben Preis sagen und dann so tun, als würde man weggehen, sie haben ihm auch gezeigt, wie man mit der Tram und dem Bus fährt, ohne zu zahlen, man muss nur immer an der Tür stehen, wo die Leute einsteigen, und dann aber schnell aussteigen, wenn die Kontrolleure kommen. Wie man die Kontrolleure erkennt, das hat Vanessa ihm erklärt, und er hat es schnell gelernt, obwohl es gar nicht so einfach ist, denn sie tragen keine Uniform wie die Polizisten oder die Carabinieri, die siehst du schon von Weitem. Aber sie haben so spezielle Gesichter und steigen anders ein als normale Leute, und meistens haben sie eine kleine Tasche mit den Sachen, die sie für die Strafzettel brauchen. Einmal hat er nicht aufgepasst, hat aus dem Fenster geguckt und nicht gemerkt, dass die Kontrolleure eingestiegen sind, und da hat er es gemacht, wie sie es ihm im Schirrù beigebracht haben, er hat gesagt, er hätte seinen Geldbeutel zu Hause vergessen und ist zusammen mit ihnen aus der Tram ausgestiegen, aber sobald er draußen war, ist er über die Straße und dann weitergerannt, er war richtig schnell, und die beiden standen immer noch am Bushäuschen.

Eine Sache war aber in Turin auch nicht anders als auf dem Dorf, nämlich dass er sich bei den Mädchen und den Frauen nicht traute. Nicht bei Liuba und Vanessa, bei denen hatte er keine Angst zu sprechen, es war, als wären sie keine Mädchen, obwohl sie welche waren, außerdem waren sie hübsch und nicht dürr und flach, aber sie waren besondere Mädchen, er mochte sie, aber er hatte keine Lust, sie anzufassen oder die Sachen mit ihnen zu machen, die Männer mit Frauen machen. Er dachte jetzt öfter als früher an diese Sachen und hatte festgestellt, dass es viele Mädchen und Frauen gab, die dafür Geld nahmen, in allen Altersstufen, an vielen Orten, und viele hatten große Brüste und breite Hüften, wie er es mochte. Aber er wusste nicht, ob es bei ihnen wie auf dem Markt war, also ob man den halben Preis nannte und dann tat, als würde man weggehen, und er traute sich nicht, den Avvocato, Nabil oder Vindice zu fragen. Und schon gar nicht Liuba oder Vanessa, er hatte Angst, dass sie böse werden könnten, es schien ihm nicht recht, über so etwas mit ihnen zu reden.

12

»Vielleicht sitzen wir noch gar nicht in der Tinte«, hatte Camilla nach einer Pause erwidert. »Es ist noch nicht zu spät, unsere Füße sind noch im Trockenen.«

»Aber wollen wir denn so weitermachen?«, meinte ihr Schwager.

»Wo hast du die Unvollkommene denn kennengelernt?«

»Ganz einfach: im Büro. Nicht, dass ich deswegen unterwegs gewesen wäre.«

»Also eine Kollegin bei der Bank.«

»Nein. Sie arbeitet in einem Verlag. Du kennst doch diese überflüssigen Bücher, die die Banken wichtigen Kunden schenken? Bücher über die Heiligentafeln im Val Soana, über Schornsteine aus dem späten achtzehnten Jahrhundert in der Gegend um Casale, über tiergestaltige Korkenzieher in den Langhe. Diese schönen Bände, die kein Mensch übers Herz bringt wegzuwerfen oder im Kamin zu verbrennen. Nun, meine Bank hatte so eines für Weihnachten bestellt, und sie war bei mir, um die Sache zu besprechen.«

»Hättest du nicht vorschlagen können, etwas anderes herauszugeben?«

»Wem denn? Den galaktisch schlauen Supermanagern meines Konzerns? Die haben Wichtigeres im Kopf. Außerdem – kaum fingen wir an zu reden, war mir das Buch völlig egal.«

»Liebe auf den ersten Blick?«

»Lust auf Leichtigkeit, ich weiß nicht, ob du mich verstehst.«

»Ich verstehe, dass du die vierzig hinter dir hast und Bilanz ziehst.«

»Du nicht?«

»Doch, natürlich. Und unterm Strich sieht es ziemlich rot aus.«

»Eben. Und ich kann mich nicht aufraffen, das zu beheben.«

»Vielleicht machst du einfach eine schwierige Zeit durch.«

»Die schon Jahre dauert. Zwei, drei, vielleicht auch länger. Aber früher war es nicht so schlimm.«

»Vor der Unvollkommenen?«

»Ja. Wenn ich morgens aufstand, hatte ich keine Lust, den Tag anzugehen, im Büro tauchte ich ab, bis Feierabend war, und danach wartete ich nur noch darauf, dass Schlafenszeit war. Vergeudete Jahre, Jahre, in denen ich nicht lebte, aber das merkte ich gar nicht. Ich merkte es erst, als ich sie traf, sie hat die Lust zu leben wieder in mir geweckt. Da entstand der Riss.«

»Könnte es sein, dass du den Film ein bisschen willkürlich neu montierst?«

»Du meinst, wie es mir passt? Tun wir das nicht alle?«

»Vielleicht, ja, das Gedächtnis ist wie Penelopes Tuch, und die Details sind nie die gleichen. Wir schummeln immer, auch im guten Glauben. Aber mir ist nicht klar, warum du mir das alles erzählst.«

»Weil ich mit jemandem reden muss. Weil nicht nur ihr Frauen unter Gefühlsstaus leidet und du gerade in Reichweite warst.«

»Klingt nicht sehr schmeichelhaft, freut mich aber trotzdem.«

»Vielleicht trägt auch die allgemeine Euphorie dazu bei, diese Lebenslust, die man überall spürt, die Sehnsucht nach Veränderung …«

»Olympia hinterlässt seine Spuren, meinst du?«

Kurz vor acht standen zwei nervige, aber zum Glück nicht zur Würstchen-Kategorie gehörige Kunden im Laden, als Liubas Handy klingelte. Das Display zeigte eine unbekannte Nummer und in Liuba flackerte ein Hoffnungsschimmer auf, bevor sie sich meldete.

»Ja?«

»Ciao, hier ist Ale.«

»Ah, ciao.«

»Klingt ja nicht begeistert.«

Warum sollte ich begeistert sein, dachte sie. Und: Warum habe ich ihm nur meine Nummer gegeben.

Doch sie sagte: »Ich bin im Laden. Ich habe Kundschaft.«

»Jetzt noch?«

»Ja.«

»Dann rufe ich später noch mal an. Ciao.«

»Ciao.«

Ich kann mit dem nichts anfangen. Wenn er nachher anruft, fertige ich ihn schnell ab, dann lässt er mich in Ruhe, dachte sie und kümmerte sich wieder um eine der beiden Nervensägen. Der Mann suchte dringend eine bestimmte Videokassette, deren Titel er nicht oder nicht mehr wusste, mit Lesben und hechelnden Schäferhunden. Sie hatte ihm schon zwei angeboten, aber keine war die richtige.

»Belgische Schäferhunde, keine deutschen«, erklärte er, als er auch die dritte Kassette ablehnte.

»Sind die besser?«, fragte sie spitz.

»Sie sind schwarz. Toller Kontrast zu den blonden Mädchen.«

»Wenn es um Farben geht – ich habe ein Video mit schwarzhaarigen Mädchen und weißen Maremma-Hunden.«

»Wirklich?«

»Ja. Aber es ist gerade ausgeliehen. Nehmen Sie das hier, wenn Ihnen das Genre gefällt. *Dog's Sisters*.«

»Ist das gut?«

»Toller Film.«

Gehört preisgekrönt, mindestens Goldener Löwe, du armer Trottel ohne Sinn für Ironie. Aber empfänglich für den Reiz von Black and White.

Eine halbe Stunde später klingelte das Ladentelefon. Der Chef war nicht da, und so ging sie dran.

»Ciao, Süße, ich habe die Nummer«, sagte der Avvocato gut gelaunt.

»Wow, Wahnsinn!«

»Seit wann redest du wie ein Girlie daher?«

»Ach komm, jetzt lass mich doch mal.«

»Ausnahmsweise. Es ist sein Büro. Er dürfte direkt drangehen, aber an deiner Stelle würde ich bis morgen warten.«

»Warum?«

»Es ist spät, vielleicht ist er nicht mehr da. Jetzt schreib schon auf.«

Liuba notierte sich die Nummer in ihrem Adressbuch und im Telefonspeicher ihres Handys, befolgte aber nicht den Rat des Avvocato, sondern rief sofort an. Beim zwölften Klingeln, als sie schon auflegen wollte, nahm jemand ab.

»Hallo … hier ist Liuba«, sagte sie unsicher, und ihr Herz fing an zu rasen.

»Wen wollen Sie sprechen?«, fragte eine Frauenstimme.

»Commissario Berardi.«

»Er ist nicht da.«

»Wann kann ich ihn denn erreichen?«

»Das weiß ich nicht.«

»Könnten Sie ihm ausrichten, dass ich angerufen habe?«

»Ja, natürlich. Ist es dienstlich?«

»Nein … privat.«

»Liuba, ja?«

»Ja. Ich gebe Ihnen auch meine Handynummer.«

»Gut. Ich lege ihm einen Zettel auf den Schreibtisch.«

Liuba diktierte die Nummer, und als sie aufgelegt hatte, merkte sie, dass ihre Hände schweißnass waren. Dumme Kuh, dachte sie, du bist wirklich saudumm! Warum habe ich nicht bis morgen gewartet, dann hätte ich ihn erreicht und gleich mit ihm reden können. Wer sagt denn, dass die Polizistin oder wer das war ihm wirklich einen Zettel hinlegt. Vielleicht hat sie das nur so gesagt, damit es schneller geht. Aber sie war freundlich, und was ist schon dabei. Aber mal angenommen, sie steht auf ihn, oder angenommen, sie vergisst es aus irgendeinem Grund ... So ein Quatsch, ich denke jetzt einfach nicht mehr dran, heute Abend ruft er sowieso nicht mehr an.

Doch um neun klingelte das Handy, und ihr Herz fing wieder an zu rasen.

Der Commissario hatte sich dazu durchgerungen – vielmehr hatte sein Körper ihn gezwungen –, Feierabend zu machen und den Rat des Arztes zu befolgen. Als er in das Zimmer des Dreckskerls zurückkehrte, war ihm schwindlig geworden, er hatte stehen bleiben und sich an die Wand lehnen müssen, bis es vorbei war, und der Arzt hatte voller Genugtuung in einer Tour wiederholt, er habe es ihm ja gesagt ... Nach einer wirren Übergabe an den Ispettore fuhr er mit dem Taxi nach Hause, schluckte das Antibiotikum, legte sich, sein Pech verfluchend, ins Bett und schlief praktisch auf der Stelle ein. Düstere, wirre Träume. Der Schein eines brennenden Autos, der Rechtsmediziner, der mühsam die Böschung hinaufkletterte, die rote

Jacke der Hure auf dunkler, eiskalter Erde, die Leiche eines unbekannten jungen Mannes, den niemand vermisste; und zur Untermalung dieses schlecht geschnittenen Streifens das bedrückende Gefühl, nichts zuwege zu bringen, wie gelähmt zu sein, nicht gehen laufen reden um Hilfe bitten zu können …

Ein paar Stunden später, als die Träume vorbei waren, weckte ihn das beharrliche Klingeln des Handys, das am Bett lag. Benommen tastete er mit geschlossenen Augen danach. »Ja …«

»Ich bin's, Camilla. Was hast du denn für eine Stimme? Wo bist du?«

»Im Bett. Grippe, mit Fieber. Zum ungünstigsten Zeitpunkt.«

»Wie hoch ist das Fieber?«

»Es war mal neununddreißig sechs, jetzt weiß ich nicht. Wie spät ist es?«

»Elf.«

»Abends?«

»Oje, dich hat es wirklich erwischt. Ja, abends.«

»Stimmt, es ist ja dunkel. Entschuldige, ich bin ganz duselig. Warte, ich mache Licht und setze mich auf.«

»Hast du dich untersuchen lassen, hast du was genommen, brauchst du mich, hast du was gegessen?«

»Jein.«

»Was nun?«

»Ich habe mich untersuchen lassen, ich habe ein Antibiotikum genommen, ich habe nichts gegessen.«

»Eine Antwort hast du ausgelassen.«

»Mit Absicht.«

»War die Frage verkehrt?«

»Sie war … nicht gut.«

»Was meinst du damit?«

»Sie passt nicht in den Kontext. Sie lässt eine zweideutige Antwort zu.«

Die Sätze waren ausgefeilt, aber die Stimme klang schlammig. Das Denken bereitet ihm Mühe, dachte sie.

»Du bist nicht duselig, sondern spitzfindig. Hättest du nicht einfach Ja sagen können?«

»Ja.«

»Ja auf meine Frage von vorhin oder auf die von jetzt?«

»Jetzt bist du spitzfindig.«

»Ich komme sofort.«

»Schön! Sag's doch gleich.«

Er hat nichts gegessen. Was kann man mit neununddreißig sechs Grad Fieber essen? Soll man überhaupt etwas essen? Ich war noch nie bei ihm zu Hause, wer weiß, wie seine Wohnung ist und wer sich um sie kümmert. Kühlschrank leer oder mit ein paar Vorräten? Wir Frauen denken sofort ans Essen, wenn jemand, der uns wichtig ist, krank wird. Wir sorgen uns um seine Ernährung. Das muss ein Überbleibsel aus der Steinzeit sein, als Lebensmittel knapp waren. Nahrung, um sich den Tod vom Leib zu halten. Man stirbt nicht an einer Grippe, zumindest nicht bei uns. Aber wozu das Antibiotikum? In den Zeitungen und im Fernsehen heißt es immer, das steht nicht dafür, ein Fiebermittel genügt. Aber ein Arzt hat ihn untersucht, und bestimmt hat er ihm das Antibiotikum verschrieben. Dann ist es etwas Schlimmeres als eine Grippe. Eine Bronchitis zum Beispiel. Was habe ich im Kühlschrank? Magermilchjoghurt: Das geht wahrscheinlich. Parmaschinken: Das geht natürlich. Orangen: Vitamin C ist unbedingt notwendig. Wenn er keinen Joghurt mag, mache ich ihm eine Suppe, allerdings aus einem Brühwürfel. Mit ein bisschen Liebig. Und Marzipan, meiner Großmutter zufolge ein Allheilmittel, vor allem in Kaninchenbrühe. Was ich persönlich scheußlich finde. Grissini. Auf geht's, stopf alles in eine Tasche, guck noch mal in den Spiegel und los. Und wenn Renzo anruft? Dann sage ich, ich hätte das Telefon im Schlafzimmer ausgesteckt, weil ich ungestört schlafen wollte. Und wenn Mama anruft? Siehe oben. Aber das Handy lasse ich an, für alle Fälle.

Eine halbe Stunde später stand sie vor Gaetanos Haus. Sie klingelte an der Sprechanlage, die Tür ging auf. Als sie den Aufzug verließ, erwartete er sie in der Wohnungstür.

Zahlreiche Freier kamen Flora mit Sonderwünschen, aber der »Dottore« war der merkwürdigste von allen. Doch er war freundlich, wenn auch kühl, hielt Wort und war großzügig, er war ein Herr, kein Unmensch. Er hatte nur dieses abartige Laster, das sonst keiner ihrer Kunden hatte. Und es war wirklich abartig, selbst gemessen an Floras moralischen Maßstäben, die berufsbedingt großzügig ausfielen. Doch mit ihm verdiente sie in einer einzigen Nacht so viel wie sonst in drei oder vier Nächten, und ihr blieb die Warterei am Straßenrand erspart, sie musste nicht unter Kälte, Regen oder Wind leiden, brauchte sich nicht die Beleidigungen der Männer anzuhören, die sie erst taxierten und nach dem Preis fragten und dann mit quietschenden Reifen davonfuhren, und kein Betrunkener oder Verrückter spuckte oder rempelte sie an. Ihr blieb das Risiko erspart, an einen üblen Kunden zu geraten, der nicht zahlte oder ihre Einnahmen stahl oder sie bewusstlos schlug oder mit dem Messer auf sie losging. Oder tötete, was durchaus passieren konnte. Denn keinen richtigen Zuhälter zu haben war auch ein Risiko, und Fausto war nicht der Typ, der Nacht für Nacht auf sie aufpasste.

Seit er im Gefängnis saß, war das Leben schwieriger geworden. Erst die Sache mit den Cozzolinos, die sie nicht ausstehen konnten, weil sie nie Zeit mit einem Plausch vertat und nie von sich erzählte – guten Tag und auf Wiedersehen und schon war sie weg –, und dann hatten sie sie an der Straße stehen sehen, ein gefundenes Fressen für die beiden. Dass sie es überall herumposaunten, hatte Flora schon geärgert, aber das war nichts im Vergleich zu den dauernden Gemeinheiten, die ihr von der Signora, diesem Muster an Tugend und Frömmigkeit, in schöner Regelmäßigkeit zugefügt wurden. Flora protestierte nicht, sie wusste, dass Protest nicht nur nutzlos, sondern der Signora und ihrem Pantoffelhelden höchst willkommen gewesen wäre. Sie schluckte es und machte weiter ihren Stiefel, obwohl es heftig in ihr rumorte. Bis sie eines Tages Fausto ihr Herz ausschüttete, als sie ihn einmal in Le Vallette im Gefängnis besuchte. Sie wollte nur Dampf ablassen, gar nicht um Hilfe bitten, doch er griff sofort ein, das heißt, er schickte ein paar Freunde. Flora fürchtete, die Sache könnte Folgen haben und ihr noch mehr Scherereien einbringen, wo sie doch gerade mit dem Gedanken spielte, ihren Beruf an den Nagel zu hängen und sich zur Ruhe zu setzen. Sie zog in aller Eile um – wie ärgerlich, sie hatte wenig später sowieso umziehen wollen, sobald die neue Wohnung, die sie gekauft hatte, fertig war, aber besser ein zusätzlicher Umzug als eine Neuauflage der Schikanen.

Trotzdem herrschten schwierige Zeiten. Die Konkurrenz war noch erbarmungsloser geworden, eine Menge Regeln galten nicht mehr: Heerscharen von Huren waren unterwegs, wie die Heuschrecken schwärmten sie ins Land, weiße, schwarze, gelbe, aus aller Herren Länder, sie gaben sich mit Hungerlöhnen zufrieden, arbeiteten ohne Präservativ und verdarben die Kundschaft. Außerdem waren viele hart und unverschämt, voller Hass auf Gott und die Welt, und wehe, man brachte sie gegen sich auf, denn sie scherten sich um keine einzige Regel. Aber am schlimmsten waren wie immer ihre Zuhälter, skrupellose Verbrecher, Vergewaltiger, Räuber, Großdealer, Messer oder Pistole immer griffbereit, um sie beim geringsten echten oder vermuteten Verstoß einzusetzen. Einer dieser Typen hatte nun ein Auge auf Flora geworfen und beobachtete sie, wobei er mit irgendeinem Kumpan immer wieder in einem anderen Auto vorbeifuhr, wahrscheinlich, um die Lage zu peilen, bevor er zur Tat schritt. Sie hätte mit Fausto reden müssen, aber sie zögerte, weil sie einen Krieg befürchtete. Sie zog es vor, ihren Standort zu wechseln, ohne jemandem etwas zu sagen, dabei war es praktisch unmöglich, sich ohne Zuhälter im Hintergrund irgendwo hinzustellen. Sie versuchte es an mehreren Plätzen, wurde aber sofort verjagt, dann fiel ihr der Friedhof von Sassi ein, und dort lief es, als die Straße wieder für den Verkehr geöffnet wurde, besser. Nach ungefähr einem Monat war der Junge aufgetaucht.

Um zehn Uhr abends traf Amleto Vitello mehrere Entscheidungen. Er hatte neben dem Dreckskerl auf dem Stuhl gedöst, ihm ab und zu einen säuerlichen Blick zugeworfen, mit dem neuen Beamten, der den jungen Wachmann abgelöst hatte, ein paar Worte gewechselt und sich vor allem diffuse Rückenschmerzen eingehandelt. Um zehn stand er auf, streckte die schmerzenden Glieder und beschloss, dass der Dreckskerl ihn mal kreuzweise konnte und es ihm scheißegal war, was der zu seiner missglückten Ermordung zu sagen hatte. Scheiße, dachte er, zu müde, sich zu mäßigen, jetzt dürfen wir uns um das Wohlergehen dieser Sau kümmern, und wenn der Typ aufwacht, hat er es sich womöglich anders überlegt und verarscht uns: Kann sich plötzlich an nichts mehr erinnern, hat nicht gesehen, wer auf ihn geschossen hat, verdächtigt niemanden, ist zufällig dort vorbeigekommen und ohnmächtig geworden und weiß nicht, wer ihn ins Auto verfrachtet und am Krankenhaus rausgeschmissen hat. Und als er unbedingt mit uns reden wollte, muss er noch halb unter Narkose gestanden haben. Falls er doch reden will, dann soll er das tun, wenn es uns in den Kram passt und nicht ihm, was bildet der sich eigentlich ein, und wenn er nicht redet, auch egal, es interessiert uns einen Dreck, wer ihn umlegen wollte, und seine Akte kann meinetwegen Motten und Würmer ansetzen und dann verfaulen. Er gab dem Wachposten präzise Anweisungen:

»Der Kerl ist ein Nichtsnutz, hör nicht auf ihn. Wenn er wieder mit dem Beamten reden will, der seinen Fall bearbeitet, dann ignoriert ihn, du und der Kollege, der dich nachher ablöst. Und wenn er nicht lockerlässt, holt ihr die Schwester und erklärt ihr, dass er immer noch fantasiert, dann verpasst sie ihm vielleicht noch mal ein Beruhigungsmittel, das wieder eine Weile wirkt.«

Als Nächstes beschloss er, schlafen zu gehen. In seinem eigenen Bett und mindestens acht Stunden zu schlafen. Und er hoffte, sich nicht vorher noch mit seiner Familie auseinandersetzen zu müssen.

Zu Hause brannte nirgends Licht. Er bewegte sich vorsichtig, um keinen Lärm zu machen, und wunderte sich, dass seine Frau anscheinend schon schlief, während sich seine Tochter bestimmt auf irgendeinem Olympia-Konzert oder bei sonst einem Gratis-Event amüsierte. Er zog sich im Bad aus und tastete sich in dem spärlichen Licht, das zwischen den Lamellen der Fensterläden hereindrang, ins Schlafzimmer. Er legte sich ganz langsam ins Bett, damit der Lattenrost nicht knarzte. Stille. Nicht einmal das leise Geräusch ihres Atems. Vorsichtig streckte er eine Hand aus, aber neben ihm lag niemand. Scheiße, dachte er zum zweiten Mal, knipste das Licht an und stand auf.

Auf dem Küchentisch lag ein Zettel. »Du bist sowieso nie zu Hause und wirst uns nicht vermissen. Wir gehen, sieh zu, wie du zurechtkommst. Amelia und Miranda.« Er konnte es nicht glauben und sah in die Besenkammer: Sämtliche Koffer und Reisetaschen fehlten. Blöde Weiber, dachte er und zerriss den Zettel, blöde Weiber, alle beide. Wo wollt ihr denn hin? Nach Honolulu, nach Samarkand, nach Timbuktu? Hauptsache, ihr seid weg. Möglichst ohne Rückflugticket.

Er ging ins Schlafzimmer zurück, kroch unter die Bettdecke, wälzte sich drei- oder viermal hin und her, blöde Weiber, sagte er immer wieder, dann siegte die Müdigkeit.

Am nächsten Morgen erwachte er ausgeruht und wütend. Er wollte auch gar nicht gut gelaunt sein und hoffte auf eine Gelegenheit, den üblen Bullen zu geben, einfach um ein bisschen Dampf abzulassen. Die Gelegenheit bot sich dank eines Anrufs von Lentini, kaum dass er im Präsidium saß: Die Cozzolinos waren zurück, alle drei waren zu Hause, er, sie und ihr Bruder. Vitello rief Sovrintendente Daniela Gariglio, die, seit sie von dem Rowdy angefahren und schwer verletzt worden war, weniger tolerant war als die Kollegen; sie sprangen ins Auto und jagten davon.

Sie ließen sich von Lentini die Haustür öffnen und klingelten bei den Cozzolinos.

»Wer ist da?«, fragte die Frau auf der anderen Seite der Tür.

»Polizei, aufmachen!«, rief Vitello barsch und vernahm mit Genugtuung schnelle Schritte hinter der Tür der Nachbarwohnung.

Die Cozzolino öffnete die Tür einen Spalt, ohne die Kette zu lösen, erkannte den Ispettore und machte die Tür ganz auf. Gipsweiß war sie im Gesicht. Sie führte die beiden ins Wohnzimmer und schluckte dabei in einer Tour.

»Holen Sie Ihren Mann und Ihren Bruder«, befahl Vitello. »Sofort.«

Sie nickte, blieb aber wie angewurzelt neben ihnen stehen. Dann ließ sie mit sichtlicher Anstrengung ihre Stimme vernehmen, und die beiden kamen aus der Küche, ihr Mann angezogen, der Bruder im Pyjama.

»Wann haben Sie Flora Torrielli zum letzten Mal gesehen?«, fragte Vitello die beiden Männer.

»Na ja, schon lange her …«, antwortete der Ehemann.

»Und Sie?«, fragte Vitello den Schwager. Ihn starrte seine Kollegin Gariglio schon die ganze Zeit mit einem bohrenden Blick an, denn er hatte eine gewisse Ähnlichkeit mit ihrem Rowdy.

»Ich … ich weiß nicht, kann mich nicht erinnern. Jedenfalls ist es lange her.«

»Wir wissen, dass das nicht stimmt«, bluffte die Beamtin und behielt ihn im Visier.

Klasse, dachte Vitello, so macht man das mit solchen

Schlaumeiern. Er dachte auch, dass sie ein ungewöhnliches Paar waren: zwei üble Bullen statt eines netten und eines üblen. Dann setzte er noch eins drauf: »Fällt es Ihnen hier ein oder kommen Sie gleich mit aufs Präsidium?«

Sie standen immer noch im Wohnzimmer. Die beiden Beamten hatten sich trotz der Einladung, Platz zu nehmen, nicht hingesetzt, die Cozzolinos, sich auf ein Minimum an gutem Benehmen besinnend, auch nicht. Doch im Stehen lügt es sich nicht so leicht.

»Vielleicht …«

»Kein Vielleicht«, unterbrach ihn die Gariglio, die diesen Typ Mann kannte. Für so einen gehörten Frauen an den Herd und an die Stricknadel, zudem waren sie alle Huren, ausgenommen die Mama, die Schwester und hoffentlich die eigene Ehefrau. So einer war verunsichert, wenn er von einer Frau etwas aufgetragen bekam, oder er rastete aus oder beides.

»Ich glaube …«

»Auch kein Ich-glaube«, fuhr ihn die Gariglio an. Der Schlaumeier war genau wie ihr Rowdy, der sie erst gedankenlos über den Haufen gefahren und dann gejammert hatte, er habe doch nicht gewollt und gedacht und geglaubt und gemeint. Kotzbrocken, alle beide.

»Ich habe sie abends mal kurz gesehen.«

»Sie haben sie angequatscht und belästigt.«

Der Kotzbrocken fühlte sich in die Enge getrieben. Sein Adamsapfel hüpfte auf und ab.

»Und?«, drängte die Gariglio.

»Ich habe ihr nichts getan. Nichts!«

»Gut. Sie kommen später ins Präsidium. Wir nehmen ein Protokoll auf, dann sehen wir weiter«, sagte Vitello.

»Ich habe nur mit ihr geredet«, räumte er ein.

»Was haben Sie zu ihr gesagt? Und was wollten Sie von ihr?«

»Ich wollte gar nichts, ich schwör's!«

»Bei der Bibel?«, höhnte Sovrintendente Gariglio. Aber der Kotzbrocken im Pyjama war so erschrocken, dass er es nicht merkte.

»Bei der Bibel und bei meiner Mutter.«

»Bei Ihrer Schwester nicht?«

»Doch, bei Rosa auch.«

Rosa Cozzolino stand mit hängenden Armen da, sie versteckte ihre Hände nicht hinter dem Rücken, um beschwörend das Hörnerzeichen zu machen. Auch ihr Mann rührte sich nicht.

»Sie haben sie also zufällig getroffen. Wo, wie und warum?«, bohrte die Gariglio weiter, und Vitello genoss den Anblick. Das Ehepaar Cozzolino war ihm sowieso schon zuwider gewesen, der Bruder und Schwager ebenfalls auf Anhieb.

»Am Friedhof in Sassi. Ich fuhr da vorbei.«

»Was wollten Sie dort? Um welche Uhrzeit? Wie oft?«

Die Gariglio war unerbittlich. Scheibchenweise musste der Kotzbrocken (der Giuseppe Scoriazza hieß) zugeben, dass er bei der Suche nach bezahltem Sex auf die Torrielli gestoßen war und sie als späte Rache wegen des brennenden Autos seines Schwagers – klar, dass die Nutte dahintersteckte – beschimpft und angespuckt hatte. Aber er habe sie nicht angefasst, schwor er bei sämtlichen Familienmitgliedern. Und bei seinem besten Stück. Zweimal sei das gewesen, denn als er es noch mal versuchte, sei plötzlich ein kräftiger junger Mann aufgetaucht, mit einem großen Stein in der Hand, und diesen Stein habe der verfluchte Kerl auf die Schnauze seines Panda niedersausen lassen. Er habe ihn nicht angezeigt, aber das hätte er tun sollen, denn der sei sicher der Zuhälter der Torrielli und gehöre hinter Gitter.

»Warum haben Sie nicht die Torrielli als Auftraggeberin für den Brand angezeigt?«, fragte Vitello.

»Weil … weil …«, stotterten abwechselnd Mann, Frau und Bruder.

»Weil Sie mit den Schikanen angefangen haben. Sie haben sie monatelang pausenlos bedrängt und sogar die Katze aus dem Weg geräumt. Und als Ihnen klar wurde, dass Sie den Bogen überspannt hatten, haben Sie sich ins Hemd gemacht. Sie« – der Inspektor zeigte auf Scoriazza – »kommen heute um drei für das Protokoll ins Präsidium.«

Dann gingen er und die Gariglio grußlos davon.

Gaetano war mit Mühe aufgestanden und hatte sich an den Türrahmen gelehnt, wo er auf sie wartete. Er sah nicht gut aus. Blass, zerknittert, glänzende Augen.

»Wann war der Arzt da?«, fragte sie, nach einer geschwisterlichen Umarmung, noch auf der Schwelle.

»Noch gar nicht.«

»Aber du hast doch gesagt …«

»Das war im Krankenhaus.«

»Du warst im Krankenhaus?«

»Ja, aber dienstlich.«

»Du gehst jetzt wieder ins Bett und misst Fieber.«

»Ich habe kein Thermometer.«

»Warum sagst du denn nichts?«

»Ich habe nicht daran gedacht.«

»Wie fühlst du dich?«

»Normalerweise geht es mir besser. Aber ich werd's überleben.«

»Ich habe dir was zu essen gebracht.«

»Ich mag nichts essen. Hör auf, Krankenschwester zu spielen.«

»Was soll ich denn sonst machen?«

»Mir schöne Augen zum Beispiel.«

»Das lohnt sich im Moment nicht.«

»Aber in ein paar Tagen wieder.«

»Dann mache ich das in ein paar Tagen.«

»Du hast mir gefehlt. Die ganzen Monate über.«

»Du mir auch.«

»Und wie geht's weiter?«

»Wir warten ab.«

»Wir haben schon zu lange gewartet. Sie sollten sich mal entscheiden, Frau Lehrerin. Er oder ich.«

»Ich hatte mich entschieden. Fast. Aber da war ich beschwipst.«

»In der Küche ist eine Flasche Barolo.«

»Ein Cannubi Damilano?«

»Weiß nicht. Jedenfalls ein Barolo.«

»Ich habe keine Lust, mich allein zu betrinken.«

»Dann tun wir das zusammen.«

»Das wäre kein toller Anfang.«

»Aber immerhin ein Anfang.«

»Für einen Anfang braucht es mehr.«

»Ich fürchte, das schaffe ich nicht.«

»Dann warten wir eben. Sage ich doch.«

13

Das war Ale, am Handy, und Liuba verzog das Gesicht, als sie seine Stimme hörte.

»Feierabend?«, fragte er.

»Noch nicht.«

»Was ist denn das für eine Arbeit?«

»Ich bin Verkäuferin, das habe ich doch schon gesagt.«

»Und um wie viel Uhr bist du fertig?«

»Um halb elf.«

»Wenn du magst, hole ich dich ab.«

Sie wollte schon Nein sagen, denn der Anruf, den sie erwartete, konnte immer noch kommen. Da hatte sie einen abergläubischen Gedanken: Wenn ich so sehr auf den Anruf warte, kommt er nie.

»Einverstanden.«

»Wo?«

Soll er ruhig wissen, wo ich arbeite. In einem Sexshop, na und? Wenn er das in Ordnung findet, okay, wenn nicht, lasse ich sofort die Finger von ihm. Und er soll sich ja nicht einbilden, er hätte leichtes Spiel, nur weil ich diesen Kram verkaufe.

»Vor dem Laden. *Easy Sex Kythira*, kennst du den?«

»Nein, was ist das?«

»Ein Kaufhaus für Rosenkränze.«

»Wie bitte?«

Die sind doch alle gestört, die Männer. Aber der Bulle nicht. Ich darf nicht an ihn denken. Schluss, basta.

»Was glaubst du denn, was das bei dem Namen ist? Ein Sexshop natürlich.«

»Ah!«

»Was meinst du mit ›ah‹?«

»Nichts.«

»Dann sag das anders.«

»Ich soll anders ›ah‹ sagen?«

»Genau.«

»Wenn du keine Lust hast, mit mir wegzugehen …«

Stimmt, große Lust habe ich nicht, aber ich habe auch keine Lust, allein unterwegs zu sein oder direkt zum Schirrù zurückzukehren. Er war das kleinere Übel.

»Ich bin nur ein bisschen müde.«

»Magst du im Restaurant in der Regionalverwaltung essen?«

»Zu teuer.«

»Ich lade dich ein.«

Nett ist er ja. Er hat mich neulich eingeladen, er lädt mich heute ein. Der Bulle hätte bestimmt auch den Kavalier gespielt. Das war einmal. Heutzutage zahlt jeder selbst.

»Also gut. Bis später.«

Er kam pünktlich. Diesmal mit einem anderen Auto, vielleicht einem Leihwagen.

»Hast du einen Unfall gehabt?«, fragte sie.

»Mir ist einer reingefahren. Ein Scheißtag, mein Handy habe ich auch verloren. Oder irgendwo vergessen. Bist du sehr müde?«

»Wieso?«

»Weil wir ein Stück zu Fuß gehen müssen, mit dem Auto kommt man nicht zur Piazza Castello. Wenn du keine Lust hast zu laufen, können wir auch woanders essen.«

»Das ist mir egal. Sag du.«

»Dann in den Hügeln. Im *Bollywood*. Ein geiles Lokal. Kennst du es?«

»Nie da gewesen.«

»Es gefällt dir bestimmt.«

Das *Bollywood* war ein Ort für die Reichen. Amerika und Indien, Hightech und Kolonialnostalgie, Pop-Art und Ganesh, T-Bone-Steak und Tandoori-Hähnchen. Gutes Essen, die Kellner flink und höflich. Schummerlicht, man sah fast nichts.

Es könnte mir schlechter gehen, dachte Liuba. Er ist nicht der Allerhellste, aber auch nicht der letzte Prolet. Sieht nicht schlecht aus, aber er geht zu viel ins Fitnessstudio. Nackt sieht er sicher toll aus, mit den Muskelpaketen, die sich wie Kröpfe wölben. Nicht besonders geistreich, was er von sich gibt. Vielleicht müssen wir erst noch einen Draht zueinander finden. Aber wenn er mir hinterher auf die Pelle rückt, schicke ich ihn sofort in die Wüste.

»Eines haben wir von dem Kotzbrocken immerhin erfahren«, meinte Vitello, als sie wieder im Auto saßen.

»Fahren wir gleich hin?«, fragte seine Kollegin.

»Das bringt nichts. Um die Uhrzeit steht keine in Sassi am Friedhof.«

»Aber warum hat die Torrielli den Standort gewechselt?«

»Womöglich hatte sie Angst. Nicht vor Scoriazza, der meines Erachtens genauso ein Weichei ist wie seine Verwandten, sondern vor dem anderen, der mit seinen Freunden immer in verschiedenen Autos bei ihr auf und ab gefahren ist.«

»Umberto Martinelli?«

»Da kannst du Gift drauf nehmen.«

»Ist er inzwischen wach?«

»Er hatte eine Gehirnblutung. Es geht ihm ein bisschen schlechter.«

»Meinst du, Gusella steckt hinter den Schüssen?«

»Möglich, aber nicht sehr wahrscheinlich. So weit lehnt er sich nicht aus dem Fenster. Er hat für das brennende Auto der Cozzolinos gesorgt, aber er hat sie nicht verprügeln lassen. Wenn Martinelli Flora beobachtet hat, weil er sie für sich arbeiten lassen wollte, hätten Prügel oder allenfalls ein Schuss ins Knie gereicht.«

»Außer …«

»Tja, außer Flora hat ihm mehr bedeutet, als er zugibt. Eine richtige Dame, hat er gesagt, und für einen, der sein Herz nicht auf der Zunge trägt, ist das eine ganze Menge.«

»Hast du was von Berardi gehört?«

»Er liegt im Bett. Gestern konnte er sich kaum auf den Beinen halten.«

»Ein Mädchen wollte ihn am Telefon sprechen. Nicht dienstlich.«

»Wahrscheinlich seine Freundin.«

»Eher nicht. Sie hat ihre Handynummer dagelassen, als hätte er die nicht.«

»Ich richte es ihm aus, wenn ich ihn sehe. Sein Arzt kommt um die Mittagszeit, ich besuche ihn ein bisschen später, dann kann ich ihn auch fragen, ob er was braucht. Er scheint es zurzeit nicht leicht zu haben.«

»Und du? Wie läuft's bei dir?«

»Meine Frau und meine Tochter haben mich gerade verlassen.«

»Das ist ja eine Epidemie. Mein Freund hat mich auch sitzen gelassen. Ein Monat Krankenhaus plus Reha war zu viel für ihn, obwohl ja ich das alles durchmachen musste. Schuft.«

»Ärgere dich nicht, es lohnt sich nicht.«

»Und du? Lohnt es sich bei dir auch nicht?«

»Weiß ich noch nicht … muss ich mir überlegen.«

Der Junge war eines Abends gegen zehn Uhr aufgetaucht. Mit dem Fahrrad. Er bremste ab, als er vorbeifuhr, und setzte dann seine Fahrt fort. Sie standen zu zweit an der Straßenbucht, Flora und Anka, ein Mädchen aus dem Osten, blassblond, lang und dünn. Ihr Zuhälter war ihr Ehemann, der sie gut behandelte, er war nicht aggressiv und vertraute ihr. Die Frauen waren beinahe Freundinnen, auch wenn sie beide nicht besonders gesprächig waren. Mal eine Bemerkung zum Wetter, ob der Abend gut lief oder flau war, mehr nicht. Keine intimen Bekenntnisse, kein Kommentar zu den Freiern und deren Wünschen. Zwei Profis der Straße, die respektvoll und freundlich miteinander umgingen.

Bevor der junge Mann kam, war der Bruder der Hexe aufgekreuzt. Große Angst brauchte Flora vor ihm nicht zu haben, er war nichts weiter als ein bescheuertes Großmaul, der ihr allerdings auf die Nerven ging; es war nicht die Musterkollektion an Beleidigungen und Unflätigkeiten, die er über sie ergoss – Wörter hinterlassen keine blauen Flecke –, ebenso wenig das Gespucke, das auch nicht ekliger war als all die anderen ihr vertrauten Absonderungen. Er nervte, weil er mit seinem Panda vorfuhr und sich nicht vom Fleck rührte, bis er unter Fluchen und Spucken und der sich auf und ab bewegenden Hand endlich kam und dabei die Augen verdrehte und schrie, als würde er abgestochen. Und solange er sich selbst bediente, ruinierte er ihr das Geschäft, denn angesichts des Autos, das bei ihr stand, hielt kein anderes mehr. Zweimal innerhalb einer Woche war das passiert, er stand anscheinend drauf und würde es auf jeden Fall wieder versuchen.

Der Junge. Groß und kräftig. Schüchtern. Ein bisschen halbgar, eben noch ungeschliffen. Aber mit guten Augen, Hundeaugen. Er fährt mit dem Fahrrad vorbei, fährt weiter, kommt langsam zurück und lässt sie von der anderen Straßenseite aus nicht mehr aus den Augen. Er entfernt sich, ist aber nach ein paar Minuten wieder da, bremst ab, ein Fuß auf dem Pedal, der andere auf der Erde, schluckt zwei- oder dreimal, als wolle er sich Mut machen, etwas zu sagen, doch dann setzt er den Fuß wieder aufs Pedal, beschleunigt und fährt davon. Schon zwei- oder dreimal ist das passiert.

Anka ist heute Abend nicht da. Gestern hatte sie einen tief sitzenden Husten, sie machte ihre Jacke sofort wieder zu, nachdem sie eventuellen Freiern für einen Moment ihre Brüste gezeigt hatte, schlotterte und klapperte mit den Zähnen. Erkältung oder Grippe, und ihr Mann, der kein Untier ist, gönnt ihr eine Ruhepause. Es lohnt sich auch, denn ein verlorener Abend ist besser als drei oder vier. Es herrscht eine Kälte wie in Sibirien, und Flora ist unschlüssig, ob sie gehen oder noch bleiben soll. Der Junge ist auch heute Abend gekommen. Diesmal zu Fuß, das Rad hat er wahrscheinlich ein Stück entfernt angekettet.

»Na, was ist?«, fragt sie. Aber es klingt freundlich, nicht aggressiv.

»Nichts. Weißt du …«

»Was denn?«

Er schüttelt unsicher den Kopf. Er weiß nicht, was er

sagen oder tun soll. Er steht drei Schritte vor ihr und hüpft von einem Bein aufs andere. Das Geräusch eines sich nähernden Autos ist zu hören, das Licht der Scheinwerfer taucht auf. Er macht einen Satz und versteckt sich. Das Auto bremst ab, fährt an den Straßenrand und bleibt stehen. Es ist der Panda dieses Wichsers, der auf den Beifahrersitz rutscht, das Fenster herunterlässt und mit seiner Szene loslegt.

»Verschwinde«, sagt sie.

Er streckt eine Hand aus dem Fenster, als wollte er sie packen, aber Flora weicht zurück.

»Verschwinde!«, schreit sie.

Plötzlich steht der Junge am Auto. In der rechten Hand versteckt er einen großen Stein.

»Wer bist du denn? King Kong?«, macht sich der Idiot lustig.

Weißdu weiß nicht, wer King Kong ist, hat aber auf seine verworrene Art die Situation erkannt. Und die ist gefährlich, nicht für ihn, aber für die Frau.

»Weißt du …«, brummt er.

»Halt's Maul und verpiss dich.«

Weißdu macht einen Schritt zur Seite und lässt die Hand mit dem Stein auf die Kühlerhaube des Panda sausen. Eine Delle, groß und tief wie eine Waschschüssel. Er hebt die Hand und sieht den anderen an, als wolle er fragen, ob er sie wieder sinken lassen soll. Der Kerl rutscht, Verwünschungen ausstoßend, auf den Fahrersitz, lässt den Motor an und rast davon.

»Danke«, sagt Flora.

Er schüttelt den Kopf, wirft den Stein fort, schluckt dreioder viermal und findet endlich den Mut zu sprechen.

»Du bist schön«, sagt er, »sehr schön.«

Flora zieht ihre rote Jacke fest um sich, klappt den Kragen hoch und weiß nicht, was sie sagen soll.

Im Gefängnis enden die Tage nie. Die Zeit rührt sich nicht und ist immer gleich. Die Stunden unterscheiden sich in nichts von den vergangenen und den kommenden Stunden, und die Gedanken hängen fest wie im Kratzer einer alten Schallplatte. Gedanken werden zu Obsessionen, Gewohnheiten verwandeln sich in Marotten. Sich in erster Linie vor sich selbst schützen, erst dann vor den anderen. Die Ungeduld abschalten. Nicht ausrechnen, wie lange es noch dauert. Sich nicht einbilden, dass draußen alles so ist wie vorher.

Das Gefängnis ist für Fausto Gusella keine neue Erfahrung. Er wusste, dass es ein Berufsrisiko war, und hatte immer damit gerechnet. Die paar Mal, die er schon gesessen hatte, waren für ihn nicht so schlimm gewesen wie für die anderen, denn er hatte es geschafft, Kontakt nach draußen zu halten, und hatte nicht das Gefühl, weg vom Fenster zu sein. Diesmal war einiges anders. Vor allem das Alter, der Fünfzigste schon eine Weile her, und dann die Wut auf den Typen, der ihn bei den Bullen verpfiffen hatte. Der hatte es nicht verdient, sich länger seines Lebens zu erfreuen, und tatsächlich tat er das nicht mehr, umgebracht von seinen eigenen Freunden und türkischen Landsleuten, die sich seiner entledigt hatten, um das Gesicht und die Glaubwürdigkeit nicht zu verlieren. Ein Lkw mit Ersatzteilen für Traktoren war auf einem kleinen Parkplatz im Piemont gestohlen worden und mit neuen Papieren wieder gestartet und hatte problemlos sämtliche Grenzen passiert. Doch am Ziel hatte einer der Männer, der sich für besonders schlau hielt, den Lkw verschwinden lassen, damit die Organisation in die Bredouille gebracht und anschließend, als es immer enger wurde und ihm seine Partner im Nacken saßen, sich noch mal verrechnet und gesungen. Eine Woche später verließ er, Füße voraus, das Gefängnis, und wiederum ein paar Monate später kam Gusella ins Gefängnis. Der war aus einem anderen Holz geschnitzt und behielt den Namen seines italienischen Partners Gino für sich. Aus Fairness, klar, aber es war auch ratsam, denn zwei Leute im Gefängnis bedeuteten einen herben Verlust.

Wie sonst konnte er auch diesmal den Kontakt halten, Nachrichten gelangten von drinnen nach draußen und umgekehrt. Ebenso wie Anweisungen, was zu tun und was zu lassen war. Tatsächlich stellten die Cozzolinos ihre Schikanen gegen Flora sofort ein. Flora hatte, zurückhaltend wie immer, monatelang keinen Ton gesagt und erst, als er sich bei einem Besuch nach dem Kater erkundigte, den Kopf geschüttelt und gesagt, er sei verschwunden. Was heißt verschwunden, er dreht doch höchstens eine Runde im Hof und läuft dann sofort wieder die Treppe rauf? Flora hatte wieder den Kopf geschüttelt, aber jetzt glänzten ihre Augen, denn Momo hatte ihr immer Gesellschaft geleistet. Sag schon, hatte er gedrängt, und da hatte sie endlich erzählt.

Anders war auch, dass Flora tot war. Und dass er früher nur ab und zu an sie gedacht hatte und das jetzt dauernd tat. Ein Gedanke gibt den anderen, und am Ende fragt man sich Dinge, die man sich noch nie gefragt hat. Und man merkt, dass manches, woran man geglaubt hat, falsch war. Nur dass es zu spät ist für eine Wiedergutmachung. Aber nicht zu spät für eine Rache.

Dass jemand ein Auge auf sie geworfen hatte, hatte

Flora ihm nicht gesagt, das erfuhr er erst nach ihrem Tod. Er hatte Informationen verlangt und Antworten bekommen: Flora hatte ihren Standort gewechselt, Flora musste Angst gehabt haben. Vor wem? Noch eine Frage und ein paar Tage darauf die Antwort. Ein Ganove, kein Neuling im Milieu, der sich aber um Schilder mit der Aufschrift »Verboten« nicht scherte. Er hatte zwei junge Mädchen im Stall, vielleicht minderjährig, vielleicht auch nicht, gekauft von einem ukrainischen Importeur, dem das Pflaster in Italien zu heiß geworden war. Das Geld für den Kauf kam mit Koks, Crack und Speed wieder rein.

Brachte ein Ganove von dieser Sorte einen Menschen um? Möglich, aber dann mit Füßen, Fäusten oder einem Gürtel, nicht so, wie Flora getötet worden war. Jedenfalls hatte er gegen die Regeln verstoßen, und dafür bezahlte man. Lass ihn nach Strich und Faden verprügeln, Gino, aber denk dran: Nimm dir einen Profi, der soll ihm eine Lektion erteilen, die er nicht vergisst. Doch irgendwas muss schiefgelaufen sein, der Gorilla muss den Auftrag falsch verstanden haben, oder er hat es übertrieben. Diese importierten Handlanger taugten zu nichts.

Blieb der Junge, von dem die Polizisten geredet hatten und über den er nichts herausgefunden hatte. Flora hatte ihn mit nach Hause genommen. Er stellte sein Fahrrad im Keller unter. Nachts, nicht tags, denn da hätte es gereicht, das Rad im Hof anzuketten. Er ging also nachts zu ihr. Vielleicht. Ein blutjunger Zuhälter. Mit Fahrrad. Das passte nicht recht.

Aber wenn er der Mörder war und immer noch frei herumlief, würde er ihn sich persönlich vorknöpfen, er hatte ja nur noch drei Monate abzusitzen. Doch die waren wie zehn Jahre.

Neuigkeiten, große Neuigkeiten. Die Ermittlungen nahmen endlich Konturen an. Während Vitello und Sovrintendente Gariglio den Kotzbrocken Scoriazza in die Mangel nahmen, konnten Vice-Ispettore Fadda und der Erkennungsdienst jeweils einen Punkt verbuchen: Möglicherweise, sogar ziemlich sicher war der Junge, den man tot in der Nähe der Strada del Macallè gefunden hatte, identifiziert, und ganz sicher war dies der Fall bei einem der Insassen des später verbrannten Renault.

»Erzähl von dem Jungen!«, baten Vitello und die Gariglio.

»Ich habe die Vermisstenanzeigen durchgesehen, eine passt zu unserem Fall.«

»Aber ich habe mir doch neulich alle vorgenommen und nichts gefunden!«, entgegnete sie.

»Die ist auch erst heute reingekommen. Aber es geht um einen Fall, der über ein Jahr zurückliegt.«

»Die übliche Fehlleitung?«

»So ungefähr. Jedenfalls habe ich schon mit einem Vice-Brigadiere und dem Maresciallo geredet, der den Fall bearbeitet.«

»Und die Anzeige erst heute statt vor einem Jahr an uns weitergeleitet hat.«

»Es ist nicht der Maresciallo von damals, er kann nichts dafür. Der vorherige vielleicht auch nicht. Den Fotos und dem Vice-Brigadiere zufolge scheint der tote junge Mann jedenfalls der Vermisste zu sein. Wir müssen noch mit den Eltern reden. Wenn er es ist, dann heißt er Geraldo Biason, ist von zu Hause abgehauen und hat nie mehr von sich hören lassen.«

»Streit mit der Familie?«

»Eigentlich nicht, aber er hat nicht viel gegolten.«

»Inwiefern?«

»Er war nicht besonders helle, war wohl ein richtiger Tollpatsch. Alle nannten ihn Weißdu.«

»Weißdu?«

»Ja, weil er jeden Satz mit ›Weißt du‹ begonnen hat. Und die Sätze waren auch kein großer Wurf.«

»Und was hatte er mit der Torrielli zu tun?«

»Das müssen wir jetzt herausfinden. Auch seit wann er mit ihr zugange war.«

»Noch nicht lange, wie es aussieht. Zumindest sagt das die Nachbarin. Gusella behauptet, er hätte keine Ahnung, aber wer weiß, ob das stimmt. Aus ihm kriegen wir jedenfalls nicht viel heraus.«

»Auch nicht über Ivano Villasco?«

»Wer ist denn das?«

»Ein Freund von Umberto Martinelli. Zuhälterlehrling oder fertiger Zuhälter, Dieb und eventuell Dealer. Angezeigt wegen Vergewaltigung, aber das Mädchen hat die Anzeige zurückgezogen. Die Kollegen vom Erkennungsdienst haben wahre Wunder vollbracht und seine Fingerspuren an dem verbrannten Auto gefunden. Zu Hause ist er nicht, das Handy ist ausgeschaltet.«

»Nicht schlecht, den haben wir bald«, meinte Amleto Vitello.

»Ein Informant?«, fragte die Gariglio.

»Mehrere. Die uns einen Gefallen schuldig sind. Wenn es im Guten nicht funktioniert, haben wir sie sofort am Schlafittchen. Und das wissen sie genau. Wer informiert die Familie des Jungen, der Vice-Brigadiere?«

»Ja, er meldet sich dann bei uns. Wo steckt eigentlich Berardi?«

»Mit Bronchitis im Bett. Und Mordsfieber. Gestern wäre er fast umgekippt.«

»Soll ich ihn anrufen und berichten?«

»Nein, ich fahre bei ihm vorbei. Dann kann ich auch gleich fragen, ob er etwas braucht. Wie weit sind wir denn mit den Verbindungsdaten vom Mobiltelefon der Torrielli?«

»So weit wie vorher, ich habe keine zwei Köpfe und vier Arme«, verteidigte sich Vice-Ispettore Fadda.

»Schade!«, scherzte die Gariglio. »Sagenhaft, was du fertigbrächtest!«

»Wenn du das meinst, das kann ich dir jetzt gleich vorführen.«

»Dann zeige ich dich wegen sexueller Belästigung an. Jungs, warum denkt ihr eigentlich immer nur an das eine? Steht ihr ewig im Triebstau?«

Alles Huren. Sie werden als Huren geboren und bleiben Huren, ihr Leben lang. Dabei haben sie kein langes Leben verdient. Sie können nichts, außer das Leben der Menschen zerstören, die ihnen vertrauen, die so naiv sind, auf sie hereinzufallen.

Meine Mutter hatte alles und hat alles mit Füßen getreten. Ihr Mann? Ihr Kind? Was kümmerten sie die? Sie hatte ihren Gott gefunden, einen drittklassigen Musiker, der wenig arbeitete und nichts auf die Reihe kriegte. Sie wusste bald, auf welcher Seite sie stand, und packte die Koffer. Ich weiß alles noch, als wäre es gestern geschehen. Mein Vater war wie immer im Büro, Vittorina, das Dienstmädchen, hatte ihren freien Nachmittag. Sie nahm mich in den Arm, erklärte irgendwas, was ich damals nicht verstand, und sagte, wir würden zusammen Ferien machen.

Und Papà?, fragte ich. Papà kann nicht mit, er hat zu viel zu tun, antwortete sie. Sie hatte schon alles heimlich vorbereitet. Aber Vittorina, der nichts entging, wusste wohl Bescheid, vielleicht hatte sie ihr auch geholfen. Selber Nutte. Sie ging dann auch weg, sie kündigte und war zwei Wochen später fort. Meine Mutter hatte gar nichts angekündigt. Sie nahm mich mit nach Mailand zu ihrem Jack, in seine Wohnung, zwei Zimmer wie für Flüchtlinge, die Wände feucht aufgequollen, der Putz abgeblättert. Mir war sofort klar, dass das keine Ferien waren. Sie hatten wenig Geld, manchmal gab es mittags nur Brot und Mortadella oder Milchkaffee, dazu eine Banane oder einen Apfel für mich. Aber das Schlimmste war nicht das Sofa, auf dem ich in dieser muffig riechenden Küche schlafen musste, es waren nicht die Mahlzeiten mit den angeschlagenen Tellern auf dem Wachstuch, das Schlimmste waren die beiden. Sie verschlangen sich mit Blicken, sie strichen umeinander herum wie Katzen, die sich einem an die Knöchel schmiegen, sie umarmten sich, sie lockten einander mit Gesten und Stimme. Wann kommt Papà?, fragte ich, und meine Mutter zerzauste mir das Haar, strich mir leicht über den Kopf und sagte: bald, sei lieb. Das war die unerträgliche Szene: Meine Mutter und Jack umarmen sich, seine Hand streichelt ihren Nacken und wandert an ihrem Rücken hinunter, sie zittert, als würde sie frieren, und ich stehe daneben und sehe zu. Sie sind beide so groß, und ich will nicht da unten sein, ich will zwischen ihnen sein, aber er soll nicht er sein, er soll Papà sein. Mamma, sage ich, Mamma … und sie sagt Ja, Ja, aber mit einer Stimme, die fremd ist, einer Stimme, als ob sie die vier Stockwerke hinaufgerannt wäre, und ich sage Mamma, Mamma, und sie löst einen Arm aus seiner Umarmung und streichelt meinen Kopf, Mamma, Mamma, wann kommt Papà? Er kommt bald, sei lieb, und sie küsst ihn, sie küsst Jack, und die Hand auf meinem Kopf hält inne.

Mein Vater kam und holte mich. Wieder zu Hause. Mit Vittorina, die ein paar Monate später kündigte; für sie kam Mariarita, die über zwanzig Jahre bei uns blieb.

Meine Mutter? Anfangs, als Vittorina noch da war, besuchte sie mich zwei- oder dreimal heimlich, aber ich wollte sie nicht mehr sehen, weil ich wusste, dass sie anschließend zu Jack zurückkehren würde, und er würde sie umarmen und ihr den Nacken und den Rücken streicheln, und sie würde am ganzen Körper zittern, und diese Szene würde sich jeden Tag und für alle Zeiten wiederholen.

Ich habe sie nie mehr wiedergesehen. Mein Vater wollte es nicht, und ich auch nicht. Sie gingen nach London und später in die Vereinigten Staaten, und Jack wurde berühmt. Von ihr weiß ich nichts. Wahrscheinlich hat er sie verlassen, Musiker haben immer einen Schwarm von Frauen um sich. Alles Huren, Huren wie meine Mutter.

Nach zwanzig Minuten hoffte Gaetano, dass sie bald wieder ging. Es kostete ihn große Mühe, wach zu bleiben. Zu sprechen. Schlüssige Gedanken sich nacheinander abspulen zu lassen wie Rädchen in einem Getriebe. Die Klarheit kam und ging wie die heißen Fieberwellen. Nie läuft es so, wie man möchte. Immer fehlt etwas, oder etwas ist zu viel. Camilla war hier, bei ihm, in seiner Wohnung. Aber nicht so, wie er es gern gehabt hätte. Seit Jahren, Jahrzehnten war er nicht krank gewesen, seit der zehnten

Klasse, als er die Klassenfahrt mit dem Latein- und Griechischlehrer verpasste. Sizilien: Syrakus, Palermo, Agrigent, vielleicht nicht in dieser Reihenfolge. Er hatte das Bett gehütet und an sie alle gedacht, vor allem an Matilde, die schon fast Ja gesagt hatte.

Und jetzt wieder. Camilla hatte Ja gesagt, und dann hatte das blöde Handy geklingelt. Es klingeln lassen, so tun, als hätte man es eingeschaltet irgendwo vergessen. Aber das ging nicht, nicht während der Olympischen Spiele. Diese blöden Spiele. Warum veranstalten sie die nicht in Australien. Und am nächsten Tag die Grippe. Eine Bronchitis, die sich im Nu zu einer Lungenentzündung auswachsen konnte. Dieser Arzt aus dem Aostatal mit seinen Unkenrufen. Die Ermittlungen, die mehr oder weniger auf der Stelle traten. Ein toter junger Mann, den niemand kannte. Doppeltes Pech für den armen Kerl. Getötet, und niemand wusste, warum.

Sie war da, und er hatte keine Lust mehr zu reden. Er hatte sie gebeten zu kommen, aber jetzt mochte er nicht mehr, er hatte sich eines anderen besonnen. Am Bett sitzen und Krankenschwester spielen war etwas für eine Ehefrau, nicht für eine Geliebte. Die eventuelle, vielleicht zukünftige Geliebte. Vielleicht auch zukünftige Lebensgefährtin oder Ehefrau. Falls sie sich entschließen sollte. Jetzt wollte er, dass sie ging.

Er schämte sich. Im Bett, verschwitzt, wahrscheinlich roch er nach Krankheit, nach Fieber, nach Medikamenten. Die Mühe, die ihn das Zuhören kostete. Matilde hatte vor vielen Jahren schließlich Ja gesagt. Aber sie hatte nicht an seinem Bett gesessen, er hatte sich das nur auf die Ferne ausgemalt. Die Macht der Abwesenheit. Eine schreckliche Macht, auch wenn jeder das Gegenteil glaubt. Auch die jetzige Geschichte basierte ganz und gar auf Abwesenheit. Abwesenheit von allem.

»Geh nach Hause, Camilla. Bitte.«

»Später. Jetzt schlaf ein bisschen.«

Die kleinen Gemeinheiten des Zufalls, dieses armen Verwandten des Schicksals. Erst spielt er in deiner Mannschaft, dann wechselt er ins andere Lager. Oder umgekehrt. Die Wendepunkte des Lebens, die Gabelungen, an denen du dich entscheiden musst: dahin oder dorthin. Du siehst sie erst, wenn du davorstehst, und welches der richtige Weg war, weißt du erst hinterher. Manchmal erst Jahre später. Und doch muss man sich an der Abzweigung entscheiden. Ich habe monatelang daran gedacht, ich habe so getan, als würde ich nicht daran denken und dachte doch immer dran. Ich stellte mir vor, wie es gewesen wäre, wenn. Wie es wäre, wenn. Und jetzt ist es so anders. Er will nicht, dass ich Krankenschwester spiele und mich um ihn kümmere. Er hat recht. Der Anfang darf nicht Mitleid, sondern sollte Leidenschaft sein. Genau die vermisse ich, nicht den aufgewärmten Ehealltag.

Und er fühlt sich unwohl, weil er diese liebevolle Zuwendung nicht will. Zumindest nicht am Anfang.

»Iss was. Soll ich dir eine Nudelsuppe kochen?«

»Du sollst gehen. Bitte. Verstehst du, warum?«

Sie stehen einander gegenüber in der Straßenbucht. Weißdu steht da und sieht sie an wie die erste Frau der Welt, er würde so gern mit ihr reden, Dinge sagen, die er noch nie gesagt hat, auch wenn er nicht weiß, was eigentlich und wie er es sagen soll. Flora steht da und versucht aus der Situation und dem Jungen schlau zu werden und überlegt, was er wohl tun wird. Aber er tut gar nichts. Er sieht sie an, schluckt und wischt sich den Tropfen von der Nase.

»Bist du erkältet?«, fragt sie.

»Ich … ich bin krank.«

»Das ist bald vorüber.«

»Bei mir nicht.«

»Das geht bei jedem Menschen vorbei. Du darfst nur nicht frieren.«

»Ich friere nicht. Weißt du …«

»Was denn?«

»Nichts. Das ist eine Macke.«

»Was ist eine Macke?«

»Dass ich immer ›Weißt du‹ sage.«

»Wie heißt du?«

»Geraldo.«

»Ein schöner Name.«

»Niemand nennt mich so.«

»Wie denn dann?«

»Weißdu.«

Flora wundert sich nicht. Dass der Junge ein bisschen bekloppt ist, hat sie mit ihrem berufsbedingt feinen Gespür gleich gemerkt. Bekloppt, aber nicht gefährlich. Jetzt versucht er was zu sagen, man sieht ihm an, welche Anstrengung ihn das kostet.

»Und du, wie nennen dich die Leute?«

»Flora.«

Eine Minute Schweigen. Er registriert die Information und denkt darüber nach.

»Du heißt Flora.«

Dann runzelt er die Stirn, sucht neue Wörter, und schließlich fangen seine Augen an zu leuchten.

»Weil du so schön wie eine Blume bist.«

Ein Auto nähert sich, das Motorengeräusch ist von Weitem zu hören. Der Junge macht wie zuvor einen Satz nach hinten und versteckt sich vor dem Licht der Scheinwerfer. Der Wagen bleibt mit laufendem Motor stehen, ein Mann beugt sich zum Seitenfenster. Ein paar kurze Sätze, Fragen und Antworten, dann zieht sich der Kopf ins Wageninnere zurück, das Fenster wird geschlossen, und das Auto fährt wieder weg. Weißdu taucht aus der Dunkelheit auf und tritt zu Flora.

»Der war nicht böse«, sagt er.

»Nein«, pflichtet sie ihm bei. Unterdessen überlegt sie, wie sie den Jungen wieder loswird. Der Bruder der Cozzolino kommt wahrscheinlich nicht zurück, aber man kann nie wissen. Der andere, der Mann, vor dem sie wirklich Angst hat, ist ihr noch nicht auf den Fersen, aber sicher sucht er sie, und es wird nicht mehr lange dauern, bis er sie aufgespürt hat. Gott sei Dank kommt Fausto bald aus dem Gefängnis. Doch als sie den Jungen bitten möchte zu gehen, merkt sie, dass sie das am liebsten auch tun würde. Sie ist mit einem Mal müde, aber nicht wie sonst, wenn vom stundenlangen Stehen die Beine geschwollen sind und der Rücken schmerzt. Es ist noch früh, eigentlich fängt die Schicht erst an, aber sie mag nicht bleiben.

»Ich fahre nach Hause.«

»Ich auch«, sagt er und macht sich auf den Weg.

Gut, denkt Flora, das war's.

Er aber fährt mit dem Fahrrad hinter ihrem Auto her und tritt kräftig in die Pedale, um es nicht aus den Augen zu verlieren, und sie merkt, dass sie auf den geraden Strecken langsam fährt, damit er nicht zu weit zurückfällt.

»Morgen komme ich auch«, kündigt er an, als sie vor ihrem Haus stehen bleibt.

»Ja, morgen.«

Das war es nicht, das fing gerade an.

14

Der Hausarzt kam früher als angekündigt zu Commissario Berardi. Er sah sich das Röntgenbild an, hörte den Kranken ab und bestätigte die Diagnose des Kollegen. Er riet zu Bettruhe, viel Schlaf und leichter Kost und ergänzte die Medikamente aus der Klinik durch Vitamine und Magenkapseln. Wieder allein, stand der Commissario auf und ging ins Bad, und als er in den Spiegel sah, zog er eine Grimasse. Er wusch und rasierte sich, wechselte den verschwitzten Pyjama und legte sich wieder ins Bett. Er konnte klarer denken als am Abend zuvor und war hin- und hergerissen zwischen zwei gegensätzlichen Wünschen. Einerseits wollte er nicht, dass sie zurückkam, dass sie ihn noch mal in diesem geschwächten, kranken Zustand sah, sie sollte kein Bild von Zerbrechlichkeit und Hilflosigkeit vor Augen haben; andererseits wollte er sie gern wiedersehen und mit ihr reden. Nein, nicht über die entscheidende Frage, dafür war der Zeitpunkt denkbar ungeeignet. Auch musste eine Frage aufgeschoben werden, die zu stellen er vermieden hatte und die ihm unter den Nägeln brannte: Was hatte sich geändert, seit sie vor Monaten gesagt hatte, Schluss, lass uns hier aufhören, ich habe Familie und will nicht … Ob sie jetzt …? Und wie weit würde sie gehen?

»Ich habe Zabaione mitgebracht«, sagte sie, als sie hereinkam. Er musste lächeln.

»Ohne Hintergedanken, ich wollte nur deine Laune heben«, fügte sie hinzu. Und dann: »Du siehst besser aus, ein bisschen jedenfalls. Vielleicht wirst du wieder wie früher.«

»Ich hoffe es. Woraus besteht eine Zabaione?«

»Eidotter, und zwar zwei pro Person, Zucker und trockenem Marsala.«

»Zwei Dotter! Leichte Kost!«

»Du hast doch keine Geburt hinter dir. Und im Piemont gilt Zabaione als leichte Kost.«

»Ich wusste nicht, dass Diätkost ein territoriales Phänomen ist.«

»Und ob. Die Franzosen stopfen sich mit fettem Käse voll und haben niedrige Cholesterinwerte. Isst du die Zabaione jetzt oder nicht?«

»Ich probiere mal. Großen Appetit habe ich nicht.«

»Wann kommt der Arzt?«

»Der war schon da. Und hat mich zu leichter Kost verdonnert.«

»Du wirst langweilig wie ein Dorfpfarrer.«

»Und du humorlos. Bringst du mir einen Löffel, oder soll ich die Zabaione wie ein Hund schlabbern?«

Anschließend holte sie die neuen Medikamente aus der Apotheke. Die nächste Apotheke hatte die Kapseln nicht vorrätig, und sie musste eine andere suchen. Die war nicht allzu nah, denn die der nächsten am nächsten war wegen eines Todesfalls geschlossen.

Als sie zurückkam, öffnete ein ihr unbekannter Mann

die Tür. Sie sah ihn etwas irritiert an, und er erwiderte den Blick mit einem Fragezeichen in den Augen und sagte nichts. Sie war gefordert. »Guten Tag, Camilla Baudino«, sagte sie und streckte ihm die Hand hin.

»Amleto Vitello. Guten Tag«, antwortete der Mann prompt und musterte sie weiterhin.

»Polizist.«

»Steht das auf meiner Stirn?«

»In den Augen. Was muss ich gestehen?«

Jetzt war er irritiert. Sie hatten unterdessen das Schlafzimmer betreten, wo der Commissario, der den witzigen Dialog gehört hatte, ein kleines Grinsen unterdrückte.

»Das ist eine Freundin, Ispettore.«

»Ah«, meinte der.

»Ich bin eine sehr liebe Freundin. Die ans Krankenlager geeilt ist, um dem armen Mann Gesellschaft zu leisten und ihm etwas Stärkendes zu bringen. Apropos, möchten Sie auch?«

Amleto Vitello verstand nur allzu gut und beschloss mitzuspielen.

»Warum nicht? Was denn Stärkendes?«

»Zabaione zum Beispiel.«

»Mit süßem Muskateller oder trockenem Marsala?«

»Mit Marsala. Mit Muskateller nur für alte Jungfern.«

»Dann gern.«

»Ich merke schon, Sie sind ein Kenner. Nicht wie unser Commissario, der etwas verworrene Vorstellungen von Essen und Ernährung hat.«

Sie zog ihren Mantel aus, legte die Medikamente und das Thermometer, das sie gekauft hatte, auf den Nachttisch und holte ein Schälchen Zabaione aus der Wohnküche. Sechs Portionen hatte sie mitgebracht. Vielleicht habe ich doch etwas übertrieben, dachte sie, aber sonst wäre mir das Dutzend Eier, das ich im Kühlschrank hatte, schlecht geworden.

Drüben sprachen die beiden Männer über ein Mordopfer, das von der Familie noch identifiziert werden musste. Und über einen weiteren ihnen unbekannten Mann, von dessen Foto der Ispettore Abzüge hatte machen lassen.

»Bitte schön«, sagte sie und reichte dem Ispettore Schälchen, Kaffeelöffel und Küchenpapier. »Verzeihen Sie den schlechten Service, aber ich weiß nicht, wo Servietten sind.«

Gaetano kramte zwischen den Medikamentenschachteln auf dem Nachtkästchen herum.

»Was suchst du denn?«, fragte sie.

»Das Fiebermittel. Es muss unters Bett gefallen sein.«

»Warte, lass mich suchen.«

Sie bückte sich, hob das Schächtelchen auf und legte es auf den Nachttisch. Dabei fiel ihr Blick auf ein Foto – das Foto des »Dottore« im Restaurant, der Ausschnitt vergrößert –, das vorher nicht dort gelegen hatte.

»Darf ich?«, fragte sie und zeigte darauf.

»Klar.«

»Ist das der Mann, dessen Namen ihr nicht wisst?«

»Ja«, antworteten die beiden gleichzeitig.

»Den habe ich schon mal gesehen. Ich muss überlegen, wo und wann.«

Sie betrachtete das Foto und konzentrierte sich, aber ihr fiel nichts dazu ein. Zumindest nichts Eindeutiges.

»Es hat irgendwas mit meinem Schwager Giorgio zu tun. Ich glaube, er hat ihn mir vorgestellt. An die Umstände kann ich mich nicht erinnern. Jedenfalls ist es schon eine Weile her.«

»Kannst du ihn nicht fragen?«

»Doch, klar, aber dazu brauche ich das Foto.«

»Nimm's mit. Es ist ein Abzug. Wann fragst du ihn?«

»Wenn es wichtig ist, rufe ich ihn jetzt gleich an und fahre dann zu ihm in die Bank.«

»Es ist wichtig. Und dringend.«

In der Bank war der Schwager nicht, zu Hause auch nicht. Sie versuchte es auf dem Handy: ausgeschaltet oder nicht erreichbar. Mailbox deaktiviert.

»Giorgio hat recht!«, meinte sie laut. »Er sorgt wenigstens dafür, dass ihn niemand zur Unzeit stört.«

Vitello sah aus dem Fenster und dachte, dass das mangelnde Verständnis der Frauen für die Arbeit der Männer ein geschlechtsspezifisches Merkmal war wie die Titten. Gaetano nahm es ohne Reaktion hin. Anscheinend.

»Ich versuche es später noch mal. Irgendwann wird er schon drangehen«, sagte sie.

Amleto Vitello stand auf. Bevor er ging, erlaubte er sich aus männlicher Solidarität einen kleinen Seitenhieb: »Ach, das habe ich ganz vergessen. Eine junge Frau hat angerufen. Sie meldet sich wieder. Hier sind der Name und die Nummer. Es war privat.«

Er reichte den Zettel Gaetano, der einen Blick darauf warf und ihn in die Pyjamatasche steckte. Ohne jede Reaktion. Anscheinend.

Auf dem Weg ins Präsidium überlegte Amleto Vitello hin und her und stellte Vermutungen an. Nicht was die Arbeit, sondern was den Chef betraf. Er hatte nie etwas von seinem Privatleben preisgegeben. Nie eine Andeutung, keine Bemerkung, keine Vertraulichkeit. Man wusste nur, dass er seit mehreren Jahren geschieden war, mehr nicht, als würde er nach Feierabend aufhören zu existieren. Aber jetzt war mit dem Fieber, mit der Bronchitis und all dem etwas ans Licht gekommen. Eine Freundin, die »sehr liebe Freundin« Camilla Baudino. Nicht mehr ganz jung. Sogar etwa so alt oder älter als er, über den Daumen gepeilt. Keine Kalenderschönheit. Ganz passabel, wie viele andere. Ohne Trauring am Finger. Ihr Zabaione ist ausgezeichnet. Sie spricht in scherzhaftem Ton mit ihm, auch wenn sie sich beklagt, dass er mal nicht erreichbar war. Vorgestern Abend? Als wir informiert wurden, dass die Leiche des jungen Mannes gefunden wurde? Wahrscheinlich, denn am nächsten Tag war er muffig. Und am Abend darauf, also gestern – ich habe schon kein Zeitgefühl mehr –, immer noch, im Krankenhaus war er stinksauer, den Martinelli hätte er am liebsten verprügelt. Da hatte er schon hohes Fieber, verständlich, dass seine Nerven blank lagen. Aber die Geschichte mit der sehr lieben Freundin läuft wohl nicht allzu glatt, er ist schon seit Monaten nicht besonders gut drauf und scheint alles satt zu haben, einschließlich der Arbeit.

Im Büro versuchte Amleto Vitello einen seiner Informanten zu kontaktieren, dann einen zweiten, ohne Erfolg. Immer die sehr liebe Freundin im Hinterkopf. Dann kam Kollege Fadda, der ebenfalls Pech gehabt hatte: Den Biasons zufolge bestand zwischen dem toten jungen Mann auf dem Foto, das ihnen die Carabinieri gezeigt hatten, und ihrem Sohn keinerlei Ähnlichkeit. Verflucht noch mal, ein Schritt nach vorn und zwei zurück. Dazu die Sache mit Frau und Tochter – seiner Frau und seiner Tochter –, die einfach ihre Koffer gepackt hatten und gegangen waren. Wohin, war klar, es lag auf der Hand: zu ihrer Mutter, sprich seiner Schwiegermutter, Agostina

Naia, *naja tribudians*, der Brillenschlange mit dem tödlichen Biss und dem ewigen Zorn auf den Schwiegersohn. Der war kein Märchenprinz, hatte einen beschissenen Job, machte keine Karriere, verdiente nicht genug. Die Töchter ihrer Freundinnen waren mit tüchtigen Händlern oder Handwerkern verheiratet und verbrachten ihren Urlaub auf den Malediven oder in Sharm El-Sheikh, reisten nach Thailand oder machten Luxuskreuzfahrten, anstatt im Sommer zwei Zimmer in einem Bergkaff im Valle di Lanzo zu mieten. Er konnte dort gut ausspannen, für die beiden anderen war es nicht gerade spannend, man traf Jahr für Jahr dieselben Leute, und das einzige Vergnügen war das Pfarreikino, in dem Jahr für Jahr Freitag- und Samstagabend dieselben Streifen liefen: die Sissi-Filme, die jeder auswendig kannte, und die Filme mit Totò, die schon so oft gelaufen waren, dass die Zuschauer die Sprüche immer schon vorher brüllten. Die Tochter hatte ja nicht hören wollen, Michele Mosso, der ihr mitsamt Heiratsantrag den Hof machte, hatte sie abgelehnt, diesen vernünftigen Jungen, einziges Kind, der Vater handelte mit Kalk, Gips, Zement und Ziegeln, und jetzt war das Geschäft auf Michele übergegangen, und sein Name stand groß und breit in den Gelben Seiten. Er fuhr außer einem Alfa Romeo auch einen Geländewagen, ein Riesengefährt, wohnte in einem Loft mit Schwimmbad, spielte Golf im Mandria-Park, und seine Gattin trug Designerkleidung und kein minderwertiges Zeug vom Markt.

Vitello trommelte mit den Fingern auf die Schreibtischplatte und stellte sich vor, wie seine Frau und seine Tochter bei der Brillenschlange einliefen, und dann das Gejammer und die Vorhaltungen, ich hab's dir doch gleich gesagt, warum hast du nicht auf mich gehört … Dabei hätten sie auf ihn hören sollen, alle beide, Frau und Tochter. Seine Frau hätte das Angebot zu dem Halbtagsjob annehmen sollen, Verkäuferin in einem Geschäft für Künstlerbedarf, davon verstand sie was, sie war doch auf dem musischen Gymnasium gewesen. Seine Tochter war fit am Computer, sie hätte bei Amilcare, seinem alten Schulkameraden, arbeiten können, er brauchte jemanden, der ihm, schwarz, aber egal, in der Kanzlei zur Hand ging. Es war gar nicht um das bisschen mehr Geld gegangen (schon auch, angesichts der rasant steigenden Lebenshaltungskosten), sie hätten vor allem nicht dauernd auf ihm herumgehackt, weil er zu spät oder gar nicht kam, denn wahrscheinlich wäre es ihnen genauso ergangen. Den Abschluss in Kommunikationswissenschaften hätte seine Tochter trotzdem machen können, denn bei dem Studium musste sie sich nicht das Hirn verrenken. Wenn man ein bisschen arbeitet, ist man nicht so auf eine einzige Marotte, einen einzigen Gedanken fixiert … Ob die sehr liebe Freundin wohl arbeitete, und wenn ja, was … Höchstens halbtags, wenn sie am späten Vormittag einen Krankenbesuch machen und vorher größere Mengen von anzüglich stärkender Zabaione zubereiten konnte. Camilla Baudino. Die vielleicht den »Dottore« mit dem lockeren Lebenswandel kennt, den Kunden der Torrielli. Nein, keine Prostituierte, den Eindruck macht sie nicht. Die Torrielli – zumindest sagen das die Leute, die sie gut kannten – allerdings auch nicht, sie wirkte wie eine Dame. Obwohl ich mir kaum vorstellen kann, dass mein Chef ein Verhältnis mit einer Prostituierten hat. Wenn aber seine schlechte Laune doch daher kommt, dass er sie nicht mehr treffen will, aber auch nicht ohne sie kann? Heute

Vormittag schien er sich gar nicht unwohl zu fühlen, im Gegenteil. Und ich habe ein bisschen dazwischengefunkt, mit der Telefonnotiz einer anderen Freundin, einer gewissen Liuba ohne Nachnamen …

Er trommelte noch ein paar Minuten auf der Tischplatte herum und beschloss dann, zu tun, was er seit zwei Stunden tun wollte.

Zu Hause duschte Flora wie immer als Erstes. Die Dusche war ein Ritual, nicht nur eine hygienische Gewohnheit, und teilte den Tag in zwei Teile: einerseits das gefügig Obszöne der Arbeit, andererseits die anständige Freiheit der Stunden, die ganz allein ihr gehörten. An diesem Abend hatte sie keine Kunden gehabt, doch auf die Dusche wollte sie nicht verzichten, weil auch das Warten zur Arbeit gehörte. An den Jungen dachte sie nur ein paar Minuten, vor dem Einschlafen, das wegen der ungewohnten Uhrzeit auf sich warten ließ, dann wirkte das Tavor.

Am nächsten Abend erwartete Geraldo sie in Sassi an der Straßenbucht beim Friedhof. Bis zum Morgen blieb er dort, er fror, verzog sich, wenn sich ein Auto näherte, ins Gebüsch, beobachtete, wie sie zu dem Freier ins Auto stieg, wegfuhr und wiederkam. Als sie ihn sah, war sie genervt und erleichtert gewesen. Genervt, weil sie keine Ahnung hatte, wie diese seltsame Geschichte enden sollte; erleichtert, weil Anka noch nicht zurück war und sie sich allein nicht sicher fühlte. Zwischen zwei Freiern trat Geraldo einmal zu ihr, holte mit Mühe seine Stimme hervor, fragte, ob sie sehr friere, und sagte, dass ihm die Kälte nichts ausmache.

Das wiederholte sich in der folgenden Nacht, in der

wenig los war. Gegen zwei Uhr, als er immer noch so unbeholfen mit seiner peruanischen Mütze und dem Tropfen an der Nase dastand, entschloss sie sich zu einer Frage.

»Geraldo, warst du schon mal mit einer Frau zusammen?«

»Um … um diese Sachen zu machen?«

»Ja, diese Sachen.«

»Weißt du …«

Sie versteht und spricht nicht mehr davon, aber als er ihr später bis vor die Haustür folgt, sagt sie zu ihm, er solle vom Rad absteigen und sie hinaufbegleiten. Er steigt ab und bleibt stehen, eine Hand am Lenker, unsicher und erstaunt, und sieht sie mit seinem Hundeblick an. Sein Atem geht keuchend, seine Anorak hebt und senkt sich rhythmisch über der Brust.

»Stell das Rad besser in den Keller«, sagt sie und schließt die Tür auf.

Verstohlen beobachtete der Avvocato Liuba, die Nabil half, das Huhn und das Kaninchen für die Tajine in kleine Stücke zu schneiden. Nervöse, fahrige Bewegungen, missmutiges Gesicht, es war nicht ihr Tag.

»Hast du ihn angerufen?«, fragte er.

»Wen?«

»Frag doch nicht so blöd.«

»Ja.«

»Wann?«

»Gestern Abend. Und heute Nachmittag auch.«

»Und?«

»Nichts und. Liegt mit Grippe im Bett.«

»Dann weiß er ja gar nicht, dass du angerufen hast.«

Sie warf das Messer auf den Tisch.

»Doch.«

»Von wem denn?«

»Von seinem Kollegen, der nachmittags am Apparat war. Er hat ihn heute besucht und ihm einen Zettel mit meinem Namen und meiner Handynummer gegeben.«

»Wenn er krank ist, hat er wohl keine Lust anzurufen.«

»Was redest du für einen Mist? Er hat Grippe und nicht die Beulenpest.«

»Wahrscheinlich ruft er erst an, wenn er wieder gesund ist.«

»Von wem redet ihr denn?«, fragte Nabil dazwischen, und Liuba blaffte wütend: »Geht dich nichts an.«

»Verstehe. Ein Typ, der dich nicht anguckt.«

»Jetzt halt die Klappe, du blöder Wichser.«

Nabil wollte zurückblaffen und drehte sich zu ihr, doch da hörte er, dass sie schniefte, um nicht loszuheulen.

»Schön blöd, wenn er dich nicht anbaggert. Ich würde dich sofort anbaggern, aber ich weiß ja, dass du von mir nichts willst.«

Liuba musste ein bisschen grinsen.

»Lügner. Levantiner.«

»Ich bin kein Levantiner.«

»Aber ein Lügner. Danke jedenfalls. Was läuft bei dir mit Mädchen?«

»Null. Ich bin keine gute Partie. Außerdem habe ich einfach Pech und bin immer der Arsch.«

»Wieso?«

»Ich träume von süßen, ruhigen, braven Mädchen, und wenn ich eine treffe, langweile ich mich zu Tode.«

»Ich hab mich dafür in einen verguckt, der nichts von mir wissen will, und einer, von dem ich nichts wissen will, himmelt mich an.«

»Wart ihr schon zusammen unterwegs?«

»Ja, gestern Abend. Langweilig und nervig. Aber wir waren gut essen, und er hat gezahlt.«

»Kommt er heute Abend?«

»Um Gottes willen! Den Bullen hätte ich gern eingeladen, aber ihn nicht.«

»Vindice hätte den Bullen rausgeschmissen.«

»Wir hätten ihm ja nicht verraten müssen, dass er einer ist.«

»Quatsch! Der riecht das.«

»Er ist anders.«

»Verstehe schon. Du bist über beide Ohren verknallt. Kinder, ich hole das Geschenk für Vanessa und erledige ein paar Anrufe von der Telefonzelle aus. Macht ein bisschen Dampf, sonst gibt's heute Abend nichts zu essen.«

Camilla Baudino, nicht vorbestraft, zweiundvierzig Jahre alt, Lehrerin, verheiratet.

Verheiratet, dachte Ispettore Capo Vitello, und geht fremd, fügte er hinzu.

Lehrerin, also ein Halbtagsjob, da hat sie Zeit, Zabaione zu machen und Kranke zu trösten. Einen zumindest. Das heißt, jetzt arbeitet sie gar nicht, während der Olympischen Spiele sind die Schulen geschlossen.

Und ihr Mann? Was erzählt sie ihm, wenn sie Florence Nightingale spielen geht? Dass sie in eine Konferenz muss? Dass sie den Nachzüglern Extrastunden gibt? Abends?

Na ja, geht mich nichts an. Ich wüsste nur gern, warum Berardi in letzter Zeit so muffig ist. Vielleicht hatte er die Beziehung satt und wollte Schluss machen? Nein, das ergibt eigentlich keinen Sinn. Vor allem, weil er heute

Morgen, als er sie ansah, überhaupt nicht genervt wirkte, außerdem braucht man nicht Monate, um eine überfällige Geschichte zu beenden. Wenn keine Ehe, keine Familie im Spiel ist, macht man Schluss und verschwindet. Halt. Ehe und Familie sind im Spiel. Bei ihr. Sie hat eine Tochter.

Ojeoje. Wahrscheinlich ist er so muffig, weil er sie ganz für sich haben will, und sie sitzt zwischen zwei Stühlen. Hier die Leidenschaft, dort die Ehe nebst Brut. Und sie kann sich nicht entscheiden. Wenn das stimmt, ist es ein schöner Schlamassel. In so einem Schlamassel steckt man ganz schnell drin. Vor allem ich. Den mit meiner Familie muss ich auch irgendwann lösen.

15

Camilla rief stündlich bei ihrem Schwager an, erreichte ihn aber nicht. Sie schrieb drei SMS, und bei der dritten wurde die Bitte zum Befehl – RUF AN! –, wobei sie mit leiser Schadenfreude dachte, dass er es hoffentlich ein bisschen mit der Angst zu tun bekam. Kurz vor fünf rief er zurück, und seine Stimme klang tatsächlich etwas besorgt.

»Ist was passiert? Hat Bibi dich angerufen?«

»Nein, von der Seite her ist alles ruhig.«

»Ich habe einen Tag freigenommen und … du verstehst schon, ich musste mir was einfallen lassen, um das Telefon ausschalten zu können …«

»Alles klar. Du kannst dich auf meine Diskretion verlassen. Aber du musst mir einen Gefallen tun.«

»Was denn?«

Camilla erklärte die Sache mit dem Foto, und sie verabredeten sich zu einem Aperitif. Um acht, in einer Bar außerhalb des Zentrums, wo hoffentlich eine Parklücke zu finden war.

Gleich nach dem Anruf des Schwagers musste auch sie sich etwas Familientaugliches einfallen lassen: Ich gehe in der Stadt bummeln, aber bei dem Lärm höre ich das Handy wahrscheinlich nicht, und dann zu einem Jazzkonzert im *Spazio Omega*. Wie geht's euch denn? Bitte gib mir Livietta. Das Kind war gesprächiger als sonst. Es hatte einen Halfpipe-Wettkampf gesehen und war begeistert. Aber anscheinend nicht so sehr von der Snowboard-Akrobatik, sondern vielmehr von den tollen Kerlen, die sie vorführten. Anschließend rief sie ihre Mutter in Sorrent an, wo das Wetter wunderbar, Cousine Rita aber leider unerträglich war. Auch das Essen im Hotel ließ, anders als anfänglich gedacht, zu wünschen übrig. Ganz zu schweigen von den Kellnern, die schlampig und träge waren.

Alles im Rahmen, dachte Camilla, und jetzt los. Sie hatte den Hund mitnehmen wollen, damit er nicht zu lange allein war, aber Potti ließ sich nicht an die Leine nehmen, er entwand sich behände ihrem Griff und verkroch sich unter das Bett, genau in die Mitte, wo sie ihn nicht erwischte.

Kluger Hund, dachte sie, klug und eigensinnig. Als sie ihn zuvor zum Pinkeln und eventuell Kacken hinunterbringen wollte, ließ er sich sein Mäntelchen nicht anziehen, er schämte sich immer in dem vermummten Aufzug, doch auf der Straße zitterte er dann vor Kälte und zerrte an der Leine, weil er sofort zurückwollte. Und jetzt wollte er einfach nur gemütlich im Warmen schlummern, auch wenn ihm niemand Gesellschaft leistete. Hunde, dachte sie weiter, bleiben im Gegensatz zu Eseln nicht wie gelähmt stehen, wenn sie sich für etwas entscheiden müssen. Aber vielleicht können sich Esel doch entscheiden. Und die Philosophen haben einfach keine Ahnung von Tieren.

Sie kaufte in der Nähe Salzgebäck und das Geschenk für Vanessa – eine rot-grüne Handtasche in Erdbeerform – und saß um sechs wieder an Gaetanos Bett. Es ging ihm weder besser noch schlechter als ein paar Stunden zuvor.

»Hast du denn jemanden?«, fragte sie nach einem Rundblick durch das Zimmer, dem ein bemerkenswertes Desinteresse an Ordnung und Staubschichten anzusehen war.

»Jein.«

»Was heißt ›jein‹?«

»Dass ich es noch nicht weiß.«

»Es gibt aber ein Mädchen, das dich privat sprechen will.«

»Eifersüchtig?«

»Neugierig. Ich meinte eine Haushaltshilfe.«

»Jein. Normalerweise ja, aber sie hat Grippe.«

»Und das Mädchen?«

»Jein. Dann ist es doch Eifersucht und keine Neugier.«

»Und wenn?«

»Wäre es ein gutes Zeichen.«

»Stimmt. Themawechsel. Magst du noch eine Zabaione?«

»Später.«

»Später muss ich gehen.«

»Wohin?«

»Zu meinem Schwager, mit dem Foto. Und dann auf ein Geburtstagsfest.«

»Wo?«

»Ganz weit draußen. Grässliche Gegend. Dort hätte es mich bei einem Raubüberfall mit Spritze fast erwischt.«

»Was heißt fast?«

»Er hat's versucht. Plötzlich kam ein Mädchen, da ist der Junkie erschrocken.«

»Vor einem Mädchen? Was hatte sie denn, eine Pistole?«

»Nein, sie hatte ... sie sah entschlossen aus.«

»Hast du Anzeige erstattet?«

»Nein. Ist ja nichts passiert.«

»Ein versuchter Raubüberfall ist nicht nichts.«

»Ich hätte das Mädchen ins Spiel bringen müssen.«

»Wie, ins Spiel bringen?«

»Sie ... sie hatte es eilig, es hätte zu viel Zeit gekostet. Und was bringt schon eine Anzeige.«

»Wahrscheinlich nichts, aber man kann nie wissen.«

Dann zwang sie ihn, einen Joghurt zu schlürfen und zwei Scheiben Schinken zu essen und einen einsamen verschrumpelten Apfel, den sie im Kühlschrank gefunden hatte. Zu guter Letzt stellte sie ihm noch ein Schälchen Zabaione auf den Nachttisch.

In der Bar wartete der Schwager schon in Begleitung einer knochigen, pferdegesichtigen, zerzausten Blonden mit ansteckendem Lachen. Wenn das die Unvollkommene ist, dachte sie, dann ist sie das glatte Gegenteil von Bibi. Sie dachte auch, dass sein Wunsch, sie vorzuführen, und die Bitte um Stillschweigen etwas kindlich Freches hatten. Und dass die beiden wie Oberschüler wirkten, die während des Schulausflugs ausgebüchst waren. Sie bestellte ein Glas Arneis und ließ sich von ihrer Fröhlichkeit mitreißen.

Geraldo schläft noch. Flora hat ihn vorsichtig von sich weggeschoben und steht leise auf. Sie schließt die Tür des Schlafzimmers, geht ins Bad und dann in die Küche und setzt Kaffee auf.

Sie hat ihn zum Mann gemacht, das passiert ihr nicht zum ersten Mal mit einem Freier. Aber er ist kein Freier. Die Geduld, die sie als die Erfahrene aufbringen muss. Die Geduld, mit Zartgefühl zu unterweisen. Früher war das üblich, die meisten fingen so an. Mit einer Prostituierten, nicht mit einer gleichaltrigen Schulkameradin oder Arbeitskollegin. Und sie schämten sich nicht dafür. Sie leugneten die Erinnerung nicht, sondern befreiten sie von ihren unangenehmen Aspekten und verwandelten sie in etwas beiläufig Wehmütiges. Sie machten Lieder, Erzählungen, Filme daraus. Löschten die feuchten Laken aus dem Gedächtnis, die abblätternden Wände im Stundenhotel, den Geruch der fremden Nähe, das Geld, das von Hand zu Hand ging. Sie erfanden neu. Die entscheidenden Augenblicke des eigenen Lebens, wie Fotos am Bildschirm bearbeitet. Weg mit den Falten, den gelblichen Zähnen, den behaarten Leberflecken. Es lebt sich besser, wenn ein tüchtiger Schönheitschirurg die Erinnerungen aufmöbelt. Die Vergangenheit verwandelt sich in einen Ferienprospekt, in einen Palmenstrand mit blauem Meer und Segelboot in der Ferne.

Was mache ich nur mit dem Jungen, fragt sich Flora. Wo soll ich ihn hinschicken. Eine Ehrenrunde ist ja in

Ordnung, aber es soll nicht zur Gewohnheit werden. Wie soll ich ihm begreiflich machen, dass die heutige Nacht eine Ausnahme war, ich will nicht, dass ein Mann in meinem Bett schläft oder wie eine Katze durch meine Wohnung wandert. Das Fahrrad im Keller, als wäre ich seine Tante, wie konnte ich das nur zulassen.

Geraldo wacht auf. Er schaut sich um, spärliches Licht dringt durch die Fensterläden. Er ist nicht im Schirrù. Dann fällt es ihm ein, und er entdeckt ein neues Gefühl. Das ihn vollkommen ausfüllt und sehr stark ist. Er kann es nicht benennen, aber er weiß, dass er es behalten will.

»Flora …«, sagt er, als er hinter ihr steht. Nackt und glücklich.

»Ja?«

»Flora …«, sagt er wieder, und dann umarmt er sie.

Amleto Vitello hatte schließlich einen seiner Informanten aufgetan und zu einem Treffen gezwungen. Jetzt war es acht Uhr abends, und er kutschierte ihn in seinem Wagen ziellos durch die dunklen Straßen der südlichen Peripherie, fernab von indiskreten Augen und Ohren, vor allem jenen der Kollegen aus dem kleinkriminellen Milieu.

»Wo steckt Ivano Villasco?«, fragte Vitello. »Ich habe wenig Zeit.«

»Warum? Was hat er denn getan?«, fragte der andere ausweichend.

»Das weißt du ganz genau. Er hat ein gestohlenes Auto abgefackelt, nachdem er den Scheißmartinelli am Krankenhaus abgeladen hat, vielleicht hat er auch erst auf ihn geschossen und dann das Auto abgefackelt.«

»Ivano ist nicht der Typ, der schießt, das hat er noch nie getan.«

»Stell dich nicht so dumm, es reicht.«

»Ich habe Ihnen immer alles gesagt, was ich weiß, Ispettore.«

»Schön, dann tu das jetzt auch, sonst könnten wir eine alte Geschichte aufwärmen.«

»Schnee von gestern, Ispettore, dafür interessiert sich doch kein Mensch mehr.«

»Wie du willst, ein Anruf genügt.«

Noch während er sprach, fuhr Vitello an den Straßenrand. Er nahm das Mobiltelefon aus dem Handschuhfach und tippte wahllos Ziffern ein.

»Was machen Sie da, Ispettore?«

»Was wohl. Ich sagte doch, ich rufe an. Dann werden wir schon sehen, ob die Geschichte Schnee von gestern ist und niemanden mehr interessiert.«

»Halt, warten Sie.«

»Na?«

»Ivano hat eine Freundin.«

»Eine Hure?«

»Nein, ich glaube nicht. Ausnahmsweise vielleicht.«

»Name, Adresse. Und wenn du versuchst, ihn oder sie zu warnen oder mich reinzulegen, dann mache ich dich fertig, merk dir das.«

»Jessica Marchisio. Corso Grosseto, die Nummer weiß ich nicht.«

»Mit wem wohnt sie da?«

»Mit ihrer Schwester.«

»Auf Drogen?«

»Kann sein.«

»Was heißt ›kann sein‹?«

»Sie wohnen nicht in meinem Viertel.«

»Gut, steig aus.«

»Hier?«

»Willst du etwa, dass ich dich nach Hause fahre?«

Der Mann stieg aus, und Vitello wendete. Ein Weichei, dachte er, wie die Cozzolino-Bande. Eine leere Drohung, und schon machen sie das Maul auf. Und der Typ da ist zu dumm für seinen Job. Wenn wir ihn einbuchten würden, würden wir ihm einen Gefallen tun. Er könnte ein paar Jahre länger leben. Denn eins ist sonnenklar, das Messer, das ihm irgendwann im Bauch steckt, ist längst gekauft. Oder die Machete, die ihm den Schädel spaltet. Wenn mir nicht so viele Dummköpfe über den Weg laufen würden, hätte ich fast Mitleid.

Ein paar Minuten später klingelte sein Handy.

»Ja?«, sagte er in sein Gegrummel hinein, ohne anzuhalten.

»Camilla Baudino.«

»Wie?«

»Camilla Baudino. Die sehr liebe Freundin. Zweiundvierzig Jahre alt, verheiratet, Lehrerin.«

»…«

»Hören Sie mich, Ispettore?«

»Ja, jetzt. Amleto Vitello, neunundvierzig, verheiratet, eine zwanzigjährige Tochter, Polizist. Genügt das?«

»Klar, jetzt sind wir quitt. Wollen Sie immer noch wissen, wer der Mann auf dem Foto ist?«

»Natürlich!«

»Dottor Gianfranco Pellerino. Geschäftsführer einer Versicherungsgesellschaft. Mein Schwager hatte vor Jahren dienstlich mit ihm zu tun, kann sich aber nicht genau erinnern, in welchem Zusammenhang. Ich weiß jetzt wieder, wo ich ihn gesehen habe, aber ich glaube nicht, dass das wichtig ist.«

»Sagen Sie es mir trotzdem.«

»Im Carignano-Theater, im Foyer. Mein Schwager hat ihn begrüßt und uns vorgestellt. Seiner Frau, meinem Mann und mir. Wir haben kurz über das Stück gesprochen.«

»Mehr wissen Sie nicht mehr?«

»Ich weiß noch, dass ich möglichst schnell nach Hause wollte.«

»War das Stück schlecht?«

»Todlangweilig. Was hat Dottor Pellerino denn angestellt?«

»Wir wissen nicht, ob er überhaupt etwas angestellt hat. Wir wissen nur, dass er nach einer Prostituierten verrückt war.«

»Das ist doch nicht so schlimm.«

»Nein, aber die Frau wurde umgebracht.«

»Wie?«

»Auf bestialische Art und Weise. Sie wurde verstümmelt und mit einem …«

»Hören Sie auf. Sonst träume ich schlecht. Wenn ich noch was für Sie tun kann …«

»Sie haben mir schon sehr geholfen, tausend Dank.«

Verdammt, woher weiß sie, dass ich geschnüffelt habe. Und ich Esel falle auch noch drauf rein. Nein, ich bin nicht drauf reingefallen, es macht mir einfach Spaß zu kontern. Ich hätte erstaunt tun und fragen können, wozu sie mir das erzählt, ich hätte entgegnen können, dass mich das nicht interessiert. Als ob sie das geglaubt hätte.

Jetzt stehe ich schön blöd da vor Berardi. Denn sie erzählt's ihm bestimmt brühwarm.

Camilla ärgerte sich ebenfalls. Herrgott, warum muss ich einen auf witzig machen. Aber ich wusste es. Er hat gar nicht erst versucht, so zu tun, als wäre nichts. Und dann heißt es immer, Frauen würden ihre Nase in alles stecken. Verständlich bei seinem Beruf, aber neugierig ist er schon. Dafür habe ich Klassenbeste gespielt. Die arrogante Nervensäge.

Sie griff nach ihrem Handy und wählte.

»Guten Abend, Ispettore, ich bin's noch mal, Camilla Baudino.«

»Guten Abend, Signora.«

»Ich wollte nur sagen, dass wir den ersten Teil des Gesprächs vorhin nur geträumt haben, alle beide.«

»Geträumt?«

»Geträumt, uns eingebildet, wie Sie wollen. Manchmal spinnt man im Duett.«

16

Aus dem Brieftestament von Michele Schirru:

Ich wurde [1899] in einem kleinen Dorf in der Provinz Sassari geboren.

Meine Kindheit war nicht von Entbehrungen und Not bestimmt; mein Vater, damals Beamter, verdiente genug, um die wenn auch kinderreiche Familie zu ernähren. Schon als Knabe zeichnete ich mich durch ein lebhaftes Wesen aus; Zwang ertrug ich kaum, und die Rücksichtslosigkeit von Stärkeren empörte mich. Ich wuchs frei und ungezwungen auf, wie so viele Kinder auf unserer Insel. Die Schule besuchte ich nicht lange. In Sardinien ist die Schule, noch mehr als in irgendeinem anderen Teil Italiens, ein Privileg der Reichen. In den kleinen Dörfern geht sie bis zur dritten Klasse; nur in den Bezirkshauptstädten reicht sie bis zur sechsten Klasse. Wer nach der Volksschule weiter die Schule besuchen möchte, muss nach Cagliari oder Sassari gehen. [...] Ich kam zwar nicht fort, aber das Wort der Hoffnung auf die Erlösung des Menschen, das Wort der Freiheit stieg über die Berge und fuhr über die Meere und gelangte bis in unsere kleinen Dörfer.

Wenn ein Redner in unsere Gegend kam und über Sozialismus sprach, über Antiklerikalismus und die Befreiung von all dem Unrecht, das die privilegierten Klassen seit undenklichen Zeiten den Enterbten in dieser Welt antun, lief ich immer hin und hörte zu. Mein Wissensdurst war groß, ich las, begeisterte mich für den Sozialismus, an ihn glaubte ich.

Jedoch nicht für lange Zeit. Mit fünfzehn verließ ich Sardinien und begab mich auf den Kontinent, wo ich mit Arbeitern Kontakt aufnahm, die ein reifes politisches Bewusstsein hatten. Ich war aufgeschlossen und lernte das anarchistische Ideal, seine Schönheit und Größe kennen. Ich besaß ein rebellisches Temperament, mein Bewusstsein, wenn auch noch in der Entwicklung, strebte ganz und gar nach einem vollkommenen Ideal von Freiheit und Gerechtigkeit; in den anarchistischen Büchern und Heften, in denen so viel Begeisterung mitschwang, stieß ich auf die Worte und die Gedanken, die exakt meinen Gemütszustand und meine Hoffnungen wiedergaben. Ich wurde Anarchist.

Der Krieg kam. Im August 1917 war ich in Turin, und bei dem Aufstand gegen den Krieg wurde ich von einem Feldwebel der Carabinieri, ebenfalls Sarde, verhaftet; er wurde später während der Fabrikbesetzungen im Kampf mit den

Arbeitern getötet. Ich musste dann selbst für drei Jahre Soldat sein, davon vierzehn Monate im Krieg.

Nach dem Waffenstillstand beteiligte ich mich an den Aktionen des italienischen Volkes und nahm an den Demonstrationen teil. Bei den Protesten vom 20./21. Juli 1919 wurde ich, noch Soldat, verhaftet, aber wie durch ein Wunder nicht an das Militärgericht überstellt. Vielleicht war es die Angst, die in jener Zeit die Behörden ergriffen hatte. Als die Arbeiter nach dem Verrat der Sozialistischen Partei und des Gewerkschaftsbundes die Fabriken verlassen hatten, war ich nach dem verlorenen Kampf so angewidert und entmutigt, dass ich ins Ausland ging. Ich ging zuerst nach Paris, dann nach New York und blieb zehn Jahre in den Vereinigten Staaten. Auch in Amerika tat ich mein Bestes, um dem Kampf nie fern zu bleiben. Ich wirkte an den Aktionen für unsere beiden großen Märtyrer Sacco und Vanzetti mit und wurde im antifaschistischen Kampf, zu dem ich einiges beigetragen habe, verhaftet.

Der Faschismus hat mich wie alle anderen Diktaturen und Tyranneien immer mit Abscheu erfüllt. Seit 1923 dachte ich: Wenn man der Tyrannei den Garaus machen will, muss man dem Tyrannen den Garaus machen. Die Geschichte lehrt uns, dass die von den Tyrannen mit Füßen getretene Freiheit zu allen Zeiten mutige Verteidiger hatte. Die Tyrannei dingt Mörder, aber die Freiheit bringt Rächer und Helden hervor.

In den ersten Tages des Jahres (1930) kam ich nach Europa mit dem alleinigen Ziel, den Mörder Mussolini zu treffen und ihn daran zu erinnern, dass die gute Spezies der Anarchisten noch nicht ausgestorben ist und sie die Grausamkeit und die Qualen, die den Genossen angetan wurden, zu rächen wissen. Im Mai, angelegentlich der mit viel Getöse verbundenen

Reisen des Tyrannen nach Norditalien, besonders nach Mailand, versuchte ich vergebens, meinen Plan auszuführen. Ich musste bedauerlicherweise feststellen, dass der Wille allein nicht genügt, man braucht auch das entsprechende Mittel, um zuschlagen zu können.

Ich werde es wieder versuchen, ich bin sicher, dass ich es schaffen werde, dass die Rache unerbittlich und hochwillkommen das Ungeheuer treffen wird, dem das Martyrium von vierzig Millionen Italienern nicht genug ist und das bald, ebenfalls aus Machtgier, im Einvernehmen mit dem Königshaus Savoyen und im Verein mit allen anderen faschistischen Regimen in Europa, gegen die ganze Menschheit die vernichtende Geißel eines neuen Krieges entfesseln wird.

Er konnte keinen zweiten Versuch unternehmen, der naive und ahnungslose Anarchist Michele Schirru. Die faschistische Polizei, die ihn beobachtete, die seine Korrespondenz und seine Schritte überwachte, verhaftete ihn bei einem verdeckten Einsatz im Februar 1931. Drei Monate lang wusste niemand etwas von ihm. Dann – nach einem Prozess mit absehbarem Ausgang und einem von Amts wegen zugewiesenen regimetreuen Verteidiger – verurteilte ihn das faschistische Sondergericht zum Tod durch Erschießen. Obwohl die Absicht – und bei Michele Schirru war es bei der Absicht geblieben – nicht strafbar ist. Das Urteil wurde am 29. Mai 1931 um 4 Uhr 27 vollstreckt. Die Haltung des Angeklagten während des Prozesses war laut der faschistischen Presse stets »sehr ruhig«, dem römischen Korrespondenten der *Times* zufolge bei der Verlesung des Todesurteils und vor dem Erschießungskommando »gleichmütig«.

Camilla erreichte den Schirrù (unpräzise und pathetische Hommage an Michele Schirru) um halb zehn, und sie fürchtete, zu spät zum Essen zu kommen. Sie hatte sich länger als geplant mit dem Schwager und der unvollkommenen Isabella aufgehalten, denn die Lust, sie zu studieren und sich ein Bild von ihr zu machen, überwog die Pünktlichkeit. Die gar nicht nötig gewesen wäre, denn das Essen war noch nicht fertig, als sie kam. Alle, einschließlich Soriana, die rücklings auf einem versifften Kissen lag, hatten sich in Vindices Küche versammelt, die wärmer und komfortabler war als der Gemeinschaftsraum.

»Wie findest du meinen Hund?«, fragte Vindice Camilla und zeigte auf ihn.

»Der gehört nicht dir«, erklärte der Gordo.

»Wenn er bei mir wohnt, gehört er mir«, sagte der Hausherr kurz und bündig. Er teilte bereitwillig sein Haus, aber nicht die Liebe des Hundes, denn auch die großzügigste Utopie hat ihre Grenzen.

»Hübsch«, log Camilla, und sie dachte, dass sich das Hündchen zu einem stattlichen Tollpatsch auswachsen und dann, wie so oft, seinem Herrchen ähneln würde.

Vanessa, das Geburtstagskind, hatte sich schön gemacht und äugte immer wieder neugierig zu den beiden Geschenkkartons hinüber, einem größeren und einem kleineren.

»Sollen wir ihr die Geschenke jetzt geben?«, schlug der Avvocato vor, als es Salzgebäck und ein Glas Weißwein gab. Der Wein war wegen seines metallischen und schwefeligen Geschmacks eine harte Prüfung für Camilla. Heute Abend gibt's nur Wasser, dachte sie, zur Vermeidung sofortiger Magen- und zukünftiger Kopfschmerzen.

In der kleinen Schachtel, die zuerst geöffnet wurde, steckte die Erdbeertasche, eine Überraschung für Vanessa, aber natürlich nicht für Camilla, die allerdings baff war, als der andere Karton geöffnet wurde, denn heraus kam eine tragbare Nähmaschine, eine halb professionelle Singer, für deren Bedienung man erst mal den Master machen musste. Vanessa war ebenfalls baff, aber vor Freude, sie klatschte in die Hände wie ein Kind und sagte in einer Tour danke danke, ist die schön ist die schön.

»Sie näht wahnsinnig gern. Sie war ein Jahr an der Schule für Mode und Textil, und dann, na ja, wegen ihrer Mutter …«, erklärte Liuba.

Beim Essen befiel Camilla ein dumpfes Gefühl von Unbehagen und Mitleid. Sie betrachtete die Tischrunde – der Schirrù war komplett, dazu drei Mädchen und drei Jungs, dem Look nach ebenfalls aus der alternativen Szene – und dachte an die Entscheidungen oder Niederlagen, die sie hergeführt hatten. Vindice mit seinem arg spät bewältigten Beziehungsdesaster, und auch die anderen hatten ihre Wunden. Die Welt war nicht, wie sie sie gern gehabt hätten, sie hatten sich für eine bescheidene Rebellion mit gestutzten Flügeln entschieden und sich entzogen. Die Ideologie zweitrangig, konfus und träge. Was vielleicht gut war. Vielleicht. Weder Fisch noch Fleisch, eine Schar Mutanten wie der Mann in *Waterworld*. Was erwarten sie vom Leben, was werden sie später mal tun. Sie leben von der Hand in den Mund, halten sich gerade so über Wasser, und das wird zum Dauerzustand. Eine Rückkehr in alte Zeiten? Als die meisten Leute nicht über den Tellerrand des nächsten Tages hinaussahen?

Ein Handy klingelte. Bei der Suche lag gekünstelte Gleichgültigkeit in Liubas Blick, schlecht gespieltes Desinteresse, das sich augenblicklich in Enttäuschung verwandelte.

»Nein, heute Abend nicht. Ich arbeite nicht.«

»...«

»Ich bin auf einem Geburtstag.«

»...«

»Ich weiß noch nicht. Vielleicht.«

»...«

»Wie du willst. Mach's gut.«

»Das war er nicht«, stellte der Avvocato fest.

»Stimmt. Das war der Langweiler.«

»Langweilig, aber hartnäckig. Gib ihm doch eine Chance«, schlug er vor.

»Ich weiß nicht, ob ich dazu Lust habe.«

»Dann schau mal, was ich für dich habe«, sagte er und schob ihr einen Zettel hin. »Handynummer und Adresse.«

Liuba schnappte sich den Zettel und lächelte.

»Einmal versuche ich es noch. Oder zweimal. Oder dreimal. Handy ist einfacher.«

Camilla lächelte auch. Ein Flirt, vielleicht ein zartes Liebespflänzchen. Aber nur ihrerseits, wie es aussieht. Irgendetwas passt immer nicht. Auch wenn die Anziehung gegenseitig ist. Hindernisse aller Art. Und oft moralische Skrupel. Hindernisse und Skrupel, die einem das Leben schwer machen, aber ein Segen sind für die Literatur, das Theater, das Kino, die Lieder. Francesca da Rimini hätten wir längst vergessen, wenn sie frei gewesen wäre. Dafür wäre sie auch nicht zusammen mit Paolo getötet worden. Mich bringt Renzo nicht um. Er ist nicht der Typ dafür, außerdem hat er keine Pistole. Der eifersüchtige Gianciotto hatte auch keine. Ein Messer reicht, auch die Hände. Oder ein kräftiger Schubs vom Balkon.

Dritter Stock genügt vollkommen. Aber wahrscheinlich kommt alles ganz anders, und er atmet erst mal tief durch. Es ist aus, und er braucht nicht mal Schuldgefühle zu haben. Praktisch ein Sechser im Lotto. Aber was weiß man schon, alles ist immer so ungewiss, so wenig vorhersehbar …

Wieder klingelte ein Handy, diesmal ihres. Sie kramte es aus der Handtasche. Stand auf, ging drei Schritte beiseite. Ja, natürlich bin ich in Sicherheit, hör auf, du redest ja immer noch wie ein Pfarrer. Oder wie ein Ehemann, sagte sie. Die anderen hörten es nicht oder gaben vor, es nicht zu hören, nur Liuba warf ihr einen süffisant komplizenhaften Blick zu.

Glück hat immer ein Ende. Weißdus Glück dauert sechzehn Tage. Eine auf gut zwei Wochen konzentrierte Lebensration.

»Jetzt geh nach Hause«, sagt Flora.

»Jetzt …«, wiederholt er. Aber es ist eine Bitte um Aufschub.

»Ich muss weg, einkaufen.«

»Weißt du …«

»Was?«

»Ich … ich trage dir die Sachen.«

Flora windet sich aus seinen Armen und denkt nach. Sie versteht natürlich, dass der Junge bei ihr bleiben will. Sie weiß, wenn sie nachgibt, wird es immer schwieriger, sich von ihm zu trennen oder ihn wenigstens auf gesunden Abstand zu halten. Aber die Sechserpacks Mineralwasser sind schwer, und er ist kräftig.

»Gut, aber danach gehst du nach Hause.«

»Ja.«

Sie fahren mit dem Auto zum Supermarkt. Weißdu sitzt neben Flora und genießt seine Glücksration. Er genießt sie auch, als er Schachteln und Büchsen oben aus den Regalen nimmt und sie ihr reicht, als er das Mineralwasser in den Wagen wuchtet, als er ihr an die Kasse folgt. Dann, auf dem Weg nach draußen, entdeckt er den Fotoautomaten und bleibt stehen.

»Ein Foto. Zusammen«, bittet er.

Sie seufzt und willigt ein. Sie legen die Köpfe aneinander, er lächelt, als es blitzt, sie kann nicht lächeln, sieht aber auch nicht genervt aus. Sie warten, bis die Bilder entwickelt und ausgeworfen sind. Als die Fotos herauskommen, gibt es Weißdus Glück schwarz auf weiß.

»Schön!«, sagt er, sieht ein Foto an und sieht gleich darauf Flora an, die jetzt auch lächelt.

Weißdu nimmt die Einkäufe aus dem Wagen und packt sie in den Kofferraum, später lädt er aus und trägt alles in die Wohnung. Dann, in der Küche, tritt er von einem Fuß auf den anderen, wie er es oft macht.

»Geh jetzt, Geraldo«, sagt Flora.

»Ja«, antwortet er und macht keine Anstalten zu gehen.

»Du kannst heute Abend wiederkommen. Um halb neun, dann fahren wir mit dem Auto hin.«

Er sagt wieder Ja und geht. Erst später, als er ziellos durch die Straßen läuft und dabei die Fotos betrachtet und sich das süße Bonbon des Glücks langsam im Mund zergehen lässt, fällt ihm ein, dass er das Fahrrad im Keller vergessen hat. Aber das macht nichts. Er fährt so lange mit verschiedenen Straßenbahnen und Bussen, bis er nicht mehr weit vom Schirrù ist.

Jessica Marchisio war noch nie schnell von Begriff gewesen. Als um elf Uhr abends zwei Polizisten Sturm läuteten, war sie noch langsamer als sonst, denn sie hatte sich kurz zuvor mit Pillen vollgestopft, und die Realität hatte verwischte, schwankende Konturen. Vielleicht war es Ivano, der hatte keinen Schlüssel, oder ihre Schwester, die ihn oft vergaß. Sie öffnete die Tür, ohne auf die Art des Klingelns zu achten, fragte nicht einmal, wer da sei, und die beiden Polizisten brauchten keinen Vorwand, um sich Einlass zu verschaffen. Während einer der beiden sie im Auge behielt, damit sie nicht telefonieren konnte, machte sich der andere auf die Suche nach Drogen und fand schnell eine hübsche Musterkollektion – Zäpfchen, Tabletten aller Art, Papierchen – an einem ganz und gar banalen Ort, nämlich in einer Blechdose mit der Aufschrift Kaffee.

»Gutes Angebot«, sagte er. »Du legst Wert auf Abwechslung.«

Sie zuckte mit den Schultern und sagte nichts. Sie war ziemlich abgedriftet, begriff aber, dass sie am besten schwieg. Ivano würde ihr schon aus der Patsche helfen. Erklären, dass sie nie gedealt hatte. Dass das Zeug ihm gehörte. Und irgendein Anwalt würde sagen, sie hätte von nichts gewusst.

Ivano kam um drei Uhr nachts. Er klingelte, die beiden Polizisten öffneten ihm und nahmen ihn gleich mit. Das Mädchen war schon fort.

Um elf Uhr vormittags saß Amleto Vitello mit Staatsanwältin Eva Rinaudo im Büro und informierte sie über den Stand der Dinge. Der tote Junge hatte immer noch keinen Namen, seinen mutmaßlichen Verwandten zufolge wies das Foto, das ihnen die Carabinieri gezeigt hatten, kaum, praktisch überhaupt keine Ähnlichkeit mit ihm auf. Die Wangenknochen seien anders, die Frisur sei anders, fast alles sei anders.

»Seit wann wird er vermisst?«, fragte die Staatsanwältin.

»Seit etwas mehr als einem Jahr.«

»In einem Jahr kann sich die Physiognomie eines Jungen stark ändern. Ganz zu schweigen von der Frisur. Vielleicht wollen sie einfach nicht wahrhaben, dass er tot sein könnte.«

»Vielleicht ist es ihnen auch egal.«

»Das glaube ich nicht, so was gibt es nicht.«

»Es gibt viel mehr, als wir uns vorstellen können. Noch etwas anderes: Der Mann, den man auf dem Foto mit der Torrielli sieht, hat einen Namen, aber das nutzt uns wenig, weil er vor knapp vier Monaten gestorben ist. Eines natürlichen Todes, akute Pankreatitis. Ich dachte, ich fühle mal ein bisschen bei seinen Kollegen oder der Familie vor …«

»Ach was, lassen Sie's gut sein. Hat der Typ im Krankenhaus eigentlich inzwischen geredet?«

»Nein, der ist immer noch mehr tot als lebendig. Wir können einen seiner Kollegen befragen, der eben festgenommen wurde. In der Wohnung seiner drogensüchtigen Ex, bei der er sich vorsichtshalber verkrochen hatte, haben wir ein ganzes Sortiment an Drogen gefunden.«

»Dann fragen wir ihn. Vielleicht kommt ja Bewegung in die Sache.«

Sie stießen gegen eine Mauer der Verweigerung, die an Schwachsinn grenzte. Oder an dreiste Überheblichkeit. Die Fingerabdrücke an dem gestohlenen und abgebrannten Renault? Der gehöre nicht ihm, er wisse auch gar nicht, von welchem Auto die Rede sei. Leider bewiesen die Untersuchungen des Erkennungsdienstes das Gegenteil. Die seien einen Scheißdreck wert, man braucht doch nur mit der Hand ein Auto zu berühren, das irgendjemand irgendwo abgestellt hat, und schon ist ein Fingerabdruck drauf. Auch an der Innenseite der hinteren Tür? Ivano zuckte mit den Achseln, als wolle er sagen, der Einwand sei bedeutungslos.

Amleto Vitello stand auf und trat ans Fenster. Ungeduld, Frust und Wut waren in ihm hochgeschwappt, er hatte plötzlich große Lust, Ivanos Stuhl einen Tritt zu verpassen, damit der Kerl mit dem Arsch auf dem Boden landete. Szenen aus amerikanischen Filmen, in denen Polizisten blindwütig zuschlugen, geisterten ihm durch den Kopf, und er hatte Mühe, die Vision zu verscheuchen.

»Alles in Ordnung, Ispettore?«, fragte die Staatsanwältin, der die Wut des Kollegen nicht entgangen war. Wenn sie, die Science-Fiction liebte, selbst bisweilen keinen Rat mehr wusste, schwirrten ihr nicht aneinandermontierte Gewaltszenen durch den Kopf, sondern das arkadische Bild eines selektiven Nieselregens, einer Art moralischen Unkrautvernichtungsmittels, das die unverbesserlichen Verbrecher sanft kaltmachte. Sie schliefen ein, als hätten sie einen Kamillenextrakt intus, und wachten nicht mehr auf. Anschließend wurde das Wetter wieder normal, schön oder scheußlich, mit Sonne, Regen, Wind oder Schnee, bis es erneut Zeit war, einen aseptisch reinen Tisch zu machen. Ohne Blutlachen, ohne hervorquellende Eingeweide, ohne herumspritzende Gehirnmasse. Der einzige Nachteil war, dass auf einen Schlag Heerscharen von Aushilfstotengräbern rekrutiert werden mussten.

»Ja, danke, Dottoressa. Was machen wir mit dem?«

»Er bleibt in Gewahrsam. Und wenn seine Freundin nervös wird, stellen wir ihr ein paar Fragen. Nicht sofort, zum richtigen Zeitpunkt.«

Ivano Villasco fühlte sich in die Enge getrieben, ließ sich aber nichts anmerken. Er war auch nicht gerade der Hellste, und die Möglichkeit, dass Jessica die Nerven verlor und ausplauderte, was sie wusste, war ihm bis dahin gar nicht in den Sinn gekommen. Statt sich über sich selbst zu ärgern, weil er ihr eine ganze Menge erzählt hatte, war er sauer auf sie. Und auf die Staatsanwältin. Alles Nutten, die Weiber. Alles Schlampen.

Was bildet die sich ein. Sie glaubt wohl, sie hätte das Heft in der Hand. O nein, das habe ich in der Hand. Messer habe ich, Messer aller Art. Tauchermesser. Metzgermesser, Messer zum Entbeinen, Filetieren, Entschwarten, Tranchieren. Und noch anderes Gerät, mit dem ich sehr gut umgehen kann.

Sie glaubt, sie hätte die Fäden in der Hand, könnte Ja oder Nein sagen. Wie die andere Nutte. Sie lässt sich bitten, sagt ab, entzieht sich. Sie hält sich für klug und intelligent, dabei entgeht ihr das Entscheidende. Eine Gans, eine dumme Pute, hält sich für schlau wie ein Fuchs und ist blind wie ein Maulwurf.

Vice-Brigadiere Pistore war fast sicher, dass der junge Mann auf dem Foto doch Geraldo Biason war. *Fast*, denn Fotos von Toten geben nie den gewohnten Gesichtsausdruck wieder, die charakteristische Art zu schauen, zu lachen oder zornig zu sein. Fotos von Leichen gießen Mimik, Zwinkern, Tics, Grimassen für immer in eine unbewegte Maske. *Fast* auch noch aus einem anderen Grund: Der Junge auf dem Foto trug zwei auffällige Ohrringe am rechten Ohrläppchen und einen Punkschnitt, nicht zu vergleichen mit der Geppetto-Frisur von Weißdu, der nie zum Friseur gegangen war, weil seine Mutter ihm mit einer Küchenschere und womöglich einem Topf die Haare schnitt. Außerdem hatten Elide, Nando und Piero Biason kategorisch erklärt: Das ist er nicht, ganz sicher nicht. Vater Biason war nicht in der Fabrik gewesen, musste alte Schulden bei einem vergesslichen Kunden eintreiben. Vice-Brigadiere Pistore hatte keine Ahnung, was in dem gut einen Jahr seit Weißdus Verschwinden geschehen war, und es blieb bei dem *Fast*.

Zum Beispiel hatte Weißdu etwa einen Monat nach seiner Ankunft im Schirrù morgens mit Liuba am Küchentisch gesessen und gefrühstückt.

Jeder eine große Tasse Milch mit Nescafé vor sich, Zwieback und Marmelade. Beide sind eingemummt wie für eine Polarexpedition, denn die ungeschriebenen, aber meistens befolgten Hausregeln sehen das morgendliche Entzünden der Öfen nicht vor, da die Bewohner lange schlafen und dann weggehen. Liuba betrachtet den Freund mit einem kritischen Blick und fragt: »Wer schneidet dir eigentlich die Haare?«

Er fährt sich mit den Fingern durch die Mähne und zögert mit der Antwort.

»Ich gehe mit dir zum Friseur, der ist ein Freund und schneidet sie dir umsonst, ja?«

Weißdu nickt. Wenn Liuba ihn auffordern würde, mit dem Fallschirm aus viertausend Metern abzuspringen, würde er auch nicken.

Und zu Beginn des Sommers stellt er ihr nach wochenlangem Grübeln auch eine Art Frage: »Ohrringe ...«

»Ja?«

»Ohrringe. Weißt du ... ich ...«

»Du hättest gern welche?«

»Ja.«

Ein weiterer Freund von Liuba sticht ihm zwei Löcher ins rechte Ohrläppchen, und Weißdu freut sich so, dass er sich weder fürchtet noch die zwei Stiche als unangenehm empfindet.

Noch vieles war in dem gut einen Jahr geschehen, worüber das Foto aber keine Auskunft geben konnte.

Weißdu hatte gelernt, mit der Straßenbahn und dem Bus durch die Stadt zu fahren, er hatte nach hartnäckigem Feilschen ein gebrauchtes Fahrrad erstanden, er war mit den anderen aus dem Schirrù in die Kneipe und die Disko gegangen, er hatte Nabil bei der Ausführung mehrerer Wandgemälde geholfen, er hatte sich eine scheußliche peruanische Mütze mit Zöpfchen und ein paar bunte falsche Designer-T-Shirts gekauft, er hatte den Garten geharkt und Vindices Küche getüncht. Aber mit einer Frau war er bis zu der Begegnung mit Flora nicht zusammen gewesen.

Vice-Ispettore Fadda hatte eine der langweiligsten Aufgaben jeder Ermittlung zu erledigen: Er musste die Verbindungs- und Gesprächsdaten von Flora Torriellis Mobiltelefon durchforsten und auswerten. Er fing natürlich hinten an, also in der letzten Woche, und fand sich nach einem halben Tag Arbeit damit ab, dass er vorerst auf nichts Interessantes gestoßen war. Die letzten Stunden im Leben des Handys entsprachen den letzten Stunden seiner Besitzerin, gefunden worden war es in der Gegend, in der ihr Auto gestanden hatte, und die letzte Spur stammte vom fünften Februar, zweiundzwanzig Uhr. Innerlich fluchend, ging er zu Amleto Vitello und berichtete von dem vorläufigen Untersuchungsergebnis.

»Na ja, eines wissen wir jetzt immerhin«, sagte Vitello.

»Was denn?«

»Dass der Mörder sich mit ihr verabredet haben muss. Nicht dort, wo sie in letzter Zeit anschaffen ging.«

»Ein Stammkunde?«

»Keine Ahnung ... jedenfalls hat sie ihm vertraut. Sie ist in sein Auto eingestiegen, vielleicht hat er sie sofort betäubt, dann hat er sie irgendwohin gebracht, wo er sie ungestört töten konnte. Muss ein geschlossener Raum gewesen sein.«

»Und vorher hat er das Handy weggeworfen.«

»Genau. Vorsätzliches Tötungsdelikt. Das passt nur nicht recht zum mutmaßlichen Stammkunden.«

»Es sieht mehr nach der Rache eines Bosses aus dem Milieu aus.«

»Die Torrielli hatte aber keinen Zuhälter. Und der Mann, der es auf sie abgesehen hatte, also höchstwahrscheinlich Martinelli, hatte kein Interesse an ihrem Tod.«

»Ganz schön wirr. Jetzt wäre ein Glückstreffer recht.«

»Da warte besser nicht drauf. Kontrollier lieber noch mal die letzten eingegangenen Anrufe. Ich meine, da kam mindestens einer von einem öffentlichen Telefon.«

So war es. Aus einer Telefonzelle am Ende des Corso Regina Margherita, einer jener Zellen, die vor den Zeiten der günstigeren Call Shops immer von schwarzen Prostituierten bevölkert gewesen war.

Die Knasttrommel funktionierte wie immer reibungslos, und so erfuhr Fausto Gusella, dass Martinellis Verletzung nicht das Werk eines von seinem Freund Gino gedungenen Gorillas war. Gino hatte auftragsgemäß ein paar Schläger kontaktiert und ihnen eine klare Order erteilt: Prügel nach Belieben, aber nur Prügel. Bloß dass die sich Zeit gelassen hatten und nicht pünktlich erschienen waren. Demnach, überlegte Gusella, hatte Martinelli sich bei noch jemandem unbeliebt gemacht und das gewaltig. Aber bei wem und aus welchem Grund? Nicht dass es ihn besonders interessierte, er wollte einzig und allein herausfinden, wer Flora getötet hatte, damit er den Kerl persönlich umbringen konnte, sobald er wieder auf freiem Fuß war. Falls die Polizei schneller war und den Dreckskerl einsperrte, auch egal: Zu gegebener Zeit würde schon jemand dafür sorgen, dass es wie Selbstmord aussah.

Und der Junge? Wer war der Junge? Ein armer Kerl ohne Familie, für den sich kein Schwein interessierte. Warum hatte Flora ihn mit nach Hause genommen? Wie und wo hatte sie ihn kennengelernt? Er war bestimmt keine von diesen Kanalratten, denn solche witterte sie schon von Weitem, um solche machte sie einen großen Bogen.

Flora, Flora. Wie konnte er nur so dumm sein. Es wäre so einfach gewesen, er hätte doch nur sagen müssen: Es reicht, mach Schluss. Hör auf, die Beine breit zu machen, Flora, ich sorge für dich. Hör auf mit der Straße, zieh zu mir. Eine Hure, na und? Sie hätte aufgehört. Aber sie hat nie etwas gesagt. Ich, ich hätte etwas sagen, über ihren Job hinwegsehen müssen wie sie über meinen. Wir hätten ein Kind haben können. Die Mutter eine ehemalige Hure, der Vater ein Dieb und Erpresser, toller Stammbaum. Aber vielleicht wäre das Kind glücklicher aufgewachsen als manch andere, Kinder von Anwälten, Ärzten, Notaren, Vorständen, die sich mit Drogen kaputt machen und nichts auf die Reihe kriegen. Was soll's, es kommt, wie es kommt, und es bringt nichts, darüber nachzudenken. Besser, ich schaue nach vorn und überlege, was ich tun kann.

17

Gaetano Berardi leitete die Ermittlungen vom Telefon aus. So gut es eben ging in seinem teils genervten, teils gelangweilten Zustand. Das Fieber war gesunken, aber nur wenig, und der Arzt, der ihn noch mal untersuchte, hatte ihn dazu verdonnert, zu Hause zu bleiben. Eine saftige Bronchitis, die zu einem schweren Erschöpfungszustand oder einem starken Raucher gepasst hätte, dabei traf für den Kranken weder das eine noch das andere zu, hatte er festgestellt, bevor er ging. Doch, doch, das passt schon, dachte Gaetano: Ich habe wieder angefangen zu rauchen, und wahrscheinlich hat die Unzufriedenheit der letzten Monate meinen Abwehrkräften zugesetzt. Na fein, ich argumentiere wie ein Hypochonder, wie Argan, fehlt nur die Nachtmütze und die Vorliebe für Klistiere. Natürlich trifft einen das Unglück immer zum falschen Zeitpunkt, erst kreist es wie ein Geier monatelang hoch oben, und wenn es dann einen Menschen in Schwierigkeiten erspäht, zack! stößt es ihm die Krallen ins Fleisch oder reißt ihm mit dem Schnabel Stücke aus dem Leib. Jetzt rede ich schon wie Camilla, die immer zwischen Vernunft und Fantasie schwankt, dachte er, während das Handy klingelte und gleichzeitig die Wohnungstür aufging.

»Zeitungen, Lasagne, Vitello tonnato und Apfelkompott, alles aus dem Feinkostladen. Wie geht's unserem Kranken?«, fragte Camilla.

»Unverändert. Entschuldige einen Augenblick«, antwortete er und griff nach dem Handy, während sie ihre Marketenderware aus der Plastiktüte nahm.

»Pronto ...«, meldete er sich in fragendem Ton, denn die Nummer auf dem Display war ihm unbekannt.

»Hier ist Liuba. Erinnerst du dich an mich?«

Gaetano sah kurz zu Camilla, die in *La Stampa* die Schlagzeilen überflog.

»Natürlich erinnere ich mich. Wie geht's?«

Camilla hob den Blick von der Zeitung und senkte ihn gleich wieder.

»Mir gut, aber ich weiß, dass du Grippe hast.«

»Stimmt.«

Camilla sah wieder von der Zeitung auf, sie wusste zwar nicht, wer am anderen Ende der Leitung sprach, aber seine Einsilbigkeit machte sie neugierig. Vielmehr argwöhnisch.

»Störe ich?«

»Nein, gar nicht.«

»Ich wollte nur ... schade wegen neulich Abend ... wir wollten doch ein Bier trinken gehen ...«

»Ja, fand ich auch schade. Aber weißt du ... die Arbeit ...«

Camilla legte die Zeitung auf den Tisch, lächelte ihn

spöttisch an und fragte mit Gesten, ob sie hinausgehen solle.

Er schüttelte den Kopf und drehte die Augen zur Decke.

»Wenn du irgendwas brauchst … Medikamente … was zu essen …«

»Danke, sehr lieb von dir, aber meine Krankenschwester kümmert sich um alles.«

Camilla tippte sich fragend mit dem Zeigefinger auf die Brust, und er nickte.

»Also dann … vielleicht sehen wir uns mal, wenn es dir besser geht.«

»Ja, vielleicht. Und danke für den Anruf.«

»Also ciao.«

»Ciao«, sagte er und legte auf.

»Ich und Krankenschwester?«, fragte sie.

»Vorübergehend. Willst du ein Geständnis?«

»Nein danke. Ich bin lieber im Ungewissen.«

»Jedenfalls ist es nichts von Bedeutung. Ein Mädchen, das ich ein paar Mal gesehen habe, Liuba.«

»Liuba?«

»Ja. Ein seltener Name.«

»Stimmt, selten. Wie laufen die Ermittlungen?«

»Treten auf der Stelle.«

»Erzählst du ein bisschen, nur so, zwecks neutraler Unterhaltung?«

Er erzählte: Eine Prostituierte grausam getötet, der junge Mann, der mit ihr zusammenlebte, getötet, der Zuhälter, der es auf die Frau abgesehen hatte, schwer verletzt, der Komplize, der selbigen zum Krankenhaus gefahren und dann das Auto in Brand gesteckt hatte, leugnete die Fakten.

»Welche Fakten?«

»Was ich sagte: dass er den Zuhälter zum Krankenhaus gefahren und das Auto, in dem er ihn abgeliefert hat und das natürlich geklaut war, in Brand gesteckt hat.«

»Fakten leugnet man, wenn man richtig Schiss hat. Hat er vor euch Schiss oder vor jemand anderem?«

Unterdessen befragten Amleto Vitello und die Staatsanwältin Jessica. Das Gesicht der jungen Frau war froschgrün, Augenringe zogen sich über die Wangenknochen, ihre Hände zitterten. Sie ist so alt wie meine Tochter, dachte der Ispettore, und hat schon ihr Leben ruiniert. Meine Tochter … wird langsam Zeit, dass ich mich um sie kümmere, seit wann habe ich sie eigentlich nicht gesehen? Klar, sie sind abgehauen, sie und ihre Mutter, aber das war nicht nur Rache, sondern auch eine Bitte um Aufmerksamkeit. Ich habe sie vernachlässigt, alle beide. Und das arme Mädchen hier tut mir so leid, dass ich es in den Arm nehmen möchte, anstatt es in die Enge zu treiben.

»Also«, sagte er, »wann hast du den Schritt getan?«

»Welchen Schritt?«

»Vom Eigenverbrauch zum Dealen. Mit der Ware bei dir zu Hause hättest du eine ganze Armee beliefern können.«

»Ich habe nie gedealt.«

»Ach nein? Und das sollen wir dir glauben?«

»Ich habe nie gedealt, nie.«

»Ivano sagt da was anderes. Er sagt, du ziehst das gerade im großen Stil auf, du kümmerst dich um die wichtigen Kunden, für die nicht so wichtigen hast du Kleindealer.«

»Das ist nicht wahr. Das hat er bestimmt nicht gesagt.«

»Wir können ihn holen, dann sagt er es dir noch mal höchstpersönlich. Ihn und seine Neue, du kennst sie doch, oder? Die ist auch ein Junkie, und wenn sie ihren Dealer nicht antrifft, geht sie zu dir, sagt sie. Auf Ivanos Empfehlung.«

Amleto Vitello hoffte fast, sie würde nicht darauf hereinfallen, doch Jessica öffnete den Mund wie ein an Land gezogener Fisch.

»Wichser!«, zischte sie. »Wegen dieser Schlampe hat er mich vor einem halben Jahr sitzengelassen, aber als er in der Scheiße saß, zu wem kam er da angekrochen, zu wem?«

»Zu dir, um der anderen seine Scheiße zu ersparen.«

»Zu mir, mitten in der Nacht, mit einem Haufen Stoff, auf Knien hat er mich angebettelt! Dieser elende Wichser ...«

Sie brach in Tränen aus. Amleto Vitello bedeutete der Staatsanwältin weiterzumachen, trat ans Fenster und sah hinaus. Die Staatsanwältin reichte Jessica ein Taschentuch und wandte sich einen Moment ab. Tränen machten ihr schon lange nichts mehr aus, aber beim Anblick von Rotz an der Nase drehte sich ihr der Magen um.

»Er hat dich gebeten, ihn bei dir wohnen zu lassen und den Stoff für ihn aufzuheben, weil er bei sich zu Hause Angst hatte«, fuhr die Staatsanwältin fort. »Angst vor wem?«

»Ich weiß es nicht.«

»Wie du willst. Du bist in Untersuchungshaft, weil du eine beträchtliche Menge Drogen verticken wolltest. Und wegen Verdunklungsgefahr. Frag deinen Anwalt, wie viel du dafür kriegst, ich verschwende meine Zeit nicht länger mit dir.«

Vitello drehte sich um und betrachtete die beiden Frauen, die einander gegenübersaßen: Jessica schniefend und Dottoressa Rinaudo, die Mobiltelefon, Stift und Notizbuch in die Handtasche steckte. Er fragte sich, ob die Härte der Staatsanwältin echt oder simuliert und ob das Mädchen wirklich so dumm war, wie es den Anschein hatte.

»Jemand hat auf ihn geschossen«, flüsterte Jessica.

»Wer hat auf ihn geschossen?«, fragte die Staatsanwältin und stellte die Handtasche auf den Schreibtisch.

»Ich weiß es nicht.«

»Also auf Wiedersehen. Dann kannst du uns später alles in Ruhe erzählen«, sagte die Rinaudo und stand auf.

»Nein, warten Sie. Den Namen weiß ich nicht, den hat er nicht gesagt.«

»Uns ist nichts von einer Schießerei bekannt.«

»Er wurde nicht getroffen, ein anderer Mann wurde getroffen.«

»Umberto Martinelli, der mit ihm unterwegs war«, schaltete Vitello sich ein und kehrte an den Schreibtisch zurück.

»Ja, Umberto.«

»Und warum wurde auf ihn geschossen?«

»Drogen.«

»Das heißt?«

»Eine nicht bezahlte Lieferung.«

»Umberto und Ivano sind Partner?«

»Bei den Drogen nicht.«

»Aber in Sachen Prostitution. Und für einen solchen Dreckskerl wärst du ins Gefängnis gegangen? Für einen, der dich früher oder später auf den Strich geschickt und dir dafür auch noch eine Dosis verpasst hätte?«

Jessica fing wieder an zu heulen. Der Ispettore dachte, das Mädchen würde auch von ganz allein auf dem Strich landen, ausprobiert hatte sie es sicher schon, wenn auch sporadisch.

Die ersten beiden Male war der »Dottore« mit Flora in einem Hotel im Hinterland gewesen. Einem schönen Hotel: Doppelzimmer mit Minibar, gut gearbeitete moderne Möbel, nach Lavendel duftende Laken, ein Schälchen mit Pralinen und Bonbons auf dem Schreibtisch. Anscheinend kannte man ihn in dem Hotel, vielleicht war er sogar Stammgast. Der Portier begrüßte ihn respektvoll und verlangte keinen Ausweis. Und sie war einfach Luft für ihn.

Geschlechtsverkehr ohne Überraschungen, ohne besonders ausgefallene oder anstrengende Wünsche vonseiten des Freiers.

»Würdest du nächstes Mal mit zu mir nach Hause kommen?«, hatte er nach dem zweiten Treffen gefragt.

Flora hatte mit der Antwort gezögert. Einen Kunden zu Hause zu bedienen war immer mit einem gewissen Risiko verbunden, und sie vermied es tunlichst.

»Du hast mein Autokennzeichen, du hast gesehen, dass man mich im Hotel kennt. Wovor hast du Angst?«

»Ich habe keine Angst, aber mein Freund will das nicht«, log sie.

»Auch nicht, wenn ich richtig gut zahle?«

»Wie viel?«

Er nannte eine verlockend hohe Summe.

»Was willst du dafür?«, hakte Flora nach.

»Dass wir es zu dritt machen.«

»Sonst nichts?«

»Dass wir es auf zwei, drei verschiedene Arten machen.«

»Wenn du an Handschellen, Fesseln, Peitschen und solchen Kram denkst – Fehlanzeige.«

»Ich denke nicht an so was.«

»An was dann?«

»Die Nacht mit dir zu verbringen. Uns richtig Zeit zu lassen. Brauchst du eine Anleitung dafür oder lässt du deine Fantasie ein bisschen spielen?«

Sie überlegte ein paar Sekunden. Fantasie hatte sie genug, um zu wissen, dass sie am Ende fix und fertig sein würde. Aber es war wirklich viel Geld.

»Einverstanden. Aber wenn du mich schlägst, werdet ihr alle beide was erleben, du und dein Freund.«

»Keine Sorge. Treffen wir uns an deinem Platz?«

»Ja.«

»Also bis bald. Gib mir doch noch deine Handynummer.«

Ab da sahen sie sich häufig, aber unregelmäßig. Das konnte zwei- oder auch dreimal im Monat sein, es konnte aber auch ein ganzes Vierteljahr ohne ein Treffen vergehen.

»Ispettore, dem Dreckskerl geht's besser, er ist wach«, sagte der junge Beamte am Telefon.

»Alles klar, sag ihm gute Besserung von mir«, antwortete Amleto Vitello.

»Wollen Sie und der Commissario denn nicht mehr mit ihm reden?«

»Der Commissario liegt mit Bronchitis im Bett. Und ich habe inzwischen erfahren, was ich wissen wollte.«

»Sie wissen, wer auf ihn geschossen hat?«

»Nein, aber das ist mir auch egal.«

»Aber … wie das?«

»Er wurde irrtümlich getroffen. Der Typ hat zwar geschossen, aber das Pulver nicht erfunden.«

»Äh … wie …«

»Ein Idiot, ein Schussel, einfach blöd.«

»Zu blöd zum Schei … äh … Schießen.«

»Genau. Aber sag das dem Dreckskerl nicht, lass ihn in dem Glauben, dass sie ihn immer noch auf dem Kieker haben.«

»Damit ihm der Arsch auf Grundeis geht?«

»Ja, aber lass dir nichts anmerken, tu, als wär's dir rausgerutscht.«

»Suchen Sie denn nicht die Typen, die auf ihn geschossen haben?«

»Alles zu seiner Zeit. Erst suchen wir den Mörder der Prostituierten und des Jungen, dann sehen wir weiter.«

»Wiederhören, Ispettore. Hier im Flur kommt jetzt der Verpflegungswagen.«

»Gibt es was Gutes?«

»Warten Sie, ich sehe mal nach. Für den Dreckskerl Griessuppe und Apfelkompott. Er ist auf Diät.«

»Und was kriegst du?«

»Maccheroni mit Fleischsauce, Ragout mit Erbsen und eine Orange. Ich liebe Maccheroni.«

»Auch im Krankenhaus?«

»Überall.«

Giacinto Biason kam abends gegen halb acht nach Hause. Seine Frau war fast fertig mit Kochen, die Kinder sahen eine Quizsendung, und erst als alle am Tisch saßen, erzählten sie ihm zwischen zwei Bissen vom Besuch des

Vice-Brigadiere Pistore und vom Foto eines Jungen, der in Turin umgebracht worden war. Vater Biason spürte sein Herz stolpern wie ein altes Auto an einer Steigung, und plötzlich meldete sich sein Magengeschwür.

»Seid ihr ganz sicher, dass es nicht Geraldo ist?«, fragte er mit dünner Stimme.

»Logisch!«, antwortete Nando mit vollem Mund.

»Absolut!«, bestätigte Piero. »Der Tote sieht ihm überhaupt nicht ähnlich.«

»Aber was …«

»Was der Vice-Brigadiere wollte? Uns sagen, dass die Anzeige zwar über ein Jahr zurückliegt, sie aber die Sache nicht auf die leichte Schulter nehmen«, erklärte Elide.

»Aber dieser tote Junge …«

»Der sieht aus wie ein Junkie. Und total schwul mit den Ohrringen«, beendete Nando das Thema.

Giacinto Biason schob seinen Teller mit dem geschmorten Kaninchen zur Tischmitte hin und schluckte drei- oder viermal, um den Brechreiz zu vertreiben.

»Hast du deine Magentabletten genommen?«, fragte seine Frau.

»Ja, aber sie helfen nicht«, antwortete er. Dann stand er vom Tisch auf und ging hinaus.

Eine Viertelstunde später starrte er das Foto des toten Jungen an, der Geraldo nicht ähnlich sah. Und am folgenden Morgen saß er noch vor Tagesanbruch im Turiner Polizeipräsidium auf einer Bank und wartete darauf, mit jemandem sprechen zu können. Er wartete darauf, den toten Jungen sehen zu können, der sicher sein Sohn Geraldo war.

Weißdu wird Floras Wächter. Floras fester Freund. Er fährt mit ihr zu ihrem Standort, wartet auf sie, wenn sie mit einem Freier wegfährt, leistet ihr, ein bisschen weiter hinten und halb versteckt, zwischen zwei Jobs Gesellschaft. Die Nächte sind lang und bitterkalt, aber er spürt die Kälte nicht, und in Floras Nähe vergehen die Stunden so schnell wie Minuten. Am Morgen begleitet er sie nach Hause, und manchmal, immer öfter, geht er mit hinauf. Er schaut ihr zu, wenn sie sich auskleidet, und nach der Dusche reicht er ihr das Frotteehandtuch, rubbelt sie ab, massiert sie und küsst sie auf den Nacken und die Schultern. Er zieht sich ebenfalls aus und schlüpft neben sie unter die Bettdecke. Heute nicht, Geraldo, sagt sie. Oder sie sagt nichts, und dann rutscht er zu ihr und küsst sie wieder, er fängt im Gesicht an und wandert hinunter, und er streichelt und berührt und umarmt sie, wie sie es ihm gezeigt hat. Jetzt, sagt Flora und führt ihn, und er gehorcht, aber nicht wie ein Kind, sondern wie ein zärtlicher und erfahrener Liebhaber.

Sie stehen spät auf. Manchmal schickt sie ihn weg. Sie muss eine Weile allein sein, sie mag es nicht, wenn er immer bei ihr herumhängt, sie mit stiller Verehrung beobachtet. Doch abends kommt er zurück, und Flora fühlt sich sicherer, weil sie weiß, dass jemand auf sie aufpasst. Sie müsste ihm ein Handy besorgen, dann wäre sie noch sicherer.

18

Nach dem Telefongespräch mit dem Bullen brach Liuba in Tränen aus. Er hatte sie ohne Umschweife abserviert, auf eine zwar freundliche, aber auch endgültige Art und Weise, sie brauchte sich also keine weiteren Hoffnungen zu machen. Der Zufall hatte es gewollt, dass neulich Abend etwas dazwischengekommen war: Die Gelegenheit war verstrichen, die Geschichte zu Ende, bevor sie angefangen hatte. Er brauchte nichts, legte keinen Wert auf ein Wiedersehen und würde sich nicht mehr melden. Die Schmach fügte sich nahtlos in das Unbehagen ein, das sie seit einiger Zeit hinsichtlich mancher Dinge in ihrem Leben immer häufiger empfand.

Ihre Eltern schienen sie vergessen zu haben, sie riefen nicht mehr an. Sie hatte eine Kraftprobe gewollt, die Eltern hatten sie gewonnen; sie war türenschlagend gegangen, entschlossen, nicht zurückzukehren, aber tief drinnen hatte sie auch geglaubt, dass ihre Eltern sich durchsetzen und sie irgendwie nach Hause zurückholen würden. Doch es war anders gekommen. Anfangs hatte es beleidigte und verärgerte Anrufe gegeben, auf die sie mit entschiedener Härte reagierte, dann wurden aus diesen Anrufen magere Bitten um Information – geht es dir gut, brauchst du was –, und nun waren sie seit einigen Monaten ganz ausgeblieben. Nein, sie beabsichtigte nicht, den Rückwärtsgang einzulegen, allerdings wollte sie auch nicht, dass ihre Rebellion keinen Kummer erzeugte.

Dann der Job, den sie angenommen hatte, hauptsächlich um ihnen eins auszuwischen, um sie vor den Bekannten zu blamieren. Anfangs fand sie die Arbeit ganz lustig, aber es war und blieb ein Scheißjob. Sexspielzeug verkaufen – oder Schweinkram, wie der blöde Bulle es nannte – war bestimmt nicht das Ziel ihrer Träume gewesen, als sie noch Träume hatte. Auch das allabendliche Theater, die Kostümierung mit dem abgedroschenen Rüstzeug einer Erotik für Impotente, dieses Theater, das früher ein Spiel gewesen war, empfand sie jetzt als unangenehm, manchmal sogar abstoßend. Klar hätte sie den Job hinschmeißen können, aber als was sollte sie sonst arbeiten? Abends als Kellnerin in einem angesagten Lokal, schwarz und für einen Hungerlohn, wo du vom vielen Stehen geschwollene Beine kriegst, wo du dich mit den Kolleginnen um das Trinkgeld streitest, falls überhaupt jemand ein paar Münzen Wechselgeld auf dem Tisch oder der Theke liegen lässt. Halbtags als Kassiererin in einem Supermarkt, wo sich die Kunden in der Schlange immer aufregen, da kannst du noch so fix sein. Als Verkäuferin irgendwo für drei Monate und dann musst du wieder gehen, weil der Vertrag ausläuft und eine andere kommt …

Und seit Monaten kein Mann in Sicht. Niemand, mit dem ich schlafen könnte. Nein, mit dem ich Sex haben, ficken könnte, das ist zwar nur ein Ersatz, aber es funktioniert oft und hebt die Laune.

Liuba wischte sich mit der Hand über die Augen und schalt sich eine Idiotin, weil sie heulte. Ein bisschen Sex, genau das war es, was ihr fehlte. Ohne Gefühlskomplikationen, ohne Versprechen, ohne langes Palavern. Sie brauchte sich gar kein Bein auszureißen, um den richtigen Partner zu finden, den hatte sie schon bei der Hand. Und der Bulle konnte sie mal kreuzweise.

Camilla merkte, dass Gaetano die Unterhaltung mit ihr und die Telefongespräche mit dem Büro anstrengten, und ließ sich eine Ausrede einfallen, um bald verschwinden zu können. Eine Ausrede für ihn und vielleicht auch für mich, dachte sie fast beiläufig auf dem Weg zur Straßenbahn. Das Auto hatte sie wohlweislich stehen lassen, weniger aus Umweltbewusstsein, sondern weil man kaum vorwärtskam, wenn man die Bus- und Taxispuren meiden wollte, die hinterhältigen Umleitungen, die Verkehrspolizisten, die wie Drachen darauf lauerten, einem unter irgendeinem Vorwand, ab Niesen am Steuer aufwärts, einen Strafzettel zu verpassen. Die Tram kam bald, sie war, da keine Stoßzeit herrschte, nicht gedrängt voll, und vor der nächsten Haltestelle setzte sich Camilla auf den Platz eines Mädchens, das aussteigen wollte. Um das leise, aber störende Surren eines Gefühls, das sich eben meldete und dem sie sich nicht stellen mochte, zum Schweigen zu bringen, konzentrierte sie sich darauf, die Fahrgäste zu beobachten. Vor allem Jugendliche und Alte, stellte sie fest: Die einen schlugen mangels schulischer Verpflichtungen die Zeit tot und fuhren von einem olympischen Treffpunkt zum nächsten, die anderen kauften für sich oder ihre Kinder ein, hatten einen Termin beim Arzt oder holten Untersuchungsergebnisse ab. Den Jungen und Mädchen mit ihrer unbekümmerten Gewissheit langer Tage im Leben war die Zeit egal, sie plauderten entspannt und laut, sie regten sich nicht auf, wenn die Tram im Stau stecken blieb oder ein Unfall die Straße blockierte und sie nur langsam vorwärtskam. Die Alten blickten im Wissen um ihre schrumpfende Zukunft gehetzt und ungeduldig drein, sie sahen immerzu auf die Uhr, brummelten vor sich hin, taten kopfschüttelnd ihre

Missbilligung gegenüber Gott und der Welt kund. Nur wenige Fahrgäste waren mittleren Alters, die meisten Immigranten: Frauen mit Einkaufstüten, ein paar Männer in Arbeitskleidung. An einer Tür stand lauernd ein Pärchen zwischen zwanzig und dreißig, beide mager und mit fahrigem Blick, und wartete die passende Haltestelle ab, um sich rasch die nächste Dosis beschaffen zu können. Wie schnell sich urbane Gewohnheiten ändern, wie anders sich das Leben präsentiert, dachte sie, um nicht an etwas anderes denken zu müssen.

Der Körper lag nackt unter einem weißen Tuch, und als das Tuch ein Stück angehoben wurde, war das Gesicht das Gesicht seines Sohnes. Er würde nie mehr »weißt du« sagen, er würde auch keine Vogelstimmen mehr imitieren und sich den Tropfen nicht mehr von der Nase wischen. Für Giacinto Biason bestätigte sich, was er schon gewusst hatte, als er das Foto sah, und er sagte ja, das ist mein Sohn Geraldo. Das Magengeschwür verursachte keine plötzlichen Stiche mehr, es hatte sich in einen tiefen, starken Dauerschmerz verwandelt, der sich zu dem anderen, ebenso tiefen, starken Dauerschmerz gesellte. Die Gesichter der Menschen um ihn herum und die Umrisse der Gegenstände schwankten und flimmerten vor seinen Augen, er unterschrieb benommen Papiere, traf Vereinbarungen, stellte Schecks aus, gab Anordnungen und fuhr um sechs Uhr abends mit dem Auto zurück ins Dorf. Er parkte mitten in der Nacht vor dem Gartentor, holte etwas aus dem Kofferraum und ging nicht ins Haus. Der Erste, der ihn am nächsten Morgen sah, war der alte Cecco Lugato auf dem Weg in seinen Obstgarten, wo er nach dem Nachtfrost die Apfelspaliere begutachten wollte.

Giacinto Biason hing am untersten Ast eines Walnussbaums, und man konnte nichts mehr für ihn tun.

Wenn Dottor Pellerino mit Flora ins Bett wollte, fuhr er kurz zu ihr und verabredete sich mit ihr für den nächsten oder übernächsten Abend. Sie parkte ihren Wagen dann ein ganzes Stück von ihrem Standort entfernt in einer Straßenbucht an der Einmündung zur Strada del Pino, das hatte Pellerino so entschieden. Er holte sie, meist auf die Minute pünktlich, dort ab und nahm sie mit zu sich nach Hause. Das heißt, nicht direkt zu sich nach Hause, sondern in eine kleine Dependance hinten im Garten, in der in vergangenen Zeiten wohl der Hausmeister gewohnt hatte. Ein recht geräumiges Zimmer mit kleinem Bad: ideal als Garçonnière, wie man früher sagte, oder als Absteige, wie Flora prosaischer dachte. Manchmal holte nicht Pellerino sie ab, sondern der andere Mann, der viel jünger war, kaum erwachsen. Freundlich waren sie alle beide, es war jene kühle, förmliche, distanzierte Freundlichkeit, die, viel wirkungsvoller als Arroganz, unmissverständlich Hierarchien und Rollen festlegt, jene Freundlichkeit, die dem Gefühl von Überlegenheit und Verachtung entspringt. Aber Flora war nicht gekränkt, die gesellschaftliche »Wertschätzung«, die den Huren entgegengebracht wird, kratzte sie schon lange nicht mehr, und besonders tief war der Kratzer auch nie gewesen.

Das Treffen dauerte lange, und sie war hinterher zermürbt, zwar ohne blaue Flecke, ohne Spuren von Schlägen, aber ihr tat alles weh, nachdem sie von allen Seiten und mit allen Mitteln bearbeitet worden war, sie konnte nur mit Mühe und breitbeinig gehen und hatte den ganzen folgenden Tag Bauchkrämpfe. Doch diesen Tag und auch den nächsten, verbrachte sie zu Hause, sie lag auf dem Sofa und sah fern oder las Zeitschriften, mit dem schnurrenden Momo, der sich, glücklich über die Gesellschaft, schläfrig neben ihr einrollte. Ein Tag Pause, allein und in aller Ruhe, von wohlverdienter Heiterkeit beinahe. Fausto gegenüber hatte sie den Dottore nur am Rande erwähnt, sie hatte ihm nie alles erzählt, überhaupt sprachen sie wenig über Berufliches, vor allem aber hatte ein leises klebriges Gefühl von Abscheu sie daran gehindert. Sie hatte ihm allerdings von dem wichtigen und eleganten Abendessen erzählt, bei dem der Dottore sie als eine Freundin vorstellte und sie zusammen fotografiert wurden: Sie hatte Fausto erzählt, was sie wusste und was sie, leicht verwundert, dort erlebte.

Sie wusste allerdings nicht, dass man sie zu einem geplanten und kaltblütig vollzogenen Racheakt benutzt hatte.

Gilberta genannt Bibi erstickte die nagende Unruhe in einem zum ersten Mal konfusen und widersprüchlichen Aktivismus. Renzo wunderte sich manchmal darüber, stellte aber lieber keine Fragen; die Kinder hörten sich ihre Befehle und Gegenbefehle schulterzuckend an und befolgten weder die einen noch die anderen. Giorgios Handy war zu oft ausgeschaltet oder er nicht erreichbar. Endlose Arbeitssitzungen. Sehr knappe Telefonate. Ein Ton in der Stimme, den sie gar nicht an ihm kannte.

Müdigkeit, denkt sie, der Stress des Managers, der es sich nicht leisten kann, die gesteckten Ziele zu verfehlen. Absurd verschärfte Konkurrenz. Weitreichende Maßnahmen im Bankgeschäft, die das Gleichgewicht zwischen den einzelnen Instituten massiv stören; mögliche Fusionen, die Hunderte, wenn nicht Tausende Arbeitsplätze gefährden; Neuordnung der Filialen im ganzen Land, was einen Wirbel an Versetzungen ahnen lässt. Armer Giorgio! Sein Posten scheint zwar sicher, aber er scheint es eben nur, denn in der schwächelnden Finanzwelt ist nichts mehr gewiss. Und auf seinen Schultern liegt die Verantwortung für das Wohlergehen der Familie. Ich hätte nicht wegfahren, ihn in dieser schwierigen Zeit nicht allein lassen dürfen. Aber wenn ich ihn in den letzten Monaten gefragt habe, was ihn denn bedrückt, hat er es immer heruntergespielt und gesagt, es gebe keinen Grund zur Sorge. Jetzt ist der Druck anscheinend noch höher, aber ich will ihn nicht dauernd fragen, auch wenn ich die Ungewissheit nicht mag. Man muss im Leben alles unter Kontrolle haben, man darf keinen Bereich im Dunkeln lassen, denn wo Dunkelheit, also Schatten ist, dort macht sich Chaos breit. Jedenfalls sagt Giorgio jedes Mal: zu viel Arbeit. Anders Renzo – nicht, dass ich es ihm nicht gönnen würde, um Himmels willen –, der konnte während der Olympischen Spiele zwei Wochen freinehmen, dabei scheinen alle Leute doppelt so viel zu arbeiten wie sonst. Nein, nicht alle. Camilla hat auch frei, weil die Schulen geschlossen sind. Aber eben weil schulfrei ist, wollte ich mit den Kindern nach Bardonecchia: Kinder den ganzen Tag zu Hause sind eine Strafe, und sie alleine in die Stadt zu lassen kommt gar nicht infrage. In den Bergen ist das anders. Sie toben sich beim Skifahren aus, und es besteht nicht die Gefahr schlechter Gesellschaft, hier kann ich sie vor Schaden bewahren, und das Schlimmste, was ihnen passieren kann, ist ein übler Sturz, aber das Risiko ist minimal, der Skilehrer ist ja immer dabei. Abgesehen davon atmet man eine Weile lang saubere Luft und kein Gift.

Doch über der Sorge für die Kinder vernachlässige ich Giorgio, ich lasse ihn allein, obwohl er mich jetzt dringend braucht und ich bei ihm sein müsste. Er ist müde, und ich sorge nicht dafür, dass morgens ein duftendes gebügeltes Hemd bereitliegt, dass die Wohnung tipptopp ist, dass er sich gesund und nicht von Vorgekochtem oder Tiefkühlkost ernährt. Und wenn eine Frau nicht will, dass ihr Mann Versuchungen erliegt, darf sie ihm keinen Grund dafür liefern. Jetzt auch noch der Ärger mit dem Wagen. Ein Mercedes sollte eigentlich zuverlässig sein, aber seiner hat schon nach nicht einmal einem Jahr sämtliche Zipperlein, und mein Seicento fährt immer tadellos. Nun sitzt er in der Stadt fest, der Arme, und natürlich bedauert er das noch mehr als ich. Ich könnte die Kinder bei Renzo lassen und kurz runterfahren, aber ehrlich gesagt bleibe ich lieber hier, denn erstens ist mein Bruder zu zerstreut und chaotisch, und zweitens könnte Giorgio denken, mir seien weiß der Himmel was für Zweifel gekommen, dabei habe und hatte ich nie Zweifel.

Ivano Villasco hatte die Sache in der Zelle überschlafen und begriffen, dass es nicht gut für ihn aussah.

Erstens: Die Polizei hatte gewusst, wo sie ihn finden würde. Zweitens: Er hatte kein anderes Versteck. Drittens: Ngodu würde es wieder versuchen. Viertens: Beim zweiten Mal würde niemand einen Fehler machen. Es gäbe keinen Umberto, der plötzlich einen Schritt machte, als der Junge mit der Pistole die Hand aus dem Seitenfenster streckte, Umberto, der sich nach der falschen Seite bewegt und ihm, ohne es zu wollen, das Leben gerettet hatte. Ngodu sei verschwunden, hatten sie ihm gesagt, vielleicht in sein Land zurückgekehrt, jedenfalls war es scheinbar ein Kinderspiel, ihm den Stoff zu klauen, aber nein, er hatte sich dem Milieu nur eine Weile ferngehalten, weil sie ihn alle im Visier hatten, Carabinieri, Polizei und Zoll. Und als er wieder auftauchte, fragte er nicht lange, was los gewesen war, sondern griff gleich zur Pistole, um klarzumachen, dass er sich nicht über den Tisch ziehen ließ. Jetzt haben die Bullen Ngodus Stoff, sie haben das Zeug zwar in Jessicas Wohnung gefunden, aber sie wussten natürlich, dass es nicht ihr gehörte, dass sie einen solchen Haufen Zeugs nie zusammenbekommen würde, und wenn sie ein Leben lang anschaffen ging. Ich bleibe am besten hier, dachte Ivano, im Knast ist es nicht so gefährlich, und vielleicht machen sie Ngodu ein für alle Mal dingfest, obwohl das nicht so einfach ist, wenn einer sich die Fingerkuppen verätzt und hundert Identitäten und keine Papiere hat. Aber auch wenn sie ihn ein-, zwei-, dreimal erwischen und ihn ohne Papiere wieder laufen lassen müssen, wird es doch brenzlig für ihn, er weiß, dass er seinen Koffer packen sollte, und dann geht er woanders den Leuten auf den Sack. Das Arschloch wollte mich umlegen, ich glaube fast, ich gebe den Bullen einen Tipp, ich brauche nur eine Adresse zu nennen, die Jessica zufällig rausgefunden hat, die von dem Call Shop, wo er seine Kontakte und vor allem seine Papiere hat. Jessica ist sowieso fertig, in ein paar Tagen oder spätestens Wochen krepiert sie an einer gepanschten Dosis.

So war Ivano Villasco durchaus gesprächig, als Vitello und die Staatsanwältin ihn abermals befragten. Dass ihn die beiden ansahen wie die Kotzepfütze eines Betrunkenen, ließ ihn kalt, er redete, um seinen Arsch zu retten, erzählte von Ngodu, vom Call Shop und von den

Papieren und erklärte, dass der Auftragsschütze es eigentlich auf ihn und nicht auf Umberto Martinelli abgesehen hatte.

Umberto Martinelli ging es mittlerweile etwas besser, und er wurde wieder nervös. Er wolle so schnell wie möglich, also sofort, mit jemandem von der Mordkommission reden, weil er etwas Wichtiges, etwas sehr Wichtiges zu sagen habe. Während er wartete, starrte er auf die Zimmertür und fuhr jedes Mal erschrocken zusammen, wenn sie aufging und eine Schwester oder ein Arzt hereinkam. Der junge Beamte oder sein Kollege betrachtete ihn gelangweilt, gähnte demonstrativ, blätterte in einer uralten Zeitschrift aus dem Aufenthaltsraum und gönnte sich zur Entspannung ab und zu eine längere Pause auf dem Flur, um die Zeit totzuschlagen und auftragsgemäß dafür zu sorgen, dass Martinelli noch mehr Schiss bekam. Dann wurden der junge Beamte und die anderen ins Präsidium zurückbeordert, und Umberto lag grün vor Angst im Bett und tat kein Auge mehr zu.

»Na, was haben wir es denn so eilig?«, spottete Amleto Vitello, als er endlich Zeit hatte, ihn anzuhören. »Willst du uns unbedingt verklickern, wo sich Provenzano verkrochen hat?«

»Ich muss Ihnen sagen, wer mich umlegen will. Und dass der es wahrscheinlich noch mal versucht, wenn Sie den Posten abgezogen haben.«

»Wer will dich denn umlegen?«

»Fausto Gusella.«

»Das kann nicht sein. Er sitzt.«

»Er sitzt, aber von ihm stammte der Auftrag.«

»Wieso ist er denn hinter dir her?«

»Keine Ahnung.«

»Bist du wirklich so blöd, Martinelli, oder verarschst du mich?«

»Ich wollte nur mit Flora zusammen sein.«

»Zusammen sein? Du meinst, du wolltest sie ficken?«

»Ja.«

»Und du glaubst, wenn man mit einer Prostituierten zusammen sein will, bringt ihr Zuhälter einen um? Abgesehen davon war Gusella nicht Floras Zuhälter.«

»Eben. Sie war seine Freundin.«

»Und warum sollte er von allen ihren Kunden ausgerechnet dich töten?«

»Weiß ich nicht.«

»Du weißt es ganz genau. Könnte es sein, dass du Flora in deinen Stall aufnehmen wolltest und sie beobachtet hast? Zusammen mit deinem Kumpel Ivano?«

»Ich bin kein Zuhälter.«

»Soll ich dir mal was sagen, Martinelli? Ganz im Vertrauen? Es tut mir echt leid, dass der Typ dich nicht richtig getroffen hat. Dass er dich gar nicht treffen wollte. Dass er dich aus Versehen getroffen hat. Du bist keine drei Kugeln wert, aber wer weiß, vielleicht bricht dir früher oder später doch jemand die Knochen. Die Wache hast du nie gebraucht. Dein Freund Ivano ist im Augenblick in Sicherheit, er sitzt. Wenn er rauskommt, hat er die Kacke am Dampfen. Und du, wenn du hier rauskommst, werde ich dir das Leben schwermachen, sei unbesorgt.«

19

Dottor Pellerino hatte erwartet, dass Onorevole Deregibus, den er in einer großen Schadensersatzsache mit einer dreisten und riskanten Aktion unterstützt hatte, sich in greifbarer Form erkenntlich zeigen würde. Tausend Dank erst mal, hatte der Abgeordnete gesagt und damit zu verstehen gegeben, dass dem Erstmal etwas Gehaltvolles folgen werde. Aber es kam nichts. Doch, es folgte eine Einladung zum Mittagessen, mit dem der Abgeordnete und seine Gattin ihre Silberhochzeit feierten. Ein luxuriöses Essen in einem luxuriösen Restaurant in Saluzzo, dem heimatlichen Lehen des Herrn Abgeordneten, doch als Dottor Pellerino die Einladung in Händen hielt und begriff, dass sie der Dank war, wurde er blass vor Wut und sann auf eine Möglichkeit, es ihm heimzuzahlen. Aus langer Erfahrung wusste er, dass man bei etwas gutem Willen in jedermanns Keller wenn nicht eine ganze Leiche, so doch zumindest ein paar kompromittierende Teile einer solchen fand, und so bat er einen Detektiv der Versicherungsgesellschaft, einen Blick in den Keller des Abgeordneten zu werfen. Er hatte bei dem Detektiv verschiedentlich beide Augen zugedrückt, der Mann war ihm etwas schuldig.

Eine Hand wäscht die andere: Mit dem Spinnennetz gegenseitiger Gefälligkeiten ist das Leben ein Spaziergang auf ebener, bisweilen sogar abschüssiger Straße und keine Klettertour auf steilen Maultierpfaden. Man war fündig geworden im Keller des Abgeordneten, und es hatte mit Flora zu tun, die aus diesem Grund von Dottor Pellerino zum Essen eingeladen wurde.

»Signora Deregibus, Onorevole, darf ich Ihnen meine Freundin Flora Torrielli vorstellen? Ja, Flora Torrielli«, sagte Dottor Pellerino, nachdem er zu dem von etlichen Freunden und Bekannten umringten Paar getreten war, und Deregibus reichte ihr mit einer höflichen Verbeugung die Hand, während seine Frau, als sie wiederholt den Namen hörte, unvermittelt errötete. Heftig errötete. So heftig, dass alle es merkten, einschließlich ihres Mannes, der neben ihr stand.

»Was ist denn mit seiner Frau?«, fragte Flora kurz darauf.

»Keine Ahnung«, antwortete ihr Begleiter, doch er wusste es genau, denn im Keller des Abgeordneten – langjähriger Senator einer Partei, die sich den Schutz der höchsten moralischen Werte von der Keuschheit aufwärts auf die Fahnen geschrieben hatte – saß die Vergangenheit seiner Gattin. Ehemalige Prostituierte. Floras Zellengenossin immerhin zwei Tage und zwei Nächte lang, als die beiden fünfundzwanzig Jahre zuvor bei einer Razzia festgenommen wurden. Damals hieß Signora Deregibus noch Marilena Amerio und kleidete und benahm sich wie eine Nutte und nicht wie die Gattin eines Senators.

Vor dem Dessert stand Pellerino auf und trat zu einem Bekannten, der auf der Veranda stand und rauchte. Er hatte diesen Bekannten, einen frustrierten und verbitterten Provinzreporter, beim Essen längere Zeit belauscht.

»Ein schönes Fest, nicht wahr?«, sagte Pellerino beiläufig.

»Die Gattin scheint sich aber nicht sehr zu amüsieren. Sie sieht aus, als wäre ihr ein Gespenst über den Weg gelaufen.«

»So ist es auch.«

»Und wer soll das sein?«

»Meine … sagen wir Freundin. Die beiden waren Kolleginnen.«

»Wo denn?«

»Auf dem Straßenstrich.«

»Das gibt es nicht!«

»Doch. Marilena Amerio, geboren in Poirino am 10. März 1955. Registrierte Prostituierte, aber man hat ihre Karteikarte verschwinden lassen. Werfen Sie mal einen Blick in Ihre Zeitung vom 18. April 1977 … ein kurzes Artikelchen, damals lag Wichtigeres in der Luft … Sie werden schon sehen, ob ich recht habe. Zeitungen kann man schlecht verschwinden lassen. Oder neu schreiben.«

Als die beiden wieder eintraten, verfolgten der Senator und seine Frau sie mit ängstlichem Blick.

»Komm, Flora, wir gehen. Die Party ist vorbei«, sagte Pellerino.

»Aber das Dessert …«

»Sie ist ohne Dessert vorbei.«

Sie ging folgsam mit, obwohl sie die Bayerische Creme mit Waldfrüchten gern gegessen hätte.

Gaetanos Haushaltshilfe war wieder gesund, und auch ihrem Arbeitgeber ging es allmählich besser, obwohl er weiterhin das Bett hütete, das Fieber noch nicht ganz verschwunden war und der Husten ihm zusetzte. Camilla hatte ihn wieder besucht und ihm ein kleines rundes Sträußchen aus weißen und gelben Rosen mitgebracht, bei dessen Anblick er lachen musste.

»Warum lachst du? Bist du auch der Meinung, dass man Männern keine Blumen mitbringt?«

»Nein, es passiert mir nur zum ersten Mal.«

»Anscheinend verkehrst du mit den falschen Frauen.«

»Und du wärst die richtige?«

»Vielleicht.«

»Die Antwort gefällt mir. Die Blumen gefallen mir auch. Danke.«

Sie beugte sich über ihn und wollte ihn küssen, aber das Klingeln des Telefons ließ sie zwanzig Zentimeter vor seinem Gesicht innehalten.

»Geh ruhig dran, du bist schließlich in Dauerbereitschaft.«

Ein langes dienstliches Gespräch. Camilla ließ ihn allein und machte sich auf die Suche nach einer Vase. Sie fand eine (ein Schauerteil wie von einer Tombola, wo hatte er die bloß her), füllte sie mit Wasser und tat den Blumenstrauß hinein. Dann öffnete sie den Kühlschrank (stimmt, das ist indiskret, aber auch unumgänglich, um zu sehen, was die Haushälterin zum Essen hergerichtet hat) und stellte fest, dass sich die Leckerbissen darin stapelten. Darunter zwei verlockende Sachertörtchen.

Er telefonierte immer noch. Sie rang ein paar Sekunden vor dem geöffneten Kühlschrank mit sich, dann fischte sie eine Sacher heraus, holte einen Teller und ein Löffelchen und kehrte ins Schlafzimmer zurück.

Darf ich?, fragte sie mit Blicken.

Er nickte, sie machte es sich bequem, ließ sich die kleine Torte schmecken und lauschte dabei hin und wieder dem Teil des Gesprächs, den sie mitbekam.

»Dann rekapitulieren wir mal, Ispettore. Der junge Geraldo Biason beschützte Flora Torrielli, war aber anscheinend nicht der klassische Zuhälter. Der zweite in dieser Geschichte. Groß und kräftig, ein bisschen zurückgeblieben, aber ein lieber Kerl, dem Vice-Brigadiere seines Heimatdorfes zufolge. Er hat einem Trottel die Motorhaube seines Pandas beschädigt, aber da der Typ nur ein Trottel ist, hat er weder sie noch ihn umgebracht. Auch die beiden anderen Knastbrüder, Martinelli und Villasco, sind nicht die Mörder. Sind Sie sicher, Ispettore?«

»...«

»Stimmt. Die Alibis sind eigentlich wasserdicht, und die beiden haben kein Motiv. Die brauchbarste Hypothese wäre ein sadistischer Freier. Der auch den Jungen getötet haben könnte, weil er etwas wusste. Sehr weit sind wir aber nicht gekommen.«

»...«

»Fausto Gusella? Wenn er noch mal mit uns sprechen will, gehen Sie doch bitte hin. Der quatscht nicht ins Blaue hinein, vielleicht ist ihm ein Detail eingefallen, das uns weiterhelfen könnte.«

»...«

»Ngodu kriegen wir früher oder später, wir oder sonst jemand. Wir haben ja jetzt seinen Pass und die anderen Papiere, da kann er uns nicht mehr für dumm verkaufen. Ist der Call Shop inzwischen geschlossen?«

»...«

»Gut. Und lassen Sie den Geschäftsführer oder Chef, oder was auch immer er ist, überwachen.«

»...«

»Umso besser, wenn er schon im Gefängnis sitzt. So sparen wir Beamte. Bis bald, Ispettore.«

»...«

Die kleine Sacher war exquisit, und Camilla aß sie genussvoll in winzigen Stückchen. Dabei versuchte sie ihrem schleichenden Missbehagen auf den Grund zu gehen.

»Wenn ich mich nicht täusche, wolltest du vorhin etwas tun«, sagte er.

»Vorhin.«

»Jetzt nicht mehr?«

»Nicht mehr so.«

»Du bist launisch und wankelmütig und entziehst dich.«

»Und du erst. Du bist einfach nicht vorhanden, wenn man dich braucht.«

»Das liegt nicht an mir. Oder machst du mir diese blöde Grippe zum Vorwurf?«

»Natürlich nicht.«

Oder doch, stellte sie fest. Eine Prise Unbehagen, Ärger stammt genau daher. Aber warum? Er kann schließlich nichts dafür, dass er krank geworden ist. Und dass er während der Olympischen Spiele nicht einmal krank eine Atempause einlegen kann. Mein Ärger ist irrational. Kleinlich. Aber er ist nun mal da. Er ist da, weil ich mich in einer allzu vertrauten Rolle wiederfinde.

»Was denkst du?«, fragt er.

»Nichts.«

»Das glaube ich nicht.«

»An den toten Jungen, der ein bisschen zurückgeblieben war.«

»Geraldo Biason. Wir wissen nicht, wo er lebte, wenn er nicht bei der Prostituierten war. Die so schrecklich zugerichtet wurde von dem Mörder, der dann auch ihn umgebracht hat. Der arme Kerl, ein lieber Mensch. Er wurde Weißdu genannt.«

In diesem Augenblick klingelte wieder das Telefon. Camilla ergriff die Gelegenheit beim Schopf und machte sich trotz Gaetanos stummem Protest auf den Weg.

Liubas Freund ist also ermordet worden. Der Junge, den sie immer noch verbissen sucht, vielleicht um sich dafür zu bestrafen, dass sie ihn nie nach seinem richtigen Namen gefragt hat. Aber auch weil sie ihn sehr gern hat. Liuba mit dem weichen Herzen und der groben Art. Liuba, die verliert, wen sie liebt, einen Hund oder einen zurückgebliebenen Freund, Liuba, die sich in einem Leben verhaspelt, das sie nicht mag. Liuba, die keinen festen Freund hat, der sie tröstet und streichelt, der sie umarmt, der sie festhält, wenn sie heult. Ich muss ihr das mit Weißdu sagen. Oder der Avvocato sagt es ihr, sie verstehen sich gut, er weiß, wie er sie anfassen muss und wann der richtige Augenblick ist.

Sie fuhr zum Schirrù, wo niemand war. Sie klingelte bei Vindice, der da war. Seit er Soriana zu sich genommen hatte und es immer noch so kalt war, verbrachte er fast den ganzen Tag zu Hause und spielte mit ihr. Oder er betrachtete sie, wenn sie schlief, und dachte über sein Leben nach.

»Ciao, Frau Lehrerin. Was führt dich her?«

»Ich wollte mit dem Avvocato reden.«

»Hast du etwa Ärger?«

»Nein.«

»Was brauchst du denn? Nein, entschuldige, geht mich ja nichts an.«

»Doch, dich auch, euch alle.«

»Nämlich?«

»Weißdu.«

»Was hat er denn angestellt?«

»Nichts. Er ist umgebracht worden.«

»O Scheiße, nein! Nein ... welches Arschloch ...«

»Man weiß noch nichts. Die Polizei ermittelt.«

»Die Polizei! Die Bullen sind doch unfähig, außer dass sie uns verprügeln und in den Knast stecken. Die Kehle sollte man ihnen durchschneiden.«

»Den Bullen?«

»Solchen Typen, die Leute wie Weißdu umbringen. Wer soll denn das Liuba sagen?«

»Deswegen wollte ich ja mit dem Avvocato reden.«

»Er ist in Bologna. Bleibt da ein paar Tage. Aber wir müssen es Liuba sagen. Sie darf es nicht über irgendwelche Ecken erfahren.«

»Sag du es ihr, Vindice.«

»Nein, nicht ich. Wenn ich mich aufrege, geht mein Blutdruck sofort in die Höhe. Und dann Liuba, wenn die anfängt zu heulen. Ich habe jetzt schon Herzrasen, nachdem du mir das gesagt hast.«

»Entschuldige, das wusste ich nicht.«

»Bitte gib mir ein Glas Wasser und zwanzig Tropfen aus dem Fläschchen auf dem Buffet.«

Sie beeilte sich. Sie hatte mal einen Erste-Hilfe-Kurs gemacht und dabei gehofft, dass sie das Gelernte nie brauchte. Soriana war unterdessen aufgewacht und winselte zu Vindices Füßen.

»Bitte …«

»Ja?«

»Bitte bring den Hund raus, der macht mir sonst einen See in die Küche. Er regt sich auch auf.«

Camilla ging mit Soriana in den Hof, aber das Hündchen ließ schon unterwegs ein Pipirinnsal hinter sich. Als es eine dampfende Pfütze produziert hatte, stupste es mit der Schnauze gleich wieder die Tür auf, um Herrchen trösten zu können.

»Geht's dir besser?«, fragte Camilla. »Kann ich was tun?«

»Setz dich und bleib, bis es vorbei ist. Ich … ich bin ungern allein, wenn ich diese Anfälle habe.«

»Kommt das öfter vor?«

»Nein. Nur wenn ich wütend bin oder … so wie jetzt.«

Camilla setzte sich zu ihm aufs Sofa und nahm seine Hand.

»Alt werden ist scheußlich. Erst recht, wenn man allein ist. Ein Glück, dass ich so junge Freunde habe. Aber es ist doch was anderes. Sie ist allein gestorben.«

»Deine Frau?«

»Ja. Sie hätte mich anrufen können. Ich wäre sogar auf Knien hingekrochen. Aber sie hat sich wohl nicht getraut. Wir waren zwei Trottel und haben uns eigenhändig fertiggemacht.«

Camilla wusste nicht, was sie sagen sollte. Sie schwiegen beide. Der Hund hatte sich auf Vindices Füßen zusammengerollt.

»Es geht schon wieder. Entschuldige, du hältst mich wahrscheinlich für völlig verblödet.«

»Nein, überhaupt nicht.«

»Nabil kommt bald, Vanessa auch. Der Gordo ist heute bei seinen Eltern. Aber das mit Weißdu sagst Liuba am besten du.«

Als Amleto Vitello nach Hause kam, schwirrte ihm der Kopf von dem verwickelten Fall, und so achtete er nicht darauf, dass das Türschloss schon nach einer halben Umdrehung des Schlüssels aufschnappte, und als er die Tür aufstieß und sah, dass in der Küche Licht war, dachte er, dass er schon ziemlich wirr und vergesslich war, ein Desaster in seinem Job. Doch am Küchentisch saßen seine Frau und seine Tochter, und sie sahen aus, als wären sie versehentlich da hingeraten. Ein paar Sekunden brachte er kein Wort hervor, dann gab er sich einen Ruck: »Ihr habt mir gefehlt«, sagte er.

Das stimmte zwar nicht, aber es fing in diesem Augenblick an zu stimmen. Im Nachhinein betrachtet. Die beiden Frauen tauschten einen Blick, als wollten sie einander zuflüstern, was und wie sie antworten sollten, doch sie schwiegen und blieben sitzen.

»Ihr habt mir gefehlt, und ich liebe euch.«

»Wenn du uns liebst, warum hast du dann nicht nach uns gesucht?«, protestierte seine Frau in sachlichem Ton.

»Weil ich ein Dummkopf bin, der immer noch nicht zu leben gelernt hat. Weil ich der Brillenschlange nicht begegnen wollte, sie hätte mich diesmal zu Recht gebissen.«

In den Augen seiner Frau blitzte es. Die Tochter presste die Lippen aufeinander, um nicht loszuprusten.

»Du wirst das büßen müssen«, erklärte seine Frau, aber es klang nicht überzeugt.

»Ich büße ja schon.«

»Wie denn?«

»Mit Magenschmerzen, seit ihr fort wart.« Er dachte, in allen Beziehungen, einschließlich der familiären, war es allemal besser, die Wahrheit ein bisschen zu retuschieren, hier und da etwas wegzulassen oder hinzuzufügen. Sag bloß nicht alles, seufzte er im Stillen, sag bloß nicht, dass es schön ist, dass sie wieder da sind, aber dass es ohne sie auch nicht übel war.

»Du wirst schon irgendeinen Mist gegessen haben, wenn du jetzt Magenschmerzen hast.«

»Das kommt vom Kummer.«

»Amleto, wenn du uns für dumm verkaufen willst, gehen wir wieder, deine Tochter und ich.«

»Zur Brillenschlange?«

»Besser nicht, Mama. Die ist dauernd da, und er ist nie da, das ist mir immer noch lieber.«

»Was meint ihr, sollen wir zur Feier des Tages essen gehen?«, schlug der Vater vor.

»Mit deinen Magenschmerzen?«

»Wenn ich mit euch zusammen bin, gehen sie vorbei. Da könnte ich sogar Kutteln mit Bohnen essen.«

»Schon gut. Wir müssen erst mal die Koffer holen.«

»Habt ihr sie dagelassen, weil ihr wieder zurückwolltet?«

»Nein, weil wir mit der Straßenbahn gefahren sind. Hin sind wir mit dem Taxi, das hat einen Haufen Geld gekostet. Mit den verstopften Straßen und den ganzen Umleitungen haben wir über eine Stunde gebraucht. Bei deinem Gehalt muss man das nicht noch mal machen.«

Endlich standen die beiden Frauen auf und ließen sich umarmen. Wir fangen von vorn an, dachte Amleto Vitello, im Großen und Ganzen ist alles halb so schlimm.

20

Diesmal – das letzte Mal – hatte der junge Mann sie angerufen.

»Hast du den Standort gewechselt?«, hatte er gefragt.

»Ja.«

»Warum?«

»Weil ich keinen Ärger will«, antwortete sie, und sie bereute augenblicklich ihre Offenheit.

»Morgen Abend um zehn, Treffpunkt wie immer. Diesmal hole ich dich ab.«

»In Ordnung.«

Flora hatte auf Geraldo eingeredet, er solle zu Hause bleiben, sie würde erst am nächsten Morgen zurückkommen, aber da war nichts zu wollen. Dickschädel, Sturkopf. Sie ärgerte sich und wurde etwas lauter, er sah sie mit Hundeaugen an. Ein stummes Flehen, ein Angebot von Schutz und Liebe. Ihr Ärger löste sich in einem Anflug von spröder Rührung auf: Er ist ein alter Kunde, Geraldo, es ist nicht gefährlich. Sie sagte ihm nicht, dass es in Wahrheit zwei Kunden waren, sie hatte keine Lust, ihm alles zu sagen. Außerdem, Geraldo, weiß ich, wie er heißt und wo er wohnt, er nimmt mich mit zu sich, das heißt nicht direkt zu sich nach Hause, sondern in die frühere Hausmeisterwohnung hinten im Garten. Die große Villa wurde in Wohnungen aufgeteilt, und er, der Freier, hat auch das Nebenhaus gekauft, als der Hausmeister in Rente ging. Und sie gab ihm die Adresse, damit er beruhigt sein konnte. Aber warum musst du so lange bleiben?, brachte er zwischen zwei Weißt-dus heraus. Weil ... weil er es so will. Dann will er, dass du bei ihm schläfst, murmelte er in einem Ton, der kaum die Eifersucht verhehlte. Sie ließ ihn in dem Glauben und sagte Ja, obwohl sie verstanden hatte, dass er auf die Vertrautheit des Schlafs eifersüchtig war und nicht auf alles Übrige. Doch sie musste einen Kompromiss mit ihm schließen: Geraldo würde sie begleiten, bei den vereisten Straßen allerdings nicht mit dem Fahrrad, er würde den Kunden abwarten, ohne sich zu zeigen, und dann zu Fuß zur Haltestelle der 15 oder der 16 gehen. Ein letztes Zugeständnis: Er würde zu ihr nach Hause gehen, nicht in den

Schirrù, in ihrem Bett schlafen und warten, bis sie zurück war.

Der Mann war zehn Minuten später als vereinbart erschienen. Flora stieg hastig aus ihrem Auto, weil sie fürchtete, Geraldo könnte sich zeigen, in der Eile fiel ihr Handy aus der Tasche der roten Jacke, es schlug auf einem Stein auf und blieb stumm. Als sie im Wagen des Freiers saß, hatte sie das Handy in der vergeblichen Hoffnung, es könnte wieder funktionieren, geschüttelt und dabei gedacht, dass der Abend schlecht anfing.

Was für eine schreckliche Aufgabe das Überbringen einer Todesnachricht ist. Nicht per Brief oder Telegramm oder E-Mail, sondern wenn man dabei einem Menschen gegenübersteht, dem man tiefen Schmerz zufügt. Meine Güte, wir kennen uns doch erst ein paar Tage. Das Mädchen ist fast eine Fremde für mich. Aber sie ist mir zu Hilfe gekommen, als ich in Gefahr war. Sie hat mich nie vorher gesehen, aber ohne Zögern eingegriffen. Und ich überlege hin und her und sträube mich feige und kann auch keinen hohen Blutdruck oder drohenden Kreislaufzusammenbruch vorschieben. Ich rufe sie an und verabrede mich mit ihr, wir gehen nach der Arbeit in die Stadt, setzen uns in einen Pub, essen und trinken was, und dann sage ich es ihr. Werden der Lärm, die vielen Menschen, die Hektik in dieser sich im Dauerzustand der Erregung befindlichen Stadt die Wirkung der Nachricht abmildern oder verstärken? Und dann? Was wird sie dann tun? Sie sollte nicht allein sein, sollte sich in ihrer Wut, ihrem Mitleid, ihrer Ablehnung bei jemandem ausheulen können. Okay, dieser Jemand bin ich. Es trifft mich.

Der andere Mann war nicht in der ehemaligen Hausmeisterwohnung. Obwohl es kühl war, zog Flora sofort die ziegelrote Jacke aus, während er beide Türschlösser verriegelte.

»Und dein Vater?«

»Er kommt nicht.«

»Davon hast du nichts gesagt.«

»Macht es dir was aus?«

Ja, dachte sie, denn ihm traute sie eher. Sie erinnerte sich auch kurz daran, dass das Handy kaputt war, schob den Gedanken aber achselzuckend weg.

»Wieso kommt er nicht?«

»Das geht dich nichts an.«

»Doch.«

Sie erlaubt sich zu widersprechen. Für wen oder was hält die sich?, denkt er. Eine dumme alte Straßennutte, die auch noch mitreden will, ob und mit wem.

Sie hatte die Jacke wieder angezogen und war in Richtung Tür gegangen, doch er kam ihr zuvor und stellte sich ihr in den Weg.

»Was willst du, du Schlampe?«

»Gehen. Los, lass mich vorbei.«

Etwas in seiner Stimme hatte sie alarmiert. Als er sagte: Das geht dich nichts an. Und auch, als er sie Schlampe nannte. Es war nicht das Wort, das war sie gewohnt, es war der Ton. In seinem Ton schwangen Wut und Gewalt mit.

Sie schrak leicht zusammen, und er merkte es. Anstatt sie vorbeizulassen, packte er sie mit der linken Hand an der Schulter und schlug mit der rechten Faust gezielt und mit aller Wucht auf ihr Kinn. Zehn Jahre Fitness-Studio, fünf Jahre Boxen. Doch immer freundschaftliche Begegnungen und beiderseits mit dem gebotenen Schutz. So war es anders. So war es erregend. Und auch noch mit einer Nutte. Das war viel erregender als sie zu ficken.

Flora blieb vor Schmerz und Verblüffung die Luft weg. Sie schrie nicht, weinte nicht, suchte in der Jackentasche nach einem Taschentuch und spuckte einen Mundvoll Blut hinein. Dann hob sie das Gesicht, um ihm in die Augen zu sehen und vielleicht zu verstehen.

»Bitte«, sagte sie leise und mit belegter Stimme.

Das blutrote Taschentuch. Die Nutte, die ihn anflehte. Ein wundervolles Gefühl der Macht. Eine Frau in seinen Händen. Er konnte mit ihr machen, was er wollte. Er entdeckte gerade, was er immer schon wollte. Er wollte, dass sie schrie. Ohne dass man es draußen hörte.

Die Schulter fest im Griff, zerrte er Flora in die Mitte des Zimmers, holte einen kleinen Gummiball aus einem Korb (den Ball, den er Fox so oft zugeworfen hatte, bevor der Hund unter die Räder eines Lastwagens geriet) und versuchte, ihn ihr in den Mund zu stopfen. Jetzt wehrte sie sich.

So war es richtig. Erst der Kampf und dann die endgültige Unterwerfung. Ihr erst ein wenig Hoffnung lassen und ihr dann alle Hoffnung nehmen. Sie sollte kämpfen, sie sollte alles daransetzen, sich zu befreien. Doch das Spiel bestimmte er. Er würde es nach seinem Gusto spielen, und er beabsichtigte, lange zu spielen.

Er presste sie gegen die Wand, stellte sich auf ihre Füße, sodass sie wie festgenagelt war, fixierte mit der Linken ihre Arme und schlug sie mit der Rechten. Fünf Jahre Boxen. Er wusste, wo Schläge wehtaten.

Als sie endlich zusammensackte, schleifte er sie aufs Bett, und während er darauf wartete, dass sie wieder zu sich kam, fesselte er ihr Füße und Hände. Er hatte keine Eile, das Warten war auch erregend. Erregender als jeder Fick, den er bisher erlebt hatte.

Und als sie dann die Augen öffnete, zeigte er ihr die Messer. Die Messer waren seine Leidenschaft, immer schon, und noch nie hatte er sie benutzen dürfen. Er begann mit dem Tranchiermesser.

Camilla betrat zum ersten Mal in ihrem Leben einen Erotikshop. Anstatt Liuba anzurufen, hatte sie lieber zu ihr gehen wollen.

»Du hier? Benötigt dein geheimnisvoller Süßer etwa eine kleine Hilfe?«

Camilla brauchte ein paar Sekunden, bis sie antwortete. »Ja, vielleicht. Aber nicht so was. Ich versuche es mit Zabaione.«

»Bringt das was?«

»Ich weiß es nicht.«

»Noch kein Testlauf nach der Kur?«

»Nein.«

»Sieht aber nicht gut für dich aus.«

»Und du?«

»Keine Ahnung … mal sehen. Heute Abend gehe ich mit einem Typen aus.«

»Zum ersten Mal?«

»Nein, er ist schon eine Weile hinter mir her. Aber es könnte zum ersten Mal was passieren. Bisher habe ich ihn an der kurzen Leine gehalten, aber jetzt soll er ruhig mal machen.«

»Bist du verliebt?«

»Frau Lehrerin, wo lebst du denn? Wach auf. Verliebt sein ist eine große Sache, was Seltenes.«

»Hast du es noch nie erlebt?«

»Doch, fast.«

»Was heißt fast?«

»Dass ich damit angefangen habe, dass ich bereit war, mich zu verlieben wie in Büchern und Filmen, aber es ist im Nichts geendet.«

»Warum?«

»Verpasste Gelegenheit. Ein Abend, aus dem alles hätte werden können, doch dann ist die Verabredung geplatzt. Was schaust du an?«

»Den Gummiring hier.«

»Das ist ein Pleasure Ring. Willst du wissen, wie man ihn verwendet?«

»Ich kann es mir vorstellen. Warum ist die Verabredung geplatzt?«

»Weil er plötzlich zu einem Einsatz musste.«

»Abends?«

»Ja, abends. Lach nicht, er ist Polizist. Das sind Vibrator-Eier mit Fernbedienung. Aber die haben einen Nachteil.«

»Nämlich?«

»Stell dir vor, du bist gerade richtig in Fahrt und stöhnst, aber es ist gar nicht dein Schatz, der an dich denkt, sondern der Nachbar öffnet die Garage. Ein Streich der Elektronik.«

»Und nach dem Einsatz?«

»Hat er sich nicht mehr gemeldet. Ich habe ihn angerufen, er hatte Grippe, aber ich wusste gleich, dass die Sache gegessen war. Wie das so ist, wegen nichts und wieder nichts läuft alles anders, als man denkt. Hast du das nie erlebt?«

»Doch. Der Zufall funkt dazwischen und entscheidet.«

»Ich habe ein bisschen gelitten wegen dieser Geschichte, die schön hätte sein können und überhaupt nie angefangen hat, aber ich schlage jetzt ein neues Kapitel auf. Heute Abend bin ich mit Ale unterwegs, und ich will mich amüsieren. Gaetano, den Polizisten, habe ich abgehakt.«

Camilla gab vor, sich für weiteres Spielzeug zu interessieren, und wartete ein paar Sekunden, bevor sie sich umdrehte.

»Wie ist dieser Ale?«

»Ich weiß noch nicht genau. Nett, er zahlt immer.«

»Was macht er beruflich?«

»Ingenieur.«

»Aus guter Familie, wie es so schön heißt.«

»Sieht so aus.«

»Viel Vergnügen dann, und erzähl mir, wie es war.«

»Ob wir in die Kiste gestiegen sind?«

»Nein, ob du Ale wirklich magst. Ob du eine Geschichte mit ihm anfangen willst.«

»Interessiert dich das wirklich?«

»Ja.«

»Warum?«

»Weil ich dich mag.«

»Echt?«

»Ganz echt.«

»Dann rufe ich dich an und erzähle, wie es war.«

Später hatte er die Messer gespült und wieder einsortiert. In einen schwarzen Lederkoffer, den er zwei Jahre zuvor gekauft hatte. Die Klingen, die Schönheit ihrer Form, der Glanz des rostfreien Stahls. Oft hatte er sie betrachtet, von einem finsteren Schauer ergriffen. Gekauft hatte er sie einfach so, ohne Grund. Aber es gab einen Grund, und er war ihm endlich auf die Spur gekommen.

Die Vorfreude auf die Olympischen Spiele, die kollektive Erregung angesichts der baldigen Eröffnung waren an ihm vorübergegangen. Was er im Körper und im Kopf spürte, war eine andere Erregung. Die dabei war, stark und klar in seiner Erinnerung wieder zum Leben zu erwachen, sich jedes Wort, jeden Blick, jede Geste zu vergegenwärtigen.

Doch am folgenden Abend – es war halb neun, und er war gerade erst eingetroffen – hatte es an der Haustür geklingelt. Nicht an der Sprechanlage am Tor hinten im Garten, sondern vorn am Haus. Ein kalter Schauer lief ihm über den Rücken, aber nur einen Augenblick, und in diesem Augenblick überdachte er die praktischen Details. Wie immer hatte er Flora nicht mit dem Handy angerufen. Es war niemand in der Nähe gewesen, als sie in seinen Wagen eingestiegen war. Niemand hatte etwas gehört. Niemand hatte ihn später gesehen, als er sie, in ihrer roten Nuttenjacke in die Steppdecke eingewickelt, in die Garage trug, im Kofferraum verstaute und anschließend an einem Acker außerhalb der Stadt ablud. Der Boden war gefroren, die Autoreifen hatten keine Spuren hinterlassen. Tiefe Nacht, alle Welt schlief, zu kalt zwischen drei und vier, da war niemand unterwegs. Er hatte sie hinter eine Hecke geworfen, die Decke in einem Müllsack in eine Abfalltonne gestopft. Ihre Handtasche, leer, in eine andere. Das Handy, sowieso stumm, unter den Autoreifen zermalmt. Die Dokumente zerrissen und in den Wind geworfen. Den Rest – Geldbörse, Schlüssel und Hurenkram – hier und dort verstreut. Es war eine lange und anstrengende Nacht gewesen. Es war die schönste Nacht seines Lebens gewesen.

Die Fingerabdrücke, die Blutspuren in der Hausmeisterwohnung. Natürlich hatte er daran gedacht. Aber sie mussten erst mal auf ihn kommen, und er war sicher, dass ihnen das nicht gelang.

Er öffnete die Tür. Draußen stand ein junger Mann um die zwanzig, groß und kräftig, mit einem Tropfen an der Nase.

»Flora, wo ist Flora?«, fragte er mit einer sonderbaren Stimme, in der Sorge, Angst und Wut lagen.

Wer war denn der Junge? Wie war der auf ihn gekommen? Ein Gewirr von Fragen, Vermutungen. Der Zuhälter, nein, danach sah er nicht aus, vor allem war er zu jung. Ein Verwandter also, vielleicht ein Sohn. Ein Hurensohn. Er wusste, wo und bei wem sie am vorigen Abend gewesen war. Er wusste, wo er sie finden würde. Er würde die Polizei benachrichtigen, wenn sie nicht zurückkam.

»Wo ist Flora?«, fragte der Junge zum zweiten Mal. Mit lauter Stimme, und in der Stimme klang etwas Drohendes mit.

Rasch nachdenken. Rasch entscheiden. Leugnen hätte nichts genutzt. Die Polizei durfte nicht auf ihn kommen. Zu viele Spuren in der Hausmeisterwohnung. Im Auto. Im Kofferraum. Spuren, die jahrelang erhalten blieben.

»Sie ist unten. In der Hausmeisterwohnung.«

»Warum?«

»Sie war müde und wollte schlafen. Willst du sie sprechen?«

»Ja.«

»Warte, ich hole den Schlüssel.«

Den Schlüssel hatte er in der Tasche. Doch er ging ins Schlafzimmer und holte seine Pistole und ein Kissen.

»Das muss ich mit runternehmen«, sagte er.

Sie gingen hinunter. Durchquerten den Garten. Es war Abendessenszeit, und niemand kam nach Hause oder ging weg.

Er öffnete die Tür, ließ dem Jungen den Vortritt und stieß die Tür mit dem Fuß zu. Dann drückte er dem Jungen das Kissen an den Rücken und schoss. Ein einziger Schuss, der Knall von der Wollfüllung gedämpft.

Später, als sein Atem wieder normal ging, wollte er noch ein wenig Spaß mit den Messern haben. Er wählte ein paar aus, die er abends zuvor nicht benutzt hatte, nur so, zur Abwechslung. Er stach mehrmals zu, doch dann merkte er, dass er weder Spaß noch Erregung empfand. Das war nur bei Frauen so, vor allem, wenn sie Huren waren.

Camilla brauchte fast eine Stunde für den Heimweg. Die Straßen verstopft, gesperrt, die Fahrtrichtung geändert. Ungeduldige, mürrische Verkehrspolizisten leiteten den Verkehr um und riefen, wenn man um eine Auskunft bat, nur »Weiterfahren!«. Wohl auch im Dauereinsatz und am Ende ihrer Kräfte. Und wie komme ich jetzt von diesem verfluchten Kreisverkehr runter, in dem wir trotz des Gefuchtels seit zehn Minuten festsitzen? Und immer diese Idioten, die auf die Hupe drücken, als könnte der Lärm den Verkehr beschleunigen. Ruhig, ganz ruhig. Denk an was anderes. Ich mag aber nicht denken, jeder Gedanke ist ein Stich. Nein, nicht der Gedanke an die geplatzte Verabredung zwischen Liuba und Gaetano, sondern alle anderen. Wenn ich bis zur Erschöpfung »om om om« sage, kann ich dann aufhören zu denken? Ich glaube nicht, ich bin nicht so vertraut mit Selbsthypnose. Und warum ins Exotische flüchten, warum nicht die hiesigen Mantras verwenden. Wenn es funktioniert, dann funktioniert es auch mit dem piemontesischen »Neh neh neh«. Gianduia-Mystik statt hinduistischer oder buddhistischer Praxis.

Wie kompliziert das Leben ist. Was für ein Labyrinth an Möglichkeiten, die scheinbar im Begriff sind, wirklich zu werden, und schon wieder verpuffen. Ein Labyrinth in Bewegung. Wie auf dem Bildschirm des Navigators, den du, sofern du kein drittes Auge hast, nie schnell genug studieren kannst. Und wenn du wie jetzt festsitzt, ist auch die Stimme keine Hilfe: Nach dreißig Metern biegen Sie links ab, dann die erste rechts, sehr witzig, ich kann nicht links abbiegen, selbst wenn ich diese dreißig Meter hinter mich bringe. Die Polizistin kriegt gleich einen Herzinfarkt. Sie pustet in die Pfeife, wie die Kinder des Äolus auf alten Landkarten mit geblähten Backen und hervorquellenden Augen die Richtung der Winde anzeigen. Wieso um alles in der Welt hat Renzo mir den Navigator gekauft. Ich wollte überhaupt keinen. Vielleicht gab es zwei zum Preis von einem im Discounter für Autozubehör. Und diese mandelentzündete Tenorstimme, die dauernd »Nach dreißig Metern biegen Sie links ab« sagt. Ist ja gut, ich hab's gehört, ich bin doch nicht taub, halt die Klappe.

Als sie den Navigator ausschaltete, klingelte ihr Handy.

Soll ich drangehen? Wo mir die Polizistin praktisch auf der Scheibe klebt? Es ist zwar verboten, während der Fahrt zu telefonieren, nicht aber, wenn man reglos in einem Stau steht, den die Grünen als apokalyptischen Werbespot produziert und unters Volk gebracht haben. Ich gehe dran, mal sehen, was passiert.

Es war Giorgio, ihr Schwager. Nein, es sei nichts geschehen, er würde nur gern mit ihr reden. Nicht am Telefon, vielleicht beim Abendessen, in aller Ruhe. Ein bisschen außerhalb, in den Hügeln, wo man problemlos parken könne.

Die Polizistin nahm die Pfeife aus dem Mund und schüttelte den Kopf. Sie schafft es nicht, zwei kinderleichte Sachen gleichzeitig zu tun, dachte Camilla, wie der eine oder andere amerikanische Präsident in populären Kalauern. Und da ihr die Polizistin grundlos unsympathisch war, stieg sie aus, stellte sich neben sie und setzte das Gespräch fort. Die Frau starrte sie halb wütend, halb konsterniert an und blies sich dann wieder die Lungen aus dem Leib. Die Luft war reines Gift.

21

Sieht eigentlich aus wie ein Penner, mit diesen Klamotten und dem schäbigen Rucksack. Er drehte ihn mit einem Fußtritt um, nahm ihm die Armbanduhr ab und fischte den Geldbeutel aus der Gesäßtasche der wattierten Jeans. Geraldo Biason, einundzwanzig Jahre alt, geboren und wohnhaft in Sovizzo, Provinz Vicenza. Zwei Zehn-Euro-Scheine, ein paar Münzen, ein Foto und eine Visitenkarte. Das Foto zeigte ihn mit einem breiten zufriedenen Lächeln und die Nutte, die nicht lächelte, aber ihren Kopf zu ihm neigte. Auf der Visitenkarte stand ein Frauenname, Liuba, und daneben standen zwei Telefonnummern, eine Festnetz- und eine Mobilnummer. Er zerriss den Personalausweis in winzige Fetzen, die er ins Klo spülte, alles Übrige versteckte er in einer Schublade. Das ist riskant, dachte er, aber das größte Risiko ist das Blut. Ich muss noch mal sauber machen. Außerdem muss ich eine zweite Leiche loswerden. Diesmal eine große, schwere Leiche.

Nach getanem Werk kehrte er in die Hausmeisterwohnung zurück, um zu duschen. Dort kam die Putzfrau nie hin, die Wohnung diente erst seinem Vater, dann, seit sie Freunde und Komplizen waren, beiden als geheimes Refugium. Eine Nutte abschleppen – Flora und vor ihr ein paar andere – und mit ihr oder an ihr alles machen, was einem die Fantasie eingab, abwechselnd oder zusammen. Sie drehen und wenden, verbiegen, ihren Körper nach Lust und Laune rangieren. Ein stöhnendes Stück Fleisch, das am Ende des Spiels nur mit Mühe vom Bett oder vom Boden aufstehen konnte. Die Lust, über dieses Stück Fleisch verfügen zu können, es benutzen, bedienen zu können.

Aber diese Lust war nichts im Vergleich zu der Lust, die er am Abend vorher empfunden hatte. Die wahre Lust bestand darin, Nuttenfleisch mit dem Messer zu bearbeiten.

Zwei Tage darauf hatte er aus Neugier von einer Telefonzelle aus die Festnetznummer angerufen. *»Easy Sex Kythira«*, hatte sich eine mädchenhafte Stimme gemeldet, und er hatte nichts gesagt und wieder aufgelegt. Das war es also, ein Erotikladen. Ein einziges Mal war er in so einem Laden gewesen, mit seinem Vater, in Rom, und da schien der Inhaber oder eher der Verkäufer, ein Sechzigjähriger mit einem narbigen, warzigen Gesicht, von der Ware angeekelt.

Er wählte die Mobilnummer. Dieselbe Stimme wie vorhin meldete sich. Wahrscheinlich Liuba.

Sie hatte dem Freund der Nutte ihre Telefonnummern gegeben. Vielleicht auch eine Nutte. Aber jung. Er beschloss, sie zu suchen.

»Ich überlege die ganze Zeit«, sagte Fausto Gusella zu Ispettore Vitello.

»Was denn?«

»Wer der Mann auf dem Foto mit Flora ist.«

»Du überlegst umsonst. Er ist vor vier Monaten gestorben. Er ist nicht der Mörder.«

»Vielleicht waren sie zu zweit.«

»Wie, zu zweit?«

»Ich habe so viel nachgedacht, da ist mir was eingefallen. Flora hat mal gesagt, sie würde den nächsten oder übernächsten Abend mit »denen« verbringen. Wer ist das, fragte ich, aber nur so, um irgendwas zu sagen, für ihre Kunden habe ich mich nie interessiert. Der Dottore und der junge Mann, hat sie geantwortet.«

»Ah, ein flotter Dreier. Nur damals oder sonst auch?«

»Das weiß ich nicht. Aber es konnte nicht das erste Mal gewesen sein, wenn sie wusste, dass der andere jung ist.«

»Stimmt. Weißt du was?«

»Was denn?«

»Umberto Martinelli ist fest davon überzeugt, dass du hinter den Schüssen steckst.«

»Umberto Martinelli ist nicht nur ein Stück Scheiße, sondern auch ein Trottel. Ein Scheißtrottel.«

»Ein Scheißtrottel, der um Flora herumscharwenzelte, weil er wollte, dass sie für ihn arbeitet.«

»Das hätte er nie geschafft.«

»Weil du ihn daran gehindert hättest.«

»Stimmt, aber ich hätte nicht auf ihn geschossen.«

»Jedenfalls hatte der Schütze es nicht auf ihn abgesehen.«

»Sondern auf diesen anderen Scheißkerl, auf Ivano.«

»Du bist ja gut im Bilde.«

»Logisch. Wie weit sind die Ermittlungen?«

»An einem toten Punkt, im Moment. Floras Mörder ist auch der Mörder des Jungen. Der hieß Geraldo Biason, und die Carabinieri in seinem Heimatdorf sagen, er war ein bisschen zurückgeblieben, aber ein lieber Kerl. Ach ja, das freut dich vielleicht – er hat die Kühlerhaube von Cozzolinos Panda zertrümmert.«

»Wieso?«

»Weil ihr Bruder Flora zu nahe getreten ist.«

»Manche Leute lernen es nie.«

»Manche Leute sollten erst gar nicht geboren werden. Aber es gibt sicher schlimmere als die Familie Cozzolino-Scoriazza.«

Ein entlegenes elegantes Restaurant am Fuß der Hügel. Die Straße war menschenleer, und doch war auf dem Parkplatz nur ein Platz frei, ein Zeichen, dass die der menschengesättigten Stadt entflohenen Touristen, Sportler, Journalisten und sonstige erlauchte Kreise den Weg bis dorthin fanden.

Giorgio saß an einem Ecktisch und knabberte, während er auf sie wartete, von den Snacks, die man ihm zum Aperitif serviert hatte. Vielmehr zu den Aperitifs: Auf dem Tisch standen zwei Gläser mit einem Rest heller Flüssigkeit, Sekt oder Prosecco oder etwas in der Art. Kein gutes

Zeichen, dachte sie. Wenn er vorhat, sich zu besaufen, dann scheint er nicht mehr weiterzuwissen.

»Du langst ja ganz schön hin«, meinte sie, als sie sich setzte.

»Mit zwei Gläsern Arneis? Bist du in Gilbertas Fußstapfen getreten und Abstinenzlerin geworden?«

»Das war ich nie. Ich nehme auch einen Arneis.«

»So klingst du schon besser. Ich hatte fast Angst, du würdest mir eine Standpauke halten.«

»Wieso? Ich bin nicht mit dir verheiratet, ich habe kein Recht, dir auf den Wecker zu gehen.«

»Und bei Renzo, meinst du, hast du dieses Recht?«

»Es ist keine Frage des Rechts, sondern der Tatsachen. Das ist die Mitgift für die Ehe. Er nervt mich, und ich nerve ihn. Unabsichtlich. Fast unabsichtlich.«

Mittlerweile war der Oberkellner gekommen, um ihnen die Speisekarte vorzulegen und die Bestellung aufzunehmen. Warme *antipasti alla piemontese* und gemischtes Wild für beide, Rebhuhn und Fasan, als Beilage einen Rübenflan.

»Darf ich Ihnen dazu einen Carema empfehlen? Der passt hervorragend zu Geflügel«, schlug anschließend der Sommelier vor.

»Na gut, dann eben einen Carema«, seufzte sie. Sie hätte lieber einen Barolo oder einen Roero getrunken, aber man erklärte würdevoll, das gehöre sich nicht bei Geflügel. Das letzte Gebot, das Moses, altersschwach oder mit vom Hämmern und Meißeln lahmen Armen, vergessen hatte in die Tafeln einzuritzen. Das zehnte: Du sollst nicht begehren deines Nächsten Hab und Gut … Das elfte: Du sollst nicht trinken Barolo oder Roero zu Geflügel. Vielleicht zum Hasen, aber den sah die Speisekarte nicht vor.

»Du sprachst von der Ehe«, nahm Giorgio das Gespräch wieder auf, als sie allein waren.

»Darauf wolltest du hinaus, nicht wahr?«

»Ja«, gab er zu, und es klang halb kämpferisch, halb resigniert.

»Also los, erzähl. Erzähl alles, was du mir sagen willst.«

»Ich brauche deine Hilfe. Aber vorher musst du mir was versprechen.«

»Schieß los.«

»Kein Sterbenswörtchen, zu niemandem, dass wir uns getroffen haben, dass ich dich angerufen habe, dass ich mich aussprechen wollte, dass ich jemandem erzählen musste, was bei mir los ist. Du musst es für dich behalten.«

»Versprochen. Jetzt sag.«

»Ich ziehe aus.«

»Oh. Wann denn?«

»Morgen, solange sie noch in Bardonecchia ist.«

»Also eine Flucht.«

»Nein, eigentlich nicht. Hör mir zu. Und bitte ohne Standpauke. Ich halte es nicht mehr aus mit Gilberta. Wenn ich mir die Zukunft mit ihr vorstelle, dann ist das einzig Verlockende ein Strick um den Hals. Oder eine nicht ganz so grauslige Methode, um Schluss zu machen, ein Sprung aus dem sechsten Stock, mit hundertachtzig aus der Kurve fliegen, eine Überdosis Barbiturate, aufgelöst in Whisky oder Cognac. Schau mich nicht so an, ich übertreibe nicht. Es ist nicht ihre Schuld, aber es ist aus. Aus, verstehst du, da führt kein Weg zurück. Alles an ihr nervt mich. Die Stimme, die Gesten, die Art, wie sie geht, wie sie sich hinsetzt ... ganz zu schweigen vom Körperkontakt. Nein, ich rede nicht vom Bett, ich meine, wenn man sich bei der Begrüßung kurz berührt, wenn sie mir einen Krümel vom Pullover wischt … Vorgestern Abend war ich in den Bergen, zu einem letzten Versuch. Ich habe mir gesagt: Ich lege so viel guten Willen an den Tag, ich habe jahrelang weitergemacht, vielleicht kriege ich das Zusammenleben wieder flott und sei es in einer Schmalspurversion. Wobei ich mir die eine oder andere heimliche Eskapade genehmigen wollte oder eine Hintertür, durch die ich für ein paar Stunden oder mal für ein Wochenende ausbüchsen kann. Pustekuchen. Der Abend war ein Albtraum. Ich merkte, dass ich sie in einem erschreckenden Maß hasste, erschreckend für mich, verstehst du? Da faselte ich etwas von einer Reihe wichtiger Termine am nächsten Vormittag und dass ich gern noch in der Nacht zurückfahren würde, weil ich Angst hätte, es könnte unterwegs was dazwischenkommen. Aber ich hatte vor etwas ganz anderem Angst, wovor, sage ich dir nicht, weil ich mich zu sehr schäme.«

Die angestauten Gefühle und der Leidensdruck ließen seine Stimme rissig klingen. Camilla empfand für den Schwager, der ihr immer ein wenig fremd gewesen war, den sie kurzerhand in die Banker-Schublade gesteckt hatte, als könnte man ihn allein über den Beruf definieren, aufrichtiges Mitleid. Sie nahm seine Hand, die auf dem Tisch lag, und drückte sie.

»Kannst du … kannst du mich verstehen?«, fragte er.

»Ja. Und es tut mir leid.«

»Für Gilberta?«

»Für sie vor allem, und auch für dich. Das alles klingt nicht so, als ließen sich die Scherben wieder zusammenkleben.«

»Nein.«

»Meinst du, Gilberta hat gemerkt, dass …«

»Ich glaube nicht. Sie ist fest davon überzeugt, dass sie alles unter Kontrolle hat, ihr Leben, mein Leben, das Leben der Kinder. Unvorhersehbares bannt sie mit perfekter Ordnung, mit Pünktlichkeit, mit tadelloser Erscheinung. All das ist ihr Panzer gegen das Chaos, den Zufall, das Irrationale.«

»Es wird ein herber Schlag für sie sein.«

»Ja. Deswegen bitte ich dich auch um Hilfe. Vielleicht kannst du dich kümmern, mit ihr ins Kino oder sonst wohin gehen, sie sich bei dir ausheulen lassen …«

»Und du?«

»Ich ziehe morgen um. Nein, nicht zu Isabella, das gebietet ein Minimum an Rücksicht. Zu einem Freund, der nächste Woche in die Vereinigten Staaten geht. Gastdozent an verschiedenen Universitäten. Er ist vier Monate fort, und erst wenn er zurückkommt, ziehe ich zu Isabella. Bis dahin werden sich die Wogen etwas geglättet haben.«

»Aber wie willst du es Gilberta sagen? Nur mit dem leeren Kleiderschrank? Mit dem leer geräumtem Schreibtisch und dem Verschwinden von Büchern, CDs und DVDs?«

»Nein, mit einem Brief.«

»Das finde ich schon ein bisschen feige.«

»Keine Standpauke, hast du gesagt.«

»Das ist keine Standpauke, sondern eine Meinung.«

»Na gut, es ist feige. Aber ich glaube trotzdem, dass es die beste Art und Weise ist.«

»Für dich.«

»Für beide. Wenn ich es ihr persönlich sage, glaubt sie, sie muss sich tadellos benehmen, gesetzt und würdevoll leiden. Mit einem Brief in der Hand kann sie sich ein bisschen gehenlassen …«

»Giorgio …«

»Ja?«

»Deine Unduldsamkeit, dein Zynismus …«

»Ich kann das nicht ablegen. Findest du das unmöglich?«

»Nein.«

»Bin ich ein Unmensch?«

»Red kein dummes Zeug. Gefühle sind ein bisschen komplizierter, als man sie gern hätte. Ich kann mir nur nicht vorstellen, wie sie reagieren wird. Was du Perfektion nennst, könnte sich in etwas anderes umkehren. Sie könnte gewalttätig werden, dich verfolgen, dir Szenen machen …«

»Es wäre vielleicht gut, für sie, meine ich, wenn sie mit Wut reagiert. Und für mich wäre es eine gerechte Strafe.«

»Die dir die Absolution und den Frieden mit dir selbst beschert.«

»Womöglich. Aber ich glaube nicht, dass es so läuft. Und bei dir?«

»Bei mir was?«

»Wie läuft's mit Renzo?«

»Gut, er ist ja nicht da.«

»Aber er kommt wieder.«

»Ich denke schon. Außer er schreibt mir einen Brief.«

»Musst du Salz auf meine Wunde streuen?«

»Nein, ich wollte die Sache nur entschärfen. Erzähl von Isabella, wenn du magst.«

Er mochte, wahrscheinlich war er heilfroh.

An dem Tag, an dem Liuba Ale treffen wollte, war sie vor der Arbeit zu ihrem Freund, dem Friseur, gegangen, um sich die Haare machen zu lassen. Ein weniger provokanter Schnitt, der ihr Gesicht weich, aber auch ein bisschen banal aussehen ließ. Gefällt es dir?, hatte er gefragt und sie zweifelnd angesehen, und sie hatte geantwortet, ich weiß nicht, mal sehen. Ein kleines Zugeständnis an die Konventionen, an den üblichen mädchenhaften Look, an die möglichen Erwartungen eines jungen Mannes, den sie immer noch ein bisschen langweilig fand. Anschließend bummelte sie durch ein paar Läden, in denen es preisgünstige Klamotten für junge Leute gab, und erstand zwei Teile, von denen sie nie gedacht hätte, dass sie sie je kaufen würde. Ein neckisches Shirt mit lila Blümchen und Rüschen und ein Paar Handschuhe aus elastischer Spitze mit dem gleichen Blümchenmuster und aufgesetzten Blüten rund ums Handgelenk. Meine Güte, aufgepeppt wie die letzte Tussi, die sich den Herzblattkandidaten von Moncucco-TV angeln will, dachte sie spöttisch, aber auch ein wenig traurig und zugleich hoffnungsvoll. Dabei hoffte sie gar nicht, Ale besser zu gefallen, sondern dass vielmehr sie ihm etwas abgewinnen konnte.

Später, im Erotikshop, war sie in ihre aufreizenden Klamotten geschlüpft und hatte die Würstchen und Nichtwürstchen beiderlei Geschlechts mit – je nachdem – ruppiger Ungeduld oder komplizenhaftem Augenzwinkern bedient. Einer knochigen unterbelichteten Dreißigjährigen, die nicht wusste, wie sie das Interesse ihres Boyfriends wieder wecken sollte, empfahl und verkaufte sie essbare Stringtangas, die nach Trauben- oder Maracujasaft schmeckten, außerdem ein riesiges abwaschbares Tattoo, das unterhalb des Bauchnabels aufgeklebt wurde. Bei dem Tattoo, einem Krebs mit monströsen Scheren, die sich an der passenden Stelle öffneten, hatte die Kundin etwas gezögert, doch Liuba beruhigte sie: Die Fantasie des –

scheinbaren, schmerzlosen und wiederholbaren – Zermalmens sei ein *must* erotischer Männerfantasien. Bei den letzten Worten war die Kundin überzeugt, vielleicht aufgrund des Vokabulars, das ihr vertraut nach Magazin für emanzipierte Frauen klang.

Er war nur einmal an dem Erotikshop vorbeigegangen, obwohl ihn durch die Schaufenster und die Tür, die abgedunkelt waren, von innen niemand sehen konnte. Er hatte sich gemerkt, um welche Uhrzeit der Laden zumachte, und sich zwei Abende lang auf der gegenüberliegenden Straßenseite postiert. Beide Male kam um halb elf dasselbe Mädchen heraus, ließ den Rollladen herunter und brachte zusätzlich ein Vorhängeschloss an. Am dritten Abend folgte er ihr in einigem Abstand auf dem gegenüberliegenden Bürgersteig, wobei er darauf achtete, sie nicht aus den Augen zu verlieren und selbst nicht entdeckt zu werden. Das war nicht einfach, denn das Menschengewühl auf den Straßen schützte ihn zwar einerseits, andererseits verschwand das Mädchen dauernd aus seinem Blick. Doch die Verfolgung erregte ihn: Die Jagd hatte endlich begonnen. In den vergangenen Tagen hatte er lange nachgedacht, er hatte jeden einzelnen Schritt geplant und die Gebote der Vorsicht, die sein Vater ihn gelehrt hatte, beherzigt und zudem erweitert: Niemals das eigene Telefon oder den Apparat im Büro und schon gar nicht das Handy benutzen, sich nicht zusammen mit ihr an Orten sehen lassen, wo man sich an sie erinnern könnte, nicht das eigene Auto, einen auffälligen, leicht identifizierbaren Lexus, benutzen. Er würde behutsam flirten, nichts überstürzen, den richtigen Augenblick abwarten, alles würde zufällig wirken, auch wenn das Gegenteil der Fall war. Die sorgfältige Planung der Details und gleich darauf die Jagd selbst waren ein Vorgeschmack auf die Lust gewesen, eine funkelnde Fantasie künftiger Befriedigung: Liuba, das dritte Opfer seiner schimmernden, scharf geschliffenen Messer.

»Du siehst toll aus«, sagt er.

»Besser als vorher?«, fragt sie herausfordernd.

»Ja. Die neue Frisur steht dir super.«

Sie sieht nicht toll aus, irgendwie weniger gut und doch besser, die Frisur passt nicht zu ihrem Gesicht, lässt ihre Züge weniger ausdrucksstark wirken. Sie beschließt, es dabei zu belassen, er ist echt langweilig, aber egal, den Abend lässt sie sich jetzt nicht verderben. Wozu streiten? Schließlich hatte sie selbst eine neue Frisur, ein Bunny-T-Shirt und Handschuhe wie Mimì aus *La Bohème* gewollt.

»Wie findest du die?«, fragt sie und wedelt mit einer Hand vor seinen Augen.

»Bezaubernd«, sagt er.

War ja klar, dachte sie. Sie wären lustig, wenn ich dazu die Kunstrasenmütze und das Esso-Tankwart-Sweatshirt tragen würde, aber so sind sie einfach nur affig. Ein Glück, dass er mich nie in meinen Arbeitsklamotten gesehen hat, das wäre ein schöner Schock.

»Du hast ja schon wieder ein anderes Auto«, sagte sie, um das Thema zu wechseln.

»Ja. Meines macht immer noch Ärger. Isst du gern chinesisch?«

»Ich mag das Essen, aber den Geruch nicht so. Ich rieche hinterher immer zwei Tage lang danach.«

»Und chinesisch bei mir zu Hause?«

»Das heißt?«

»Ich habe was in einem Take-away geholt. Und nach dem Essen können wir einen rauchen oder eine Line ziehen, wenn du magst.«

»Du hast dir richtig was einfallen lassen, was?«

»Ja, weil ich dich mag.«

Nicht mich mag er, sondern die, für die er mich hält. Aber er ist nett. Er hat Essen und den Rest besorgt. Weil er mit mir ins Bett will, logisch. Ich will aber auch, und so übel wird es wahrscheinlich nicht sein.

»Was hältst du von einer Runde vorher durch die Hügel?«

»Gern. Gute Idee.«

Das ist wirklich eine gute Idee, dachte sie. Nicht nur wegen des Blicks auf das Lichterspektakel und die Laserkegel, die wie bei dem Logo von 20th Century Fox die Nacht durchschneiden, sondern weil er damit beweist, dass er warten, ein wenig verschwiegene Intimität schaffen kann, anstatt mich sofort wie ein Deckstier anzuspringen. Vielleicht habe ich ihn unterschätzt, vielleicht ist er gar nicht so langweilig, vielleicht ist er für Überraschungen gut.

Sie ist voll drauf reingefallen, denkt er. Aber eine, die in einem Erotikshop halb oder auch ganz auf Nutte macht, kann auch nicht sehr helle sein. Zu riskant, heute Abend zusammen aufzutreten, auch ein Hotdog an einer Imbissbude könnte später jemandes Erinnerung wecken. Zu früh, um gleich nach Hause zu fahren, wir warten besser ein Stündchen und drehen eine größere Runde. Vor allem, weil ich noch einen plausiblen Vorwand brauche, um das Problem mit dem Handy möglichst sauber zu lösen.

Eine große Runde entlang der Hügelkette, die im Osten

die Stadt umarmt, mit Stopps an den Aussichtspunkten: in Val Salice, auf der Terrasse des Parco Europa, am Colle della Maddalena. Im behaglich warmen Auto, nicht zu laut eine CD des Modern Jazz Quartet, während das lichterglitzernde Turin hinter den Kurven auftaucht und wieder verschwindet, fühlt Liuba sich beinahe glücklich. Vielleicht zählt in einer Beziehung nicht das erste Gefühl, vielleicht muss man einander langsam entdecken, an der äußeren Erscheinung kratzen, Geduld haben. Ale schenkt ihr überraschend einen wunderschönen Abend. Danke, sagt sie, und lächelt ihn an. Er lächelt zurück, hält kurz darauf in einer Straßenbucht, holt sein Handy aus der Jackentasche und steigt aus.

»Einen Moment nur«, sagt er und schlägt die Tür zu.

Erstaunt und neugierig sieht sie zu, wie er das Telefon untersucht und schüttelt und gleich darauf wieder einsteigt.

»Akku leer. Ich wollte dich überraschen, aber daraus wird wohl nichts.«

»Womit denn überraschen?«

»Wenn ich es sage, ist es keine Überraschung mehr.«

»Aber wenn sowieso nichts daraus wird, kannst du es mir doch sagen.«

»Wenn du mir dein Handy leihst, wird vielleicht doch noch was draus.«

Sie öffnet ihren Rücksack, wühlt nach ihrem Handy und reicht es ihm lachend. Er steigt aus, entfernt sich ein paar Schritte, dreht ihr den Rücken zu und steigt nach einer Minute wieder ein.

»Erledigt«, sagt er und lässt das Handy in den geöffneten Rucksack fallen. »Fahren wir weiter?«

Isabella ist achtunddreißig, geschieden und kinderlos. Sie hatte verschiedene Jobs in der Verlagsbranche, liebt das Meer und Segelschiffe, ist schlagfertig, pfeift im Privatleben auf jede Form von Ordnung und Regelmäßigkeit, nimmt Zwischenfälle ohne Murren hin, geht gern essen, ins Kino, ins Theater, in Rock- und andere Konzerte, liebt Überraschungen, die – wie sie sagt – das Salz des Lebens sind. Isabella hat ihn nie um etwas gebeten, sich mit den heimlichen Treffen, den wenigen der familiären Routine abgetrotzten halben oder ganzen Stunden immer zufriedengegeben, und bei dem einzigen – mithilfe eines in mühseliger Kleinarbeit errichteten Lügengebäudes – gemeinsam verbrachten Wochenende erwähnte sie mit keinem Wort den provisorischen Charakter des Kurzurlaubs, die Schwierigkeiten einer Wiederholung, sie seufzte nicht, wie schön es wäre, wenn … Doch in ebendiesem Kurzurlaub wurde ihm klar, dass ihm die heimlichen Treffen nicht mehr genügten, dass er die Ausflüchte und Lügen satt hatte, dass das Leben nur einen Sinn hatte, wenn er neben ihr aufwachte und neben ihr einschlief und sie am nächsten Morgen immer noch neben ihm lag …

Camilla hört zu, ohne ihn zu unterbrechen. Es ist die – befangene – Schilderung des Verliebten, aber ihre Erinnerung an die Blonde mit dem Pferdegesicht und dem ansteckenden Lachen steht nicht im Widerspruch dazu, im Gegenteil, sie stimmt ziemlich gut überein mit dem Bild, das er von ihr zeichnet, wobei er ganz vergisst zu essen.

»Du sagst gar nichts«, stellt er am Ende fest.

»Ich weiß nicht, was ich sagen soll. Außerdem sind Ratschläge oder Kommentare bei solchen Geschichten überflüssig. Nur eine Frage: Wie erklärst du es den Kindern?«

»Gute Frage. Ich weiß jetzt schon, dass ich sie verlieren werde. Zumindest auf einige Jahre. Materiell wird es ihnen an nichts fehlen, ich werde auch kein Vater sein, der durch Abwesenheit glänzt und Verpflichtungen und Geburtstage vergisst, aber verlieren werde ich sie trotzdem, weil sie bei Bibi aufwachsen und nach ihrem Gutdünken geformt werden. Ich muss zugeben, dass sie nichts dafür kann, außer, dass sie eben so ist, wie sie ist. Aber so wie sie ist, widert sie mich an. Warum schüttelst du den Kopf?«

»Ich glaube, unsere Gefühle sind Mieter, die sich ungefragt bei uns einquartieren. Unbefugte, die Türen eintreten oder durchs Fenster klettern und weder eingeladen sind, noch um Erlaubnis bitten. Andere Gefühle, die wir mit Freude oder vertrauensvoller Ungeduld irgendwann willkommen geheißen haben, mutieren allmählich, aber diese winzigen Veränderungen nehmen wir erst wahr, wenn sie sich in etwas anderes, womöglich in ihr Gegenteil, verwandelt haben. Sie sind auch zu unvorhersehbaren Kapriolen fähig, zur Flucht nach hinten, zu Dementis und Gegendementis. Sie sind Mieter, die nicht umziehen, wenn wir sie gern los wären, die sich verbarrikadieren, wenn wir ihnen kündigen, oder bei Nacht und Nebel wie Diebe verschwinden und das Haus mitten im Winter leer, öde und kalt zurücklassen, wenn wir Wärme und Trost am allernötigsten hätten. Sie sind Schlangen am Busen und jederzeit bereit, uns ihr Gift einzuspritzen, und wenn sie schlafen, reizen wir sie nach Kräften, anstatt sie einfach in Ruhe zu lassen.«

»Redest du von mir oder von dir?«

»Ich rede allgemein. Das Wild auf deinem Teller wird kalt. Denk an die Flüchtlinge in Darfur und iss.«

Ale hat Jacke und Pullover ausgezogen, Liuba ihren langen Mantel abgelegt.

»Nein, zieh die Handschuhe nicht aus«, sagt er. »Die möchte ich dir ausziehen, danach.«

»Nach was?«, fragt sie herausfordernd.

»Du wirst schon sehen.«

Endlich ist er da, der im Wahn kurzer und unendlich langer Tage vorbereitete und ersehnte und ausgemalte und in Tagträumen erlebte Augenblick. Die Messer liegen in dem schwarzen Lederkoffer. Glänzende Toledo-Fleischmesser, die auf dem dunklen Samt schimmern. Sie wird ihren Glanz sehen, sie wird staunen über die althergebrachte Perfektion. Doch vorher muss sie noch etwas anderes sehen. Sie muss die Beweise sehen. Damit sie versteht, warum er gerade sie ausgewählt hat.

»Und die Überraschung?«

»Hier. Komm«, sagt er und führt sie zu einem Bücherregal, das oben Glastüren und unten Holztüren hat. Dazwischen vier Schubladen. Schönes Möbel, denkt Liuba, helles Kirschholz, wie das im Arbeitszimmer zu Hause. Wehmut überkommt sie, Enttäuschung, Traurigkeit. Ale steht hinter ihr und packt sie plötzlich um die Taille, presst mit festem, hartem Griff ihren linken Arm gegen die Seite, besitzergreifend wie ein Feudalherr, wie ein gestörter Soldat, wie ein Kerl aus einer Jugendbande. Tja, denkt sie, als sie durch die Kleider seine Erregung und am Hals den veränderten Rhythmus seines Atems spürt, tja: Das süße Warten ist vorbei, was bleibt, ist Arroganz und der schnelle Fick. Wieder überkommt sie Traurigkeit, heftiger als vorher, denn auf ihrem inneren Bildschirm laufen in Sekundenschnelle Dutzende von Szenen aus den Filmen ab, die sie verkauft, Szenen blanker Begierde, Szenen wie in einem Stall voller verrohter Menschen. Was passiert mir da, denkt sie, und sie unterdrückt den Drang zu weinen.

»Mach auf«, sagt er und zeigt auf eine Schublade.

Sie öffnet die Schublade, und den Bruchteil einer Sekunde begreift sie nicht, was sie sieht. Eine rote Plastikuhr, ein Foto, eine Visitenkarte. Auf dem Zifferblatt der Uhr nickt bei jedem Sekundenticken ein Zeichentricklöwe. Das Foto zeigt die Gesichter einer nicht mehr jungen Frau und eines jungen Mannes. Auf der Visitenkarte steht ein Name neben zwei Telefonnummern. Die Uhr mit dem Löwen als Sternzeichen, die sie Weißdu geschenkt hat. Das Foto mit Weißdu und der Hure. Die Visitenkarte, die Weißdu für alle Fälle in seinem Geldbeutel bei sich trug. Der Drang zu weinen hat sich in Brechreiz verwandelt, denn der Körper hat verstanden. Sehr klar erinnert sie sich plötzlich an die Geschichte eines Buches, das sie einmal in der Schulbibliothek ausgeliehen hat: Da spürt ein Mädchen die tödliche Gefahr, bevor es sich ihrer bewusst wird und die Gefahr sich zeigt. Arthur Koestler, *Diebe in der Nacht,* und sie ist das Mädchen, das vergewaltigt und getötet wird. Jetzt beschleunigt sich auch ihr Atem, und das Herz klopft so stark, dass ihr die Ohren dröhnen.

Ale riecht an ihr, er schnuppert den Geruch der kleinen Schweißperlen, die sich plötzlich auf ihrem Nacken bilden, den Geruch, der von den Achselhöhlen ausströmt und durch den Stoff dringt, den Geruch des Atems: Es ist der Geruch der Angst, nein, des schieren Grauens, das jeden klaren Gedanken zersetzt. So riecht ein gehetztes Tier, der Fuchs, der von den Hunden verfolgt, der Hase, der an den Ohren gepackt, der Ochse, der zur Schlachtbank getrieben wird. Es ist ein säuerlicher Geruch, der nach baldigem Tod schmeckt, ein intimer, ausschließlicher, starker Geruch, dem des Orgasmus ähnlich.

»Jetzt hast du verstanden«, flüstert er ihr ins Ohr. »Erst sie, und jetzt du. Ich zeige dir noch was.«

Und bevor sie schreien oder stöhnen kann, reißt er ihr den Mund auf und zwängt einen kleinen Gummiball hinein, einen Spielball mit kleinen Saugnäpfen, die sich an Zunge und Gaumen festsetzen. Ein BDSM-Spielzeug für Ausflüge in extreme sexuelle Praktiken, gekauft in einem Laden wie dem, in dem sie arbeitet, oder in einem Katalog bestellt, geplantermaßen erworben für einen ganz bestimmten Zweck. Er packt ihren rechten Arm knapp über dem Ellbogen und stößt sie vor sich her zum Schreibtisch. Dort liegt ein kleiner schwarzer Koffer.

»Aufmachen«, befiehlt er und lockert für ein paar Sekunden den Griff um den rechten Arm.

Liuba gehorcht. Aus der Dunkelheit des Samtfutters befreit, schimmern die Messer in unheilvoller Schönheit.

Sie kann sich, von seinem Körper gegen den Schreibtisch gepresst, nicht rühren, die Beine ohne Bewegungsspielraum, die Arme fest im Schraubstock seines Griffs. Seine muskulösen Arme sind stark, keine Chance, sie wegzustoßen. Mit dem Wissen um körperliche Unterlegenheit geht unendliche Erschöpfung einher, der Wunsch, sich fallen zu lassen, weil das Leben widerlich ist und sie nicht mehr leben will.

»Darfst dir eins aussuchen«, sagt er, den Mund an ihrem Ohr, und die Zunge schiebt sich feucht über das Ohrläppchen. Ein Vorspiel zu ekelhafter und tödlicher Intimität.

Sie rührt sich nicht.

»Such eins aus!«

Sie schüttelt den Kopf, und da bricht die stumme Auflehnung los, erwacht der Überlebenswille, glasklar die Sinne, das Adrenalin in höchster Konzentration.

»Dein Pech«, höhnt er. Inzwischen hat Liuba mit der rechten Hand in den Stoff ihres Rockes gegriffen und ihn mit den Fingern gekräuselt, bis sie den Griff des Stiletts spürt und es aus der Scheide ziehen kann. Inzwischen hat Ale ihren Ellenbogen kurz losgelassen und sich nach vorn gebeugt, um das Messer auszuwählen, mit dem er das Schlachten beginnen will.

Jetzt! Ale greift sich das Filetiermesser und hebt es demonstrativ in die Höhe, sie soll die Klinge blitzen sehen, sie soll sich die quälenden Wunden schon mal vorstellen, der Schmerz soll einsetzen, bevor der Stahl das Fleisch berührt. Da zuckt Liuba auf, plötzlich und überraschend nach der sprachlosen Lähmung, sie verlagert sich in dem Zucken ein wenig nach rechts, holt mit der rechten Hand, die das Stilett umschlossen hält, in einem kurzen Bogen aus und stößt die zweischneidige Klinge durch das Hemd und in Ale hinein. Einmal. Und dann noch einmal, mitten hinein in sein ungläubiges Staunen.

22

Sie sind fertig mit Essen. Sie sind fertig mit Reden. Während Giorgio auf die Rechnung wartet, klingelt Camillas Handy, sie schrickt zusammen, weil es spät ist und weil sie vor allem mit niemandem mehr sprechen will. Die Nummer auf dem Display ist ihr unbekannt, aber die Stimme, die sich auf ihr Hallo hin meldet, scheint Liuba zu gehören. Eine Stimme, die beinahe erstickt in lautem, hastigem Atem. Und wie tränenerstickt klingt.

»Hilf mir!«, keucht die Stimme. »Bitte hilf mir!«

»Ja, klar ... Was ist denn los?«

»Später. Kannst du mich abholen? Jetzt gleich, bitte!«

»Wo denn?«

Liuba sagt es ihr. Es ist nah, vielleicht nicht einmal ein halber Kilometer. Liuba sagt auch, sie soll in der Parkbucht vor der Telefonzelle halten.

»Ich muss weg«, sagt sie zu ihrem Schwager.

»Probleme?«

»Möglicherweise.«

»Hoffentlich nichts mit der Familie.«

»Nein, eine Freundin.«

»Kann ich dir helfen?«

»Ich glaube nicht, aber danke. Klingt auch nach Liebesdrama.«

Ein paar Minuten später hält sie an der genannten Stelle zwischen den letzten Häusern am Fuß der Hügel, wohin das olympische Nachtleben nicht reicht. Die Telefonzelle ist leer und dunkel, und weit und breit kein Mensch. Dann taucht Liuba aus einer Schattennische auf, reißt die

Tür auf, als würde sie verfolgt, und lässt sich schwer auf den Sitz fallen.

»Ich hab ihn umgebracht«, keucht sie.

»Umgebracht? Wen?«

»Ale.«

Umgebracht. Ein Mord. Liuba eine Mörderin. Ein Fausthieb mitten auf die Brust, der sie benommen macht. Eine plötzliche Hitze, das Gefühl der Ungläubigkeit.

»Aber … warum?«

»Er wollte mich töten.«

»Hast du vielleicht gekifft oder dir einen reingezogen oder sonst was gemacht?«

»Nein, ich schwör's. Er … er …« Sie bricht in Tränen aus.

Camilla nimmt sie in den Arm, Liuba zittert am ganzen Leib, in das Weinen mischen sich immer heftigere Schluchzer.

Wie viele Gedanken können einem in wenigen Sekunden durch den Kopf gehen?

Polizei oder 118, falls Ale nur verletzt ist. Oder alle beide, sofort. Sofort? Nein, Eile war noch nie eine gute Ratgeberin. Aber wenn der Junge noch lebt … Egal, ich muss etwas tun. Warum eigentlich ich? Was habe ich damit zu schaffen?

»Womit wollte er dich töten?«

»Mit einem Messer.«

»Und warum?«

»Weil er schon Weißdu getötet hat. Und auch die Frau von dem Foto, die Hure.«

»Woher weißt du das?«

»Von ihm.«

Camilla erinnert sich, dass sie von grauenvollen Details nichts hatte hören wollen: Wunden, Verstümmelung, ein langsames Sterben. Weißdu war zuerst aus nächster Nähe erschossen und dann mit dem Messer bearbeitet worden.

»Bist du sicher?«

»Ja ja ja. Ich habe nicht getrunken, nicht geraucht und nicht geträumt. Die Bullen werden mir keine Ruhe mehr lassen. Und meine Eltern ... meine Eltern ... werden denken, ich wollte es ja nicht anders, aber dabei ... dabei ...«

Das Weinen, das Schluchzen, das Zittern hört nicht auf. Camilla hält sie ganz fest im Arm.

Wie viele Gedanken können einem in wenigen Sekunden durch den Kopf gehen?

»Wo ist es passiert?«

»Bei ihm zu Hause. Ganz in der Nähe.«

Liuba schützen, so weit wie möglich. Eine Mörderin schützen? Aber es war Notwehr. Zumindest klingt es danach.

»Kommen wir dort rein?«

»Rein?«

»Antworte: Können wir dort rein, ja oder nein?«

»Ja. Der Schlüssel hat gesteckt. Ich habe damit aufgemacht.«

»Hast du ihn stecken lassen oder mitgenommen?«

»Mitgenommen.«

»Beeil dich. Steig aus.«

Hingehen. Sich selbst ein Bild machen. Begreifen. Dann entscheiden.

Liuba sieht sie erstaunt an und gehorcht. Sie gehen ein paar Schritte, dann fällt Camilla etwas ein, sie läuft zum Auto zurück, öffnet den Kofferraum, holt den Wagenheber heraus und versteckt ihn unter ihrem Mantel. Die eisige Luft hat Liuba ein wenig erfrischt, ihre Schluchzer sind nicht mehr so tief.

»Was hast du vor?«, fragt sie schüchtern wie ein Kind.

»Ich will vor allem sehen, ob er wirklich tot ist. Und ich will nicht riskieren, mit einem Messer attackiert zu werden.«

»Und dann?«

»Sehen wir weiter.«

»Könntest nicht du die Polizei rufen?«

»Ja, das ist vielleicht besser. Wir sagen, dass du völlig durcheinander warst, dass du mich angerufen hast, dass ich zufällig in der Nähe beim Essen war und gekommen bin. Die Wahrheit eben.«

»Ja, die Wahrheit. Aber ... der Wagenheber ...«

»Reine Vorsicht.«

»Sie werden das Schlimmste von mir sagen. Vielleicht sagen sie auch ...« Sie kann nicht weitersprechen.

»Auch was?«

»Dass ... dass ...«

Dass ihr bei den ersten beiden Verbrechen vielleicht Komplizen wart. Die Anwälte seiner Familie, der Staatsanwalt ... Sie werden dich zerfleischen, Liuba, und du wirst für immer gezeichnet sein. Ein wenig bin auch ich schuld daran: Wenn ich dir gesagt hätte, dass Weißdu tot ist, dann hättest du dich heute Abend von Vindice und den Freunden aus dem Schirrù trösten lassen, du hättest keine Lust gehabt, mit einem Typen auszugehen, der dich nicht mal besonders interessiert hat. Ich hätte mir einen Ruck geben und darüber sprechen, dir alles sofort sagen müssen. Hätte das ausgereicht? Oder wäre es nur ein Aufschub gewesen?

Sie biegen rechts ab, in eine Privatstraße. Seit sie das Auto verlassen haben, keine fünfzig Meter davor, sind sie niemandem begegnet, und auch die Privatstraße ist menschenleer. Kleine und große Villen hinter Mauern und Toren, von dichten Hecken geschützt, halb versteckt zwischen den Stämmen jahrhundertealter Bäume. Sie laufen hastig und sehen sich fortwährend um.

Liuba öffnet das Gartentor, sie betreten den schwach beleuchteten Park, bleiben vor der Tür der Hausmeisterwohnung stehen, die vollkommen im Dunkeln liegt.

»Los, mach auf«, flüstert Camilla, aber die Hände des Mädchens zittern zu sehr.

»Ich schaff's nicht«, flüstert Liuba zurück.

Camilla legt den Wagenheber auf den Boden, zieht ihre Handschuhe an, greift nach dem Schlüsselbund, lässt das Schloss aufschnappen, steckt die Schlüssel ein, packt den Wagenheber, schwingt ihn vor sich in die Höhe und drückt die Tür mit dem Fuß auf. Beide sehen in dem Lichtspalt einen Körper rücklings auf dem Boden liegen. Sie treten ein und schließen die Tür hinter sich. Beiden stockt der Atem.

Ale ist tot, ohne den Schatten eines Zweifels. Die Augen, die nicht mehr sehen, blicken zur Decke, der linke Arm liegt seitlich am Körper, der rechte ist leicht angewinkelt, die Hand hält noch das Messer umschlossen. Wenig Blut, Liubas Stilett steckt in seiner Brust. Er war sofort oder fast sofort tot, denkt Camilla. Als ihr Atem wieder fast gleichmäßig geht, als das Schwindelgefühl vergeht und die Wände nicht mehr schwanken, macht sie sich daran, das Zimmer zu inspizieren, Schubladen zu öffnen und zu schließen, den Messerkoffer und seinen Inhalt in Augenschein zu nehmen.

Wie viele Gedanken können einem in wenigen Sekunden durch den Kopf gehen?

Fingerabdrücke, Spuren, die die Handys hinterlassen

haben, Zeugen, Tatwaffe. So viele Fragen stellen sich, so viele Antworten sind abzuwägen.

Liuba ist auf einem Stuhl in sich zusammengesunken, nachdem sie ihn erst umgedreht hat, um Ales Leiche nicht sehen zu müssen. Sie atmet langsam und bemüht sich, die Tränen und die Schluchzer und das Zittern zu bezwingen.

»Ich muss dich nach Details fragen. Und du musst mir genau antworten. Sehr genau. Schaffst du das?«

»Ich glaube schon.«

»Glauben reicht nicht. Ja oder nein.«

Sie legt eine Hand auf Liubas Schulter und drückt sie fest.

»Liuba, das ist wichtig. Es geht um ... um Schadensbegrenzung. Schaffst du es?«

»Ja.«

Liubas Stimme zittert nicht mehr, es ist beinahe ihre normale Stimme.

»Was hast du angefasst?«, fragt Camilla.

»Ich weiß es nicht. Aber ich hatte Handschuhe an.«

»Nie ausgezogen? Sicher?«

»Ja. Er sagte, er wollte sie mir danach ausziehen.«

»Dann die Handys. Er hat dich angerufen, du hast ihn angerufen.«

»Er hat mich immer vom Festnetz aus angerufen. Es war jedes Mal eine andere Nummer. Ich habe ihn nie angerufen.«

»Bleiben eure Hinterlassenschaften von heute Abend.«

»Hinterlassenschaften? Er ... o ja, er hat dran gedacht.«

»Dran gedacht?«

»Ja, und alles entsprechend eingefädelt. Schuft. Dreckschwein. Kakerlake. Ratte. Unter dem Vorwand, eine Überraschung für mich zu haben, bei seinem Handy wäre aber der Akku leer, hat er sich meines geliehen, und anstatt zu telefonieren, hat er die SIM-Karte rausgenommen.«

»Wann hast du das gemerkt?«

»Als ich versuchte, dich von hier aus anzurufen. Das Handy war aus, stumm. Ich habe es aufgemacht, weil ich dachte, dass die Karte vielleicht verrutscht ist, aber da war keine Karte.«

»Wo hat er sie rausgenommen?«

»Wahrscheinlich am Parco Europa. Als wir dort hielten. Vor anderthalb Stunden, vielleicht auch mehr.«

»Und wo hat er sein eigenes Handy hingetan?«

»In eine Jackentasche, glaube ich.«

»Bleib sitzen. Ich suche es.«

Camilla durchsucht sämtliche Taschen von Ales Jacke und findet nur das Mobiltelefon. Es scheint ausgeschaltet zu sein, sie öffnet es und stellt fest, dass die SIM-Karte fehlt. Wer weiß, wo er die hingetan hat, aber das ist unwichtig. Wichtig ist, dass keine Spur darauf hinweist, dass er und Liuba den Abend miteinander verbracht haben. Keine konkrete, feststellbare und unanfechtbare Spur. Klug vorgesorgt, doch der Zufall, oder das Schicksal, hat ihm einen Strich durch die Rechnung gemacht. Ein zweischneidiges Schwert, wie Liubas Waffe.

»Wann und wo hast du dein Stilett gekauft?«

»Ein Freund hat es mir geschenkt, vor über einem Jahr. Er hat es in Spanien gekauft, in Toledo, glaube ich.«

Abermals eine Ironie des Schicksals.

»Wo wart ihr, bevor ihr hergekommen seid?«

»Mit dem Auto unterwegs. In den Hügeln.«

»In keiner Bar, an keinem Kiosk?«

»Immer im Auto.«

»Noch was. Hast du geschrien, um Hilfe gerufen, Lärm gemacht?«

»Nein. Wegen dem Gag Ball.«

»Wegen was?«

»Wegen dem Ding da«, sagt Liuba und zeigt auf den Gummiball, den Ale ihr in den Mund gestopft hatte.

Camilla muss würgen. Bleib sitzen, sagt sie, dann nimmt sie ihren ganzen Mut zusammen und trifft eine Entscheidung. Drei wichtige Gegenstände müssen weg: die Visitenkarte mit den Telefonnummern, der Ball und das Stilett. Nein, keine Polizei, hat sie beschlossen, manche Entscheidungen sind richtig, auch wenn sie gesetzwidrig sind. Weibliche gegen männliche Moral, Antigone gegen Kreon, die alte Geschichte.

Liuba, denkt sie weiter, zahlt sowieso einen hohen Preis, auch ohne Vernehmungen, Protokolle, Presse, Nachrichten in Rundfunk und Fernsehen, Talkshows, heimlich aufgenommene Fotos und krankhafte Neugier. Auch ohne die Angst vor einer vorgezogenen Beweisaufnahme, vor verleumderischen Unterstellungen, vor einem möglichen Prozess.

»Komm, wir gehen.«

»Und die Polizei?«

»Keine Polizei. Jetzt darf uns nur niemand sehen.«

Anschließend war noch viel zu tun gewesen. Was weniger hastig und reiflicher überlegt vonstatten ging, aber unvermeidlich war.

Camilla hatte Liuba mit zu sich nach Hause genommen, um sie zu trösten und später zu instruieren, sie hatte ihr eine massive Dosis Beruhigungsmittel verabreicht und sich, während das Mädchen erst in zähe Apathie und dann in Schlaf sank, an die Arbeit gemacht. Vernichtung oder Beseitigung aller kompromittierenden Spuren: die Visitenkarte verbrannt und die Asche ins Klo gespült, das Stilett samt Scheide und den Gag Ball erst in Bleichlauge getaucht und dann in einem Plastikbeutel in einem dicken Zeitungsstapel versteckt, Liubas T-Shirt, Rock, Handschuhe, Mantel und Springerstiefel in zwei weiteren Säcken verstaut. Ziel: Mülltonne für den Beutel und für die beiden Säcke einer jener Altkleidercontainer, die die Zigeuner regelmäßig plünderten. Die Nacht war unendlich lang, obwohl sie nur aus wenigen Stunden bestand. Noch vor der Morgendämmerung machte Camilla sich mit Potti auf zu einem frühen strategischen Spaziergang, damit der Hund, der sich in der Kälte zu dieser nachtschlafenden Zeit bestimmt fragte, wieso sie so lange und so fern seiner vertrauten Umgebung mit ihm laufen musste, sein Geschäft erledigen konnte. Doch nur fern der vertrauten Umgebung war die Müllabfuhr auf ihrer täglichen Runde noch nicht gewesen. Anschließende Suche im Kleiderschrank nach einer Jeans, einem Pullover und einer Jacke, die in Größe und Schnitt zu Liuba passten. Sachen von vor zwanzig Jahren, die Platz im Schrank belegten, nur weil sie sich irrigerweise einbildete, sie irgendwann wieder anziehen zu können, ohne dass die Nähte platzten oder sie lächerlich wirkte. Springerstiefel hatte sie kein einziges Paar, an Turnschuhen ein kleines Sortiment und zum Glück die beinahe passende Größe. Dann kam das schwierigste Kapitel.

»Zu niemandem, hast du verstanden?«

»Nicht mal zu Vindice und dem Avvocato?«

»Nicht mal zu ihnen.«

»Aber warum denn nicht? Sie würden mich nie verraten.«

»Nicht wissentlich. Aber das kleinste Wort zur falschen Zeit und bei den falschen Leuten, und schon beginnt ein Albtraum für dich. Für dich, und auch für mich. Wir müssen Stillschweigen bewahren, gegenüber allen Leuten.«

»Aber deinem Mann wirst du doch …«

»Mein Mann wird nichts erfahren.«

»Und … der andere?«

»Der erst recht nicht. Ich behalte alles für mich.«

»Für immer?«

»Für immer. Und du musst das auch können. Und wenn die Erinnerung sich in dir drin aufstaut, wenn du wirklich das Bedürfnis hast, dich auszusprechen, dann bin ich da, aber nur ich. Glaubst du, du schaffst das?«

»Ich werde es schaffen. Ich hatte vorhin keine Wahl. Ich werde einen Schlussstrich unter die ganze Geschichte ziehen.«

Gut, hatte Camilla gedacht und gesagt. Wie schwer es sein würde, Stillschweigen zu bewahren, hatte sie nicht gesagt, denn das wusste Liuba selbst.

Ale hieß nicht Ale und war kein Ingenieur. Er hieß Corrado, hatte Jura studiert und arbeitete in der Kanzlei seines Onkels väterlicherseits, eines ebenso erfolgreichen wie umstrittenen Strafrechtlers. Von dem Mord erfuhr die Polizei von einem für Kriminalfälle zuständigen Reporter der *Stampa*, dem wiederum ein Mitarbeiter an der Pforte der Tageszeitung von einer lapidaren Mitteilung durch eine Frauenstimme berichtet hatte: »Nachricht für Ihren rasenden Reporter. In der Via della Cornice 46 liegt ein Toter in der ehemaligen Hausmeisterwohnung.« Der Reporter – mit seinem über die Jahre in dem Geschäft entwickelten Spürsinn – hatte einen Fotografen mitgenommen und die Polizei erst gerufen, als er in der Via della Cornice 46 vor dem Gartentor stand. Eine halbe Stunde später befand sich ein Dutzend Personen in und vor der Garçonnière – oder Absteige – von Vater und Sohn Pellerino.

»Wie lange ist er schon tot?«, fragte Commissario Berardi, der seit diesem Tag wieder arbeitete.

»Zwischen dreißig und sechsunddreißig Stunden. Genaueres kann ich im Moment noch nicht sagen«, antwortete der Arzt.

Am Nachmittag sagte die Staatsanwältin nach den ersten Resultaten der Spurensicherung vorsichtig: »Was meinen Sie, Commissario? Zwei Mordfälle gelöst?«

»Sieht fast so aus. Aber wir müssen noch die endgültigen Laborergebnisse abwarten.«

»Und wenn sie ausfallen, wie wir es erwarten …«

Die Staatsanwältin hatte den Satz in der Schwebe gelassen, Commissario Berardi und Ispettore Vitello hatten genickt: Manche Fälle lohnten nicht, dass man sich ihretwegen die Nächte um die Ohren schlug.

Zwei Tage darauf – Olympia war vorbei – kehrte die Stadt langsam zu ihrem normalen Rhythmus zurück, wenn auch nach dem Ereignis noch eine gewisse Erregung, gemischt mit Stolz, zwischen den zinnoberroten Standarten, den gigantischen Mikadobündeln, den hölzernen Silhouetten der Skifahrer, Schlittschuhläufer, Rennrodler, Bobfahrer und so weiter, den Sphinxen, Pharaonen und Pyramiden in der Luft lag. Turin hatte entdeckt, dass es anders sein konnte als das, wofür es sich gehalten hatte, und es hoffte, weiterhin anders zu sein. Nicht ganz, aber ein wenig schon.

Auch Camillas Leben verlief allmählich wieder in den gewohnten Bahnen. Beinahe zumindest. Mann und Tochter waren zurück. Beide braun gebrannt und guter Dinge: Die Ferien hatten ihnen gutgetan, das Zusammenleben gestaltete sich entspannter. Und die Mutter hatte beschlossen, noch eine Weile in Sorrent zu bleiben: Es herrschte Frühlingswetter, die zusätzliche Woche kostete wenig, und Cousine Rita, hatte man sich mal an sie gewöhnt, war doch nicht so schwer verdaulich.

Camilla hatte ihre Schwägerin Gilberta angerufen, um ihr für die Gastfreundschaft zu danken und vorsichtig zu sondieren, wie sie auf die Flucht des Ehemannes reagierte. Angesichts selbiger Reaktion war sie sprachlos und besorgt, denn Gilberta blendete das Geschehene einfach aus. O ja, die Tage in Bardonecchia seien schön gewesen, aber jetzt freue sie sich, wieder zu Hause bei Giorgio zu sein, denn die Distanz sei allmählich belastend gewesen, auch für ihn, er sei doch so an das gemeinsame Leben gewöhnt, dass er sich verloren gefühlt habe, als er so lange allein gewesen sei … Jetzt müsse die Wohnung wieder in Ordnung gebracht werden, Berge von Wäsche seien zu machen, Dutzende von Hemden zu bügeln, denn ihr Mann ziehe nur von ihr gebügelte Hemden an, sie durften keine Knitterfalten haben oder falsch zusammengelegt sein, sie büße die Ferien mit irrwitzig viel Arbeit, nein danke, sie habe wirklich keine Zeit, sich mit ihr auf einen Aperitif zu treffen, auch ein gemeinsames Abendessen müsse sie aufschieben, denn auch er, Giorgio, sei übermüdet und komme abends völlig erschöpft nach Hause …

Auf dem Weg in die Schule dachte Camilla gerade über das Gespräch mit der Schwägerin nach, als ihr Handy in der Handtasche klingelte. Sie fischte es aus der Innentasche, und als sie den Namen auf dem Display las, ging sie auch diesmal nicht dran.

Ich kann nicht mit dir sprechen, dachte sie. Es gibt etwas, das ich dir nicht sagen kann, es hat mit deiner Arbeit zu tun, mit Fairness, mit mir und mit einem Mädchen, das du nett fandest und das sich in dich verliebt hatte. Eine verwickelte, gefährliche Geschichte. Dass sie geschehen ist und dass sie ein solches Ende genommen hat, wollte keiner von uns, aber sie ist nun mal geschehen, und andere mögliche Geschichten sind vorbei, bevor sie richtig anfangen.

Es ist dein gutes Recht, zu glauben, ich hätte mein Spiel mit dir getrieben, ich hätte mich bei dir gemeldet, weil mir langweilig war, ich sei der olympischen Erregung zum Opfer gefallen. Denk, was du willst. Aber die Wahrheit ist ein Netz aus unzähligen ineinander verflochtenen Fäden – den Zufällen, den verpassten Gelegenheiten, der Unmöglichkeit, diese neu zu erschaffen –, und der auffälligste Faden, jener Faden, der das Netz schließt, ist der Wunsch, nicht alles zu erzählen, etwas für sich zu behalten, stille Maschen zu knüpfen.

Ich danke Antonio Franchini und Giulia Ichino für ihre Freundschaft, die sie mir immer gezeigt haben.

Ich danke Barbara Gatti für die sorgfältige Durchsicht des Manuskripts.

Ich danke meiner Familie und meinen Freundinnen und Freunden, die mich durch die Gegend gefahren, abgelenkt und versorgt haben.

Ich danke Camelia, die immer für einen vollen Kühlschrank gesorgt hat.

Ich danke euch wirklich sehr.

PIPER

Margherita Oggero

Espresso mit Todesfolge

Kriminalroman. Aus dem Italienischen von Christiane von Bechtolsheim. 352 Seiten. Klappenbroschur

Italien, das Heimatland der Casanovas und der Commissarios – und was ist, wenn der Tod eine Frau ist? »Der italienische Kriminalroman hat seine Meisterin gefunden«, befand RAI über Margherita Oggero, die Grande Dame unter den italienischen Krimiautoren. Mit charmanter Raffinesse, ironischem Humor und jeder Menge Lebenserfahrung lässt sie ihre Ermittlerin Camilla Baudino in den Kreisen des Turiner Verbrechens für Wirbel sorgen. Denn die weibliche Seele ist unergründlich, auch wenn es die der besten Freundin ist. So wird Camillas samstägliches Shoppingvergnügen mit der ihr so vertrauten Dora zum tödlichen Abenteuer. Und sie beginnt zu ahnen, dass die Gute neben all ihren Vorzügen ein dunkles Geheimnis und ein mörderisches Schicksal zu bieten hat. Ein Wettlauf mit der Zeit beginnt.

04/1067/02/L

PIPER

Teresa Solana

Höllenfahrt ins Paradies

Ein Barcelona-Krimi. Aus dem Katalanischen von Petra Zickmann. 288 Seiten. Broschur

Es ist nicht das erste Mal, dass ein Apfel einer Frau zum Verhängnis wird. Nur führt er diesmal nicht zur Vertreibung aus dem Paradies, sondern auf direktem Weg ins Jenseits: Im Hotel Ritz wird die Bestsellerautorin Elisenda Palau ermordet aufgefunden – erschlagen mit dem Bronzenen Apfel, einem der begehrtesten Literaturpreise des Landes. Der vermeintlich Schuldige ist schnell gefunden: der Schriftsteller Amadeu Ribot, der unter wüsten Drohungen die Preisverleihung verlassen hatte. Verzweifelt wendet sich Ribots Agentin an die Detektei der Zwillinge Borja und Eduard, damit diese die Unschuld des Autors beweisen. Schon bald stellen die beiden fest, dass in Barcelonas intellektueller Gesellschaft so manche Leiche nicht nur zwischen zwei Buchdeckeln steckt.

01/1756/01/R